Carla Laureano

Das kleine Hotel an der Küste

Über die Autorin

Carla Laureano hat viele Jahre im Vertrieb und Marketing gearbeitet, bis sie sich dazu entschlossen hat, ihren Job an den Nagel zu hängen und nur noch zu schreiben. Ihre Romane sind in Amerika bereits ausgezeichnet worden und erfreuen sich großer Beliebtheit. Sie lebt mit ihrem Mann und zwei Söhnen in der Nähe von Denver in den USA.

CARLA LAUREANO

Das kleine *Hotel* an der Küste

Roman

Aus dem Englischen von Antje Balters

GerthMedien

Für Rey,
meinen Helden und besten Freund.
Keine ausgedachte Geschichte ist vergleichbar
mit unserer „Real-Life-Liebesgeschichte".

1

Wenigstens konnten sie sie nicht feuern.

Andrea stützte sich mit den Ellbogen auf den Bartresen und vergrub das Gesicht in ihren Händen. Wie hatte nur so schnell so vieles schieflaufen können? Da hatte sie noch in dem einen Moment kurz vor dem Abschluss eines Deals in der Höhe von einer halben Million Dollar gestanden und schon im nächsten hatte sie sich beinahe die Hand am Kinn eines Klienten gebrochen, der offenbar geglaubt hatte, das Angebot ihrer Firma umfasse auch persönliche Gefälligkeiten ihrerseits. Drei Jahre für die Katz, in denen sie unermüdlich geschuftet hatte, um sich zur Position des *Vice President of Sales* hochzuarbeiten, nur weil ein Mann seine Finger nicht bei sich behalten konnte.

Ihre Firma würde ganz sicher keinen unschönen öffentlichen Rechtsstreit riskieren, aber das musste sie auch gar nicht. Andreas Chef hatte andere, subtilere Methoden, sein Missfallen auszudrücken.

Was Strafen anging, da gehörte ein Auftrag in Schottland schon mit zu den Schlimmeren.

„Was ist denn an Schottland so schlimm?"

Mit einem Ruck blickte Andrea auf und traf auf den Blick des Barkeepers. Hatte sie etwa gerade laut ihre Gedanken ausgesprochen?

In den Augenwinkeln des Mannes bildeten sich Fältchen, als er jetzt – offenbar ziemlich erheitert über ihr kleines Versehen – mit einem Tuch auf der polierten Mahagonifläche der Bar entlangwischte. Mit seinem runden Gesicht und dem bereits schütter werdenden aschblonden Haar sah er genauso typisch englisch aus wie der Pub, in dem er arbeitete.

Mit hängenden Schultern seufzte sie einmal tief auf und antwortete: „Schottland ist kalt, es ist trübselig und das Essen ist grauenhaft."

„Ach, so schlimm ist es da gar nicht." Seine Miene wechselte von erheitert zu mitfühlend. „Genießen Sie einfach die schöne Landschaft, besichtigen Sie die eine oder andere Burg oder gehen Sie in den Hauptgeschäftsstraßen shoppen ..."

„Ich bin auf Geschäftsreise. Zu meinem Traumurlaub gehören Sonne, Strand und Schirmchencocktails und nicht Regen und Nebel in irgendeinem Kaff am Ende der Welt, das können Sie mir glauben."

Hätte sie doch bloß in ihrer Wut die Beherrschung behalten, dann hätte sie die nächsten Wochen in den Tropen verbracht und zwar mit der Aussicht auf eine fette Provision und eine garantierte Beförderung, statt in Schottland ihre Zeit mit dem Babysitten eines Promikunden abzusitzen, der offenbar urplötzlich den Wunsch verspürte, sich als Hotelier zu versuchen.

James MacDonald.

Sie hatte noch nie von dem Mann gehört, aber sie hatte ja auch keinen Fernseher, denn sie war in ihrem Job so viel unterwegs, dass sie sich nicht immer sicher war, ob sie überhaupt eine eigene Wohnung besaß. Trotzdem schien sie die einzige Person auf dem gesamten Planeten zu sein, die noch nie von diesem schottischen Starkoch gehört hatte. Er besaß ein halbes Dutzend Restaurants, hatte vier Kochbücher geschrieben und sogar eine eigene Fernsehshow. Selbst der Taxifahrer hatte aus dem Stand die Namen von MacDonalds drei Restaurants in London nennen können.

Andrea spielte mit ihrem halb vollen Weinglas und schaute zu, wie die goldene Flüssigkeit darin hin und her schwappte. „Ich könnte jetzt auf dem Weg nach Tahiti sein, statt in einem Pub zu sitzen und ein Glas mittelmäßigen Weins zu trinken."

„Um Wein zu trinken, fährt man ja auch nach Paris", sagte da eine tiefe Stimme über ihre Schulter hinweg. „Nach London kommt man, um Ale zu trinken."

Andrea richtete sich auf, als sich ein Mann neben ihr an die Bar lehnte. Er war groß, mit breiten Schultern und trug eine dunkle Hose sowie ein Businesshemd, dessen oberer Knopf nicht geschlossen war. Die Ärmel hatte er hochgekrempelt, sodass man seine muskulösen Unterarme sah. Sein dunkles Haar war etwas zu lang und er hatte ein hübsches Gesicht mit strahlend blauen Augen. Er sah so gut aus, dass sie einen zweiten Blick riskierte, aber sie wünschte sich sofort, sie hätte es nicht so offensichtlich getan. Sein Lächeln bewirkte, dass ihr Herz kurz aus dem Takt geriet, und sie konnte nichts dagegen tun, dass sich ihre Mundwinkel zu einem Lächeln verzogen, als sie antwortete: „Was Sie nicht sagen."

Er schaute zum Barkeeper und gab seine Bestellung auf: „Mach mir ein 90 Shilling und für die Dame das Leichtbier vom Fass." Dann sah er sie wieder an. „Wir können doch nicht zulassen, dass Sie London mit der Überzeugung wieder verlassen, dass ein erbärmlicher Chardonnay das Beste ist, was wir hier zu bieten haben."

„Das ist wirklich sehr aufmerksam", entgegnete sie und gab ihm die Hand. „Ich bin Andrea."

„Mac." Er hielt ihre Hand ein ganz klein wenig zu lange fest und sah ihr dabei ins Gesicht. Ihr Magen machte einen seltsamen kleinen Hüpfer, den sie aber gnadenlos unterdrückte. Sie entzog ihm ihre Hand wieder, während er sich auf den Barhocker neben ihrem setzte.

„Und jetzt erzählen Sie doch mal, wieso Sie hier sitzen, statt einen – so wie es sich anhört – herrlichen Urlaub im Südpazifik zu genießen."

Weil meine Wut mir einen solchen Ärger eingebracht hat, dass ich mich nicht mehr herausreden konnte. Laut sagte sie allerdings: „Ich informiere mich über den Eigentümer dieses Pubs."

„Ach, über den gefeierten Mr MacDonald. Ein brillanter Koch zwar, aber soweit ich gehört habe, nicht die hellste Kerze auf der Torte." Wieder blitzten diese umwerfend blauen Augen sie an, und sie hatte das Gefühl, gerade einen Insiderwitz nicht richtig zu kapieren.

Diese Gelegenheit, ein bisschen Klatsch und Tratsch zu erfahren, konnte sich Andrea nicht entgehen lassen. Also ging sie in die Offensive.

„Ach, Sie kennen ihn?"

„Das hängt davon ab, weshalb Sie etwas über ihn wissen wollen. Geht es um etwas Geschäftliches oder ist es etwas Privates?"

„Es ist rein geschäftlich. Ich treffe mich morgen in *Inverness* mit ihm und könnte daher gut ein paar Hintergrundinformationen über ihn gebrauchen."

„Gehen Sie immer so unvorbereitet in Meetings rein?"

Andrea explodierte innerlich, als sie die Frage hörte, sagte aber äußerlich ganz ruhig: „Natürlich nicht. Ich habe erst vor ein paar Stunden von meinem Büro den Auftrag bekommen und stärke mich nur noch etwas für eine lange Recherchenacht im Hotel."

„Verstehe. Also, ich würde sagen, dieser Pub spiegelt ihn ganz gut wider. Gemütlich, aber auch gehobene Gastronomie. Die beste Auswahl einheimischer englischer Biere und wirklich geniales Essen."

Andrea schaute sich jetzt etwas genauer um. Die typische Ausstattung mit viel Holz und Messing, dämmrige Beleuchtung, Buntglas und Lederakzente. Gehoben, aber nicht übertrieben. Gemütlich, aber nicht schmuddelig.

„Mittelmaß", murmelte sie. „Aber das sagt noch nicht viel über den Mann aus."

„Und wieso müssen Sie so viel über ihn wissen?"

Der Barkeeper kam mit Andreas Ale, goss Mac sein Bier aus einer Flasche ein, und schaute ihnen beiden zu, als wären sie seine Abendunterhaltung.

„Für meinen Job brauche ich eine gute Beziehung zum Klienten", antwortete sie. „Ich kann niemanden davon überzeugen, dass wir die Richtigen für sein Projekt sind, wenn ich nicht weiß, was er will und braucht. Ich kann ihn nicht für uns gewinnen, wenn ich nicht weiß, welche Register ich ziehen muss."

„Hmmm." Er nippte an seinem Bier und sein Blick tanzte über den Rand des Glases.

Amüsierte er sich etwa über sie? „Was ist denn?"

„Ich habe noch nie gehört, dass eine Frau, die einen so kurzen Rock und so hohe Absätze trägt, sich Gedanken darüber macht, welche Register sie ziehen muss."

Andrea merkte, wie sie rot wurde und zog ihren Rock, der gar kein Minirock war, herunter. Dabei war die Rocklänge auch zum Sitzen auf einem Barhocker noch absolut im Rahmen. Ihre Absätze waren zugegebenermaßen schon etwas gewagter, aber sie trug sie ja auch wegen der Höhe und nicht wegen der Wirkung. Und dann registrierte sie, dass er sie mit einem selbstzufriedenen Grinsen anschaute. Sie war ihm auf den Leim gegangen. Was glaubte der Typ eigentlich, wer er war?

Sie hörte auf, an ihrem Glas herumzuspielen und fixierte ihn. „Ich könnte auch in Jeans und Turnschuhen ein Geschäft abschließen, aber ich bin einfach gern vorbereitet. Außerdem bin ich es gewohnt, mit Hotelketten zu verhandeln, die Hunderte von Immobilien haben, und nicht mit irgendwelchen Promis, die auch mal Kneipenwirt oder Hotelier spielen wollen."

„Dann ist MacDonald also ein Amateur?" Er kippelte auf seinem Barhocker nach hinten und lehnte sich mit dem Rücken an den Tresen, die Arme vor der Brust verschränkt. Dabei sah er aus, als müsste er sich das Lachen verkneifen.

„Ich weiß ehrlich gesagt gar nichts über ihn. Ich habe weder eine seiner Shows im Fernsehen gesehen, noch kann ich kochen, und mir ist absolut schleierhaft, wieso jemand, der in London Karriere gemacht hat, ein Hotel auf der Isle of Skye eröffnen will."

„Also, das klingt jetzt aber wirklich ein bisschen borniert. Wir Schotten haben eben einen besonders ausgeprägten Nationalstolz."

Wieder wurde Andrea rot. Wie hatte ihr das entgehen können? Sein Akzent war zwar nur ganz schwach, aber das eindeutig erkennbare gerollte schottische R war trotzdem nicht zu überhören. Sie war wirklich nicht besonders gut in Form, wenn sie etwas so Offensichtliches nicht bemerkt hatte. Zwar war er es gewesen, der in Bezug auf ihre Kleidung und ihre fachliche Qualifikation gestichelt hatte, aber sie rang sich trotzdem eine Entschuldigung ab. „Ich wollte nicht unhöflich sein."

Doch er winkte nur ab. „Sie haben größere Probleme als ich, wenn Sie so wenig über Ihren Kunden wissen. Aber ich glaube, Sie werden schon zurechtkommen, vorausgesetzt, Sie vermeiden abschätzige Bemerkungen über seine Heimat. Ich glaube, Sie beide haben etwas gemeinsam."

„Und was wäre das, wenn ich fragen darf?"

„Sie sind beide der Meinung, dass Arbeit ein ganz übler Grund ist, eine Reise nach Tahiti abzublasen."

Da schlich sich wieder ein zögerliches Lächeln in ihr Gesicht und sie sagte: „Darauf kann ich trinken."

„*Sláinte,* Andrea." Er stieß mit ihr an, trank einen großen Schluck von seinem Ale und stieg dann mit einem kleinen Hopser von seinem Hocker. „Ich gehe jetzt lieber. Und Ihnen würde ich dasselbe raten, Miss Sullivan. Sie haben morgen einen langen Tag vor sich."

Überrascht blinzelte sie ihn an. „Woher wissen …"

„Nacht, Ben. Ihre Getränke gehen aufs Haus."

„Nacht, James."

Mac – bzw. der Mann, der vorgab, Mac zu sein – zwinkerte ihr zu und schlenderte dann zum Pub hinaus.

„Das war … er war …"

Ben schien sich das Lachen verkneifen zu müssen. „Mr MacDonald, ja, und ich wage zu behaupten, dass sich gerade zum ersten Mal eine Frau nicht nur nicht Hals über Kopf in ihn verknallt, sondern ihn tatsächlich persönlich beleidigt hat."

Andrea rutschte das Herz bis hinunter in die Sohlen ihrer Jimmy Choos. „Ich glaube, ich bin morgen krank."

„Ach, machen Sie sich mal keine allzu großen Gedanken. Ich glaube, er mag Sie."

Ja, klar. Sie warf noch einen Blick hinter sich zur Tür, aber James MacDonald war schon weg. Warum, ach warum nur, musste ihr das ausgerechnet jetzt passieren? Sie brauchte unbedingt einen Vertragsabschluss mit diesem Klienten, wenn es überhaupt noch Hoffnung geben sollte, erneut die Gunst ihres Chefs zu erlangen. Jetzt würde sie also die nächsten paar Tage damit verbringen, ein Promi-Ego erst zu besänftigen und dann zu päppeln, und Unterwürfigkeit und Schleimerei waren noch nie ihre Stärke gewesen.

Andrea stieg jetzt ebenfalls mit einem kleinen Hopser vom Barhocker herunter und griff nach ihrer Handtasche, bevor sie sich wieder daran erinnerte, dass Mr MacDonald ja schon für sie bezahlt hatte. Sie fand ein paar Ein-Pfund-Münzen in ihrer Kleingeldbörse und legte sie als Trinkgeld auf die Bar, obwohl Ben keinen Finger gerührt hatte, um sie auf die sich anbahnende Katastrophe aufmerksam zu machen. Wäre es denn wirklich so schwer gewesen, ihr ein kleines Zeichen zu geben, indem er beispielsweise den Kopf geschüttelt oder eine Augenbraue hochgezogen hätte? Aber andererseits war es natürlich auch verständlich, dass er sich aus der Angelegenheit heraushielt, weil sein Chef beteiligt war.

„Danke, Ben." *Für nichts.*

„Gute Nacht, Andrea." Er nahm die Münzen von der Bar, legte sie unter den Tresen und fügte noch hinzu: „Und denken Sie nicht zu schlecht über Mr MacDonald. Im Grunde ist er ein netter Kerl."

Andrea zwang sich zu einem Lächeln, hängte sich ihre Handtasche über die Schulter und floh hinaus auf die dunklen Straßen von London. Da es Sonntagabend 21.00 Uhr war, hatte der Verkehr inzwischen nachgelassen, und der übliche Dunstschleier aus Autoabgasen hatte sich aufgelöst. Geblieben war der leicht muffige Geruch nach feuchtem Beton. Sie bog nach links ab und ging schnellen Schrittes zur Haltestelle Ladbroke Grove. Ihr Ärger bewirkte, dass sie immer schneller wurde.

Wie oft hatte sie ihren jüngeren Mitarbeitern schon Vorträge darüber gehalten, dass es unglaublich wichtig ist, immer – wirklich immer – professionell zu bleiben. Jeder Kontakt konnte ein künftiger Klient sein oder eine Empfehlung für die Firma bedeuten. Jetzt hatte sie gerade selbst auf äußerst peinliche Art unter Beweis gestellt, wie wichtig es war, sich an diese Grundregel zu halten.

Dabei entschuldigte sie gar nicht den Anteil, den MacDonald an diesem Schlamassel gehabt hatte. Sie kannte diesen Typ Mann nur zu gut – reich, gut aussehend und berühmt. Er ging einfach davon aus, dass ihm die Frauen zu Füßen lagen, und wehe, eine hatte einen eigenen Kopf mit einer eigenen Meinung. Wahrscheinlich würde sie in den nächsten drei Tagen seinen Annäherungsversuchen ausweichen und gleichzeitig versuchen müssen, ihn davon zu überzeugen, dass sie mehr war als nur ein hübsches Gesicht. Er konnte von Glück sagen, dass sie ihn für seine Bemerkung über ihre Kleidung nicht geohrfeigt hatte.

Aber ehrlich gesagt, war sie in ihrer Verfassung nicht zu mehr imstande gewesen, als so richtig ins Fettnäpfchen zu treten. Es war Jahre her, seitdem sie sich von einem Mann hatte verunsichern lassen, und jetzt war dazu nicht mehr als ein Lächeln und ein etwas zu langer Händedruck nötig gewesen.

Auf dem Rückweg zum Hotel hatte sie sich in den Stilettos schon nach ein paar hundert Metern Blasen gelaufen und gab deshalb den Plan auf, bis zur nächsten U-Bahn-Station zu Fuß zu gehen. Sie winkte also stattdessen das erste Taxi heran, das sie sah, stieg hinten ein und sagte dem Fahrer das Ziel.

Noch bestand ja die Chance, die ganze Sache zu retten. Sie würde den Rest des Abends am Laptop verbringen, um über diesen Mann alles in Erfahrung zu bringen, was es zu erfahren gab, und dann würde sie sich absolut professionell verhalten. Sie hatte sich die Aussicht auf die Position des *Vice President of Sales* nicht mit jahrelangen Siebentagewochen und zermürbenden Arbeitsstunden rund um die Uhr erarbeitet, um es jetzt kurz vorm Ziel zu vermasseln. Ihr Chef mochte ihr diese Aufgabe ja vielleicht als eine Art indirekter Bestrafung zugeteilt haben – schließlich war es Jahre her, dass er sie an einen Auftrag mit nur einem fünfstelligen Vertragsvolumen verschwendet hatte –, aber es musste auch eine Art Qualitätssiegel sein, dass sie einen so prominenten Klienten wie James MacDonald an Land ziehen sollte. Was das Auftragsvolumen betraf, so würde sie das im Laufe der Verhandlungen sicher noch vergrößern können, aber zunächst einmal musste sie den Schaden begrenzen, den sie durch ihr loses Mundwerk angerichtet hatte.

Das Taxi hielt vor dem viktorianischen Backsteingebäude des *Kensington Court Hotel.* Andrea bezahlte, zuckte beim Aussteigen wegen ihrer geschundenen Füße vor Schmerzen zusammen und bereute noch einmal die Wahl ihrer Schuhe für diesen Abend. Sie humpelte durch die pompös gestaltete Hotellobby und fuhr mit dem Aufzug in die vierte Etage.

Über ihre Unterkunft konnte sie sich wirklich nicht beklagen. Sie war im Laufe der Jahre schon Dutzende Male in diesem Hotel abgestiegen, in dem jedes Zimmer in einem ganz eigenen und individuellen Stil eingerichtet war. Dieses Mal bewohnte sie ein Zimmer mit einem riesigen Himmelbett, über dessen Betthaupt eine goldene Krone angebracht war, von der aus ein blauer Seidenbaldachin über dem Bett drapiert war.

Vorsichtig streifte sie sich die Schuhe von den Füßen, ließ sich auf die dicke Matratze sinken und stieß einen tiefen Seufzer aus.

Sie war müde, aber es war nicht die Art von Müdigkeit, die sich durch eine durchgeschlafene Nacht in einem luxuriösen, weichen Bett beheben ließ.

Eine ganze Weile lag sie einfach nur da. Irgendwann schaute sie auf die Uhr und rechnete fünf Stunden zurück. Ihre Schwester in Ohio bereitete wahrscheinlich gerade das Abendessen zu. Sie holte ihr Handy aus der Tasche und gab die Nummer ein.

Beim fünften Klingeln antwortete Becky. „Andrea! Wieso rufst du an? Müsstest du nicht eigentlich gerade im Flieger sitzen?" Im Hintergrund brutzelte etwas, und das Geräusch wurde hin und wieder von Kindergeschrei übertönt.

„Passt es gerade nicht gut?"

„Nicht schlechter als sonst auch. Ich brate gerade Hühnchen an fürs Abendessen. Hannah! Lass die Katze in Ruhe!"

Andrea lächelte. Becky war fast acht Jahre älter als sie und hatte drei Kinder: Einen neunjährigen Sohn und dreijährige Zwillinge, ein Pärchen. „Ich kann auch später noch mal anrufen …"

„David! Du sollst deine Schwester nicht schlagen! Tut mir leid, was hast du gerade gesagt? Müsstest du nicht gerade nach Tahiti unterwegs sein?"

„Kleine Planänderung. Wo ich schon mal hier in London bin, hat Michael mir die Aufgabe aufgebrummt, irgendeinen Promiklienten an Land zu ziehen. Ich fahre morgen nach Schottland."

„Bist du denn damit einverstanden?"

„Na ja, auf Tahiti wäre ich lieber, das kannst du mir glauben."

„Nein, ich meine …"

„Ich weiß, was du meinst. Es ist in Ordnung. Ein Auftrag mehr macht auch nichts mehr aus, oder?"

„Na ja, ich weiß nicht … es ist ja schon ein Unterschied zwischen einem Luxusurlaub und einer Gummizelle."

Gegen ihren Willen musste Andrea leise lachen. Selbst von Ohio aus konnte Becky es nicht lassen, sie zu bemuttern.

„Das ist nun mal mein Job. Was soll ich denn machen? Nein sagen?"

„Ja, genau das solltest du tun. Du sagst: ‚Michael, dieser Urlaub ist seit einem Jahr geplant. Such dir bitte jemand anderen für diese Aufgabe.'"

„Ja, ich weiß", räumte Andrea ein, und ihr Lächeln verschwand. Wäre da nicht der katastrophale Ausgang ihres letzten Termins in London, hätte sie genau das tatsächlich gesagt. Die Firmenleitung hatte ihr bisher ziemlich viel Eigensinn durchgehen lassen, weil niemand so viele Abschlüsse tätigte wie sie, aber in diesem Geschäft war man immer nur so gut wie der letzte Abschluss. „Ach, das geht schon, wirklich. Ich treffe mich morgen mit dem Klienten in *Inverness*, fahre von da aus mit ihm nach Skye, und am Mittwoch müsste ich eigentlich schon wieder zurück in *New York* sein."

„Vielleicht solltest du dir noch ein paar Tage freinehmen, solange du in Schottland bist. Deinen Urlaub kannst du ja jetzt abschreiben."

„Ich glaube, das wäre keine so gute Idee, denn ich bin im Hotel des Kunden untergebracht."

„Wer ist denn dieser Kunde?"

Andrea machte eine kleine Pause. „James MacDonald."

Das Kreischen, das daraufhin aus dem Lautsprecher ihres Handys drang, klang eher nach einem Teenager als nach einer achtunddreißigjährigen Mutter von drei Kindern. Andrea hielt sich das Handy ein ganzes Stück vom Ohr weg, bis sie sicher war, dass sich ihr Trommelfell nicht mehr in Gefahr befand.

„Und ich habe immer gedacht, dein Job wäre total langweilig!"

„Das ist rein geschäftlich, Becky. Ich habe nicht einmal zwei Tage Zeit, um ein Angebot zu erarbeiten und es ihm zu unterbreiten. Und er ist allem Anschein nach nicht gerade unkompliziert im Umgang, sodass es bestimmt ziemlich anstrengend wird."

„Ich wette, du weißt nicht mal, wer er ist, oder?", sagte Becky tadelnd.

„Oh doch, ich weiß, wer er ist." *Ein extrem von sich selbst eingenommener Promi mit dem sexysten Lächeln, das mir jemals untergekommen ist.* Doch sie zerrte ihre Gedanken rasch wieder von diesem Abgrund fort, bevor sie hineinstürzen konnte. „Ich muss mich heute Abend noch auf das Meeting mit ihm vorbereiten. Internetrecherche, du weißt schon … Ich rufe dich dann von Skye aus an, ja?"

„Gut. Dann wünsche ich dir viel Spaß", sagte Becky mit diesem gewissen Singsang in der Stimme, hinter dem Andrea über 7.000 Kilometer Entfernung das Grinsen praktisch hören konnte. „Ich erwarte übrigens ein Autogramm."

Das ist eher unwahrscheinlich. „Ich hab' dich lieb, Becky. Gib den Kindern ein Küsschen von mir, ja?", verabschiedete sich Andrea. Dann beendete sie das Gespräch und presste sich die Fingerspitzen auf die Augen, ein Versuch, ihr heftig pochendes Herz etwas zu beruhigen. In ihrem Klienten etwas anderes zu sehen als einen rein beruflichen Kontakt, war das Allerletzte, was sie jetzt gebrauchen konnte. Männer wie MacDonald waren Jäger – ein einziges Zeichen von Schwäche und sie würde ihn nicht mehr zu fassen bekommen. Sie wusste nur zu gut, was passieren konnte, wenn sie seiner Anziehung erlag. Das war ihr einmal passiert und sie wollte es nie wieder erleben.

„Rein geschäftlich." Ihre feste eigene Stimme in dem stillen Raum beruhigte sie. Sie atmete einmal tief durch und schwang sich dann vom Bett. Schluss mit der Aufschieberei, sie hatte noch zu tun.

Sie zog den Blazer aus, streifte den Rock ab, hängte beides sorgfältig in den Kleiderschrank und hüllte sich in den luxuriösen Hotelbademantel. Dann wählte sie ein düsteres Klavierkonzert von Dussek aus, das genau zu ihrer Stimmung passte, und nahm ihren Laptop auf den Schoß.

James MacDonald Koch gab sie in die Suchmaschine ein und nach kurzem Warten tauchte Seite um Seite mit Ergebnissen auf: Restaurantkritiken, Interviews und eine Aufzählung von Fernsehsendungen. Als Erstes klickte Andrea seine offizielle Homepage an und las sich seine Vita durch. Geboren in *Portree*, auf der *Isle of Skye*, Schulausbildung in Schottland. Abschluss in Betriebswirtschaft an der *University of Edinburgh*, gefolgt von einer praktischen Ausbildung an der *Leiths School of Food and Wine* in London. Eine lange Aufzählung seiner Positionen als Beikoch und Sous Chef in einigen der angesehensten Restaurants Englands gipfelte in seinem ersten eigenen Restaurant, einem *Gastropub* in *Notting Hill*. Diesem ersten Lokal waren dann rasch kleinere, spezialisierte Restaurants in *Knightbridge* und *Covent Garden* und dann auch in *Cardiff*, *Edinburgh* und *Glasgow* gefolgt.

Im vergangenen Jahr war er eingeladen worden, nach seinem Verständnis für traditionelles englisches Essen für den Premierminister zu kochen, und vor ein paar Monaten war er dann für seinen Einsatz für gefährdete Jugendliche zum Mitglied des Ordens des Britischen Empires ernannt worden.

Mit leicht zugekniffenen Augen schaute sie auf den Bildschirm. Na großartig! Dann hatte sie also gerade jemanden beleidigt, der erst vor Kurzem zum Ritter geschlagen worden war. Das konnte wahrlich nicht jede Frau von sich sagen.

Andrea setzte ihre Recherche bei Presseartikeln über ihn fort, in denen er in der Regel als Vorkämpfer der „Neuen britischen Cuisine" bezeichnet wurde, und überflog dann eine Wiki-Liste seiner sechs Restaurants, die allesamt mit Sternen im *Guide Michelin* ausgezeichnet waren. Das *Hart and the Hound* – der Vorzeigepub, in dem sie gerade gewesen war – hatte eine von insgesamt nur zwölf in England vergebenen Zwei-Sterne-Bewertungen.

Sie hätte also den Wein lieber lassen und stattdessen Essen bestellen sollen.

Ohne einen scharfen Verstand und sehr viel Talent konnte MacDonald das alles unmöglich mit nur 35 Jahren geschafft haben. Aber das schürte nur erneut ihren Ärger, denn sie hatte insgeheim damit gerechnet, Hinweise dafür zu finden, dass er einfach sein Aussehen und seinen Charme eingesetzt hatte, um zum Erfolg zu kommen. Doch jede Information, die sie fand, bestätigte, dass er dafür hart gearbeitet und Opfer gebracht hatte. Und dann hatte der Mann sogar noch ein Berufsbildungsprogramm für Schulabbrecher eingerichtet.

„Der perfekte Mann", murmelte sie.

Sie scrollte weiter durch die Suchergebnisse, bis die Klatsch-und-Tratsch-Seiten kamen. Fotos von MacDonald mit einer ganzen Reihe schöner Frauen – Models, Schauspielerinnen, Tänzerinnen – auf exklusiven Partys und bei Eröffnungen neuer Clubs. So einer war er also. Zeigte sich nie zweimal mit derselben Frau.

Toll. Ihr tat immer noch die Hand weh von ihrer Begegnung mit diesem Möchtegern-Don-Juan, und jetzt musste sie die nächsten drei Tage versuchen, einen Vertragsabschluss mit MacDonald hinzubekommen und dabei absolut professionell bleiben. Die Tatsache, dass er sie schon einmal als absolute Idiotin hatte dastehen lassen, sprach nicht gerade für ihre Schlagfertigkeit und einen wachen Verstand.

Aber sie würde es schaffen. Sie musste einfach. Sie war so kurz davor, ihre beruflichen Ziele zu erreichen und würde ganz sicher nicht zulassen, dass ihr dieser Mann dabei einen Strich durch die Rechnung machte.

2

Ian war ein toter Mann.

James gab dem Taxifahrer seine Adresse in *South Kensington* und lehnte sich zurück. Das sah seinem Bruder ähnlich, im Alleingang so eine Entscheidung zu treffen. James war Präsident und CEO eines millionenschweren kulinarischen Imperiums, aber sein großer Bruder schien immer noch zu glauben, dass er dabei Hilfe brauchte. Und Ian hatte noch nicht einmal die Höflichkeit besessen, ihn wenigstens einen Tag im Voraus darüber zu informieren.

Doch dann umspielte ein zögerliches Lächeln James' Mundwinkel, denn anscheinend hatte er in seinem Ärger die E-Mail seines Bruders nicht richtig gelesen, sondern nur überflogen. Er war davon ausgegangen, dass er sich morgen mit einem Andrew Sullivan in *Inverness* am Flughafen treffen würde. Doch selbst als er seinen Fehler schon bemerkt hatte, waren noch ein paar Minuten vergangen, bis er den irischen Namen mit der flotten Schönen mit dem rotbraunen Haar an der Bar zusammengebracht hatte.

Nein, *flott* war wirklich eine Untertreibung. Sie war ein Knaller in Stilettos mit der Figur einer Tänzerin, einem zarten Gesicht und vollen Lippen. Sie war keine herkömmliche Schönheit, sondern hatte etwas

Exotisches. Jedes Mal, wenn sie sich bewegte, hatte er den Duft ihres orientalisch anmutenden Parfüms wahrgenommen, und zwar nur einen Hauch, sodass er ständig den Wunsch verspürte, näher an sie heranzurücken, um herauszufinden, was es war.

Und einen kurzen, wahnsinnigen Moment lang hatte er sogar daran gedacht, es wirklich zu tun.

Wahrscheinlich war es gut, dass er es dann doch lieber gelassen hatte, denn das kurze Aufblitzen von Ärger in ihren hinreißend karamellfarbenen Augen signalisierte ihm, dass sie es gewohnt war, immer und in jeder Situation die Kontrolle zu behalten, und dass sie es absolut nicht leiden konnte, wie ein Lustobjekt behandelt zu werden … oder auch nur wie eine Lady. Er hätte nicht gedacht, dass trotzdem eine so heftige Anziehung zwischen ihnen bestehen würde, und die Chance, dieser Anziehung weiter nachzugehen, würde er sich ganz sicher nicht entgehen lassen.

Vielleicht würde er Ian doch am Leben lassen.

James holte jetzt sein Handy aus der Hosentasche und rief die Nummer seiner Assistentin auf. Als sie das Gespräch annahm, wartete er nicht einmal ab, bis sie sich gemeldet hatte, sondern sagte: „Gut, dass Sie zu Hause sind."

„Es ist Sonntagabend 21.00 Uhr, James", sagte Bridget trocken. „Wo sollte ich denn wohl sonst sein?"

Sie war eine echte Londonerin Mitte fünfzig und schon seit Jahren seine persönliche Assistentin. Ihr Tonfall war, seit er denken konnte, immer etwas gelangweilt. Doch sie war überaus tüchtig und hatte die verblüffende Fähigkeit, schon zu wissen, was er brauchte, bevor er selbst überhaupt daran gedacht hatte. „Ich muss meinen Flug nach *Inverness* auf morgen Vormittag 10.00 Uhr umbuchen."

„Für so etwas hat Gott das Internet erfunden, James."

„Aber Sie haben mein Passwort auf der Internetseite der Airline geändert. Ich komme nicht in meinen Account."

Es war still am anderen Ende der Leitung, bis am leisen Klackern von Tasten zu erkennen war, dass sie am Computer saß. „Also gut. Um 10.00 Uhr von *Gatwick* nach *Inverness*?"

„Ja, vielen Dank."

„Was ist denn passiert? Ich dachte, Sie wollten erst morgen Abend von London abfliegen."

„Ians Unternehmensberaterin ist passiert."

„Ach so, das."

„Sie haben davon gewusst? Dann hätten Sie mich wenigstens vorwarnen können."

„Ich bin davon ausgegangen, dass er es Ihnen gesagt hat." Wieder war Tastaturklackern zu hören, dann brach das Geräusch ab, und er konnte ihr Zögern förmlich hören. „Seien Sie nicht so streng mit Ian, James. Er tut nur, was er für das Beste hält. Sie haben ihn sicher nicht umsonst zum COO Ihrer Firma gemacht, oder?"

„Ja, für die Restaurants schon, aber für das hier nicht."

„Er ist Ihr Bruder. Sie können ruhig ein bisschen nachsichtig mit ihm sein."

„Und Sie können sich gefälligst um Ihre eigenen Angelegenheiten kümmern."

Bridget lachte leise. „Falls Sie es noch nicht bemerkt haben, Sie sind meine Angelegenheit. Und für morgen ist jetzt alles geregelt. Ich habe Ihnen die Umbuchungsbestätigung und Ihr Passwort per Mail geschickt. Ach ja, und Madeline muss den Dreh der Werbefilme verschieben. Ich rufe Sie morgen früh an, wenn ich mehr weiß."

„Danke, Bridget. Was würde ich nur ohne Sie machen?"

„Das möchte ich mir lieber gar nicht vorstellen. Gute Nacht, James."

James beendete das Gespräch und seufzte, während das Taxi in die *Exhibition Road* Richtung *Kensington Museum* abbog. Wann hatte sich sein Unternehmen eigentlich in die Richtung verändert, dass er nicht mehr kochte, sondern Pressekonferenzen gab, Bücher signierte und auf irgendwelche After-Show-Partys ging? Es gab Tage, da wünschte er sich, er könnte einfach seine Kochjacke anziehen und einen Abend in der Küche verbringen, aber es gab immer irgendwelche Events oder Promotiontermine, bei denen er sich zeigen musste. Ganz zu schweigen davon, wie viel er unterwegs war, um in all seinen unterschiedlichen Restaurants dafür zu sorgen, dass die Köche dort seine Vorstellung von dem jeweiligen Lokal umsetzten und auch beibehielten. Seit wann war er eigentlich kein Mensch mehr, sondern eine Marke?

Ian war bestimmt nicht in der Lage, beides voneinander zu trennen. Das Hotel auf Skye sollte ein Familienprojekt sein, bei dem es darum ging, sich wieder auf die Dinge zu besinnen, die seinem Vater wichtig gewesen waren, bevor James in den Strudel von all dem hier geraten war. Doch sein Bruder wollte das Projekt handhaben wie jedes andere, und offensichtlich auch noch wie eines, das er James nicht zutraute. Sonst hätte er es ja wohl nicht für notwendig befunden, ihm einen Abend vor seinem Rückflug nach Schottland die Unternehmensberaterin auf den Hals zu hetzen.

Das Taxi hielt vor einem eleganten fünfgeschossigen viktorianischen Gebäude etwas abseits der Hauptstraße. Im Unterschied zu dem Standort des Restaurants im trendigen *Notting Hill*, wo zu jeder Tages- und Nachtzeit massenhaft Fußgänger unterwegs waren, war in dieser exklusiven Wohngegend abends kaum noch etwas los. So einsam und still wie auf *Skye* war es zwar nicht, aber hier konnte James am Ende eines langen Tages zumindest durchatmen.

Er betrat das Gebäude und blieb kurz bei den Briefkästen an der einen Wand der Eingangshalle stehen, um die Post vom Vortag aus dem Briefkasten zu nehmen. Er ging den Stapel von Umschlägen rasch durch – Rechnungen, Werbung und noch mehr Rechnungen –, bis er auf einen Umschlag stieß, der in femininer Handschrift an ihn adressiert war. Er klemmte sich den Rest der Post unter den Arm, und fuhr im Weitergehen zur Treppe, die zu seiner Penthousewohnung führte, mit dem Daumen unter die Umschlaglasche. Wer mochte ihm wohl einen Brief an diese Adresse schicken? Wenn Freunde von ihm sichergehen wollten, dass ihre Post bei ihm ankam, schickten sie Briefe an seine Büroadresse.

Er zog einen zerknitterten Zeitungsausschnitt mit einer Haftnotiz darauf aus dem Umschlag, aber die Beleuchtung im Treppenhaus war so schummrig, dass er sie nicht lesen konnte. Er schob also beides wieder zurück in den Umschlag und spurtete die restlichen Stufen hinauf zu seiner Wohnung. An der Tür gab er den sechsstelligen Sicherheitscode ein, und das Hightechschloss öffnete sich mit einem metallischen Klick. Der Kontrast zwischen dem historischen Gebäude und modernster Technik war einer, der ihm gefiel.

Die Tür ging mit einem leisen Zischen wieder zu und fiel dann mit einem Klick hinter ihm ins Schloss, als er die Diele betrat. Den Briefumschlag mit dem Zeitungsausschnitt behielt er in der Hand, die übrige Post warf er achtlos auf den Dielentisch, sodass die Umschläge über die polierte Oberfläche glitten und zu Boden fielen.

Er machte sich nicht einmal die Mühe, noch einmal umzukehren und sie wieder aufzuheben, denn er überflog bereits hastig die unbekannte Handschrift auf der Haftnotiz.

James, ich stehe für immer in deiner Schuld dafür, dass du mich mit den richtigen Leuten in Kontakt gebracht hast! Ich hoffe, du kommst im Juni zur Premiere.

Er zog die Haftnotiz von dem Zeitungsausschnitt ab, damit er die Überschrift lesen konnte. „Besetzung für die neue West-End-Produktion von *Top Hat* bekannt gegeben.“ Etwas weiter unten war eine Zeile rot eingekreist. *Die Rolle der Dale Tement, die 1935 in dem gleichnamigen Film ursprünglich von Ginger Rogers gespielt wurde, übernimmt die talentierte Newcomerin Olivia Carey aus Wales.*

„Gut gemacht, Olivia.“ Er würde bei der Premiere nicht dabei sein können, weil er in Schottland war, aber er würde Bridget Blumen ins Theater schicken lassen, einen protzigen Strauß gelber – nicht roter – Rosen, denn er wollte auf keinen Fall Missverständnisse hinsichtlich der Art ihrer Beziehung riskieren. Er war in Bezug auf ihr Arrangement immer absolut eindeutig gewesen. Sie war eine schöne junge Frau an seiner Seite, die ihn zu den Events begleitete, bei denen er sich sehen lassen musste, dafür präsentierte sie sich häufig auf roten Teppichen und der Presse und bekam Kontakt mit Leuten, die sie sonst nie kennengelernt hätte. Von diesem Arrangement profitierten sie beide, ohne dass es emotionale Verwicklungen gab.

James legte den Zeitungsausschnitt auf die Arbeitsfläche in der Küche, öffnete den Kühlschrank und überflog dessen Inhalt. Es war nur noch eine halb volle Packung Eier da, ein bisschen Milch, die gefährlich nah am Verfallsdatum war, und ein paar Flaschen Guinness. Er sollte wirklich einen dieser Bringdienste für Lebensmittel abonnieren, denn er vergaß regelmäßig, Lebensmittel für sich einzukaufen, wenn er nach London kam. Er nahm jetzt eine angebrochene Packung Weetabix aus einem ebenfalls ziemlich leeren Vorratsschrank und ließ eines der Vollkornweizenbiskuits in ein Schälchen fallen. Dann schnupperte er skeptisch an der Milchpackung, bevor er den Rest daraus über den Weetabix goss. Herrlich. Ein Sternekoch, der zum Abendessen Müsli aß. Hätte er es bei seinem Gefrotzel mit Ms Sullivan nicht dermaßen auf die Spitze getrieben, wäre sie vielleicht bereit gewesen, noch mit ihm im Pub zu essen. Das wäre jedenfalls sehr viel angenehmer gewesen, als hier allein in seiner leeren Wohnung zu hocken.

Beim Küchentresen zog er die Schuhe aus und ging mit seinem Müslischälchen in das tadellos eingerichtete Wohnzimmer, wo er sich auf eines der Ledersofas fallen ließ. Er legte die Füße auf den Glascouchtisch und schaltete den riesigen Fernseher ein. Das war das einzige Zugeständnis, das er dem Innenarchitekten hatte abringen können.

Jeder Mann brauchte einen geradezu unanständig großen Plasmabildschirm, um Sport zu schauen.

Er ging die Sendungen durch, die er aufgenommen hatte, fand die Abendnachrichten aus London und klickte die Aufnahme an. Dann lehnte er sich zurück, um sein kärgliches Abendessen zu verspeisen, während er das Neueste vom Tage anschaute – ausgelaufenes Benzin auf der A1, eine Bombendrohung gegen die israelische Botschaft und Fahrpreiserhöhungen bei der U-Bahn. Aber dann kam eine Geschichte, bei der er sich aufrichtete, sein Müslischälchen neben sich auf dem Sofa abstellte und den Fernseher lauter stellte.

„… die mehrfach mit Preisen ausgezeichnete Schauspielerin Cassandra Sinclair hat heute in einer privaten Zeremonie auf der Insel Mykonos ihren Schauspielerkollegen Philip Kane geheiratet …"

James starrte auf den Fernseher, während Paparazzi-Aufnahmen einer lächelnden Cassandra in einem kurzen Brautkleid am Arm ihres gut aussehenden englischen Schauspielerkollegen über den Bildschirm flimmerten. Ganz kurz blieb ihm die Luft weg, und sein Puls dröhnte ihm so laut in den Ohren, dass er kaum die nächsten Worte des Nachrichtensprechers verstehen konnte.

„… die auch bekannt wurde durch ihre öffentlich bekannte Beziehung und die dann folgende Trennung von ihrem ehemaligen Verlobten, dem schottischen Starkoch James MacDonald."

Er musste schwer schlucken und schaltete den Fernseher aus. Verheiratet? Nach nicht einmal zwei Jahren und dann auch noch mit dem Mann, dessentwegen sie ihn verlassen hatte? Plötzlich merkte er, dass es an seinem einen Oberschenkel nass wurde, und als er hinschaute, sah er, dass das Müslischälchen neben ihm umgekippt war. Er nahm es, stand auf und ging in die Küche. Ihm war der Appetit vergangen, weshalb der Rest des Müslis in den Mülleimer wanderte.

Er stemmte seine Handflächen auf die Arbeitsfläche und ließ das Kinn auf die Brust sinken. Eigentlich hätte ihm diese Nachricht nichts mehr ausmachen dürfen, denn er wollte sie gar nicht zurückhaben. Nicht nach all ihren Lügen und ganz sicher nicht nach der Demütigung, als er herausgefunden hatte, dass sie während ihrer gesamten Verlobungszeit ein Verhältnis mit Kane gehabt hatte. Es war einfach nur ein Schock, aus dem Fernsehen und gleichzeitig mit Millionen von anderen Zuschauern von ihrer Hochzeit zu erfahren. Sie hatte nicht einmal den Anstand und die Höflichkeit besessen, ihn vorzuwarnen, nachdem er so gewissenhaft den Grund für ihr Beziehungsaus aus der Presse herausgehalten hatte, damit ihr blitzsauberes Image keine Kratzer bekam.

Nicht heute Abend. Er hatte Cassie schon genug Schaden in seinem Leben anrichten lassen. Er würde nicht zulassen, dass sie ihm auch noch die schöne Erinnerung verdarb, die noch von seiner Begegnung mit Ians temperamentvoller Unternehmensberaterin geblieben war. Er richtete sich auf, spülte schnell das Schälchen und den Löffel ab und stellte beides aufs Abtropfbrett.

Morgen würde er nach Hause fahren, und es konnte ganz sicher nicht schaden, wenn er die lebhafte Ms Sullivan dabei hatte.

3

Andrea wachte mit klopfendem Herzen zu den düsteren Akkorden von Rachmaninoffs zweitem Klavierkonzert auf. Sie griff nach ihrem Handy auf dem Nachttisch und schaltete mit zitternden Händen den Alarm aus. Panik überfiel sie in der Stille des stockdunklen Zimmers, in dem sie keinen Hinweis darauf entdecken konnte, wo sie sich gerade befand. *New York? Chicago? London?*

London. Ja, sie war in *London.* Sie ließ sich zurück auf ihr Kissen fallen. Das war das Schrecklichste an ihrem Job, aufzuwachen und nicht zu wissen, wo sie war. Dieser Monat war besonders schlimm gewesen, denn ein Termin hatte den nächsten gejagt, ohne dass sie zwischendurch Zeit gehabt hatte, sich zu Hause in ihrer Wohnung zu entspannen.

Langsam normalisierte sich Andreas Herzschlag wieder, aber es war schon zu spät, die Angst aufzuhalten, die ihr den Magen zusammenzog, sodass er sich wie ein fester Knoten anfühlte. Sie schaltete die Nachttischlampe an und blinzelte in das grelle Licht, während sie nach dem Telefon tastete, um den Zimmerservice zu rufen. Wenn das Frühstück käme, hätte sie sich wahrscheinlich so weit wieder beruhigt, dass sie etwas essen konnte, aber es würde eine gute Dosis Koffein nötig sein, bevor sie bereit wäre, sich dem Tag zu stellen.

Eine heiße Dusche, irische Haferflocken mit frischen Beeren und zwei Tassen starker Kaffee verbesserten ihre Stimmung schon erheblich. Sie war gerade dabei, ihr Haar zu föhnen, als das Zimmertelefon klingelte. Sie rannte zum Nachttisch und riss den Hörer von der Station.

„Miss Sullivan", sagte die Angestellte an der Rezeption, „Ihr Wagen ist da."

„Mein was?"

„Ihr Transfer zum Flughafen. Der Wagen wartet draußen."

„Ich habe aber gar keinen …" *MacDonald.* Klar. Das sah ihm ähnlich, einen Wagen zu schicken, einfach um zu demonstrieren, dass er wusste, wo sie abgestiegen war. „Vielen Dank. Ich bin gleich unten."

Andrea ging zurück ins Bad und schaltete den Föhn wieder ein. Es waren noch drei Stunden Zeit bis zu ihrem Abflug. Der Wagen konnte also warten. Als sie ihren schulterlangen Bob fertig frisiert hatte, packte sie ihre Bürste und ihren Kulturbeutel in ihr Handgepäck und warf einen letzten Blick in den Ganzkörperspiegel im Bad.

Sie hatte ihr konservativstes Outfit gewählt, einen unauffälligen grauen Hosenanzug mit einem Schößchen-Blazer und einer fliederfarbenen Seidenbluse. Dazu trug sie High Heels, aber statt der scharlachroten Plateaupumps diesmal ein atemberaubendes Paar Peeptoes. Sie betrachtete sich ein letztes Mal im Spiegel und lächelte. Das war ihre weibliche Rüstung. Vielleicht achteten die Kunden manchmal mehr auf ihr Äußeres als auf ihre Geschäftstüchtigkeit, aber sie war nicht bereit, sich wie ein Mann zu kleiden, nur um zu beweisen, dass sie wie einer arbeiten konnte.

Als sie sich wieder vom Spiegel abwenden wollte, fiel ihr Blick auf das Goldkreuz, das sie um den Hals trug. Ihre Finger tasteten wie automatisch dorthin und rieben den kühlen Metallanhänger. Das Symbol fühlte sich mittlerweile wie eine Lüge an. Was ihre Mutter wohl denken würde, wenn sie sehen könnte, was aus ihr geworden war? Würde sie stolz sein auf das, was Andrea aus sich gemacht hatte? Oder wäre sie eher enttäuscht darüber, dass das Schmuckstück alles war, was von ihrer Vergangenheit noch übrig geblieben war?

Andrea holte einmal tief Luft und schob diese unproduktiven Gedanken von sich. Ihre Mutter war nicht mehr da, und welche Hoffnungen auch immer sie für ihre Tochter gehabt haben mochte, sie waren mit ihr gegangen. Aber vielleicht war es auch am besten so. Es hätte ihr sicher das Herz gebrochen, mitansehen zu müssen, wie ihr jüngstes Kind den Glauben aufgab, der ihr selbst in allen Schwierigkeiten Halt gegeben hatte.

Andrea zog jetzt den Blazer noch einmal glatt, griff nach dem Rollkoffer und bereitete sich innerlich auf das vor, was auf sie zukam. Heute war der Tag, an dem sich das ganze Chaos lichten würde. Sie würde diesen Deal abschließen und schon wäre sie wieder auf der Überholspur zur Beförderung. Dann konnte sie das ganze Desaster hier in London vergessen und wieder ihr geordnetes, berechenbares Leben aufnehmen.

Die Rechnung war bereits per Kreditkarte beglichen, sodass Andrea durch die Lobby nach draußen ging. Die Rollen ihres Handgepäckkoffers machten ein surrendes Geräusch auf dem Marmorboden. Der Portier öffnete ihr die Glastür, und sie trat ins Freie, wo am Bordstein eine schwarze Limousine wartete. Ein uniformierter Fahrer stand an die hintere Stoßstange gelehnt am Wagen.

Mit einem höflichen Nicken kam er jetzt auf sie zu. „Darf ich Ihnen Ihr Gepäck abnehmen, Miss Sullivan?"

In dem Moment, in dem Andrea es ihm lächelnd überließ und ihm folgte, ging die hintere Wagentür auf und James MacDonald stieg mit einem strahlenden Lächeln aus. „Guten Morgen."

Sie strauchelte, und ihr Lächeln entglitt ihr, weil sie kurz völlig durcheinander war. Es war ihr gar nicht in den Sinn gekommen, dass er selbst in dem Wagen sitzen könnte – dem Wagen, den sie 25 Minuten hatte warten lassen.

Und vorbei war es mit ihrem Plan, den Weg zum Flughafen zur Vorbereitung ihres Pitchs zu nutzen. Sie würde jetzt weder Zeit noch Gelegenheit mehr haben, ihre Gedanken zu sammeln, jedenfalls nicht, wenn diese ausschließlich damit beschäftigt waren, wie attraktiv James in seinem perfekt maßgeschneiderten anthrazitfarbenen Anzug und dem frischen weißen Hemd aussah. Doch statt sich weiter bei diesen Details aufzuhalten, richtete sie ihren Fokus jetzt auf die beiden Pappbecher, die er in den Händen hielt.

„Sie haben Kaffee mitgebracht?"

„Betrachten Sie es als Friedensangebot", erklärte er und hielt ihr einen der Becher hin. „Ich bin davon ausgegangen, dass Sie Ihren nach einer langen Recherchenacht schwarz trinken."

„Schlau." Er würde ihr auf jeden Fall den Fauxpas vom vergangenen Abend unter die Nase reiben, aber sie nahm den angebotenen Becher – dessen Inhalt mittlerweile bestimmt schon kalt war – trotzdem, während der Fahrer ihr Gepäck im Kofferraum verstaute.

James trat beiseite, machte eine Geste zum Auto hin und fragte: „Sollen wir?"

Sie stieg hinten ein, er schlug ihre Tür zu und ging dann um den Wagen herum auf die andere Seite. Sie stellte ihre Schultertasche neben ihren Füßen auf den Boden und legte ihren Wollmantel in die Mitte der Rückbank, auf der genug Platz zu für sie beide war.

Sie rückte ein paar Zentimeter von ihm weg, deutete mit dem Kopf auf das Wageninnere und fragte: „Ihrer?"

„Gemietet. Ich habe hier in London keinen Wagen."

„Und ich nehme an, welchen Flug ich gebucht habe, haben Sie auf dieselbe Weise herausgefunden wie das Hotel, in dem ich abgestiegen bin?"

Er grinste sie an und sagte: „Ich bin sehr effizient."

Andrea trank einen kleinen Schluck von ihrem lauwarmen Kaffee und schaute aus dem Fenster, als die Limousine losfuhr. Sie musste sich in Acht nehmen vor diesem Lächeln. Er benutzte es als Waffe und besiegte damit zweifellos die Frauen reihenweise. Auch sie war diesem Lächeln schon einmal zum Opfer gefallen.

„Also, Mr MacDonald, dann erzählen Sie doch mal, was Sie für heute geplant haben."

„Mr MacDonald? Wieso so förmlich? Ich dachte, wir wären schon beim Vornamen gewesen, nachdem ich Ihnen ein Kompliment für Ihre Beine gemacht habe."

Sie wandte sich ihm mit einem Ruck zu und verfluchte sich dann selbst, dass sie schon wieder auf ihn hereingefallen war. „Wenn ich mich recht erinnere, dann haben Sie meinen Rock und meine Schuhe erwähnt. Von den Beinen war da keine Rede."

„Die waren inbegriffen. So wie bei Ihnen das Bild eines hemmungslosen Playboys inbegriffen war."

„Sie sind ja auch ein hemmungsloser Playboy." Die Worte waren schon heraus, bevor sie noch überlegt hatte. In etwas milderem Tonfall fügte sie deshalb hinzu: „Aber das hat natürlich nichts mit Ihrer Geschäftstüchtigkeit zu tun. Ich habe meine Hausaufgaben gemacht. Ohne harte Arbeit und eine klare Vision wären Sie mit 35 Jahren sicher nicht dort, wo Sie sind. Wirklich beeindruckend."

Ganz kurz sah er überrascht aus. „Danke."

„Gern geschehen. Aber Sie haben meine Frage nicht beantwortet. Das hier würde sehr viel reibungsloser laufen, wenn ich genau wüsste, was Sie von mir erwarten."

„Das Ganze war Ians Idee, nicht meine. Ich habe, ehrlich gesagt, keine Ahnung, was Sie hier machen."

Andrea blinzelte. „Wer ist denn Ian?"

„Mein Geschäftsführer. Ihm gehört ein Drittel des Hotels, und dieses Arrangement stammt von ihm."

Andrea sank der Mut. Na toll, kein Wunder, dass James sie dermaßen widerstrebend als Kollegin behandelte.

„Aber wieso machen Sie sich denn dann so viel Mühe, wenn Sie mich hier gar nicht haben wollen?“

„Ich habe nicht gesagt, dass ich Sie hier nicht haben will“, korrigierte er sie und das Blitzen in seinen Augen ließ bei ihr alle Alarmglocken schrillen. „Ich habe nur gesagt, dass es Ians Idee war. Warum sagen Sie mir nicht, was genau Sie erreichen möchten?“

Da richtete sie sich in ihrem Sitz auf und strich ihren Blazer glatt. Sie würde auf keinen Fall zulassen, dass irgendwelche internen Machtkämpfe ihr das hier kaputtmachten. „*Morrison Hospitality Consulting* ist eine Firma, die auf einzigartige, historische Hotelimmobilien spezialisiert ist. Unsere Klienten gehören zu den bekanntesten Hoteliers der Welt, unter anderem *Excelsior Properties* und *Hotel du Soleil*, aber wir arbeiten auch für andere kleinere, klar umrissene …“

„Das weiß ich alles“, unterbrach James sie. „Ich habe gestern Abend Ihre Website studiert. Aber ich möchte wissen, warum *Sie* hier sind. Ausgerechnet Sie?“

Also gut, auch mit dieser Art von Direktheit kam sie zurecht. „Ich bin hier, um auszuwerten, was Ihr Hotel benötigt, angefangen bei der Infrastruktur, über das Marketing bis hin zu einer Wettbewerbsanalyse. Bevor ich wieder abreise, werde ich detaillierte Vorschläge für die Bereiche machen, in denen wir Ihnen helfen können. Ich bekomme 90 Prozent der Projekte, für die ich ein Angebot mache, übertragen, und meine Projekte erleben eine Umsatzsteigerung von mindestens 55 Prozent innerhalb von neun Monaten. In den acht Jahren, in denen ich jetzt in diesem Geschäft tätig bin, habe ich nie erlebt, dass ein Kunde pleitegegangen ist.“

„Wenn wir also mit Ihrer Firma ins Geschäft kämen, wären Sie die Verantwortliche für das Projekt.“

Sie versuchte seine Miene zu deuten und fragte sich, ob er bei seiner Frage wohl Hintergedanken hatte, aber er schien es ernst zu meinen. „Ich arbeite von New York aus, würde das Projekt aber betreuen. Es ist meine Aufgabe, dafür zu sorgen, dass unser Team in London das umsetzt, was wir in den kommenden beiden Tagen planen, und sicherzustellen, dass Ihre Umsatzziele erreicht werden."

Jetzt wurde seine Miene zurückhaltend und das ständige Lächeln verschwand. „Ich will dieses Projekt nicht aus finanziellen Gründen realisieren, sondern weil es mir persönlich am Herzen liegt."

Andrea nickte und schluckte ihre Erwiderung herunter, aber sie hatte es in ihrer Karriere bisher nicht dadurch so weit gebracht, dass sie ihr Bauchgefühl hinterfragt hatte. „Darf ich offen sein?"

„Bitte."

„Wie man ein Restaurant führt, wissen Sie ja offensichtlich, aber das Betreiben eines Hotels ist etwas völlig anderes. Die meisten scheitern damit innerhalb der ersten fünf Jahre. Wenn es Ihnen mit dem Projekt ernst ist, dann brauchen Sie uns. Ihr COO hat uns ausgesucht, weil wir die Besten sind, und von allen Beratern bei *Morrison* bin wiederum *ich* die Beste. Wenn es sich also nur um irgendeinen *Bed-and-Breakfast* Traum handelt, dann sollten Sie es mir vielleicht lieber jetzt sofort sagen, bevor das hier eine kolossale Zeitverschwendung für mich wird – und für Sie genauso."

James hielt ihrem Blick eine Weile stand, taxierend, als versuchte er, tief in ihr Inneres hineinzublicken, sodass sie Mühe hatte, gleichmäßig weiterzuatmen und seinem Blick nicht auszuweichen.

„Also gut, dann lasse ich Ihnen einen Versuch. Und wenn es nur dem Zweck dient, zu beweisen, dass ich kein Amateur bin."

Sie nickte. „Gut. Mehr will ich ja auch gar nicht."

Das Blitzen in seinen Augen war jetzt wieder da, ein sicheres Zeichen, dass eine weitere Charmeoffensive unmittelbar bevorstand, aber bevor er loslegen konnte, klingelte sein Handy. Er warf ihr einen entschuldigenden Blick zu und meldete sich kurz und knapp, aber mit einem Lächeln, bei dem sich in seinem Gesicht unzählige Fältchen bildeten. „Hallo Bridget."

Bridget? Eine Freundin vielleicht. Ein Mann wie er war bestimmt nie lange Single, und das machte sein ständiges Flirten natürlich noch beunruhigender.

„Nein, das ist in Ordnung. Ende des Monats bin ich wieder in *London*. Buchen Sie nur meinen Flug nach *Cardiff* von acht auf drei um."

Also doch keine Freundin, sondern seine Assistentin, aber eigentlich ging es sie ja auch nichts an.

Sie lehnte sich auf dem Ledersitz zurück und schaute zu, wie er mit seinem Tablet auf dem einen, dem Laptop auf dem anderen Knie und seinem Handy zwischen Schulter und Ohr geklemmt, seinen Monat durchplante. Sein überbordender Terminkalender verringerte ihre Sorgen und Bedenken etwas. MacDonald mochte vielleicht gern provozieren und flirten, aber es war ihm absolut ernst, was seinen Beruf und das Führen seiner Unternehmen anging. Wenn ihre Beziehung professionell und freundschaftlich blieb, musste er erkennen, wie wertvoll sie und ihre Firma für sein Projekt sein konnten.

Als er sein Telefongespräch beendet hatte, sagte Andrea: „Ich bin neugierig. Wieso *Skye*? Warum nicht *Edinburgh* oder *Glasgow* oder *Inverness*?"

„Wenn wir dort sind, werden Sie es verstehen", antwortete er und im selben Moment klingelte schon wieder sein Handy, das er immer noch in der Hand hielt. „James", meldete er sich.

Andrea holte ein kleines Notizbuch aus ihrer Handtasche und notierte sich ein paar Stichpunkte und Schlagworte, die sie einsetzen wollte, um den Auftrag für ihre Firma an Land zu ziehen, während er seinen Terminplan noch einmal wegen eines Einsatzes als Juror bei einem Kochevent im kanadischen Fernsehen änderte.

Er beendete das Gespräch, als der Fahrer vor dem Nordterminal des Flughafens *Gatwick* hielt. „Tut mir leid", sagte er und sah sie mit seinen blauen Augen intensiv an. Sein Blick hatte nichts mehr von dem eines Geschäftsmannes, sondern jetzt war er wieder ganz der Charmeur.

„In dem Hotel auf *Skye* gibt es keinen Handyempfang. Wenn wir also dort ankommen, haben Sie meine absolut ungeteilte Aufmerksamkeit."

Das klang wie ein Versprechen, aber das Blitzen in seinen Augen sagte ihr, dass es wahrscheinlich besser für sie war, es als Drohung zu betrachten.

4

Andrea Sullivan wusste, wie sie James nehmen musste.

Sie machte das sehr geschickt und subtil, darin war sie richtig gut. Die meisten Frauen hätten wahrscheinlich einen Schutzschild aus Eiseskälte gegen ihn errichtet, aber sie hatte gemerkt, dass er das wahrscheinlich nur als Herausforderung betrachtet hätte. Deshalb war sie freundlich, professionell und direkt und wischte mit der Versiertheit einer Frau, die es gewohnt war, in jeder Situation die Kontrolle zu behalten, seine Flirtversuche beiseite.

So ungern er es zugab, aber Ian hatte eine gute Wahl getroffen. James hatte keinerlei Zweifel, dass Andrea tatsächlich in der Lage war, das zu erreichen, was sie behauptete. Und vielleicht war es ja auch gar keine so schlechte Idee, eine außenstehende Person einen Blick auf das Hotel werfen zu lassen. Seit über einem Jahr war es jetzt schon geschlossen, und sein letzter Blick auf die Zahlen hatte gezeigt, dass es unter der Leitung seines Vaters längst nicht so profitabel gewesen war, wie es hätte sein sollen. James hatte zwar eine Vision, was aus dem Hotel einmal werden könnte, aber er hatte einfach nicht die Zeit, diese Vision auch umzusetzen. Etwas Hilfe von außen würde seinen völlig überfüllten Terminkalender sicher etwas entlasten.

Bei der Sicherheitskontrolle brauchten sie nicht zu warten und unterzogen sich mit der gelangweilten Haltung von Vielfliegern dem normalen Ritual des Taschenleerens, des Scannens und der Handgepäckkontrolle. Andrea zog ihren Blazer aus, dann ihre Pumps und legte beides unter ihren Mantel in die Plastikkiste auf dem Fließband. Sie fuhr sich abwesend mit den Fingern durchs Haar und ging mit bloßen Füßen zum Scanner.

Wie machte sie das bloß? Von den Frauen, mit denen er ausging, war er es gewohnt, dass sie ihre Sinnlichkeit bewusst einsetzten, perfekte Körper in hautengen Kleidern zur Schau stellten durch Bewegungen, die darauf abzielten, die Blicke aller Männer in ihrer Umgebung auf sich zu ziehen. Das war zwar schön, aber auch irgendwie künstlich und platt. Andrea Sullivan dagegen trug ein ausgesprochen konservatives Businesskostüm, und trotzdem hatten bei ihr selbst die banalsten Gesten die Wirkung, dass man ihr gern länger zugeschaut hätte. Wie schaffte sie das bloß?

„Sir?“ Der Sicherheitsbeamte sah ihn ungeduldig an, sodass er hastig seinen Gürtel, den Schlüsselbund und seine Uhr in die Kiste auf dem Fließband legte. Ja, sie konnte einen definitiv ablenken. Er zügelte seine Fantasie, während der Beamte ihn scannte. Flirten war das eine, aber sich mehr vorzustellen, war etwas ganz anderes.

Bei der Vorstellung, den Versuch zu unternehmen, Andrea zu küssen und dann von den Sicherheitsleuten abgeführt zu werden, musste er schmunzeln. Leider brachte ihn das auf Gedanken und Themen, die er eigentlich lieber meiden wollte.

Als er endlich die Sicherheitsschleuse passiert hatte, stand sie schon fertig mit einer Hand an ihrem Rollkoffer da und wartete auf ihn.

„Fertig?“

James steckte seinen Schlüsselbund in die Tasche und legte seine Armbanduhr wieder an. Er folgte ihrem Blick, der zu seinem Handgelenk ging. „Machen Sie sich keine Sorgen. Wir haben noch Zeit.“

Da umspielte ein Lächeln ihre Mundwinkel und sie sagte: „Hätte ich mir ja denken können, dass es keine Rolex ist."

Er schaute auf die Uhr, eine mittelteure Markenuhr aus Stahl. „Was? Finden Sie sie nicht gut?"

Sie musterte ihn einmal von oben bis unten und antwortete dann: „Sie ist wirklich erlesen ... sagt aber auch viel aus."

Sagt viel aus? Was genau sollte denn das bedeuten? „Wenn man bedenkt, dass wir uns kaum kennen, dann haben Sie aber schon ein paar ziemlich ausgeprägte Ansichten über mich."

Sie sah ihm in die Augen. „Ja, ich kenne Sie."

„Na, dann erzählen Sie doch mal", sagte er lächelnd und zog herausfordernd die Augenbrauchen hoch.

„Gut." Sie musterte ihn jetzt ganz offen. „Ich glaube, dass Sie in Ihrer Familie der Jüngste sind. Sie suchen ständig Aufmerksamkeit und müssen sich andauernd beweisen, möchten dabei aber absolut individuell sein. Ein Studium wie Betriebswirtschaft oder Jura wäre Ihnen viel zu langweilig gewesen. Und jetzt, wo Sie es geschafft haben, tun Sie nicht gern, was andere von Ihnen erwarten. Maßgeschneiderter Anzug, aber keine Krawatte. Keine Rolex, sondern eine Breitling. Ich bin sicher, Sie könnten es sich leisten, hier in *London* zu leben, wo immer Sie wollten, aber weil man damit rechnet, dass Sie in einem der angesagten Stadtteile wohnen, haben Sie sich etwas Ruhiges und Elegantes ausgesucht. *Mayfair* oder *Belgravia* vielleicht. Allerdings eine Wohnung, weil alles andere in der Unterhaltung viel zu aufwändig wäre."

Er starrte sie an, und war beunruhigt, wie nah sie der Wahrheit gekommen war. Natürlich konnte sie einiges davon auch bei der Internetrecherche am vergangenen Abend herausgefunden haben, aber an ihrem Tonfall merkte er, dass ihre Aussagen wirklich spontan und intuitiv waren. Sie konnte Menschen tatsächlich gut einschätzen. „Entwickeln Sie so einen Draht zu Ihrem Klienten? Indem Sie ihn Stückchen für Stückchen sezieren?"

Sie machte den Mund auf, um darauf zu antworten, überlegte es sich dann aber doch anders. Ganz kurz huschte ein Hauch von Bedauern – oder war sie peinlich berührt – über ihr Gesicht. „Liege ich denn falsch?"

Er zog das Schweigen in die Länge und nur ihr leicht zusammengekniffener Mund verriet ihr Unbehagen. Er rettete sie, indem er sagte: „Nein, Sie liegen gar nicht falsch. Mit Ausnahme der Tatsache, dass ich in *South Kensington* wohne."

„Immer noch ziemlich nah, oder?"

„Ja, das kann man wohl sagen." Er warf heimlich einen Blick auf sie, während sie in Richtung Abflughalle gingen. Die Mischung aus Restaurants und Duty-free-Shops konnte es an Vielfalt und Exklusivität mit jeder Hauptgeschäftsstraße aufnehmen, doch Andrea würdigte keinen der Läden auf dem Weg zum Gate auch nur eines Blickes. Sie schien mit ihrer Einschätzung ihres künftigen Klienten vollauf zufrieden zu sein. Zeit also, sie ein bisschen zu verunsichern.

„So, jetzt bin ich an der Reihe."

Sie sah plötzlich alarmiert aus. „Womit?"

„Na, mit unserem kleinen Einschätzungsspiel." Er grinste und musterte sie jetzt ganz unverhohlen. „Also … Sie sind irgendwo auf dem Land aufgewachsen, wahrscheinlich eher untere Mittelschicht, und Sie haben sich immer noch nicht richtig daran gewöhnt, Geld zu haben oder in der Großstadt zu leben. Sie sind die einzige Frau in Ihrer Firma, jedenfalls auf Ihrer Managementebene – und das gibt Ihnen das Gefühl, verletzlich zu sein. Die Männer sagen, dass Sie es nur wegen Ihres Aussehens so weit gebracht haben, und das nehmen Sie ihnen übel, allerdings nicht übel genug, um unelegante Schuhe zu tragen oder Ihre Figur zu verstecken. Und, wie mache ich mich bis jetzt?"

„Nicht schlecht." Sie blickte auf, sah ihn aber nicht direkt an. „Ich bin in einer Kleinstadt in Ohio aufgewachsen. Wie sind Sie darauf gekommen?"

Er wurde weicher. „Weil Sie meinen Anzug erwähnt haben, und weil Sie mit Ihren 600-Dollar-Schuhen so umgehen, als würden Sie sich an jede einzelne Stunde erinnern, die Sie dafür gearbeitet haben. Sie halten nichts für selbstverständlich.“ *So wie Sie es von mir annehmen.*

Sie nickte und wurde ein ganz klein wenig rot. Dabei hatte er sie gar nicht beschämen wollen, sondern diese Beschreibung eher als Kompliment gemeint.

Dann sah sie ihn an und fragte: „Woher wissen Sie, wie viel meine Schuhe gekostet haben?“

„Ich bin viel mit Frauen zusammen und erkenne deshalb Louboutins, wenn ich welche sehe.“ *Außerdem hatte Cassie mindestens ein Dutzend Paare davon.* Er wusste, wie es sich anfühlte, wenn – im übertragenen Sinne – mit rot lackierten Sohlen auf einem herumgetrampelt wurde. Doch er änderte jetzt lieber rasch die Richtung des Gespräches. „Wie viele Geschäftstermine wie diesen hier haben Sie denn so pro Monat?“

„Das ist mein neunter in dreißig Tagen.“

„Und ich dachte schon, *ich* wäre viel unterwegs. Aus wie vielen dieser Termine sind Sie mit einem unterschriebenen Vertrag herausgegangen?“

„Aus fünf. Zwei weitere werden gerade von den Juristen überprüft.“

„Wirklich beeindruckend.“

„Ich habe Ihnen doch gesagt, dass ich die Beste bin.“ Das Blitzen in ihren Augen war eine eindeutige Herausforderung.

Er hatte sie also verunsichert. Sie hasste es, sich verletzlich zu zeigen und fühlte sich bloßgestellt, wenn über ihre Vergangenheit gesprochen wurde. Interessant. „Und was ist mit dem achten passiert?“

„Er wollte den Vertrag nur gegen gewisse Gefälligkeiten meinerseits abschließen, und meine Reaktion darauf war nicht sonderlich diplomatisch.“

„Das heißt?“

Sie errötete noch tiefer. „Ich habe ihn geschlagen."

„Wo?"

„Im Aufzug."

James lachte leise. „Ich meine, wohin sie ihn geschlagen haben?"

„Ach so, aufs Kinn." Sie hielt ihm kleinlaut die lädierte Hand hin, woraufhin er ein verblüfftes Lachen ausstieß. „Gut gemacht! Erinnern Sie mich bitte daran, dass ich nicht die Bekanntschaft mit Ihrem linken Haken machen möchte."

„Das liegt doch ganz bei Ihnen, oder?" Sie warf ihm einen schelmischen Blick zu, und er seufzte erleichtert darüber, dass sie sich wieder auf sichererem Terrain befanden. Aber was interessierte ihn das überhaupt …

„Warten Sie." James' Hand schoss vor und packte sie am Oberarm, bevor er Zeit hatte zu überlegen, ob das klug von ihm war.

Andrea blieb mit einem Ruck stehen und sah ihn an, als wollte sie bei ihm denselben Schlag ausüben.

„Sie sind an unserem Gate vorbeigegangen."

Sie blickte zu der Anzeige hoch und ihre sichtbare Anspannung wich. „Ach, tut mir leid. Es ist nur … nach dem letzten Mal …"

Die Erinnerung an den zudringlichen Klienten verfolgte sie offenbar immer noch. James nahm an, dass der Mann sie nur angemacht hatte, aber vielleicht war ja auch mehr passiert. Ob er versucht hatte, sie zu nötigen?

Wenn das der Fall war, dann hatte der Typ wirklich mehr verdient als nur ein blaues Kinn.

Er merkte jetzt, dass sie immer noch zu nah beieinander auf dem breiten Gang zu den Gateways standen. In ihren High Heels war sie beinah auf Augenhöhe mit ihm, und er wurde wieder von dem Duft ihres sinnlichen Parfüms eingehüllt.

Durch diese Ablenkung wurde seine Stimme tiefer, und er sprach leiser, als er beabsichtigt hatte. „Ich kann Ihnen versichern, dass ich sehr gut in der Lage bin, meine beruflichen und privaten Angelegenheiten auseinanderzuhalten."

Ihre Blicke begegneten sich und sie erstarrte. Nicht einmal ein Atemzug durchbrach ihr Schweigen. James wagte es nicht, sich zu rühren. Und er hätte es auch gar nicht gekonnt, selbst wenn er gewollt hätte.

Dann senkte sie den Blick, ging an ihm vorbei und sagte: „Gut. Bitte sorgen Sie dafür, dass es dabei auch bleibt."

James atmete erleichtert aus und schaute zu, wie sie sehr aufrecht und mit kurzen abgehackten Schritten zurück zum Wartebereich an ihrem Gate ging. Zum ersten Mal fragte er sich, ob er vielleicht mehr versprochen hatte, als er würde halten können.

5

Inverness mochte zwar die inoffizielle Hauptstadt der schottischen *Highlands* sein, aber der Flughafen dort hatte mehr Ähnlichkeit mit einer altmodischen Ladenzeile als mit einem Terminal. Als Andrea das Flugzeug verließ und die fahrbare Treppe am Ausstieg betrat, schlug sie sich zum Schutz gegen den Wind den Kragen ihres Wollmantels hoch.

In London hatte es bereits erste Anzeichen von Frühling gegeben, aber hier war die Luft trotz des strahlenden Sonnenscheins noch schneidend kalt. Hätte sie gewusst, dass es sie noch nach Schottland verschlagen würde, hätte sie bestimmt passendere Kleidung eingepackt.

„Wenn Sie erlauben …", sagte James, nahm ihr Handgepäck und drängte sich seitlich an ihr vorbei die Treppe hinunter. Sie holte ihre Sonnenbrille aus der Manteltasche und setzte sie als Schutz vor der tief stehenden Nachmittagssonne auf. Die dunklen Gläser schützten ihre Augen vor dem grellen Licht, und, so hoffte sie jedenfalls, auch davor, dass man ihre Miene deuten konnte.

Seit dem merkwürdig intensiven Moment am Flughafen war James absolut freundlich, ja sogar ein richtiger Gentleman gewesen. Während des kurzen Fluges war er mit Finanztabellen auf seinem Tablet beschäftigt gewesen, während Andrea Kreuzworträtsel gelöst hatte, aber ohne richtig bei der Sache zu sein. Außer einem Vorschlag für *schwerfällig* mit sechs Buchstaben hatte er kaum etwas gesagt, aber sie hatte trotzdem gespürt, wie sein Blick immer wieder zu ihr gewandert war, wenn er dachte, sie würde es nicht merken.

Sein plötzlich so ernsthaftes Benehmen war umso verwirrender, weil sie vermutete, dass es ihm eigentlich gar nicht ähnlich sah, zumindest im Umgang mit Frauen.

Vorsichtig ging sie jetzt die schmale Treppe aufs Rollfeld hinunter, wo James bereits wartete und ihr den Griff ihres Rollkoffers hinhielt. Sie nahm ihn mit einem Nicken entgegen und folgte ihm ein kleines Stück über den Asphalt zum Eingang des Terminals.

Das Innere des flachen Gebäudes wirkte mit ein paar Reihen blau gepolsterter Stühle an jedem der wenigen Gates recht kompakt.

„Müssen wir einen Wagen mieten?", fragte sie.

Als sie sich dem Infoschalter näherten, wurde er langsamer, holte einen Parkschein aus seiner Innentasche und antwortete: „Nein, ich habe mein Auto hier stehen gelassen. Nach *Skye* ist es ziemlich weit. Zu weit für ein Taxi."

Die Miene der rothaarigen Frau hinter dem Tresen hellte sich merklich auf, als er näher kam. „Mr MacDonald, willkommen zurück in Schottland."

„Danke, Marcie." Andrea konnte nicht so genau sagen, ob er sich wirklich an die Frau erinnerte, oder ob er rasch einen verstohlenen Blick auf ihr Namensschildchen geworfen hatte. „Wie war denn das Wetter in den letzten Wochen?", erkundigte er sich.

Marcie zuckte mit den Schultern und warf ihm ein schüchternes Lächeln zu. „Wir sind in Schottland. Es ist regnerisch." Sie zog seine Kreditkarte durch, gab sie ihm zurück und suchte dabei bewusst den Blickkontakt mit ihm.

Andrea konnte kaum dem Impuls widerstehen, die Augen zu verdrehen. Deutlichere Signale hätte die Frau wirklich nicht aussenden können, auch wenn es Andrea im Grunde nicht interessierte. Wieso hätte es ihr etwas ausmachen sollen, dass sich die Frauen Hals über Kopf in James MacDonald verliebten, wo immer er auftauchte, denn schließlich hatte sie ja nicht vor, sich in diese Riege einzureihen. Wenn dieser Umstand allerdings eines bewies, dann, dass Flirten für ihn so normal war wie das Atmen. Auf Marcies Flirtversuche reagierte er allerdings einfach nur freundlich – was der jungen Frau aber auch absolut recht zu sein schien.

Nachdem James die Gebühr für den Langzeitparkplatz bezahlt hatte, gingen sie nebeneinander her zum Parkplatz. Andrea hatte sich vom Charme ihres Klienten – bzw. von ihren Versuchen, ihm nicht zu erliegen – dermaßen ablenken lassen, dass sie sich noch gar keine Gedanken darüber gemacht hatte, wie es jetzt wohl weitergehen würde. „Mein Büro hat mir mitgeteilt, dass Sie mir ein Zimmer in Ihrem Hotel bereitstellen. Heißt das, die Sanierung ist schon abgeschlossen?"

„Im Hauptgebäude noch nicht, aber es gibt auf dem Grundstück noch drei Cottages als Ferienwohnungen für Selbstversorger, die wir als Erstes fertiggestellt haben, damit wir eine Unterkunft haben, wenn wir herkommen, um nach dem Rechten zu schauen und uns über den Fortgang der Arbeiten zu informieren."

„Gut. Wie lange dauert denn die Fahrt?"

„Ungefähr drei Stunden – je nachdem."

„Je nachdem was?"

„Je nach Geschwindigkeit, Wetter und Schafen."

„Schafe?" Fragend zog sie die Augenbrauen hoch.

„Na ja, wir sind hier in Schottland. Außerhalb der Stadt sind die Tiere eine absolute Plage." Er warf ihr einen seltsamen Blick zu. „Ich bin davon ausgegangen, dass Sie schon mal hier gewesen sind. Oder mögen Sie Schottland einfach aus Prinzip nicht?"

„Ich bin schon in *Glasgow* gewesen, und an Schafe kann ich mich da nicht erinnern."

„*Glasgow* und die *Highlands* sind etwas völlig Verschiedenes", erklärte er und blieb abrupt stehen. „So, wir sind da."

„Wo?" Andrea schaute sich auf dem beinah leeren Parkplatz um, konnte aber kein Fahrzeug entdecken, das zu ihm gepasst hätte.

Er wühlte in den Taschen nach seinem Autoschlüssel und warf ihr dieses für ihn typische Lächeln zu, während er einen verbeulten grünen Subaru Kombi aufschloss. „Enttäuscht?"

„Nein. Aber ich muss gestehen, dass ich damit nicht gerechnet hätte."

„Ich würde niemals ein schickes Auto wochenlang am Flughafen stehen lassen", erklärte er, während er die Heckklappe öffnete und ihr Gepäck einlud. „Außerdem können die Straßenverhältnisse hier im Winter unterirdisch sein."

Er schlug die Heckklappe mit so viel Schwung wieder zu, dass das Nummernschild schepperte, und öffnete ihr die Beifahrertür.

Als sie beide eingestiegen waren, fragte er: „Haben Sie Hunger?"

Den hatte sie, aber ihr stand wirklich nicht der Sinn nach gemeinsamen Aktivitäten wie beispielsweise essen zu gehen. Außerdem hatte sie nur 36 Stunden Zeit, um einem doch irgendwie desinteressierten Klienten ein Angebot für die Dienste ihrer Firma zu unterbreiten.

Obwohl … Interesse hat er ja. Nur nicht an dem, was ich anbiete. Über diesen Gedanken musste sie im Stillen etwas lachen. Dann bemerkte sie seinen fragenden Blick, und ihr wurde bewusst, dass sie seine Frage gar nicht beantwortet hatte. „Nein danke, im Moment nicht. Ich würde lieber noch heute mit der Arbeit an meinen Empfehlungen für Ihr Projekt beginnen, wenn das möglich ist."

„Wie Sie möchten. Wenn Sie Ihre Meinung ändern, habe ich sicher etwas Essbares im Handschuhfach."

Während er den Wagen startete und von dem Langzeitparkplatz fuhr, öffnete Andrea das Handschuhfach, allerdings weniger, weil sie

Hunger hatte, sondern eher aus Interesse, was der Inhalt wohl über ihren Klienten aussagte. Alles in allem war das Handschuhfach verstörend aufgeräumt. Es lag ein Packen Straßenkarten darin, ein Paar Lederhandschuhe und eine ungeöffnete Packung Bio-Studentenfutter. Er verfuhr sich also nicht gern, im Winter bekam er leicht kalte Hände, und er war gesundheitsbewusst. Das war nicht besonders aufschlussreich, und sie klappte das Handschuhfach wieder zu.

„Was haben Sie denn erwartet?" Seine Stimme summte vor kaum unterdrückter Heiterkeit. Sie musste besser aufpassen, nicht so durchschaubar zu sein. Er war immer noch viel zu selbstzufrieden wegen seiner Zufallstreffer bei der Einschätzung ihrer Person am Flughafen.

Sie schaute ihn über den Rand ihrer Sonnenbrille hinweg an und antwortete: „Ach, ich weiß nicht. Vielleicht unbezahlte Parktickets? Ein kleines schwarzes Notizbuch?"

„Das enttäuscht mich aber. Ich dachte, Sie würden es wenigstens als positiv verbuchen, dass ich schlau genug bin, so etwas nicht im Wagen liegen zu lassen." Er grinste, und sie empfand darüber beinah Erleichterung. Scherzhaft war sehr viel besser als … diese schwelende Leidenschaft.

Sie schaute aus dem Fenster, während er erst nach *Inverness* fuhr und dann Richtung Süden auf die A82. Andrea entspannte sich auf dem Beifahrersitz und sah kleine Waldstücke und offene Felder vorbeihuschen. Sie hatte sonst kaum Gelegenheit, einmal den Lärm und die Hektik der Großstadt hinter sich zu lassen und nur von Natur umgeben zu sein. Die paar Mal, die sie ihre Heimat in *Ohio* besucht hatte, war sie sprachlos gewesen über die unendliche Weite des Landes, die irgendwie frisch und neu wirkte. Im Gegensatz dazu fühlte sich Schottland uralt an. Vielleicht lag das aber auch nur daran, dass sie von der langen kriegerischen Vergangenheit des Landes wusste. Die alten majestätischen Bauwerke, die noch älteren Ruinen, und sogar die Bäume kamen ihr hier tiefer verwurzelt vor.

Die Zeichen der Zivilisation wurden weniger, als sie um einen breiten See herumfuhren, dessen Ufer ziemlich zugewuchert war, und hinter dem sich die scharfen Konturen hoher Berge abzeichneten. „Was ist das für ein See?“

James schaute zum Fenster hinaus und antwortete: „Das ist *Loch Ness*.“

„Der *Loch Ness* mit dem Ungeheuer?“

„Genau. Wenn Sie möchten, können wir gern in *Drumnadrochit* anhalten. *Urquhart Castle* ist auf jeden Fall eine Besichtigung wert, und der Blick von der Ruine aus ist wirklich atemberaubend.“

Die Verlockung, sein Angebot anzunehmen war wirklich groß, aber das hier war schließlich keine Vergnügungsreise. Sie wollte ein Geschäft abschließen, und je fester sie dieses Ziel im Auge behielt, desto besser für sie.

„Danke, aber ich muss mich wirklich so schnell es geht an die Arbeit machen.“

„Das erschwert die Sache natürlich für mich. Keine zwei Tage Zeit, Ihre Meinung über ein ganzes Land zu ändern, und ich kann Ihnen noch nicht einmal seine historischen Schätze zeigen.“

„Sie nehmen das Ganze ziemlich persönlich, oder?“

„Wie sollte ich es denn sonst nehmen? Und Sie haben ja, was Schottland angeht, offenbar auch ziemlich starke Gefühle.“

„Eigentlich habe ich gar nichts gegen Schottland“, gestand sie. „Es ist nur so, dass ich seit drei Jahren meinen ersten Urlaub gehabt hätte. Sind Sie schon mal auf Tahiti gewesen?“

„Auf Tahiti? Nein. Aber auf Bali, auf den Fidschi-Inseln und auf den Philippinen. Glauben Sie mir, ich verstehe, dass es einen nach einem langen Winter in die Tropen zieht. Warum haben Sie nicht einfach Nein gesagt?“

„Nein sagen zu dem berühmten und gefeierten James MacDonald? Daran würde ich doch nicht im Traum denken.“

Er lachte, und sie konnte nicht leugnen, dass sie dieses Lachen wirklich sehr anziehend fand. Es war ein freies Lachen aus vollem Herzen, das sich seinen Weg bis in ihre Mitte bahnte und von dort aus Wärme in ihren gesamten Oberkörper ausstrahlte. Doch sie unterdrückte das Gefühl. Diese Reaktion war ganz genau die Art von Ablenkung, die sie gerade absolut nicht gebrauchen konnte.

„Sie hatten doch keine Ahnung, wer ich bin. So viel war jedenfalls gestern Abend klar zu erkennen. Wieso haben Sie nicht einfach abgelehnt, weil Sie in den Urlaub fahren wollten? Bei Ihrer Abschlussquote bezweifle ich, dass Sie deshalb gefeuert würden."

„Da haben Sie wahrscheinlich recht, aber vielleicht würde ich bei der nächsten Beförderung nicht berücksichtigt. Ich habe zu lange und zu hart für eine Position als *Vice President* gearbeitet, um wegen eines Urlaubs die Chancen darauf zunichtezumachen."

„Also stehe ich praktisch zwischen Ihnen und einem Büro in der Chefetage? Das ist ja ein ziemlich hoher Druck."

Vielleicht hätte sie bezüglich ihrer beruflichen Ziele nicht so offen sein sollen, aber in seiner Gegenwart schien ihr Mundwerk irgendwie autonomer zu werden.

„Sagen Sie mal, *Ms Sullivan*, wie sind Sie denn überhaupt in dieser Branche gelandet?", wechselte James das Thema.

Diese Frage zu beantworten, konnte ja wohl kaum schaden, denn die Antwort war auch ihrer Vita auf der Internetseite von Morrison's zu entnehmen. „Ich habe während meines Studiums an der *Cornell University* im Vertrieb eines Pharmaunternehmens gearbeitet, um meinen Abschluss in Betriebswirtschaft zu finanzieren, aber es war zu schwierig, das mit dem Besuch von Vorlesungen und dem Erbringen von Leistungsnachweisen in Einklang zu bringen. Einer meiner Professoren erwähnte dann irgendwann einen Job in der Marktforschung bei Morrison, den ich tatsächlich bekam, und den Rest können Sie sich ja denken."

„Irgendwie hätte ich Sie gar nicht in die wissenschaftliche Ecke gesteckt."

„Ich mich auch nicht. Aber ich war gut darin. Ich habe auch sechs Monate als Texterin in unserer Werbeabteilung in London gearbeitet, bevor ich zu dem Schluss kam, keine Sekunde länger in einem Büro sitzen und texten zu wollen. Inzwischen kannte ich mich in dem Business dann auch schon so gut aus, dass Michael – Mr. Halloran – es für besser hielt, dass ich direkt mit Kunden arbeite."

„Dann sind Sie also diejenige, die für die Vertragsabschlüsse sorgt."

Ja, genau das war sie. Sie wurde mit den größten und den schwierigsten Kunden fertig, weil sie sich schlicht weigerte, ohne einen Vertragsabschluss nach Hause zu gehen. Bis neulich. Aber das würde sie ihm gegenüber auf keinen Fall zugeben.

„Ja, etwas in der Art. Und wie war das bei Ihnen? Wollten Sie schon immer Koch werden?"

„Nein, nicht immer. Eine Zeit lang wollte ich Autorennen fahren, und irgendwann hatte ich auch einmal den Plan, den Ärmelkanal zu durchschwimmen."

„Im Ernst?"

„Ja klar, im Ernst. Aber meine Tante hat mir das Kochen beigebracht, als ich noch klein war, und ich fand es immer toll. Meine Mutter wollte natürlich, dass ich etwas ‚Anständiges' lerne, und so habe ich mich mit meinem Betriebswirtschaftsstudium abgequält, bis ich genug davon hatte und die Kochausbildung begonnen habe."

„Dann gefällt Ihrer Mutter also nicht, womit Sie Ihren Lebensunterhalt verdienen?", fragte Andrea überrascht.

„Oh nein, so läuft das hier nicht", sagte er daraufhin. „Jetzt sind Sie erst wieder an der Reihe mit einer Information über sich. Sie können doch nicht anfangen, mir Fragen über meine Mutter zu stellen, ohne mir im Gegenzug etwas anzubieten, was nicht in Ihrem offiziellen Lebenslauf steht."

„Daraus wird nichts“, meinte Andrea rigoros, schlug die Beine übereinander und legte die fest gefalteten Hände auf ihren Schoß.

„Sie können ja mit etwas Kleinem anfangen, zum Beispiel Ihrer Lieblingsfarbe, oder mit Ihrem Lieblingsfilm, oder mit Ihrer Lieblingsfernsehsendung“, schlug er daraufhin vor.

Sie hätte sich beinah geweigert, fand das dann aber doch zu albern. Es war ja nicht so, dass er ihr intimste Geheimnisse entlocken wollte. „Also gut, lila und *Der unsichtbare Dritte*, und ich habe keinen Fernseher. Jetzt sind Sie wieder an der Reihe.“

„Einen Moment noch. Darüber möchte ich eigentlich gern noch etwas mehr wissen. Übergehen wir einmal einfach die Tatsache, dass Lila eine ziemlich mädchenhafte Farbe für jemanden wie Sie ist, obwohl es Ihnen gut steht, aber wieso ist Ihr Lieblingsfilm sechzig Jahre alt?“

„So war das aber nicht abgesprochen. Sie haben gefragt, ich habe geantwortet. Jetzt bin ich erst wieder an der Reihe mit meiner Frage, wieso Ihrer Mutter nicht gefällt, womit Sie Ihren Lebensunterhalt verdienen.“

James zog ein Gesicht. „Sie wollte, dass ich in die Fußstapfen meines Bruders trete und auch Anwalt oder Investmentberater oder sonst etwas Seriöses werde. Ihrer Meinung nach ist das Kochen in einem Restaurant nur eine Stufe oberhalb der Sklaverei angesiedelt. Ein Restaurant zu besitzen, nur unwesentlich darüber. Jetzt sind Sie wieder an der Reihe. Beantworten Sie die Frage, die ich Ihnen gerade gestellt habe.“

Andrea zögerte. Mit einem Klienten über Persönliches zu sprechen, war nie klug, aber James schien nicht der Typ zu sein, der lockerließ, und außerdem hatte sie den Eindruck, dass sie sich über Flirten und Rumgeflaxe hinauswagen musste, wenn sie diesen Vertragsabschluss zustande bringen wollte.

„Ich bin in einer Kleinstadt in der Nähe von *Dayton, Ohio*, aufgewachsen“, sagte sie deshalb schließlich. „Der Ort war so klein, dass es dort nicht einmal eine Ampel oder Fastfoodrestaurants gab, dafür aber ein altes Art déco-Kino an der Hauptstraße, in dem pro Monat immer nur ein neuer Film gezeigt wurde. Ansonsten liefen dort Filmklassiker mit Greta Garbo, Bing Crosby und Cary Grant. Ich habe sie geliebt. Damals habe ich mein gesamtes Taschengeld dafür gespart und ausgegeben, um nach der Schule stundenlang in diesem Kino zu sitzen. Normalerweise war ich dort die einzige Person unter fünfzig, aber ich war wirklich süchtig danach."

„Wieso denn?"

Sie erinnerte sich daran, wie sie auf den verschlissenen roten Sitzen gesessen und gebannt zugeschaut hatte, wie die Schwarzweißbilder über die Leinwand flimmerten.

„Ich weiß es nicht", antwortete sie auf seine Frage. „Die Filme waren klug und kultiviert und manchmal sogar ein bisschen frivol, allerdings ohne gleich vulgär zu sein. Niemand, den ich kannte, redete so. Mir kam alles so glamourös vor. Für ein Kleinstadtmädchen …" Sie brach ab und merkte, wie sie rot wurde. „Ich weiß, das klingt wahrscheinlich lächerlich."

„Kein bisschen. *Skye* ist schließlich auch nicht gerade der kulturelle Mittelpunkt von Großbritannien, wissen Sie?"

Weil er offenbar nicht die Absicht hatte, darauf näher einzugehen, ließ sie das Thema fallen und schaute ihm stattdessen einfach nur beim Fahren zu. Seine eine Hand lag locker auf dem Lenkrad, die andere bewegte er nur beim Schalten.

Wie viel von seinem geistreichen Flirten wohl zu seiner wahren und wie viel zu der öffentlichen Person gehörte, überlegte sie. Es war ja nicht so, dass er ein Filmstar war, der jedes Mal von einer Horde Paparazzi verfolgt wurde, wenn er irgendwo auftauchte. Sie hatten es durch zwei Flughäfen geschafft, ohne, abgesehen von ein paar neugierigen Blicken, großes Aufsehen zu erregen. Dass er so häufig in den Klatschspalten auftauchte, schien also daran zu liegen, dass er bewusst das Rampenlicht suchte.

Sie riss sich von seinem Anblick los und schaute aus dem Fenster. Sie investierte viel zu viel Zeit und Kraft, die Persönlichkeit dieses Mannes zu analysieren, statt sich auf den Unternehmer und Geschäftsmann zu konzentrieren.

James schien das Schweigen im Auto nicht unangenehm zu sein. Dabei hatte sie gedacht, dass er den gesamten Weg nach *Skye* mit ihr flirten und sie scherzhaft provozieren würde.

Andrea vergaß die Zeit, während die Landschaft, durch die sie fuhren, rasch wechselte; von weitem offenem Land zu riesigen Seen und dann wieder bewaldeten Abschnitten, die sie an ihre Heimat erinnerten. Irgendwann mündete die offene Landschaft in ein Gewirr von Bäumen und Gestrüpp, durch das sich die Straße einen zerklüfteten Hügel emporschlängelte. Über ihnen hingen düster schwere Regenwolken und wie ein halbherziger Versuch klatschten ein paar dicke Tropfen auf die Windschutzscheibe. Über den höheren Berggipfeln in der Ferne hingen Dunstschleier.

„Schauen Sie. Wir nähern uns jetzt *Glen Shiel*."

Andrea richtete ihre Aufmerksamkeit wieder auf die Straße, die sich jetzt erneut hinunter ins Tal schlängelte. Zu beiden Seiten des Autos stiegen die Berge steil an. Das junge Grün besiegte jetzt langsam das Winterbraun, aber die Gipfel der Bergkette waren immer noch schneebedeckt. An den Straßenseiten wuchsen immergrüne Sträucher die Berghänge empor, sodass die Landschaft gleichzeitig etwas Trostloses aber auch atemberaubend Schönes hatte.

Die kurvige Straße führte ein Stück am Ufer des *Loch* entlang und dann erneut hinauf in die Berge. Als sie schließlich wieder zwischen den Bergen herauskamen, schnappte Andrea regelrecht nach Luft, denn vor ihnen erstreckte sich eine Wasserfläche, die zwischen den einzelnen Bergen am Ufer zerklüftete kleine Buchten bildete. Darunter, ganz nah am Ufer, erhob sich eine atemberaubende Festung aus Naturstein.

„Das ist *Eilean Donan*", sagte James. „Die meist fotografierte Festung Schottlands. Sind Sie ganz sicher, dass Sie nicht doch kurz Halt machen wollen? Mir macht es wirklich nichts aus."

„Nein", antwortete Andrea, bemerkte aber selbst das Zögern in ihrer Stimme. „Auf uns wartet viel Arbeit."

„Sie merken aber schon, dass ich Ihren Widerstand langsam aufweiche, oder?"

Das ist ja auch nicht schwer. Wie lange war es her, dass sie ihre Wanderstiefel geschnürt und sich den Rucksack auf den Rücken geschnallt hatte, um einen Tag in der Stille der Natur zu verbringen? Drei Jahre? Vielleicht sogar noch länger. Die Beförderung zur Leitung der Kundenbetreuung bedeutete Wochenenden im Büro oder in Flugzeugen, statt ihre Lieblingsplätze im *Hudson River Valley* oder am *Breakneck Ridge* zu durchstreifen. Lange Sommertage und Sonnenuntergänge in den Bergen waren nur noch blasse Erinnerung.

Als sie jetzt hinunter ans Wasser und durch ein winziges Dorf fuhren, fielen Andrea die weiß gestrichenen Gebäude zu beiden Seiten der Straße auf, die sie an die Fischerdörfer in Neuengland erinnerten. Und dann lag der grazile Bogen der *Skye Bridge* aus Stahl und Beton vor ihnen, überspannte das schmale Stück Wasser auf die andere Seite.

James öffnete die Fenster auf der Fahrer- und auf der Beifahrerseite.

„Was machen Sie denn?"

Als er jetzt lächelte, sah er aus wie ein kleiner Junge. „Sagen Sie bloß, Sie mögen den Geruch von Meeresluft nicht."

„Doch, wahrscheinlich schon." Tief atmete Andrea den erdigen Geruch von Torfboden ein. Als sie über die breite, mehrspurige Brücke fuhren, erlaubte sie es sich, zum Fenster hinaus aufs Wasser zu schauen.

„Jetzt habe ich Sie aber. Sie brauchen gar nicht zu versuchen, es zu leugnen."

Ein Lächeln ging über ihr Gesicht. „Das ist wirklich atemberaubend. Langsam verstehe ich, wieso Sie sich für *Skye* entschieden haben."

„Warten Sie ab, *Love*, bis jetzt haben Sie noch gar nichts gesehen."

„*Love*?", wiederholte sie und warf ihm einen gereizten Blick zu.

Erstaunt runzelte er die Stirn. „Ach, das ist nur so ein Ausdruck. So wie …"

„… Schätzchen, Schnuckel oder Mäuschen?"

„Ich schwöre, dass ich noch nie in meinem ganzen Leben jemanden, der/die über zehn war, Mäuschen genannt habe."

Sie warf ihm einen finsteren Blick zu.

„Tut mir leid. Ich wollte Ihnen wirklich nicht zu nahe treten. Ich dachte, wir würden uns locker und freundschaftlich unterhalten, und da ist es mir einfach so herausgerutscht."

Seine betretene Miene löste ein leichtes Schuldgefühl bei ihr aus. Vielleicht war sie ja auch zu empfindlich. Sie konnte es nur absolut nicht leiden, wenn Männer sie mit irgendwelchen Verniedlichungen titulierten, weil sie es oft als abwertend empfand, wie ein Versuch, ihre Position herunterzuspielen.

Sie wechselte rasch das Thema, bevor es noch peinlicher für sie wurde und fragte: „Sind Sie hier auf *Skye* aufgewachsen?"

„Bis ich zwölf war", antwortete James. „Dann bin ich nach *Edinburgh* aufs Internat gekommen."

„Wieso denn das?"

„Weil meine Eltern sich getrennt haben. Nachdem meine Mutter weg war, habe ich so viel dummes Zeug angestellt, dass sie sicher war, ich würde als krimineller Jugendlicher enden. Weil ich aber auch nicht mit ihr zurück nach England ziehen wollte, haben wir uns auf den Kompromiss eines Internats in Schottland geeinigt."

„Ich hätte mir mit zwölf nicht vorstellen können, von zu Hause wegzugehen."

James zuckte mit den Achseln. „Ich habe meinen Spaß gehabt. Natürlich war ich kein Musterschüler und von meinen ersten beiden Schulen bin ich geflogen."

„Das glaube ich nicht. Man bekommt doch gar keinen Studienplatz an der *University of Edinburgh*, wenn man keine guten Noten hat."

„Gute Noten hatte ich schon, aber ich habe fast genauso viel Zeit im Büro des Schulleiters verbracht wie im Unterricht."

Seine Mundwinkel gingen geheimnistuerisch und verschmitzt nach oben. „Ich hatte leider den Hang, ständig dummes Zeug zu machen."

„Na, der ist ja offenbar bis heute geblieben."

„Kann schon sein." Er zog eine Grimasse. „Muss ich mich bei Ihnen für gestern Abend entschuldigen? Ich konnte einfach nicht widerstehen."

Andrea seufzte. „Nein, ich hätte besser vorbereitet sein sollen."

„Wenn Sie vorbereitet gewesen wären, hätten Sie sich tadellos höflich verhalten und vielleicht geglaubt, meinem Ego schmeicheln zu müssen. Aber Schmeicheleien bekomme ich auch so schon genug, das können Sie mir glauben."

„Ja, das muss wirklich furchtbar sein, dass die Frauen um Sie herumscharwenzeln."

Er sah sie so lange an, bis sie ihm in die Augen schaute. „Gefällt es *Ihnen*, wenn sich jeder Mann, der sich im Umkreis von zehn Metern von Ihnen aufhält, nach Ihnen umdreht? Sagen Sie mal ganz ehrlich."

Wieder spürte sie, wie sie rot wurde, obwohl sie gar nicht so recht wusste, warum eigentlich. Natürlich drehten sich Männer nach ihr um, aber das taten sie doch bei jeder einigermaßen attraktiven Frau, und es war auch nicht so, dass sie das völlig kalt ließ. „Das hängt ganz von dem Mann ab."

„Ach, tatsächlich?" Etwas an seinem Blick, bevor er sich wieder auf die Straße konzentrierte, sorgte dafür, dass ihr Herz kurz stolperte, und sie errötete noch tiefer, als sie aus dem Augenwinkel wahrnahm, dass er lächelte.

Er hatte es also gemerkt und er wusste auch den Grund dafür.

Sie schloss die Augen und versuchte, dieses Gefühl im Bauch zu ignorieren, dass sie am liebsten im Boden versinken würde. Jetzt hatte sie es im Verlauf einer dreistündigen Autofahrt geschafft, ihre einzige Chance zu vertun, absolut professionell zu bleiben. James war intelligent genug, um zu merken, welche Wirkung er auf sie hatte, auch wenn er das gar nicht bewusst einsetzte. Wäre das hier ein Pokerspiel gewesen, hätte sie jetzt ihr Blatt auf den Tisch gelegt und aufgegeben.

Gut gemacht, Andrea. Ganz toll.

6

Für eine Person, die es gewohnt war, das Sagen zu haben, wurde Andrea Sullivan häufiger rot als jede andere Frau, die er je kennengelernt hatte, doch das störte ihn nicht im Geringsten.

Es gab eine ganz feine Linie zwischen selbstbewusst und dreist, und viele Frauen, die er kennenlernte, überschritten diese Linie. James unterdrückte ein Lächeln. Andrea mochte zwar eigensinnig, ja sogar rechthaberisch sein, aber offenbar gab es doch ein paar Dinge, die sie nicht unter Kontrolle hatte.

Er bremste ab, um auf die Straße abzubiegen, die auf die Halbinsel *Sleat* Richtung *Isleornsay* führte. Auf diesem vertrauten Abschnitt der Strecke ging ihm immer das Herz auf. Auch wenn er die vergangenen dreizehn Jahre in *London* gelebt hatte, würde *Skye* immer seine Heimat bleiben. Selbst der Ärger über Ian, der immer noch an ihm nagte, schwand, als er das schräg durch die Wolken einfallende Sonnenlicht bewusst wahrnahm und die Schatten auf den Bergen vor ihnen, die sich immer wieder veränderten.

Nach ein paar Minuten bog er auf eine Straße voller Schlaglöcher ab, auf der die weiche Federung des Subaru das Holpern bei jedem Schlagloch und jeder kleinen Erhebung noch verstärkte und der

Wagen immer wieder ins Schlingern geriet. Er musste unbedingt daran denken, jemanden zu beauftragen, den Wagen in die Inspektion zu bringen, und zwar möglichst bald. Der vergangene Winter hatte bei dem Fahrzeug offenbar seinen Tribut gefordert.

Sie fuhren durch eine Kurve und plötzlich erstreckte sich vor ihnen das Wasser. Es war eine geschützte, blau schimmernde Bucht, in der wie hingestreut kleine Inseln lagen.

Isle Ornsay, die größere Insel im *Sound of Sleat*, von der das Dorf seinen Namen hatte, war von einer Gebirgskulisse eingerahmt. Der anmutige Leuchtturm – eine schlanke Säule, die von der Insel emporragte – bewachte die Bucht, ein weißer Fleck vor der dunklen Kulisse. Obwohl James hier aufgewachsen war, machte ihn die wilde Schönheit dieses Ortes jedes Mal wieder sprachlos, wenn er herkam.

„Das ist das Dorf *Isleornsay*", sagte James. „Die Berge dort auf der anderen Seite des Wassers sind schon Festland."

Ein überraschtes Lächeln ging über Andreas Gesicht. Er schaute sie verstohlen von der Seite an und versuchte, ihre Reaktion zu deuten, während er gleichzeitig den Wagen von der holprigen Straße auf einen gekiesten Parkplatz lenkte und dann vor dem Hauptgebäude anhielt. „Das ist das Hotel. Willkommen im Gästehaus der MacDonalds."

Andrea öffnete die Beifahrertür selbst, bevor er es für sie tun konnte, und stieg aus. James blieb vor der offenen Autotür auf der Fahrerseite stehen, verschränkte die Arme auf dem Autodach und schaute zu, wie sie das Hotel und die malerische Bucht im Hintergrund betrachtete. Das Lächeln war immer noch nicht wieder aus ihrem Gesicht verschwunden.

Er folgte ihrem Blick zum Hauptgebäude. Die ursprüngliche Form des alten Hebridencottage war erhalten geblieben, obwohl es im Laufe der Jahre zu einem zweigeschossigen weiß gekalkten Steingebäude mit einem Schindeldach und vielen kleinen Fenstern an beiden Seiten erweitert und modernisiert worden war. In unmittelbarer Nähe dieses

Hauptgebäudes standen mehrere kleinere Gebäude, zwischen denen in einem wilden Tumult von Farben überall Frühlingsblumen wuchsen. Selbst geschlossen, unbenutzt und renovierungsbedürftig strahlte das Hotel Geborgenheit und Willkommen aus. Er hatte es vermisst.

„So einen Ort habe ich noch nie gesehen", murmelte Andrea.

„Ja, es ist atemberaubend", stimmte er ihr zu. „Auch für mich immer wieder. Kommen Sie, ich zeige Ihnen Ihr Zimmer."

Er nahm ihr Gepäck aus dem Kofferraum und ging mit ihr in Richtung dreier freistehender Steincottages mit Blick auf den Sund. Die Cottages waren vor ein paar Jahrzehnten in einem Stil gebaut worden, der sich dem des Haupthauses anpasste, aber sie waren offener und weitläufiger als die traditionellen Cottages auf der Insel. Er suchte an seinem Schlüsselbund den richtigen Schlüssel heraus und sagte: „Die Cottages sind noch nicht ganz fertig, und vielleicht ist Ihre Unterkunft hier nicht so, wie Sie es gewohnt sind, aber sie ist doch einigermaßen gemütlich und komfortabel."

Er schloss die rot gestrichene Tür des am weitesten entfernt gelegenen Cottages auf, stellte Andreas Gepäck in den Eingangsbereich hinter der Tür und trat dann beiseite, damit sie vor ihm eintreten konnte.

Sie schlüpfte an ihm vorbei und schaute sich im Innern um.

„Schön!" Langsam ging sie an der Kochnische entlang, fuhr mit den Fingern über die Arbeitsplatten aus Stein und schaute in die Einbauschränke. Die Frau, die bei der kleinsten Andeutung rot wurde, war jetzt verschwunden, und an ihre Stelle trat die Managerin. „Ich nehme an, Geschirr und Küchenausrüstung werden von Ihnen gestellt?"

„Ja, aber wie gesagt, wir sind noch nicht ganz fertig." Sein Magen krampfte sich unangenehm zusammen. So nervös war er nicht mehr gewesen, seit der erste Restaurantkritiker das *The Heart and the Hound* betreten hatte. Wie lächerlich! Schließlich war er der Kunde und eigentlich hätte es umgekehrt sein müssen. Sie hätte diejenige sein müssen, die versuchte, ihn zu beeindrucken.

Andererseits leitete er die Sanierungsarbeiten selbst, hatte auch die Planung und die Bauleitung übernommen. Er hatte sich zwar von einem Innenarchitekten beraten lassen, aber die meisten Entscheidungen hatte er selbst getroffen, vom handgehobelten Holzboden bis hin zu dem antiken Bett, das in eine Nische an der Rückwand des Cottages eingepasst worden war. Bei dem Bett blieb Andrea stehen und strich über die weiche Daunendecke.

„Kontrollieren Sie gerade die Fadenzahl?", fragte er. Nie hätte er gedacht, dass er dieses Wort einmal in den Mund nehmen würde, denn eigentlich sollte ein Mann nicht einmal wissen, dass es so etwas wie eine Fadenzahl überhaupt gab.

Sie antwortete darauf nicht, sondern warf ihm nur einen Blick zu, aus dem er nicht recht schlau wurde, und ging dann weiter in die kleine Sitzecke mit zwei Sesseln und einem bunten Flickenteppich.

Weil er das Schweigen nicht mehr aushielt, ging er zu einer Tür neben der Bettnische und öffnete sie. „Hier ist das Bad."

Andrea durchquerte daraufhin den kleinen Raum und warf einen Blick durch die schmale Tür. Ihre Mundwinkel gingen nach oben, und sie sagte: „Na, das nenne ich mal ein Bad."

Sie schob sich an ihm vorbei, streifte mit der Schulter seinen Oberkörper und hinterließ einen Hauch ihres Parfüms.

Definitiv Vanille.

„Ich habe gehört, dass der Weg ins Herz einer Frau über eine Klauenfußbadewanne und einen funkelnden Kronleuchter führt", bemerkte er, während ihr Blick nach oben zu der zierlichen antiken Beleuchtung ging, die von der gewölbten Decke hing, und dann weiter zu anderen Details wie beispielsweise den glänzenden Metro-Fliesen und den kuschelig weichen Handtüchern. „Zugegeben, der Kronleuchter ist ein nettes Extra, aber mich kriegt man eher mit dem Handtuchwärmer."

Er schmunzelte, als sie sich umdrehte, um das Bad wieder zu verlassen, während er mit der Schulter an den Türrahmen gelehnt einfach stehen blieb. Das mochte zwar eine billige Masche sein, aber wenn sie nicht freiwillig in seine Nähe kam … Sie huschte schnell an ihm vorbei in die Mitte des Raumes, wo mehr Platz war, und zufrieden stellte er fest, dass sie ein bisschen strauchelte, als sie sich berührten.

„Und? Wie lautet Ihr Urteil?"

„Es ist sehr schön." Noch einmal ließ sie ihren Blick anerkennend durch den Raum schweifen. „Gleichzeitig rustikal und elegant. Ich kann mir keine bessere Umgebung für eine romantische Auszeit vorstellen."

Ihre Blicke trafen sich, und sie fügte rasch hinzu: „So werden wir die Cottages nämlich wahrscheinlich vermarkten."

„Natürlich." Wenn sein angedeutetes Lächeln etwas anderes als Zustimmung signalisierte, dann konnte es ihm doch nicht zum Vorwurf gemacht werden, oder? Er schaute auf seine Uhr. „Es ist schon nach vier, und ich müsste mich langsam auf den Weg zum Haus machen und mit dem Abendessen beginnen."

„Was heißt das genau?"

„Dass ich zum Haus meiner Tante fahre, die ein Stück weiter die Straße hinauf wohnt. Meine Schwester Serena ist für eine Woche zu Besuch da, und ich habe versprochen, heute Abend für alle zu kochen."

„Ach so." Andrea blinzelte und war offenbar bestürzt. „Ich hatte gehofft, dass wir uns heute Abend auch noch das Haupthaus anschauen könnten."

„Das können wir auch morgen früh noch machen. Im Moment werden gerade im gesamten Haus die elektrischen Leitungen erneuert, deshalb fällt überall der Putz von den Wänden. Es ist wirklich gefährlich."

„Also gut, dann sehen wir uns also morgen früh." Sie nahm ihren Koffer und rollte ihn in Richtung Garderobe. „Wann soll ich morgen früh fertig sein?"

Glaubte sie etwa wirklich, er würde sie einfach sich selbst überlassen – und das auch noch ohne Auto? Dachte sie wirklich so schlecht über ihn? „Was denken Sie denn? Sie kommen natürlich mit."

Ganz kurz sah sie beunruhigt aus. „Oh nein, kommt gar nicht infrage. Das ist eine Familiensache. Ich erwarte doch nicht …"

„Andrea, es gibt kein Restaurant, das zu Fuß erreichbar ist. Ich würde Ihnen ja gern den Wagen leihen, aber mir behagt die Vorstellung gar nicht, dass Sie bei Dunkelheit auf den Straßen hier unterwegs sind. Ich bestehe darauf, dass Sie mitkommen!"

Als sie immer noch zögerte, fügte er hinzu: „Dort kocht heute eine ganz große Nummer aus der kulinarischen Szene. Kann sein, dass es nur ein Gerücht ist, aber ich habe gehört, er soll ganz gut sein."

Sie musste ein Lächeln unterdrücken. „Also, wenn das so ist, kann ich ja wohl kaum Nein sagen."

Er hätte eigentlich nicht so erleichtert darüber sein dürfen, dass sie ohne Widerspruch einlenkte, aber bis jetzt schien sie ihn offenbar nur für einen Angeber zu halten, für einen Promi, der von den Medien kreiert worden war, und ein Teil von ihm wollte, dass sie selbst merkte, weshalb er so bekannt geworden war.

Das war allerdings nicht ausschließlich sein eigener Verdienst. Sein Erfolg hatte sich so einfach eingestellt – auch wenn natürlich harte Arbeit und Talent eine Rolle gespielt hatten –, dass er davon absolut überzeugt war, dass dabei auch Gott seine Hand im Spiel hatte. Ihm waren Chancen und Möglichkeiten einfach so in den Schoß gefallen, Chancen, von denen manche Menschen nicht einmal zu träumen wagten.

Er geleitete sie für die kurze Fahrt zum Haus seiner Tante wieder zur Tür hinaus und zurück zum Wagen. Es war ein modernes, holzverschaltes Haus mit Blick auf die Bucht, das in dem typischen Weiß von *Skye* gestrichen war. Die Fensterläden hatten seit seinem letzten Besuch einen frischen grauen Anstrich bekommen, und die Blumenkästen vor den Fenstern verhießen eine bunte Blütenpracht für die warmen Sommermonate auf der Insel. Das Stück Gemüsegarten, ein Quadrat schwarzer Erde am Ende der gekiesten Auffahrt, wartete bereits fertig umgegraben auf Bepflanzung.

James hatte seinen Wagen schon hinter Serenas staubigem roten Vauxhall geparkt, als er den alten Austin-Healey davor bemerkte, und sofort rutschte ihm sein Herz bis in die Kniekehlen. Na großartig! Genau, was er jetzt brauchte – eine Konfrontation in Andreas Anwesenheit. Einen Moment lang überlegte er, den Rückwärtsgang einzulegen und wieder zurück ins Hotel zu fahren, aber er hatte Tante Muriel und Serena versprochen, für sie zu kochen, und da konnte er sich ja schlecht von seinem Bruder verscheuchen lassen. Er würde dann nämlich bis in alle Ewigkeit zu hören bekommen, dass er sein Versprechen nicht gehalten hätte.

„Stimmt etwas nicht?“, fragte Andrea.

„Doch, doch. Alles in Ordnung.“ James löste seine völlig verkrampften Hände vom Lenkrad, stieg aus und kam um den Wagen herum, um ihr die Tür zu öffnen. „In diesem Haus bin ich aufgewachsen.“

Andrea blieb noch in der Nähe des Wagens stehen, um den Panoramablick über das Wasser zu genießen, und der frische Wind blies ihr das Haar ins Gesicht. „Das ist ein schönes Fleckchen Erde, um darauf groß zu werden.“

„Ja, das war es, friedlich, aber für einen kleinen Jungen ist friedlich gleichbedeutend mit langweilig.“

Sie zog ihren Mantel fester um sich und erklärte: „Kleinstadtmädchen – Sie erinnern sich?“

„Ach ja. Kommen Sie, es ist kalt. Lassen Sie uns ins Haus gehen.“ Mit einer Geste lud er sie ein, ihm zur Eingangstür zu folgen, die wie üblich unverschlossen war. Er öffnete sie und trat zur Seite, damit sie ebenfalls eintreten konnte, und folgte ihr dann in den holzvertäfelten Wohnbereich.

Durch transparente Spitzengardinen fiel Licht in den großen Raum, der in einer Mischung aus altmodischen Eichenmöbeln und geblümten Polstermöbeln eingerichtet war. Die eine Wand wurde beherrscht von einem Klavier, auf dem jede Menge gerahmte Familienfotos standen, manche schon ganz vergilbt vom Alter. In den 35 Jahren, die er jetzt lebte, waren diese Fotos das Einzige, was sich in dem Raum verändert hatte.

Andrea drehte sich zu ihm um. „Das ist ja süß. Es erinnert mich ein bisschen an das Haus meiner Großeltern in Indiana."

„Mir ist klar, dass es ein bisschen wie eine Zeitkapsel ist", sagte er und rief dann laut: „Tantchen? Serena? Ich bin da!"

Ein pinkfarbener Pompom kam um die Ecke in den Raum geflitzt und stürzte sich sofort auf ihn. „Onkel Jamie!"

„Uff." James fing die quirlige Sechsjährige auf, bevor sie ihn auf die Klavierbank schubsen konnte. „Wer bist du denn?", fragte er. „Ich habe nur eine Nichte, die noch ganz klein ist."

Das kleine Mädchen kicherte und zeigte dabei eine Zahnlücke. „Ich bin's doch, Emmy!"

„Mit ein paar Zähnen weniger." James zog sie an sich, umarmte sie ganz fest und warf sie sich dann über die Schulter. Sie kreischte, als er sie herumschwenkte und so tat, als würde er sie fallen lassen. „Wo ist denn deine Mutter? Und wo ist Tantchen? Sag's schnell, eh ich es aus dir herausschütteln muss!"

„Ich bin hier", sagte Serena und tauchte mit seinem einjährigen Neffen auf der Hüfte in der Tür auf. Sie sah genauso hübsch und gepflegt aus wie immer, aber die Kurzhaarfrisur war neu, und auch die Spuren verlaufener Wimperntusche unter ihren Augen. Sie sah abwechselnd ihn und Andrea an und lächelte fragend.

James kam ihr zuvor, bevor sie eigene Vermutungen anstellen konnte. „Serena, das ist Andrea Sullivan, unsere Unternehmensberaterin für das Hotel. Andrea, das ist meine Schwester Serena."

Serena verlagerte das Baby auf die andere Hüfte, um die rechte Hand frei zu haben und sagte: „Hallo Andrea, freut mich, Sie kennenzulernen. Willkommen auf *Skye*. Wie gefällt es Ihnen hier?"

Andrea gab Serena die Hand. „Es ist phantastisch. James wollte mir nicht sagen, wieso er sich *Skye* als Standort für ein Hotel ausgesucht hat. Nachdem ich es jetzt mit eigenen Augen gesehen habe, verstehe ich es."

„Ich vermisse es", sagte Serena wehmütig. „Aber wenigstens habe ich immer einen guten Grund, zu Besuch zu kommen, und die Kinder lieben es. Jedenfalls liebt Emmy es. Max ist noch zu klein, um seine Meinung dazu zu äußern."

„Sie haben wirklich hübsche Kinder", sagte Andrea mit unsicherer Stimme und leicht gerunzelter Stirn, was auch bei James für ein Stirnrunzeln sorgte. Hatte er da irgendetwas nicht mitbekommen? Normalerweise reagierten Frauen doch anders auf ein Baby, jedenfalls diejenigen, die er kannte.

„Jamie."

Einen kurzen Moment lang verkrampften sich seine Muskeln, und sein Blutdruck stieg abrupt an. Er versuchte, möglichst neutral auszusehen, als er sich zu dem Mann umdrehte, der jetzt in der Tür stand. „Ian. Ich habe gar nicht gewusst, dass wir an einer Totenwache teilnehmen."

„Entschuldige?"

Wahrscheinlich eher nicht. Ian hatte noch nie jemanden um Entschuldigung gebeten. Er hatte James gesagt, wofür er sich zu entschuldigen hätte, aber er selbst hatte sich nie entschuldigt. James' Antwort kam angespannter und härter heraus, als er es beabsichtigt hatte. „Das Einzige, was dich nach Schottland treibt, sind doch Beerdigungen. Deshalb habe ich angenommen, dass jemand gestorben ist."

Ian zuckte bei diesem Seitenhieb nicht mit der Wimper, aber etwas anderes hatte James auch nicht erwartet. Ian zeigte nämlich nie

Schwäche und behielt immer die Kontrolle. Nicht einmal seine sorgfältig gebügelten Chinos wagten es, an seinem Körper zu knittern.

„Es ist wirklich eine Freude, dich zu sehen, Jamie. Ich bin nur hier, um mich um unsere Investition zu kümmern."

„Ja klar, um die Investition." James warf kurz einen Blick zu Andrea. „Wie Sie zweifellos schon vermutet haben, ist das hier mein Bruder, Ian MacDonald. Ian, darf ich dir Andrea Sullivan vorstellen?"

„Willkommen, Andrea." Ian kam auf sie zu und gab ihr die Hand. „Danke, dass Sie sich doch noch auf den Weg von London hierher gemacht haben."

„Das Vergnügen ist ganz auf meiner Seite." Andrea lächelte Ian an, und James empfand dabei einen ganz leichten Hauch von Verärgerung, denn Eifersucht konnte es ja unmöglich sein.

„Kommen Sie, ich nehme Ihnen den Mantel ab." Ian trat geschmeidig hinter sie und nahm ihr den Mantel ab.

„Jamie, mein Lieber."

James hätte beinah einen erleichterten Seufzer ausgestoßen, als seine Tante genau im richtigen Moment auf der Bildfläche erschien. Er ging durch den Raum auf sie zu und gab ihr ein Küsschen auf beide Wangen. „Hallo, Tante Muriel. Du siehst wunderschön aus."

Er hatte sie nie anders als wie aus dem Ei gepellt gesehen. Heute trug sie eine perfekt gebügelte Hose und dazu einen leichten Pulli.

Muriel schmunzelte, legte einen Arm um ihn und drückte seine Schulter. „Endlich bist du da, mein Junge. Wer ist denn die reizende junge Dame?"

„Ich bin Andrea Sullivan, Ma'am." Andrea trat vor und gab ihr die Hand. „Ich bin Unternehmensberaterin, und ich bin hier, um mir zusammen mit James das Hotel anzuschauen."

„Willkommen, Andrea." Muriel schaute jetzt ihre beiden Neffen streng an und sagte: „Ich hoffe, ihr beide schafft es, euch ein paar Tage lang zusammenzureißen und nicht zu streiten."

James steckte die Hände in die Hosentaschen und sagte: „Kein Streit." Ian zog skeptisch eine Augenbraue hoch.

Muriels eiserner Tonfall ließ keine weitere Diskussion zu. „Es wird höchste Zeit, dass ihr beide euch wie Erwachsene benehmt."

Genau das hier hatte James zu vermeiden gehofft. Er war sich überaus bewusst, dass Andrea den Wortwechsel und ihren Umgang miteinander beobachtete. „Ich bin sicher, dass Ian und ich unsere Meinungsverschiedenheiten für ein paar Tage beilegen können."

Muriel runzelte wenig begeistert die Stirn, denn die Aussage bedeutete ja, dass sie danach ihre Feindseligkeiten wieder aufnehmen würden. Sie wandte sich jetzt an Andrea und fragte: „Mögen Sie italienisches Essen?"

„Natürlich", antwortete Andrea. „Ich liebe es."

„Gut. Wir haben heute Morgen alles eingekauft, was auf der Liste stand, Jamie. Die Sachen stehen in der Küche bereit."

Er verstand den Hinweis. „Dann fange ich am besten gleich an. Haben Sie vielleicht Lust, heute Abend meine Sous-Chefin zu sein, Andrea?"

„Solange ich nichts Komplizierteres zu tun brauche, als Wasser zu kochen."

„Das bedeutet dann, dass nur wir beide übrig bleiben, Emmy", sagte Ian, kniete sich hin und drehte sich mit dem Rücken zu dem kleinen Mädchen. „Steig auf. Wir suchen uns draußen etwas zu tun, bis uns dein Onkel zum Essen ruft."

Emmy schlang ihre Arme und Beine um Ian, der sie Huckepack nahm und zur Tür ging. Als er an Andrea vorbeiging, lächelte er sie freundlich an und sagte: „Wir sind gleich wieder da."

Andrea erwiderte das Lächeln, woraufhin sich der Knoten in James' Bauch noch etwas fester zusammenzog. Er hatte sich immer bemüht, nicht direkt mit seinem Bruder in Konkurrenz zu treten, weder in der Schule, noch beim Sport und ganz sicher nicht bei Frauen. Er wäre wirklich zu dumm zu glauben, Ian hätte das Interesse seines Bruders an Andrea nicht schon bemerkt und schon aus Prinzip beschlossen, hier aufzukreuzen. So etwas ging nie gut. Wenn er, James, als Sieger aus diesem Konkurrenzkampf hervorginge, dann würde Ian das niemals widerstandslos hinnehmen. Wenn er verlöre, würde er dafür sorgen, dass James das nie vergaß. Nur ein weiterer Beweis für das grottenschlechte Timing seines großen Bruders.

Doch dieses Mal war James nicht in der Stimmung, klein beizugeben.

7

Sich mit den MacDonald-Männern zusammen in einem Raum aufzuhalten, war, als befände man sich in einer entmilitarisierten Zone. Es schien alles sicher und ruhig zu sein, bis jemand plötzlich wieder begann, aus dem Hinterhalt zu schießen. Selbst nachdem Ian den Raum verlassen hatte, war die Anspannung noch mit Händen zu greifen. Ian MacDonald war nicht so wie sie gedacht hatte, weder als James' Bruder noch als COO. Zum einen sah er nicht aus wie ein Jurist sondern eher wie ein Sportler, nämlich schlank, breitschultrig und lässig gekleidet in Khakihose und dickem Wollpullover. Außerdem sah er fast so gut aus wie sein jüngerer Bruder, was schon etwas heißen sollte. Zusammen mit ihrer zarten, auf fast durchscheinende Art schönen Schwester war nicht zu übersehen, dass die MacDonald-Geschwister überdurchschnittlich viel gutes Aussehen aus dem Genpool der Familie mitbekommen hatten.

Doch die Feindseligkeit zwischen den beiden Brüdern überraschte sie. Was um Himmels willen mochte passiert sein, dass sie es nicht zusammen im selben Zimmer aushielten? Und warum blieb Ian Geschäftsführer von James' Firma, obwohl sie dermaßen zerstritten waren?

Andrea folgte James durch das angrenzende Esszimmer in eine kleine Küche und sagte: „Darf ich fragen, was das gerade eben war?“

James zog ein Gesicht. „Ach, unschöne alte Geschichten. Er hat mir nichts davon gesagt, dass er herkommt, weil er Angst hatte, dass ich mich dann nicht blicken lasse.“

„Und … hatte er damit recht?“

„Wahrscheinlich schon.“ Er grinste. „Aber das war bevor ich seine Unternehmensberaterin zu Gesicht bekommen hatte.“

Also wieder zurück zur Tagesordnung. „Netter Themenwechsel.“

„Finde ich auch.“

„Nun gut, was kann ich tun?“ Andrea stand an den Küchentresen gelehnt und schaute zu, wie er Zutaten aus verschiedenen Schränken nahm und bereitlegte.

„Sie können einschenken“, antwortete er, öffnete die Tür zur Speisekammer und kam mit einer Flasche Rotwein wieder heraus. Es folgten zwei Gläser und ein Korkenzieher. Er entkorkte die Flasche, stellte sie wieder zurück auf den Tresen und runzelte dann die Stirn. „Serena! Du hast schon wieder meinen Weinkeller geplündert!“

Serena kam in die Küche und sah James verärgert an. „Ich habe gerade Max hingelegt. Könntest du vielleicht etwas leiser sein? Und ja, ich habe deine Weinsammlung im Cottage geplündert, die du uns die ganze Zeit vorenthalten hast.“

„Das liegt daran, dass ihr einen Shiraz nicht von einem Chianti unterscheiden könnt“, entgegnete er, aber sein Tonfall war dabei sehr liebevoll. Er schaute zu Andrea hinüber. „Das behauptet sie jedenfalls. Sie hat es schon geschafft, die beste Flasche Cabernet zu finden, von der ich ganz sicher war, dass ich sie richtig gut hinter den anderen Flaschen versteckt hatte.“

„Ich weiß doch, wie du tickst. Du stellst doch dein Weinregal nicht voll mit einer Sammlung von 10-Pfund teuren Chablis. Das mussten also Köder sein, um uns in die Irre zu führen.“

Andrea nahm jetzt die Flasche vom Tresen, holte ein weiteres Glas für Serena und goss allen Wein ein. Dann hob sie ihr eigenes Glas und sagte: „Auf eine Schwester, die ihren Bruder durchschaut und nicht auf Köder hereinfällt."

„Gut gesprochen, Andrea", bemerkte Serena grinsend und stieß mit Andrea an. „So, ich gehe jetzt die Ruhe genießen. Meldet euch, wenn ihr mich braucht."

Als Serena die Küche wieder verlassen hatte, fragte Andrea James: „Wobei kann ich denn sonst noch helfen?"

„Da Sie ja schon mit Ihrer Fähigkeit geprahlt haben, Wasser kochen zu können, könnten Sie vielleicht schon mal den Suppentopf mit Wasser aufsetzen."

Andrea schmunzelte, fand einen Suppentopf im Schrank, füllte ihn mit heißem Wasser und stellte ihn auf den Herd. „Also Kochen ist doch einfacher als ich gedacht hatte."

„Sie sind aber auch wirklich ein Naturtalent. Den Rest übernehme aber dann lieber ich wieder. Setzen Sie sich doch einfach und genießen Sie Ihren Wein."

Andrea setzte sich auf den Barhocker an der Kochinsel, zog ihren Blazer aus und legte ihn ordentlich auf den Hocker neben sich. Sie waren für einen Tag schon oft genug von den geschäftlichen Angelegenheiten abgeschweift, und es wurde langsam Zeit, wieder auf den Punkt zu kommen.

„Erzählen Sie mir von dem Restaurant, das Sie in Ihr Hotel integrieren wollen."

„Das Konzept soll so ähnlich sein wie in meinen anderen Restaurants in Schottland." James gab eine ordentliche Portion Olivenöl in die Pfanne und begann dann, an der Kochinsel eine Zwiebel zu würfeln. „Regionale Produkte, viel Fisch und Meeresfrüchte, Weiderind und Weidelamm. Wenn es nach mir geht, eine kleine Karte und nicht mehr als zehn Tische."

Fasziniert schaute Andrea zu, wie geübt er mit dem Messer hantierte. Sie hätte sich wahrscheinlich einen Finger abgehackt, wenn sie versucht hätte, so schnell zu arbeiten, aber er hatte das schon so oft gemacht, dass es wie automatisch ging. Die Anspannung fiel von ihm ab, und seine Gesichtszüge entspannten sich, als er die vertrauten Handgriffe verrichtete.

„Sie möchten also, dass Ihre Gäste den authentischen Geschmack von *Skye* erleben", sagte sie. „Rechnen Sie denn in erster Linie mit Touristen?"

„Im Sommer schon, obwohl das Restaurant wahrscheinlich genauso viele Einheimische anziehen wird wie Hotelgäste. Auf *Sleat* gibt es eine ganze Reihe von hervorragenden Restaurants, aber sie sind alle eher traditionell. Ich möchte ein moderneres und frischeres Konzept umsetzen." Er schob die gewürfelte Zwiebel vom Schneidebrett in die Pfanne, und sofort breitete sich in der Küche ein wunderbarer Duft aus.

Andrea schnupperte genüsslich, beugte sich vor und schaute ihm mit aufgestützten Ellenbogen zu, wie er Tomaten für die Sauce überbrühte und dann häutete. Sie hatte sich schon mehr als einmal gefragt, wie jemand den Sprung vom Koch zum Promi schaffte, aber jetzt verstand sie es. Gut aussehend, maskulin und tüchtig waren wirklich eine unschlagbare Mischung. Wenn man dann noch den anziehenden schottischen Akzent hinzunahm, war es wirklich kein Wunder, dass die Frauen James zu Füßen lagen.

Sie schaute ihm noch einen Moment länger zu und zögerte, das Thema anzusprechen, über das sie eigentlich reden mussten. „Es würde mir sehr weiterhelfen, zu verstehen, was es mit der Beziehung zwischen Ihnen und Ian auf sich hat. Natürlich nur, was das Hotel angeht."

Ein Muskel an seinem Kinn zuckte, aber er nickte. „Als unser Vater starb, hat er dieses Haus an Tante Muriel vererbt, und wir drei Kinder haben das Hotel bekommen."

„Dann ist Serena also ebenfalls gleichberechtigte Partnerin?"

„Das war sie, aber sie hat gesagt, sie könne sich nicht genauso intensiv an der Sanierung beteiligen wie Ian und ich. Allerdings glaube ich, dass sie in Wirklichkeit nur keine Lust hatte, ständig zwischen ihm und mir zu vermitteln. Ich habe ihr ihren Anteil letztes Jahr abgekauft."

„Und was macht dann Ian hier, wenn er gar keine Mehrheitsbeteiligung hat? Sie könnten doch eigentlich mit dem Hotel machen, was Sie wollen."

James drehte sich zu ihr um und wischte sich die Hände an einem Geschirrhandtuch ab. „Das könnte ich, aber ich will es nicht. Er mag zwar manchmal ein bedauernswerter Schwachkopf sein, aber er ist immer noch mein Bruder."

„Dann müssen meine Vorschläge also sowohl von Ian als auch von Ihnen abgesegnet werden. Aber er würde sich doch nicht aus Prinzip dagegen aussprechen, oder?"

„Natürlich nicht. Was auch immer wir für Konflikte haben, er hat einen sehr gesunden Geschäftssinn, und ich hätte ihn sicher nicht als Geschäftsführer der Firma eingestellt, wenn ich nicht davon überzeugt wäre, dass er die richtigen Entscheidungen trifft."

Andrea verstand die Dynamik zwischen den beiden immer noch nicht wirklich. Zwei Brüder, die sich nicht ausstehen konnten, aber trotzdem genügend Vertrauen zueinander hatten, um geschäftlich zusammenzuarbeiten? Anscheinend konnte James die unterschiedlichen Bereiche seines Lebens so gut voneinander trennen, wie er behauptete. Andrea bezweifelte, dass sie in dieser Situation wirklich objektiv bleiben konnte. Was um Himmels willen hatte wohl einen solchen Keil zwischen die beiden getrieben?

Doch das ging sie im Grunde ja gar nichts an. Sie stieg von ihrem Hocker und erklärte: „Ich setze mich noch ein bisschen ins Wohnzimmer. Rufen Sie einfach, wenn Sie Ihren Sous Chef noch mal brauchen."

„Das mache ich", sagte er. „Sie können wirklich hervorragend Wasser kochen."

„Freut mich, wenn ich behilflich sein kann."

Sein Lachen folgte ihr, und sie trank einen Schluck Wein, um ihr Lächeln, das gar nicht wieder aufhören wollte, unter Kontrolle zu bekommen.

Im Wohnzimmer traf sie nur Serena an, die lang ausgestreckt mit geschlossenen Augen auf dem rosa gemusterten Sofa lag. In der Tür blieb Andrea stehen, und ihr fiel auf, wie erschöpft James' Schwester aussah. Sie wollte auf keinen Fall die wenigen ruhigen Momente stören, die Serena für sich hatte.

Doch genau in dem Moment, in dem Andrea sich hastig wieder entfernen wollte, öffnete Serena die Augen.

„Kommen Sie her und setzen Sie sich. Ich habe nur kurz die Augen zugemacht, um sie ein bisschen zu entspannen." Sie richtete sich auf, schwang die Beine vom Sofa und deutete mit einem einladenden Lächeln auf den Platz neben sich.

„Sind Sie sicher? Mit so einem kleinen Kind können Sie doch bestimmt ein bisschen Zeit für sich allein gebrauchen."

„Noch lieber ist mir ein Gespräch mit einem Erwachsenen. Und sagen Sie jetzt bloß nicht, dass ich das ja auch mit meinen Brüdern haben könnte, denn wie Sie ja sehen, werden sie wieder zu ganz kleinen Jungs, sobald sie zusammen sind."

Andrea machte einen Bogen um eine Stelle, an der einige Bauklötze herumlagen, um auf dem Sofa Platz zu nehmen. „Das habe ich auch gemerkt. Sind die immer so?"

„Bis zu einem gewissen Grad schon", antwortete Serena und griff nach ihrem Weinglas, das auf einem kleinen Beistelltisch stand. „Ich habe noch nie zwei Menschen mit einem so unterschiedlichen Temperament erlebt. Und wenn man bedenkt, dass sie eigentlich nicht zusammen aufgewachsen sind …"

„Wieso denn das?“, fragte Andrea impulsiv und ohne nachzudenken. Eine so persönliche Frage hätte sie wirklich nicht stellen dürfen, denn das hier war ja kein privater Besuch. Aber Serena war so herzlich und offen und schien wirklich gerne reden zu wollen, dass sie antwortete: „Zwischen Ian und James bestehen fast fünf Jahre Altersunterschied. Als unsere Eltern sich haben scheiden lassen, ist Ian fast sofort danach nach Eton gegangen. Zu dem Zeitpunkt war James noch nicht einmal acht Jahre alt. Damals haben wir das letzte Mal zusammen unter einem Dach gelebt.“

Interessant. Ian hatte also das exklusivste Jungeninternat Großbritanniens besucht, aber James hatte es abgelehnt, in die Fußstapfen des großen Bruders zu treten und sich stattdessen für ein Internat in Schottland entschieden.

Andrea versuchte, das Gespräch auf unverfänglichere Themen zu lenken. „Aber Sie scheinen ja zu beiden eine enge Beziehung zu haben.“

„Sie sind beide gute Onkel, und besonders Emmy vergöttert sie, aber das kann sie zurzeit auch wirklich gut gebrauchen.“ Serena warf ihr ein knappes Lächeln zu und erklärte: „Mein Mann ist vor etwas über einem Jahr gestorben.“

„Das tut mir leid.“ Und schon wieder befanden sie sich in ihrem Gespräch auf sehr dünnem Eis, denn über solche Themen wollte sich Andrea eigentlich nicht mit einer völlig Fremden unterhalten. Doch es war offensichtlich, dass Serena reden wollte, und deshalb zwang sich Andrea zu fragen: „Was ist denn passiert?“

„Er war auf Geschäftsreise und hatte einen Herzinfarkt. Er war erst 42.“

„Das tut mir wirklich sehr leid.“ Was sollte sie auch sonst sagen? Kein Wunder, dass Serena so erschöpft aussah. Sie musste mit Max schwanger gewesen sein, als ihr Mann starb, und jetzt musste sie die Kinder allein großziehen. Bei dieser Vorstellung wurde Andrea ganz anders, und ihr drehte sich der Magen um. Wäre ihr Leben anders gelaufen, hätte es ihr genauso ergehen können.

Andrea trank einen Schluck von ihrem Wein und überlegte, wie sie das Gespräch in eine andere Richtung lenken konnte. Ihre Rettung kam in Form eines rotwangigen kleinen Mädchens, das in diesem Moment die Haustür aufriss und kichernd hereingestürmt kam, gefolgt von einem Stoß kalter Luft.

„Guck mal, Mama, was wir gefunden haben!" Emmy kam zum Sofa gerannt, öffnete ihre kleine Hand und zeigte eine Reihe winziger, sandiger Muscheln. Andrea zog hastig ihre teuren Schuhe von den schmutzigen, nassen Turnschuhen des kleinen Mädchens weg, als Emmy sie fragte: „Hast du sie gesehen, Andrea?"

„Sie heißt Miss Sullivan", korrigierte Serena sie sofort, aber Andrea schüttelte den Kopf.

„Andrea passt schon. Und sie sind wirklich wunderschön. Was hast du denn damit vor?"

„Ich lege sie in ein Glas mit Sand und nehme sie mit nach Hause", antwortete Emmy.

„Das ist nicht gerade eine typische Geschäftsreise für Sie, oder?"

Als Andrea von Emmys Schätzen aufblickte, setzte sich Ian gerade ihr gegenüber auf einen Sessel und schlug die Beine übereinander. „Bis jetzt nicht", antwortete sie.

„Das ist so in *Skye*." Der ironisch verzogene Mund erinnerte an seinen Bruder. „Sie werden in die Familie aufgenommen, ob Sie wollen oder nicht."

„Ian", sagte Serena tadelnd.

Er zuckte mit den Achseln. „Ich habe ja nicht gesagt, dass das etwas Schlechtes ist. Ich wollte damit nur sagen, dass die Situation wahrscheinlich nicht so förmlich und offiziell ist, wie es Miss Sullivan erwartet hat."

„Sag Andrea zu ihr, Onkel Ian", sagte Emmy.

Ian sah Andrea über den Kopf der Kleinen hinweg an. „Also dann, Andrea, keine Sorge, zum Geschäftlichen kommen wir morgen noch."

„Dann sind Sie also bei der Besichtigung des Hotels morgen früh dabei?"

„Nein. Ich habe schon etwas anderes vor. Ich habe gedacht, dass wir vielleicht morgen bei einem Lunch alles besprechen könnten. Ich bin in *Broadford* untergebracht."

Andrea schaute ihn einen Moment lang eindringlich an. Wären diese Worte von James gekommen, hätte sie vermutet, dass die Einladung mit Hintergedanken verbunden war, aber Ian hielt ihrem Blick gelassen und unergründlich stand. Das war der größte Unterschied zwischen den Brüdern, fand sie. Bei James hatte sie immer eine ziemlich genaue Vorstellung davon, was er gerade dachte. Ian dagegen war ein Buch mit sieben Siegeln.

„Über den zeitlichen Ablauf einigen Sie sich doch bitte mit James", sagte sie schließlich. „Aber für mich wäre das in Ordnung."

Er nickte und wandte dann seine Aufmerksamkeit erneut seiner Nichte zu. „Ich habe gehört, dass du jetzt Klavierunterricht hast, Emmy. Willst du mal was vorspielen?"

Die Kleine strahlte und sprang auf, wobei sie die Muscheln auf dem Couchtisch verstreute, sodass Andrea einen Satz nach vorn machte, um sie zusammenzuschieben, damit sie nicht vom Tisch fielen. Emmy schlidderte an ihr vorbei Richtung Klavier und klappte achtlos den Klavierdeckel zurück, sodass er dumpf gegen das Klavier schlug und Andrea zusammenzuckte.

„So, jetzt guck zu, Andrea!"

Emmy legte ihre Finger ungeschickt auf die Tasten und fing an, eine stockende Version der „Ode an die Freude" zum Besten zu geben. Ihre Füße baumelten dabei ein ganzes Stück über dem Boden.

Als sie fertig war, klatschten Ian und Serena ein wenig. „Sehr schön", sagte Andrea mit einem Nicken.

„Was kannst du denn sonst noch spielen?"

„Das ist alles – sonst nur noch Tonleitern." Emmy rümpfte die Nase. „Aber die sind langweilig."

Andrea lächelte zu ihr hinunter. Sie erinnerte sich noch gut, wie sie sich in Emmys Alter gefühlt hatte, wenn sie sich mit den Noten abmühte. „Da gebe ich dir recht. Aber je mehr du übst, desto mehr kannst du, und dann wird es auch interessanter."

„Spielen Sie auch, Andrea?", fragte Serena.

Bei dieser Frage begann ihr Herz schneller zu schlagen. Sie hätte jetzt natürlich lügen können, aber nachdem die Frau so ehrlich zu ihr gewesen war, fand sie es einfach nicht richtig. „Ein bisschen", antwortete sie deshalb.

„Spiel doch bitte etwas, Andrea!," bettelte Emmy, hopste von der Klavierbank und machte ihr Platz.

Andrea schaute abwechselnd Serena und Ian an. Der zuckte dann mit einer Schulter und sagte: „Sie können es ebenso gut gleich erledigen, denn sie gibt jetzt keine Ruhe, bis sie nachgeben."

Du bist dumm, so dumm, flüsterte die Stimme in ihrem Kopf. Sie spielte nicht mehr öffentlich, sondern nur noch für sich selbst. Aber „Ode an die Freude" war ja auch eigentlich kein richtiges Spielen, und Emmys flehender Blick machte es schwer, ihr die Bitte abzuschlagen.

„Also gut." Andrea rückte die Klavierbank etwas weiter zurück und setzte sich dann so darauf, dass sie mit den Füßen bequem an die Pedale kam. Dann legte sie die Hände auf die Tasten und fing an, eine sehr ruhige Version des Chorstückes zu spielen.

Sie schaute zu dem kleinen Mädchen hinüber, das aber unbeeindruckt schien. Anscheinend reichte dieses ruhige Stück nicht aus, um sie davon zu überzeugen, dass Klavierspielen Spaß machen konnte. Andrea biss sich auf die Unterlippe. Also warum nicht?

Und dann begann sie mit ihrer eigenen Interpretation des Stückes, beschleunigte das Tempo, streute Triolen und wechselnde Akkorde zu

Arpeggios ein und spielte mit den Noten um das zentrale Motiv herum, bis es kaum noch Ähnlichkeit mit dem Original hatte. Ein Lächeln ging über ihr Gesicht, und sie musste ein Lachen unterdrücken. Wenn sich das kleine Mädchen durch das hier nicht davon überzeugen ließ, dass Musik auch Spaß machen konnte, dann konnte sie auch nichts daran ändern.

Plötzlich merkte sie, dass es im Raum ganz still geworden war und alle Blicke auf sie gerichtet waren. Ian stand auf der einen Seite am Klavier, Emmy war ihm gefolgt und schaute ihr mit großen, leuchtenden Augen zu. Abrupt hörte Andrea auf zu spielen und ihr Lächeln schwand.

„Sehr beeindruckend."

Als sie James' Stimme hörte, schaute Andrea zur Tür, wo er mit einem Handtuch in der Hand im Türrahmen lehnte. Sein Gesichtsausdruck bewirkte, dass ihr Herz einen Schlag aussetzte, und sie musste schlucken, bevor sie antworten konnte. „Ich spiele nicht mehr so viel."

„Das sollten Sie aber", sagte Ian ganz ruhig. „Sie sind sehr begabt."

Die Brüder wechselten über ihren Kopf hinweg einen Blick, den sie nicht verstand. Was auch immer dahintersteckte, es gefiel ihr nicht, dass es dabei um sie ging.

8

James rief die Familie schon zu Tisch, während er die Töpfe mit den fertigen Gerichten auf einen kleinen Eichentisch stellte, um sie dort anzurichten. Aber er war nur halb bei der Sache, als er die Fettuccine auf die Teller gab. Genau in dem Moment, in dem er gedacht hatte, Andrea könnte ihn nicht überraschen, hatte sie etwas getan, womit er absolut nicht gerechnet hätte.

Wo hatte sie nur so Klavierspielen gelernt? Das war nicht das Spiel einer Person, die sich nur an ihre Klavierstunden aus der Kindheit erinnerte. Die Variationen von Emmys einfacher Melodie hatten sich völlig improvisiert angehört, und ihr Lächeln hatte eine reine, völlig losgelöste Begeisterung ausgedrückt. Es erinnerte ihn daran, wie er sich fühlte, wenn er nichts zu tun hatte, außer in der Küche herumzuexperimentieren und neue Rezepte und ungewöhnliche Geschmacksrichtungen auszuprobieren.

Muriel hatte alle um den Esstisch herum platziert, als er mit den ersten Tellern kam. Er freute sich, als er sah, dass seine Tante den Platz neben Andrea für ihn freigehalten hatte, auch wenn diese Freude einen Dämpfer bekam, weil Ian ihm direkt gegenübersaß. Zuerst servierte er Muriel und Andrea ihr Essen.

„Frische Fettuccine mit einer traditionellen Tomaten-Basilikum-Sauce", sagte er, als ob er eine seiner Speisekarten vorlas. „Dazu natürlich Salat Caprese, und Serenas legendäre Knoblauchbrötchen."

Serena verdrehte die Augen und sagte: „Also von legendär kann ja wohl kaum die Rede sein."

„Du hättest Bäckerin werden sollen, Schwesterherz", widersprach er, denn Serena hatte ein Händchen für Brot und Kuchen, um das er sie beneidete. Er bekam Gebäck nie so hin, wie es eigentlich sein sollte, aber das lag sicher auch daran, dass er Zutaten nur wog oder abmaß, wenn er ein Kochbuch schrieb. Für seinen Geschmack war beim Backen viel zu viel Genauigkeit erforderlich.

Als er die restlichen Teller an den Tisch gebracht hatte, schaute Muriel seinen Bruder an und sagte: „Könntest du bitte das Tischgebet sprechen, Ian?"

James warf Andrea aus dem Augenwinkel einen verstohlenen Blick zu und fragte sich, was sie jetzt wohl dachte, aber sie senkte nur den Kopf und faltete die Hände. Er konnte nicht sagen, ob sie es aus Respekt vor ihren Traditionen oder aus eigener Überzeugung tat.

Ian betete rasch und schlicht. „Vater im Himmel, danke, dass du uns Gesundheit, Familie und Gemeinschaft schenkst. Amen."

Alle anderen, auch Andrea, wiederholten das Amen. James wartete auf ihre Reaktion, als sie den ersten Bissen aß.

Ihre Augenbrauchen gingen hoch. „Sind Sie sicher, dass italienisches Essen nicht Ihre Spezialität ist? Das ist ja fantastisch."

Er sah Muriel über den Tisch hinweg an. „Unsere Tante liebt italienisches Essen, und deshalb koche ich immer italienisch, wenn ich auf *Skye* bin."

„Haben Sie sich denn schon immer so nahegestanden?"

„Tante Muriel hat uns großgezogen", sagte Serena. „Als unsere Eltern sich scheiden ließen, ist unsere Mutter wieder zurück nach London gezogen, und unsere Tante ist hergekommen, um unseren Vater bei unserer Erziehung zu unterstützen. Und dann hat sie einfach vergessen, wieder abzureisen."

Muriel lachte leise. „Was gab es denn schon, wohin ich hätte zurückkehren können? Und außerdem weiß nur der Himmel, was Jamie sich alles hätte einfallen lassen und angestellt hätte, wenn er nicht unter Aufsicht gewesen wäre." Sie lehnte sich mit verschwörerischer Miene zu Andrea hinüber. „Ian war immer der Verantwortungsbewusste und Serena die Stille, aber Jamie – grundgütiger Himmel –, er ist wirklich schuld an jedem einzelnen grauen Haar, das ich auf dem Kopf habe."

„Das ist jetzt aber unfair", protestierte James. „Ian und Serena haben ebenso Unfug gemacht wie ich, aber sie haben immer die Schuld auf mich geschoben."

„Das ist doch gar nicht wahr!", widersprach Serena lachend und schob reflexartig ein Milchglas aus der Reichweite von Emmys Ellenbogen. „Weißt du noch, wie du das Auto des Pfarrers mit Klebeband umwickelt hast?"

„Nein, das haben Sie nicht gemacht, oder?", fragte Andrea.

James rieb sich kleinlaut die Stirn. Das hatte er schon völlig vergessen. „Doch, zu meiner Schande muss ich gestehen, dass es stimmt. Um ehrlich zu sein, war es eine Mutprobe, und Mutproben konnte ich einfach nicht widerstehen. Ich bin ziemlich sicher, dass Pfarrer Steward zu mir gesagt hat, ich würde für all meine Bosheit direkt zur Hölle fahren. Er hat mir das bis heute nicht vergeben."

„Doch", sagte Serena, „das schon. Was er dir nicht vergeben hat, ist, dass du den Abendmahlswein im Kelch mit ein bisschen Tabasco nachgewürzt hast."

James lächelte verlegen. Daran konnte er sich noch ganz genau erinnern, und er war nicht besonders stolz darauf. Es war wirklich ein Wunder, dass er als Jugendlicher nicht in die Kriminalität abgerutscht war. „Das war auch eine Mutprobe. Sagen wir, ich hatte als Junge ein etwas unentspanntes Verhältnis zum institutionalisierten Glauben. Meine Tante hält mich bis heute für einen Heiden."

„Unsinn", widersprach Muriel, als sie Andreas Blick auffing. „Lassen Sie sich bloß nichts von ihm erzählen. Er ist ein guter Christ, egal, was er jetzt sagt. Es gab während seiner Kindheit nur leichte Differenzen zwischen der Gemeinde und ihm."

„Genau wie auch zwischen ihm und jedem Schuldirektor einer jeden Schule, die er besucht hat", merkte Serena kichernd an.

Ian warf Andrea einen Blick zu, schaute dann aber rasch wieder nach unten auf seinen Teller.

Was sollte das alles eigentlich?, fragte sich James. Wollte er ihre Reaktion auf seine jugendlichen Fehltritte prüfen? Oder wollte er sein Missfallen darüber zum Ausdruck bringen, dass Muriel ihn immer noch in Schutz nahm?

Andrea führte grazil ihre Gabel zum Teller. „Und wie sieht es bei Ihnen aus, Ian? Serena hat gesagt, Sie sind in London zur Schule gegangen und haben Jura studiert?"

„Ja. Ich habe mehrere Jahre als Anwalt gearbeitet, bevor ich den Job bei Jamie angenommen habe."

„Waren Sie auf irgendein Gebiet spezialisiert?"

„Ja, Körperschaftsrecht, überwiegend Vertragsrecht."

Serena verdrehte die Augen. „Ian hat mit Auszeichnung bestanden, was eine ziemliche Leistung ist, wenn man bedenkt, dass er die meiste Zeit seines Studiums mit Rudern verbracht hat, auch wenn er darüber nicht spricht."

„Sie rudern?" Andrea ließ ihren Blick hinüber zu Ian schweifen, als ob sie versuchte, diese Information mit dem in Übereinstimmung zu bringen, was sie da vor sich sah. Vielleicht bewunderte sie ihn aber auch nur. Das wäre nicht das erste Mal, dass er bewundert wurde. Es war wirklich nicht so, dass sein Bruder in Bezug auf Frauen Hilfestellung brauchte, wenn er sich denn entschloss, sie zu beachten.

„Ja", antwortete Ian mit einem Achselzucken, „früher. Aber ich habe vor zehn Jahren aufgehört."

„Ian war elf Jahre lang in der britischen Nationalmannschaft der Ruderer", sagte Serena. „Er hat vier – oder wie viele waren es nochmal – Goldmedaillen bei Weltmeisterschaften gewonnen."

„Fünf", korrigierte er sie, ohne aufzublicken.

„Wow", sagte Andrea. „Das ist wirklich beeindruckend."

James merkte, dass er eifersüchtig wurde, bemühte sich aber, das zu unterdrückten. Schon erstaunlich, wie er sich wieder wie fünfzehn fühlte, wenn er mit Ian zusammen in einem Raum war und Angst davor hatte, ein Mädchen mit nach Hause zu bringen und seiner Familie vorzustellen, weil es immer sein konnte, dass es dann eher für seinen tüchtigen, sportlichen Bruder schwärmte als für ihn. Das war vorgekommen, aber zugegebenermaßen in den letzten paar Jahren nicht mehr.

Das Schweigen zog sich in die Länge, aber bevor es noch unbehaglicher werden konnte, fragte Muriel: „Und Sie, Andrea, woher kommen Sie?"

„Aus einer Kleinstadt in Ohio."

„Mit einem Kino, aber ohne Ampeln." James warf einen Blick zu ihr hinüber und wurde mit einem kaum wahrnehmbaren Lächeln belohnt, bevor sie seiner Tante antwortete.

„Aber meinen Bachelor habe ich an der NYU gemacht und dann meinen Master in Betriebswirtschaft in Cornell. Seitdem lebe ich immer irgendwo in New York. Zurzeit in Manhattan."

„Sind Sie verheiratet?", fragte Muriel ganz direkt. „Verlobt? Mit jemandem zusammen?"

Andrea stieß einen erstickten Laut aus und hielt sich die Serviette vor den Mund. James klopfte ihr auf den Rücken und sie trank rasch einen Schluck aus ihrem Wasserglas. „Ich bin Single", sagte sie schließlich.

„Wieso denn das? Sie sind doch eine reizende Frau und – wie alt – 29 Jahre?“

„31.“

„Dann ist es doch längst Zeit, sesshaft zu werden, finden Sie nicht?“

Andrea bekam ganz große Augen und warf James einen flehenden Blick zu, mit der wortlosen Bitte, einzugreifen. Bei diesem Thema suchte sie allerdings an der falschen Stelle Hilfe. „Ja, Andrea, wieso haben Sie sich eigentlich noch nicht irgendwo niedergelassen?“

Sie sah Ian an, der jedoch offenbar auch nicht gewillt war einzugreifen. Ihr Blick, der jetzt etwas gefährlich Funkelndes bekam, traf wieder auf den von James. „Also ich bin beruflich so viel unterwegs, dass die einzigen Männer, die ich kennenlerne, Klienten sind. Und die meisten von ihnen sind selbstverliebte Egomanen. Sie können sich also vorstellen, dass dadurch mein Privatleben etwas verkrampft ist.“

Da platzte ein Lachen aus James heraus, das schnell in ein Husten überging, sodass er ebenfalls zu seinem Wasserglas griff. Das war an diesem Abend schon das zweite Mal, dass sie ihn überrascht hatte. Allerdings hätte ihn das eigentlich nicht weiter überraschen müssen, denn er hatte ja schon im Pub eine Kostprobe von ihrer Schlagfertigkeit bekommen.

Muriel nickte mit zufriedener Miene. „Ich mag Frauen, die sagen, was sie denken. Also, nimm dich bei ihr lieber in Acht, Jamie. Sie ist eine, mit der man nicht leichtfertig umgehen darf.“

„Das merke ich auch langsam“, sagte James und warf ihr von der Seite einen Blick zu. Doch sie lächelte nur lieb. Das hatte also gesessen. Aber wenn sie geglaubt hatte, ihn dadurch vergraulen zu können, dann hatte sie sich sehr getäuscht. Sie konnte zwar versuchen zu leugnen, dass sie Interesse an ihm hatte, aber sie konnte die Tatsache nicht verbergen, dass sie jedes Mal die Luft anhielt, wenn er auch nur in ihre Nähe kam. Es blieb ihm nichts anderes übrig, als ihre Worte als offene Herausforderung zu verstehen.

Als sie mit dem Essen fertig waren, ignorierte Andrea einfach Muriels Proteste und stellte die Teller zusammen, um sie in die Küche zu bringen. Ian stand auf, um zu helfen, aber James reagierte darauf mit einem knappen Kopfschütteln und sammelte die leeren Weingläser ein. Diesmal fügte sich sein Bruder sogar und setzte sich wieder.

Als James in die Küche kam, spülte Andrea gerade die Teller vor und stapelte sie ordentlich in der Spüle.

„Muss ich mich schon für meine Familie entschuldigen?", fragte er.

Sie warf ihm einen Blick zu. „Nein, sie sind alle großartig."

„Sprechen wir etwa beide von derselben Familie?" Er lachte über ihren tadelnden Blick. „Doch, das sind sie wirklich. Ich vergesse immer, wie sehr ich sie vermisse, und merke es erst dann, wenn ich wieder nach Hause komme. Die meisten wenigstens."

Er beugte sich zu ihr vor, um die Weingläser in die Spüle zu stellen, und streifte dabei absichtlich ihren Arm. Sie rückte von ihm ab und bürstete das Geschirr mit noch größerem Eifer.

Nein, sie war ganz offensichtlich nicht immun gegen ihn.

Als der letzte Teller gespült war, drehte sie sich zu ihm um. „Kann ich sonst noch bei irgendetwas helfen?"

James goss heißes Wasser in die Cafetière, die er bereits zuvor mit gemahlenem Kaffee befüllt hatte. „Sie könnten die hier und ein paar Tassen zum Tisch bringen. Ich komme dann gleich mit dem Dessert."

Er holte die Behälter mit dem Eis aus dem Gefrierschrank und begann auf die bereitgestellten Glasteller Kugeln zu verteilen, während Andrea mit dem Kaffee ins Esszimmer ging. Als sie noch einmal zurückkam, um Tassen zu holen, hatte sich der Tassenturm gefährlich geneigt, sodass er automatisch danach griff, um ihn aufzurichten. Sie erstarrte, als er seine Hände auf ihre legte.

„Haben Sie sie jetzt?", fragte er und streifte mit den Fingern ihren Handrücken, bevor er ihre Hände losließ. Sie schluckte, befeuchtete ihre Lippen mit der Zunge, und er lächelte.

Sie merkte sofort, wie ihr die Röte vom Hals aufwärtsstieg und wandte sich so abrupt ab, dass das Porzellan klapperte. Sein Grinsen wurde breiter. Sie mochte ja entschlossen sein, ihn in seine Schranken zu weisen, aber er würde auf jeden Fall als Letzter lachen.

Als er ein paar Minuten später das Dessert servierte – perfekte Eiskugeln, garniert mit filigranen Anisplätzchen und Minzblättchen –, unterhielt sich Andrea mit seiner Schwester über Emmys Klavierstunden. Sie nahm seine Anwesenheit kaum zur Kenntnis und wandte sich sogar ein wenig von ihm ab und zu Serena hin, sodass sie ihn nicht anschaute, als er seinen Platz neben ihr wieder einnahm.

Nach dem Dessert winkte Tante Muriel ab, als Andrea wieder beim Abräumen helfen wollte. „Das schaffen Serena und ich schon allein. Es war reizend, Sie kennenzulernen, meine Liebe“, sagte die ältere Dame und gab ihr einen Kuss auf die Wange. „Sie frühstücken doch morgen auch mit uns zusammen, oder?“

Andrea warf James einen fragenden Blick zu, und als er nickte, sagte sie: „Ja, sehr gerne.“

Emmy sprang von ihrem Platz auf und schlang ihre Arme um Andreas Körpermitte. Die wirkte erst total erschrocken, doch dann bekam ihr Ausdruck etwas Schmerzliches.

„Kannst du mir morgen etwas auf dem Klavier beibringen, Andrea?“

„Sie möchte bestimmt nicht so viel Zeit am Klavier verbringen, Emmy“, sagte James, woraufhin Emmys Lippe zu beben begann.

Andrea löste sich behutsam von ihr und antwortete: „Natürlich mache ich das. Aber lass mich erst noch überlegen, was ich dir beibringe, ja?“

Serena lächelte sie über Emmys Kopf hinweg an und schuckelte dabei Max auf ihrer Hüfte. „Danke, Andrea. Es war wirklich schön, Sie kennenzulernen.“

„Gleichfalls, Serena.“

James hatte inzwischen Andreas Mantel geholt und half ihr hinein.

„Ich habe Andrea gefragt, ob sie morgen mit mir zu Mittag isst, um ihre Vorschläge zu besprechen", sagte Ian. „Seid ihr um 13.00 Uhr fertig mit der Besichtigung des Hotels?"

James merkte, wie er sich verspannte, nickte aber. „Ich fahre sie. *Broadford Hotel*?"

Ian sah aus, als wollte er widersprechen, aber dann griff er nur in die Hosentasche und überreichte Andrea mit zwei Fingern eine Visitenkarte. „Meine Handynummer steht ganz unten, nur falls Sie mich morgen erreichen möchten."

„Danke. Bis dann also." Sie lächelte erst ihn an und dann auch den Rest der Familie. „Gute Nacht allerseits."

James führte sie zur Tür hinaus und auf dem Kiesweg zum Wagen. Es war schon merklich kühler geworden und ihr Atem bildete weiße Wölkchen. Er atmete tief die feuchte Luft ein und freute sich, der angespannten Atmosphäre im Haus zu entkommen. Er hielt ihr die Beifahrertür auf und wartete, bis sie eingestiegen war.

„Das Essen war ganz wunderbar", sagte sie, als er auf der Fahrerseite Platz genommen hatte. „Ich kann mich nicht erinnern, wann ich das letzte Mal so gut gegessen habe."

„Danke." Er schaute ihr Gesicht an, das abwechselnd im Schatten und im Licht lag und versuchte herauszufinden, ob sie das wirklich ernst meinte oder es aus reiner Höflichkeit sagte. Ihr vages Lächeln verriet nichts, also legte er den Rückwärtsgang ein und fuhr los. Während der kurzen Rückfahrt zum Hotel redeten sie nicht, aber wenigstens war das Schweigen jetzt nicht mehr so unbehaglich. Sie hatte anscheinend beschlossen, ihm seine Provokationen von vorhin zu verzeihen, und sosehr es ihm gefiel, wenn sie dieses ärgerliche Funkeln im Blick hatte, so froh war er jetzt, dass sie wieder auf Augenhöhe waren.

Er setzte sie an der Tür zu ihrem Cottage ab, schloss ihr auf und schaltete mit einem Griff um den Türrahmen herum das Licht ein. Dann löste er ihren Schlüssel aus seinem Schlüsselbund und drückte ihn ihr in die Hand. „Gute Nacht, Andrea. Wir sehen uns dann morgen früh."

„Gute Nacht", antwortete sie, betrat das Haus, schloss aber nicht sofort die Tür. Er spürte, wie sie ihm nachschaute, als er wegging, drehte sich aber nicht noch einmal um, sondern steckte die Hände in die Hosentaschen und lauschte, bis er das leise Geräusch hörte, mit dem die Tür des Cottages ins Schloss fiel.

Erst da atmete er aus, weil er die ganze Zeit die Luft angehalten hatte, holte seinen Koffer hinten aus dem Kombi und ging dann quer über den Parkplatz zu seinem Cottage. Er schloss auf und schaltete das Licht ein. Das Cottage war genauso spärlich eingerichtet wie Andreas, aber auf dem Tisch stand ein Obstkorb, und ein schneller Blick in den Kühlschrank zeigte, dass er mit Grundnahrungsmitteln gefüllt war: Milch, Brot und Aufschnitt. Gott segne Muriel. Selbst jetzt noch kümmerte sie sich rührend um ihn.

Er schaltete den Fernseher ein und begann seine Reisetasche auszupacken. Weil das Hotel eine einzige Baustelle war und außer ihm momentan niemand im Cottage wohnte, ließ er immer ein paar Sachen im Schrank zurück; Jeans, eine dicke Jacke, legere Hemden und Sportsachen. Das ersparte ihm die Mühe, mehr mitzunehmen als Handgepäck, besonders wenn er kurzentschlossen herkam.

Als er sein Jackett auf einen Bügel hängte, wanderten seine Gedanken wieder zu Andrea. Heute Abend bei seiner Familie hatte ihre Wachsamkeit ein wenig nachgelassen, und er hatte einen Blick auf die warmherzige und geistreiche Frau hinter der perfekten Expertin erhaschen können. Er konnte die gegenseitige Anziehung nicht leugnen, aber es überraschte ihn, dass er sie auch wirklich mochte.

Damit hatte er nicht gerechnet.

Genauso wenig wie mit ihrer Miene, als Emmy sie umarmt hatte. Das war nicht einfach nur Überraschung gewesen, sondern etwas Tieferes, Schmerzerfülltes. Sie hatte sich zwar schnell wieder gefangen, aber er war sich sicher, dass er es sich nicht nur eingebildet hatte. Was mochte in ihrer Vergangenheit vorgefallen sein, das diese Reaktion auf die arglose Vorfreude des kleinen Mädchens hervorrufen konnte?

Diese Frage dämpfte James' Begeisterung über seine kleinen provozierenden Neckereien. Was auch immer Andrea glaubte, er war nicht auf eine Frau fürs Bett aus. Wäre es so gewesen, hätte er dazu in London mehr als nur ein paar Frauen gefunden.

Nein, so hatte er sich in seiner Jungend verhalten. Unverbindlicher Sex hatte aber nur sein momentanes Bedürfnis befriedigt, und hinterher hatte er immer eine noch größere Leere und noch mehr Rastlosigkeit verspürt als zuvor. Natürlich hatte sein zwanzig Jahre altes Selbst alles getan, das zu leugnen, genauso wie die Schuldgefühle, die er deshalb hatte.

So hatten sein gläubiger Vater und seine Tante ihn nämlich nicht erzogen. Es hatte nicht lange gedauert, bis er erkannt hatte, dass er mit seinem Verhalten nicht nur sich selbst, sondern auch den Frauen schadete.

Was auch immer andere glaubten, er hatte dieses alte, rücksichtslose Verhalten nicht wieder aufgenommen, nachdem Cassie ihn verlassen hatte, aber deshalb ließ er es sich noch lange nicht nehmen, mit einer schönen Frau zu flirten. Er hatte gedacht, dass Andrea – taff, tüchtig und klug – genau der Typ Frau wäre, die daran Spaß hätte. Mit diesem Aufblitzen von Verletzlichkeit, das er aber an diesem Abend bei ihr erlebt hatte, und mit seinem quälenden Verdacht, dass sie nicht so war, wie sie sich selbst darstellte, hatte er absolut nicht gerechnet.

Angesichts all der anderen Konflikte, die es zurzeit in seinem Leben gab, war das eine Komplikation, die er wirklich nicht gebrauchen konnte.

9

Obwohl sie so erschöpft war, schlief Andrea nur ein paar Stunden und wurde schon vor Tagesanbruch wieder wach. Ihr Herz pochte wie wild, und obwohl es nur ein paar Sekunden dauerte, bis sie sich erinnerte, dass sie sich ja auf der *Isle of Skye* befand, war es schon passiert. Sie war dabei, ihre innere To-do-Liste abzuhaken, sodass an Schlaf nicht mehr zu denken war.

Sie schlug die Bettdecke zurück, schwang die Beine aus dem Bett und trippelte auf Zehenspitzen über den kalten Fußboden, um ihren Laptop zu holen. Sie knipste das Licht auf dem Schreibtisch an, fuhr den Computer hoch und gähnte, während die Programme geladen wurden.

„Konzentriere dich", sagte sie laut. „Morgen um diese Zeit bist du schon wieder auf dem Heimweg und kehrst *Skye* für immer den Rücken."

Mit ein paar Stunden Abstand seit ihrer letzten Begegnung mit James konnte sie die Situation jetzt etwas objektiver betrachten. Natürlich fühlte sie sich zu diesem Mann hingezogen. Welche Frau hätte ihn denn wohl nicht auf irgendeine Weise attraktiv gefunden? Sie hatte wahrscheinlich einfach zu viel Zeit damit verbracht, mit ernsten, schwerblütigen New Yorker Geschäftsmännern auszugehen, wenn schon ein bisschen Scherzen und Geplänkel ihr Herz höherschlagen ließ. Und weiß Gott, die meisten dieser Männer hatten es nicht bis zu dem erwarteten Kuss beim zweiten Date gebracht. Inzwischen machte sie sich nicht einmal mehr die Mühe, sich für offizielle Anlässe einen Begleiter zu suchen.

Ich mag Männer. Ich vertraue ihnen nur nicht besonders. Dafür war James MacDonald ein Paradebeispiel.

Und damit Schluss mit diesem Thema. Sie holte eine Mappe aus ihrer Tasche und fing an, für ihr Treffen mit Ian Infomaterial zusammenzustellen. James würde durch Werbematerial sicher nicht zu beeindrucken sein, aber von Ian hatte sie den Eindruck, dass er es erwartete. Details über die Firmengeschichte, ihre Ressourcen und ein Blatt mit Empfehlungen von ehemaligen und aktuellen Klienten und eine Visitenkarte wanderten in die schicke Präsentationsmappe.

Andrea überlegte gerade, ob noch etwas fehlte, als es klopfte. Sie tapste durch den Raum und öffnete die Tür einen Spalt breit.

Davor stand James und lächelte verlegen. „Ich habe Sie doch nicht geweckt, oder? Ich habe Licht bei Ihnen gesehen."

„Nein, ich habe mich gerade für das Meeting nachher vorbereitet." Sie öffnete die Tür ein bisschen weiter, und ein Stoß kalter Luft kam herein. Ihr dünnes T-Shirt bot kaum Schutz gegen die Kälte, und sie schlang die Arme um ihre Körpermitte. „Was gibt es denn?"

„Ich möchte Ihnen etwas zeigen. Können Sie sich etwas anziehen und nach draußen kommen?"

„Okay. Einen Moment bitte, ja?" Sie schloss die Tür wieder, zog ihren Mantel über den Schlafanzug, knöpfte ihn zu, zog dann das einzige Paar robuster, praktischer Schuhe an, das sie dabeihatte – leichte Laufschuhe –, und hatte bereits die Türklinke wieder in der Hand, als sie lieber doch noch rasch ins Bad ging, um sich die Zähne zu putzen. Sie sah sich im Spiegel an und zog ein Gesicht.

„Schade", murmelte sie. „Aber wer so früh bei mir anklopft, muss sich mit dem zufriedengeben, was er bekommt."

Die Luft draußen war feucht, und der Nieselregen der Nacht hatte einen feuchten Film auf allem hinterlassen. Sie atmete die kalte Luft ein und war sofort durch das Brennen in ihrer Lunge und die Kälte auf ihrer Haut energiegeladen. James wartete ein paar Schritte entfernt mit zwei dampfenden Kaffeebechern in der Hand.

Dankbar nahm sie ihm einen davon ab und trank den starken Kaffee in kleinen Schlucken, während sie ihn über den Rand des Bechers anschaute. Im Unterschied zu ihr sah er so aus, als sei er bereit für den Tag. Er trug ein sportliches Oberhemd und eine leicht ausgeblichene Jeans. Gegen die Kälte hatte er eine alte, abgetragene Wachsjacke angezogen, die allerdings nicht geschlossen war – Kälte schien ihm nichts auszumachen. Es war unfair, dass er es schaffte, in einem so lässigen Outfit noch so gut auszusehen.

Aber das waren schon wieder gefährliche Gedanken. „Was wollten Sie mir denn zeigen?"

„Kommen Sie mit", antwortete er und deutete mit dem Kopf in Richtung der Terrasse hinter ihrem Cottage.

Sie folgte ihm und blieb dann am Rand der Terrasse abrupt stehen. Das Licht der Morgendämmerung fiel auf die Federwolken in Weiß- und Grautönen und spiegelte sie auf der spiegelglatten Oberfläche des Sunds wider. Zarte Nebelschleier hingen vor der Bergkulisse in der Luft, sodass sich die schlanke weiße Säule des Leuchtturms von *Ornsy* als Kontrast deutlich hervorhob. Einen Moment lang vergaß Andrea alles um sich herum, weil diese Kulisse sie dermaßen berührte.

Schweigend sah James sie an, und sie glaubte, aus dem Augenwinkel ein Lächeln wahrzunehmen. Die Sonne ging jetzt rasch auf, und die Farben wechselten von Silbergrau zu einem Goldton mit rosa Schlieren darin. Hingerissen betrachtete sie die Landschaft, die sich durch den Lichtwechsel rasch veränderte.

„Das ist meine liebste Tageszeit auf *Skye*", sagte er.

„So etwas habe ich noch nie gesehen. Man fühlt es ganz tief hier drinnen", erklärte sie und berührte ihr Herz, was ihr allerdings sofort wieder peinlich war. Normalerweise war sie gar nicht der Typ, der sich wortreich und emotional über schöne Landschaften ausließ, so sehr sie davon auch berührt sein mochte.

James nickte einfach nur. „Weil ich in *London* lebe, vergesse ich manchmal, dass es auf der Welt auch stille Orte gibt wie den hier. Ich werde den Anblick nie leid und bin immer wieder neu davon überrascht."

„Wenn man einen solchen Ort immer wieder verlassen muss, hält man so etwas nicht mehr so leicht für selbstverständlich." Andrea ließ sich auf einen hölzernen Liegestuhl sinken und umschloss den Kaffeebecher mit beiden Händen, sodass der warme Kaffee ihre Hände wärmte, während sie die Morgenstille einatmete.

„Ja, das stimmt wirklich. Ich gestehe, dass ich manchmal überlege, wieder nach *Skye* zurückzuziehen, aber dann frage ich mich auch jedes Mal wieder, ob ich das hier dann noch so wertschätzen könnte."

„Ich weiß nicht, ob ich diesen Anblick jemals leid werden könnte."

Er schaute sie an, und sie wurde wieder rot. „Ich habe gedacht, dass ich Ihnen das Hotel nach dem Frühstück zeige und Sie dann nach *Broadford* zu dem Treffen mit Ian fahre. Ist Ihnen das recht?"

„Ja, das klingt gut."

„Ich wollte mich so gegen sieben auf den Weg zum Haus meiner Tante machen. Kommen Sie dann mit?"

Sie lächelte. „Das lasse ich mir doch auf keinen Fall entgehen."

„Gut. Dann sehen wir uns gleich." Er verschwand um die Ecke des Cottages und ließ sie allein, sodass sie in Ruhe den Sonnenaufgang genießen konnte.

10

Emmy stürzte sich sofort auf Andrea, als sie zur Tür hereinkamen. Das kleine Mädchen hatte noch seinen pinkfarbenen Schlafanzug an, und ihr dunkler Pferdeschwanz hatte sich zu zerzausten Strähnen aufgelöst. „Du bist wieder da! Hast du dir schon überlegt, was du mir auf dem Klavier beibringen willst?"

James lachte. „Können wir mit dem Klavier noch bis nach dem Frühstück warten, Emmy?"

„Aber dann kannst du jetzt mit mir Puppen spielen, Andrea, ja?"

Andrea warf James einen hilflosen Blick zu.

„Ich bin dann mal in der Küche, falls Sie mich brauchen", sagte er lachend.

Emmy zog Andrea neben dem Couchtisch zu sich auf den Fußboden, wo sie ihre umfangreiche Sammlung winziger Puppen verstreut hatte. Andrea hätte nicht das schicke Kostüm anziehen sollen. Sie streifte ihre Schuhe ab und stellte sie ordentlich neben das Sofa, wobei die peinliche Erinnerung an James' Beobachtung am Flughafen ihr noch einmal einen Stich versetzte. Es dauerte ein paar Minuten, bis sie eine Position gefunden hatte, die sowohl einigermaßen bequem als auch züchtig war, aber schließlich kniete sie sich einfach hin.

Als James sie zum Frühstück rief, wusste Andrea bestens Bescheid über die seltsam winzigen Plastikpuppen und ihre entsprechend winzige Garderobe.

„Und, bereit für ein typisch schottisches Frühstück?", fragte James, der sie eingehend von der Tür aus beobachtete.

„Was meinst du, Emmy?", fragte Andrea. „Sollen wir es probieren?"

„Onkel Jamie kann richtig gut kochen", sagte die Kleine daraufhin ganz ernsthaft.

„Also gut. Dann mal los." Andrea versuchte beim Aufstehen die Knitterfalten glatt zu streichen, die der Rock bekommen hatte, gab es aber schnell auf. Damit würde sich ihre Reinigung befassen, wenn sie wieder zu Hause war. „Kann ich noch etwas helfen?"

„Nein, der Tisch ist schon gedeckt und der Tee steht fertig auf der Anrichte. Setzen Sie sich einfach."

Emmy rannte direkt ins angrenzende Esszimmer, wo Serena bereits mit Max auf dem Schoß wartete, und Andrea nahm sich gleich zu allererst eine Tasse Tee.

„Gut geschlafen?", fragte Serena.

„Ja, sehr gut", log Andrea. „Und Sie?"

„Nach der vergangenen Nacht überlege ich ernsthaft, ein Aupairmädchen einzustellen."

Andrea lachte. „Möchten Sie auch Tee trinken?"

„Ja, gerne. Mit Milch und zwei Stückchen Zucker."

„Kommt sofort." Andrea goss Tee in einen zweiten Becher, gab Milch und Zucker hinein und stellte ihn auf den Tisch. Dankbar lächelte Serena sie an und schob den Becher rasch außerhalb der Reichweite des Babys.

Dann setzte sich Andrea neben Serena. „Ist Ian nicht dabei?"

„Nach dem Abend gestern wird er sich wahrscheinlich eher rarmachen. Ich nehme an, er ist irgendwo draußen auf dem Wasser. Ein alter Ruderkollege von damals lebt jetzt in *Dunvegan*."

Andrea nickte, trank einen Schluck Tee und war erleichtert, dass sich die Spannungen vom letzten Abend nicht wiederholen würden. Irgendwie hatte sie das Gefühl, dass sie mitten in der schwelenden Feindseligkeit zwischen den beiden Brüdern eingekeilt gewesen war, auch wenn diese Feindseligkeit mit ihr gar nichts zu tun hatte.

„Guten Morgen, Andrea", sagte Muriel, als sie das Esszimmer betrat. Sie sah aus wie das Abbild einer Hausfrau aus den 50er-Jahren in einem Hemdblusenkleid und elegant zurückfrisiertem Haar. „Gut geschlafen?"

„Besser als Serena, wie ich gerade erfahren habe."

„Ich habe es dir doch gesagt, Serena. Ein winzig kleiner Schluck Scotch, und das Kind schläft die ganze Nacht tief und fest durch."

Serena warf ihrer Tante einen verärgerten Blick zu. „Das ist ein Grund, das Jugendamt einzuschalten, Tantchen."

„Bei euch haben wir es auch so gemacht, und aus euch ist doch auch etwas geworden."

„Aus Serena schon", sagte James und betrat das Esszimmer, mehrere Teller auf den Unterarmen balancierend. „Jetzt verstehe ich langsam, was mit mir los ist."

„Ach was, Jamie", winkte Muriel ab. „Das hatte doch nichts mit dem Scotch zu tun. Dein Vater hat dich einfach ein paar Mal zu oft fallen lassen."

James grinste und stellte die Teller vor sie. Andrea schaute leicht bestürzt drein, als sie den ihren betrachtete. Er war so voll, dass wirklich nichts mehr draufgepasst hätte: Es gab Spiegeleier, einen Streifen Bacon, Würstchen, gedünstete Tomaten und Pilze, weiße Bohnen in Tomatensoße und mehrere Scheiben Toast.

„Das Frühstück reicht ja für die gesamte Insel", bemerkte sie. Normalerweise konnte sie von Glück sagen, wenn sie am Morgen Zeit für eine schnelle Tasse Kaffee und einen Eiweißriegel hatte, bevor sie ins Büro raste.

„Heute gibt es viel zu tun", sagte James. „Also essen Sie lieber Ihren Teller leer."

„Wir müssten einen Marathon laufen, um diese Menge hier zu rechtfertigen."

„Bringen Sie ihn bloß nicht auf Ideen", sagte Serena. „Er versucht ständig, mich dazu zu überreden, bei Sonnenaufgang aufzustehen, um mit ihm joggen zu gehen. Das Einzige, was mein Bruder außer dem Kochen ernst nimmt, ist sein Sport."

Das glaubte Andrea sofort. Das Oberhemd, das James trug, saß so eng, dass man sehen konnte, wie sich darunter seine Muskeln bewegten, und wenn sie ganz ehrlich war, hatte sie auch schon den Sitz seiner verwaschenen Jeans bemerkt. Bei seiner Vorliebe, reichhaltiges Essen zu kochen, war sicher mehr als gelegentliches Joggen nötig, um so in Form zu bleiben. Als er jetzt den Raum wieder verließ, sah sie ihm unbewusst hinterher.

„In dieser Angelegenheit bin ich leider auf seiner Seite", sagte sie. „Wenn ich zu Hause bin, gehe ich auch jeden Morgen joggen. Ich wohne ganz in der Nähe vom Central Park, und ich finde, es ist wirklich eine schöne Art, den Tag zu beginnen."

James kam jetzt mit den restlichen Tellern und setzte sich auf den Stuhl neben ihr. „Ich habe gesehen, dass Sie Ihre Laufschuhe dabeihaben. Das ist gut, denn es gibt ein paar spektakuläre Aussichtspunkte auf *Sleat*, die man von den Hauptstraßen aus nicht sehen kann."

„Ich kann mir nicht vorstellen, dass mir noch Zeit zum Laufen bleibt, James. Mein Flug geht morgen um elf, also nehme ich an, dass wir ziemlich früh aufbrechen müssen."

„Wie schade", sagte James. „Ich würde Ihnen zu gern die Insel zeigen, bevor Sie wieder abreisen. Vielleicht können wir ja nach Ihrem Treffen mit Ian eine kleine Rundfahrt in meinem Wagen machen."

Das klang verlockend, denn bei der Landschaft auf *Skye* ging ihr das Herz auf, doch sie hatte sich schon viel zu sehr ablenken lassen von ihrem Klienten und seiner Familie. Es wurde langsam Zeit, sich wieder an die Arbeit zu machen. „Ich muss bis heute Nachmittag alles unter Dach und Fach haben, denn heute Abend sollte ein vorläufiges Angebot fertig sein."

„Wenn Ihnen das lieber ist …"

War da Enttäuschung in seinem Tonfall zu hören? Nein, unmöglich, das musste sie falsch gedeutet haben. Jetzt kitzelte er Emmy, sodass das kleine Mädchen auf seinem Platz herumzappelte und kicherte. Andrea unterdrückte ihr Lächeln.

„So jetzt reicht es aber, James", sagte Muriel kopfschüttelnd.

Andrea nahm zögernd einen Bissen von den Würstchen und stöhnte beinah vor Wonne. Sie hatte so lange nicht einmal einen Gedanken daran verschwendet, etwas dermaßen Fettiges zu essen, dass sie ganz vergessen hatte, wie gut es schmeckte. Sie ermahnte sich deshalb, langsam zu essen, aber ehe sie es sich versah, war ihr Teller leer.

Als alle fertig waren, bestand sie wieder darauf, beim Abräumen zu helfen. Sie spülte das Geschirr, während James die Reste des Frühstücks wegräumte und die Arbeitsflächen wischte.

Sie waren fast schon zur Tür hinaus, als Emmy angesaust kam. Mit finster gerunzelter Stirn fragte sie: „Geht ihr schon? Du hast doch versprochen, mir noch ein Stück auf dem Klavier beizubringen."

Sie verspürte heftige Schuldgefühle, als sie sagen musste: „Tut mir leid, Emmy, das habe ich ganz vergessen. Aber wir müssen jetzt leider erst einmal arbeiten."

„Kommt ihr denn noch mal wieder?"

„Wenn Sie möchten, zum Abendessen", sagte James. „Wir müssten eigentlich rechtzeitig fertig sein."

Sie schaute zu dem kleinen Mädchen hinunter und antwortete: „Wenn du heute ganz lieb zu deiner Mama und deiner Großtante bist, dann zeige ich dir nach dem Essen, wie man mein Lieblingsduett auf dem Klavier spielt, okay?"

„Versprochen?“, fragte Emmy misstrauisch.

„Versprochen.“ Andrea merkte, wie sie wieder ein Ziehen in der Körpermitte verspürte, eine Mischung aus Sehnsucht und etwas Schmerzlichem. Sie musste schwer schlucken und drückte aufmunternd die Schulter der Kleinen. „Wir sehen uns heute Abend.“

Dann trat sie hinaus auf die Veranda und schob das traurige Gefühl fort. Darin hatte sie so viel Übung, dass es für sie so normal war wie das Atmen. Beinahe.

Doch allem Anschein nach hatte sie ihre Reaktion nicht so gut verbergen können wie sie gedacht hatte, denn James musterte sie voller Sorge, als sie die Verandatreppe hinunter und dann zum Wagen gingen. „Geht es Ihnen gut? Ist alles in Ordnung?“

„Ja, alles gut“, antwortete sie rasch. Zu rasch. „Lassen Sie uns jetzt gehen. Auf mich wartet jede Menge Arbeit.“

Auf dem Weg zurück zum Hotel bedrängte er sie nicht weiter, doch zu erklären, was los war, aber sie wusste, dass er sich Gedanken über ihre seltsame Reaktion machte. Sie hatte sich mit Kindern noch nie besonders entspannt gefühlt, nicht einmal mit ihren Nichten und Neffen, aber Emmy … wenn sie Emmy anschaute, konnte sie nicht anders, als sich vorzustellen, was hätte sein können.

Doch solche Gedanken nützten niemandem etwas und ganz sicher änderten sie nichts.

James parkte den Wagen vor dem Hotel und stieg mit der Bemerkung aus: „Warten Sie hier. Ich gehe und hole uns Taschenlampen.“

Andrea stieg ebenfalls aus und schaute sich das Hotel von außen an. Das Haupthaus, also der ursprüngliche Teil, war einfach ein Steinkasten, der im Laufe der Jahrzehnte immer wieder nach außen erweitert worden war. Der Wintergarten, der an der einen Seite angebaut worden war, störte die Proportionen des Ganzen, genau wie der Anbau an der Rückseite. Sie nahm ihr Handy und machte mehrere Fotos von der Außenansicht des Gebäudes.

„So, da wäre ich wieder", sagte James und gab ihr eine Taschenlampe. Sie folgte ihm zur Tür, wo er mit dem Schlüssel erst im Schloss ruckeln und sich dann mit der Schulter gegen die Tür werfen musste, damit sie aufging. „Feuchtigkeit", sagte er. „Die Tür quillt gern auf, wenn es feucht ist. Passen Sie auf, wohin Sie treten."

Trotz der vielen Fenster war es im Innern des Hotels dunkel und kühl. Andrea schaltete die Taschenlampe ein und ließ den Lichtkegel über die Umgebung gleiten. Die meisten Rigipsplatten waren vom Ständerwerk entfernt worden, sodass Wasser- und Stromleitungen an den Innenwänden und an den Decken offen lagen, genau wie die ursprünglichen Steine der Außenwände.

„Traditionelle Steinkaten-Bauweise", sagte sie. „Aber mit einem zusätzlichen zweiten Stockwerk, richtig?"

„Richtig. Die Originalbausubstanz stammt ungefähr aus dem Jahr 1820 und das zweite Stockwerk wurde dann etwa 1945 daraufgesetzt. Meine Ur-urgroßmutter ist schon hier geboren worden.

„Wirklich? Dann ist das Anwesen ja schon richtig lange in Familienbesitz."

James nickte. „Zum Hotel wurde es kurz nachdem das zweite Geschoss daraufgesetzt worden war. Bis zu seinem Tod hat mein Großvater es betrieben, danach hat mein Vater es übernommen. Als er vor zwei Jahren gestorben ist, hat Tante Muriel es gemanagt."

„Und was ist dann passiert?"

„Ein Sturm hat das Dach abgedeckt, und der dabei entstandene Schaden war so groß, dass sie das Hotel schließen musste. Der Gewinn aus dem Hotel konnte nicht annähernd die Sanierungskosten decken, aber mein Bruder Ian und ich hatten genügend finanzielle Mittel, die wir in die Renovierung stecken konnten. Fundament und Dach sind inzwischen schon fertig. Der Elektriker fängt nächste Woche an, neue Leitungen zu legen, und dann geht es mit dem Innenausbau und der Einrichtung weiter."

Vorsichtig bahnte Andrea sich ihren Weg durch den Bauschutt, der immer noch den Boden bedeckte, und ließ die Proportionen des Foyers auf sich wirken. Zur Linken lag ein großer Raum, für den bereits Öffnungen für Flügeltüren zu erkennen waren, rechts befand sich ein offener Aufenthaltsbereich und direkt vor ihnen führte eine Treppe erst gerade nach oben und machte dann eine scharfe Linksbiegung in die zweite Etage. „Welche Pläne haben Sie für die Raumaufteilung?"

„Der Bereich rechts soll eine Art Gästelounge werden, und auf die linke Seite kommt das Restaurant. Es hat gerade genug Platz für neun bis zehn Tische, was völlig ausreichend ist, denn die Hotelgäste kommen ja morgens nicht alle gleichzeitig zum Frühstück, und Abendessen gibt es nur mit Reservierung."

Andrea betrat durch die bereits vorhandene Öffnung für eine Flügeltür den großen Raum. „Ich würde den ursprünglichen Stein sichtbar lassen und nicht verputzen", sagte sie sofort und zeigte auf die Außenwände. „Und dieser Kamin … den behalten Sie doch, oder?"

„Das wollte ich eigentlich, obwohl mir der Bauunternehmer einreden will, dass es sich nicht lohnt, den Schornstein wiederaufzubauen."

„Doch, das lohnt sich auf jeden Fall, und zwar jeden Penny", sagte Andrea. „Ich kann mir den Raum schon jetzt im Winter vorstellen, mit einem Feuer im Kamin, während es draußen schneit. Aber ich glaube, dass Sie an der Westseite des Gebäudes noch ein paar Fenster mehr brauchen, damit man beim Essen einen Blick auf den Sonnenuntergang hat. Ich weiß, dass das bei solchen Steinkaten eigentlich nicht der ursprünglichen Bauweise entspricht, aber Sie werden froh darüber sein, wenn es im Winter früh dunkel wird."

„Das ist eine gute Idee", sagte James, und seine Stimme klang überrascht. „Wieso kennen Sie sich so gut mit der Materie aus?"

„Ich habe einen Bachelorabschluss in Architektur. Die meisten meiner Klienten kommen aus Großbritannien, also habe ich mich auf britische Architektur spezialisiert."

James führte sie eine knarrende Holztreppe ins Obergeschoss hinauf, wo die Gästezimmer des Hotels lagen, und ein Anbau, dessen Ständerwerk über der Küche auf der Rückseite des Gebäudes lag. Er zeigte auf die Stellen mit den Wasserschäden und verschaffte ihr einen Überblick über die derzeitigen Pläne für die einzelnen Zimmer. Andrea machte sich Notizen und fotografierte sowohl die Zimmer als auch den Ausblick aus jedem Zimmer.

Vor einem der Fenster blieb sie stehen und schaute über die Dächer der Cottages hinweg hinaus auf den Sund. Über den Bergen im Hintergrund hingen immer noch Dunstschleier, aber auf dem Wasser glitzerte das Morgenlicht. Es war wie ein Postkartenmotiv. Diese Zimmer nach vorn würden jedenfalls nie leer stehen. „Es wird wunderschön, das spüre ich schon jetzt. Manche Orte haben etwas Historisches, etwas Solides, Stabiles. Ich verstehe, wieso Sie von dem Projekt so begeistert sind."

„Und ich hatte Sie in die Schublade Marmor-Glas-City-Hotel gesteckt."

Andrea lachte und fuhr mit einem Finger am hölzernen Fensterflügel entlang. „Ich liebe diese alten Natursteinkaten. Aber verraten Sie es niemandem, denn das würde mein Image total ruinieren." Dann wandte sie sich vom Fenster ab und merkte, dass James sie mit einem seltsam eindringlichen Blick ansah. „Was ist?"

„Sie sind so gar nicht, wie ich es erwartet habe, Andrea Sullivan." Er räusperte sich, als hätte er schon zu viel gesagt und ging etwas überstürzt weiter. „Es war der Traum meines Vaters, diesen Ort wiederzubeleben. Er hat immer gesagt, dass er das Hotel modernisiert und ich dann hier ein Restaurant eröffnen kann. Ich bedaure es sehr, dass wir dazu nicht mehr die Gelegenheit hatten."

„Ich glaube, die Richtung, in die es geht, würde ihm gefallen", sagte Andrea. „So mancher wäre sicher versucht, den ursprünglichen Charakter des Ganzen wegzusanieren, aber mir gefällt, was Sie hier machen. Moderne Annehmlichkeiten bedeuten ja nicht automatisch, das aufzugeben, was das Ganze so besonders macht."

„Möchten Sie die Baupläne sehen?", fragte James. „Sie sind drüben in meinem Cottage."

Andrea zögerte.

„Ich will Ihnen nur Baupläne zeigen, sonst nichts. Versprochen." Und da war wieder dieses spitzbübische Augenzwinkern. „Jedenfalls im Moment nicht."

Jetzt provozierte er sie schon wieder, nachdem er sie erneut gefährlich nah an ein persönliches Thema herangebracht hatte. „Sehr witzig. Also gut, lassen Sie uns einen Blick auf die Baupläne werfen."

Andrea verließ den Raum als Erste und ging wieder die Treppe hinunter, wobei ihre Schuhe ein hohles Geräusch auf dem Untergrund aus Schalholz machten. Nachdem James die Tür des Hotels wieder verschlossen hatte, gingen sie zu seinem Cottage. Andrea hatte große Mühe, auf ihren hochhackigen Pumps den Weg über den gekiesten Parkplatz zu bewältigen.

„Tee?", fragte James schon beim Betreten seines Cottages, während er ihr die Tür aufhielt.

„Klar", antwortete Andrea und rieb sich mit den Händen ihre Oberarme. Über ihre Begeisterung für das Hotel hatte sie die Kälte völlig vergessen, aber jetzt fror sie so sehr, dass sie am ganzen Körper eine Gänsehaut hatte. „Nun verstehe ich auch, wieso die Briten so versessen auf Tee sind. Es ist immer kalt."

James füllte den Wasserkocher, der auf der Arbeitsplatte in der Kochnische stand, und schaltete ihn ein.

„Ich hole Ihnen die Baupläne." Er ging zu seinem Schreibtisch, der genauso aussah wie der in Andreas Cottage, aber mit einem Laptop und einem Drucker bestückt war, holte eine Papierrolle aus einem verzinkten Metalleimer neben dem Schreibtisch und rollte sie auf dem Küchentisch auseinander.

„Das ist die Außenansicht mit dem Anbau." Er zeigte auf die Erweiterung, die von der Rückseite abging und sich um die eine Seite des Gebäudes herum erstreckte. „Die Fassade muss angeglichen werden, damit sie zu den ursprünglichen Steinen passt, aber ich habe schon einen Steinmetz gefunden, der mir versichert hat, dass das möglich ist."

„Gut." Andrea nickte zustimmend. Dann blätterte sie um und beugte sich vor, um sich das nächste Blatt anzuschauen. „Sie bauen eine Dusche in die Bäder ein?"

„Ja, eine kleine. Ich wollte mich eigentlich an die ursprüngliche Grundaufteilung der Räume halten, aber besonders Amerikaner erwarten im Hotel einfach eine Dusche."

„Das stimmt, aber wenn nur Platz für eines von beidem ist, dann sollten Sie sich für Badewannen entscheiden. Eine altmodische Klauenbadewanne schafft sehr viel Atmosphäre." Sie faltete den Bauplan wieder zusammen und machte mit dem nächsten weiter. Auf den Rückseiten der Grundrisse und verschiedenen Außenansichten fand Andrea die detaillierteren Maße und Materialbeschreibungen.

Sie runzelte die Stirn, als ihr Blick auf die Maße der Dachbalken im Hauptspeisesaal fiel. Sie tippte mit dem Finger auf die Zeichnung und sagte: „Überprüfen Sie die Maße noch einmal. Ich glaube nicht, dass die Spannweite den Maßen entspricht."

„Sie überraschen mich wirklich immer wieder."

Andrea blickte zu James auf und war sich nicht ganz sicher, ob er das wieder nur ironisch gemeint hatte, aber er sah sie wirklich mit echter Bewunderung an.

„Ich bin schon eine ganze Weile in dem Geschäft. Da schnappt man so manche Dinge auf."

„Dann sagen Sie mir doch mal, was bei dem Gesamtkonzept noch fehlt", bat er sie.

Sie schaute sich noch einmal die Pläne an und überlegte. „Eine Bar", sagte sie dann.

„Eine Bar?"

Andrea zog einen Stuhl heran, setzte sich, schlug die Beine übereinander und zog automatisch ihren Rock herunter.

„Sie haben doch selbst gesagt, dass es in fußläufiger Entfernung nichts gibt, und die Straßenverhältnisse auf *Skye* sind im Winter bestimmt auch nicht besonders gut. Sie könnten natürlich auch im Empfangsraum Cocktails servieren, aber ich glaube, dass eine richtige Bar besser zu Ihrem Konzept passen würde."

Sie wandte sich jetzt wieder den Außenansichten zu und sagte: „Sie haben doch schon das Ständerwerk für den Anbau hier hinten und seitlich auch. Dadurch wäre es doch gar kein großer Mehraufwand, den Anbau auch noch zur anderen Seite hin zu vergrößern, vielleicht sogar mit einem überdachten Übergang zur neuen Küche, damit Sie Ihren Gästen auch an der Bar Essen servieren könnten. Haben Sie vielleicht ein Blatt Papier für mich?"

James holte einen Stift und einen Block Millimeterpapier vom Schreibtisch und legte beides vor sie hin. Sie zeichnete rasch eine kleine Skizze des Hotels und fügte in groben Strichen eine stimmige Erweiterung an.

„Wäre es nicht besser, dafür ein eigenes frei stehendes Gebäude zu haben?"

„So wäre aber der Bau kostengünstiger und außerdem würden Sie Heizkosten sparen. Zudem müssten Sie für ein eigenes Gebäude noch einmal einen ganz neuen Bauantrag stellen. Ich glaube, dass eine Bar die geringere Auslastung des Hotels im Winter ausgleichen könnte. Die Einheimischen von *Sleat* würden bestimmt eher hierherkommen, als nach *Broadford* oder *Armadale* zu fahren, wenn sie Abwechslung brauchen und ein bisschen unter Leuten sein wollen, besonders wenn Sie gutes und nicht zu teures Essen anbieten."

James nickte nachdenklich. „Ich schicke Ian die Zeichnungen und frage ihn, was er davon hält."

„Wenn Sie möchten, kann ich es auch nachher bei meinem Treffen mit ihm ansprechen."

„Vielleicht sollte ich lieber mitkommen und es selbst mit ihm besprechen", wandte er ein.

„Ich glaube, nach dem gestrigen Abend ist das keine gute Idee", widersprach Andrea und fragte sich, ob sie sich das Besitzergreifende in James' Tonfall nur einbildete. Sie wusste nicht so recht, ob sie darüber erheitert, erfreut oder verärgert sein sollte. Vielleicht alles gleichzeitig. „Keine Sorge, ich werde Ihnen schon alles berichten, worüber wir gesprochen haben. Und die Skizze hier nehme ich mit." Sie riss das Blatt mit ihrer Zeichnung von dem Block ab, legte es beiseite und fing dann an, die Baupläne wieder zusammenzurollen.

Genau in dem Moment kochte das Teewasser. James schaltete den Wasserkocher aus und holte zwei Becher. „Ein Stück Zucker oder zwei?"

„Zwei bitte. Soll ich die hier wieder einräumen?"

„Wenn es Ihnen nichts ausmacht. Was meinen Sie? Ist es für Kekse noch zu früh?"

Andrea stellte die aufgerollten Pläne wieder in den Zinkeimer und legte den Block und den Stift zurück in die Schreibtischschublade. „Für Kekse ist es nie zu früh."

„Sie gefallen mir!" Er nahm eine Packung Kekse aus dem Schrank, legte ein paar davon auf einen Teller und stellte ihn vor sie auf den Tisch. Dann goss er ihnen beiden Tee auf und setzte sich neben sie. „Und jetzt?"

„Ich würde gerne noch Ihren Business- und Marketingplan sehen, wenn Sie ihn zur Hand haben."

„Habe ich nicht. Außerdem habe ich gemeint, was *wir* jetzt machen. Es ist halb zehn, und Sie sind erst um 13:00 Uhr verabredet. Ich finde, die Gastfreundschaft gebietet es, dass ich mit Ihnen eine kleine Rundfahrt unternehme und Ihnen *Sleat* zeige."

„Ich sollte mich aber jetzt lieber an die Ausarbeitung meines Angebotes machen."

„Das sollten Sie vielleicht, werden Sie aber nicht."

Sie trank einen Schluck von ihrem Tee und versuchte dabei, ihr Lächeln hinter dem Becher zu verbergen. „Und wieso werde ich das nicht?"

„Weil Sie der Chance nicht widerstehen können, sich mit mir zusammen die Sehenswürdigkeiten hier anzuschauen. Ich versichere Ihnen, dass ich ein hervorragender Fremdenführer bin."

Zwei Stunden mit ihm zusammen in einem Auto sitzen und etwas ausschließlich Erholsames tun? Er mochte sich ja heute Morgen einigermaßen gut benommen haben, aber sie rechnete nicht damit, dass das lange so bleiben würde. Jetzt, da er wusste, welche Knöpfe er bei ihr drücken musste, würde er keinen Moment zögern, es auch zu tun. Immer wieder.

Bei diesem Gedanken erinnerte sie sich noch einmal an seine Bemerkung über ihre Kleidung in der Bar. Die Anziehung war nicht einseitig, auch wenn sie absolut nicht die Absicht hatte, ihr nachzugeben. Er dagegen …

Nein, er war nicht der Typ Mann, der aufdringlich werden würde, das war ihr schon jetzt klar. Für ihn war das alles nur eine Art Spiel, der Kampf der Geschlechter, und er wollte, dass sie zuerst einknickte. Was natürlich nicht passieren würde. Aber wenn sie sich weigerte, mit ihm allein zu sein, würde er es nur immer weiter versuchen.

„Also gut", sagte sie schließlich. „Unter einer Bedingung."

„Die wäre?"

„Sie müssen mich pünktlich zu dem Treffen mit Ian bringen. Keine Minute zu spät."

„Wenn Sie darauf bestehen …"

„Gut, dann lassen Sie uns aber jetzt gleich aufbrechen." Andrea stand auf und strich ihren Rock glatt. „Ich hole nur noch meine Tasche."

James war mit langen Schritten vor ihr bei der Tür, öffnete sie ihr und rückte ihr dabei absichtlich ganz nah, sodass sie sich nur Zentimeter voneinander entfernt gegenüberstanden.

„Danke." Sie schaute ihm ruhig in die Augen, obwohl ihr Herz bereits schneller schlug, senkte dann ihren Blick und ging rasch an ihm vorbei.

Eins stand fest. Das hier war gar keine gute Idee.

11

Die Frau war ihm ein einziges Rätsel.

Im einen Moment teilte sie scharfzüngig und geistreich aus, und im nächsten zog sie sich in einen Panzer aus kalter Professionalität zurück. Es war, als hätte man zwei verschiedene Personen vor sich, und James wusste nie genau, welche sich gerade zeigte.

Und dann war da noch die Andrea, die mit Emmy auf dem Fußboden saß oder mit unbändiger Freude auf dem Klavier improvisierte, dass ihm das Herz aufging. Wieso war sie so wild entschlossen, diese Seite von sich nicht öfter zu zeigen?

James verfluchte sich dafür, dass er sich selbst zum Narren gemacht hatte. Einen kurzen Moment lang hatte er gedacht, dass Andrea und er irgendeine Art von Verbindung zueinander aufgebaut hätten, aber dann hatte er alles ruiniert, indem er zu weit gegangen war. Inzwischen waren sie seit einer Viertelstunde auf ihrer Rundfahrt über die Halbinsel *Sleat* unterwegs, und sie hatte immer noch kein Wort gesagt. Sie saß einfach nur verkrampft auf dem Beifahrersitz, die Hände auf dem Schoß gefaltet, und schaute in die Ferne. Er hätte wetten können, dass sie nichts mitbekam von der herrlichen Landschaft, die an ihnen vorbeizog.

Wieso interessiert dich das denn eigentlich?

Es interessierte ihn ja auch gar nicht, jedenfalls nicht bis zu dem Moment, in dem er ihren Gesichtsausdruck beim Betrachten des Sonnenaufgangs gesehen hatte. Als wären in diesem Moment die Lasten vieler Jahre von ihr abgefallen. Hätte er nicht die Wehmut in ihrem Ausdruck bemerkt, als sie über die Sanierung des Hotels gesprochen hatten, hätte er gedacht, dass er sich seinen Eindruck vom frühen Morgen nur eingebildet hätte. Doch er kannte dieses Gefühl auch selbst sehr gut. Es passierte so leicht, dass er sich von den Anforderungen des Lebens die Luft abschnüren ließ und die kleine leise Stimme Gottes ausblendete, bis die Tage nur noch eine nicht enden wollende To-do-Liste waren. Etwas in seinem Innern erkannte, dass sie genauso dringend einmal durchatmen musste wie er.

Er überließ sie ihren Gedanken, während er die zweispurige Straße durch einen bewaldeten Teil von *Sleat* entlangfuhr und dem *River Ord* bis zur Mündung in der Nähe des Strandes folgte. Als sie einen Aussichtspunkt erreichten, an dem *Ord Bay* und *Loch Eishort* aufeinandertrafen, hielt er am Straßenrand an.

„Warum halten Sie?“

„Weil die Stelle einen Moment der Wertschätzung verdient hat. Kommen Sie.“

Andrea stieg aus dem Wagen aus und James kam um den Wagen herum zu ihr. Sie holte sofort ihr Handy heraus und begann Fotos von der Aussicht zu machen.

„Wie schön“, sagte sie. „Die Fotos sind bestimmt eine Hilfe, wenn Sie Ihren Marketingplan aufstellen.“

Da nahm James ihr behutsam das Handy aus der Hand und steckte es in die Brusttasche seines Hemdes.

„Ich bewahre das mal für Sie auf.“

Andrea starrte ihn daraufhin nur an und entgegnete: „Geben Sie mir sofort mein Handy zurück.“

„Für den Moment behalte ich es erst einmal. Ich gebe es Ihnen nachher vor dem Meeting zurück. “

„Wie können Sie es wagen!“ Zorn blitzte in diesen hinreißenden Augen auf, ein Zeichen, dass sie gleich zu einer Tirade über sein unhöfliches Benehmen ansetzen würde. Aber bevor sie loslegen konnte, packte er sie fest bei den Schultern und drehte ihr Gesicht wieder in Richtung der atemberaubenden Aussicht. Sie beruhigte sich zwar, aber ihre Muskeln unter seinen Fingern blieben angespannt.

„Entspannen Sie sich“, murmelte er ihr ins Ohr. „Atmen Sie. Wenn Sie es nur auf dcm Display anschauen, sehen Sie es doch gar nicht richtig.“

Sie warf ihm einen irritierten Blick über die Schulter zu, sodass ihr Gesicht dem seinen einen Moment lang ganz nah war. Wenn er sich jetzt nur ein ganz klein wenig vorbeugte, konnte er seinen Mund auf ihren drücken. Sie musste ihm angesehen haben, was er dachte, denn sie sah plötzlich alarmiert aus und ihre Miene wurde wachsam. Er richtete sich rasch auf und deutete mit einem Nicken auf die Aussicht.

Was dachte er sich nur dabei?

Er holte einmal tief Luft und schaute hinaus auf den See, damit sich sein innerer Aufruhr ein wenig legte. Felsen ragten aus dem unruhigen Wasser, ein starker brauner Kontrast zu dem dunklen Blau. Langes Strandgras wiegte sich in der steifen Meeresbrise, in der Ferne konnte man sehen, wie der Sand am Meeresufer entlangfegte, und am Horizont schmiegten sich Cottages an die frühlingsgrünen Hügel. Er atmete die salzige Luft ein, lauschte dem leisen Plätschern der Wellen und dem Kreischen der Seevögel. Neben ihm stehend, schloss Andrea die Augen und atmete tief ein, während ihr der Wind das Haar zerzauste und ein kaum merkliches Lächeln ihren Mund umspielte.

Sie war schön. So schön, dass er sich von ihrem Anblick gar nicht losreißen konnte. Wann hatte er sich das letzte Mal dermaßen zu einer Frau hingezogen gefühlt?

Doch das waren gefährliche Gedanken. Er steckte die Hände in die Hosentaschen, lehnte sich zurück an seinen Wagen und zwang sich, sie nicht mehr anzuschauen. Zu flirten, ein bisschen zu provozieren und einen Kuss zu ergattern, war das eine, aber der Druck, den er plötzlich auf der Brust verspüre, war etwas ganz anderes. Er erkannte das Gefühl wieder und es bedeutete nichts Gutes.

Als sie schließlich die Augen öffnete, hatte er seine Gedanken wieder weitgehend unter Kontrolle.

„Sie haben recht", murmelte sie. „Es ist fantastisch. Irgendwie verlassen und dennoch … friedvoll."

Er sagte nichts, aber als sie sich ihm zuwandte, hielt er ihr ihr Handy hin.

„Ach, behalten Sie's", sagte sie. „Fürs Erste."

Er lächelte. Vielleicht drang er ja doch zu ihr durch. „Dann auf zu unserem nächsten Haltepunkt!"

Auch als sie wieder im Wagen saßen, blieb James still, weil er ihre friedvolle Stimmung nicht stören wollte. Sie nahm die Landschaft mit einem ganz neuen Leuchten in den Augen auf, lächelte, wenn sie Flecken mit Wiesenblumen an den Berghängen entdeckte und lachte über die Lämmer, die auf den Wiesen herumtollten. Er fragte sich nicht, wieso es ihm so wichtig war, dass sie seine Heimat mit seinen Augen sah, denn sie brauchte jetzt ein paar Minuten völligen Abstand von ihrem Leben genauso wie er von dem seinen.

Seine Freude ließ nach, je mehr es auf 13:00 Uhr zuging, weil er wusste, dass er sie bald bei Ian absetzen musste. Mit der künstlichen Begeisterung eines Fremdenführers sagte er: „Und damit sind wir am Ende unserer Führung angekommen. Wir sollten uns jetzt auf den Weg nach *Broadford* machen. Ich habe Ihnen ja versprochen, Sie dort rechtzeitig abzusetzen."

Sie nickte, und er spürte, wie sie nach Worten rang, aber am Ende sagte sie nur: „Danke."

Ihre leicht raue Stimme machte etwas mit seinem Bauch, das ihm gar nicht gefiel. „Wofür? Dass ich Sie rechtzeitig dort absetze?“

„Nein. Für das hier. Dafür, wie viel Mühe Sie sich geben, damit ich das alles hier wirklich sehe.“

Es fiel ihr sicher nicht leicht, das zuzugeben, und er konnte sich kaum beherrschen, nicht nach ihrer Hand zu greifen, aber er zwang sich dazu, sich ganz auf die Straße zu konzentrieren. „Gern geschehen.“

Die Rückfahrt nach *Broadford* verging viel zu schnell, obwohl sie in einvernehmlichem Schweigen verlief. Auf dem Parkplatz des Hotels hielt er an und entdeckte Ians Wagen vor dem braunen Backsteingebäude mit den schindelgedeckten Gauben.

„Wie erreiche ich Sie denn, wenn ich hier fertig bin?“, fragte Andrea und griff – jetzt wieder ganz Profi – nach ihrer Tasche.

James holte ihr Handy aus seiner Jackettasche und gab es ihr. „Ich habe meine Nummer schon eingespeichert. Rufen Sie mich einfach an, wenn Sie fertig sind. Ich muss zum Markt und ein paar Sachen fürs Abendessen einkaufen.“

In ihrer Miene blitzte Ärger auf. „Sie hätten auch fragen können.“

„Ich bin davon ausgegangen, dass Sie nichts dagegen haben.“ In Wirklichkeit war ihm klar gewesen, dass es sie wahrscheinlich ärgern würde, aber er hatte einfach nicht widerstehen können. Es gefiel ihm, wie sie aussah, wenn sie wütend war. Und es war viel einfacher mit ihr umzugehen, wenn sie verärgert war, als wenn sie ihn mit diesem fragenden und verletzlichen Ausdruck ansah.

Feigling.

„Gut. Dann rufe ich Sie an, wenn ich hier fertig bin“, sagte Andrea, steckte das Handy in ihre Handtasche und stieg grußlos aus.

Er sah ihr nach, bis sie hinter der Eingangstür des Hotels verschwunden war, ließ seinen Kopf aufs Lenkrad sinken, und schlug damit ein paar Mal ziemlich fest darauf. *Idiot.* Erst verärgerte er sie, und dann schickte er sie mit seinem gut aussehenden, sympathischen Bruder zum Lunch. Wirklich eine strategische Meisterleistung.

Er legte mit Nachdruck den Rückwärtsgang ein, setzte zurück und bog dann auf die Hauptstraße von *Broadford* ab. Es konnte ihm doch eigentlich völlig egal sein, was sie tat oder dachte. Ian und er würden mit ihrer Firma einen Vertrag unterschreiben und sie würde wieder zurück nach *New York* fliegen. Vielleicht würde sie ihn einmal monatlich kontaktieren, um sich zu erkundigen, ob er mit der Entwicklung des Hotels zufrieden war, aber darüber hinaus würde er mit der schönen amerikanischen Unternehmensberaterin keinen Kontakt haben.

Doch als er jetzt in Gedanken versunken an dem Lebensmittelladen vorbeifuhr, in dem er eigentlich hatte einkaufen wollen, musste er sich eingestehen, dass, welche Gefühle sie auch immer in ihm geweckt hatte, er nicht bereit war, das Ganze jetzt schon enden zu lassen.

12

Es waren nur ein paar wenige Tische im Hotelrestaurant besetzt, deshalb entdeckte Andrea Ian sofort an einem Fenstertisch. Sie setzte ein freundliches Lächeln auf und ging auf ihn zu, während er aufstand, um sie zu begrüßen.

Sein maßgeschneiderter dunkelblauer Anzug und die weinrote Krawatte ließen keinerlei Rückschluss darauf zu, was er an diesem Vormittag auf dem Wasser oder sonst wo gemacht hatte.

„Andrea."

„Ian." Andrea nickte ihm freundlich zu. „Schön, Sie zu treffen."

„Bitte, setzen Sie sich doch zu mir", sagte er, deutete auf den Stuhl ihm gegenüber, und Andrea nahm Platz. Nun setzte auch er sich wieder. „Sollen wir erst bestellen?"

Andrea warf einen raschen Blick auf die Karte, und schon einen Moment später kam die Kellnerin, eine hübsche junge Frau mit einem langen, braunen Pferdeschwanz und einem strahlenden Lächeln. Andrea bestellte Linguine mit Meeresfrüchten und ein Mineralwasser, Ian suchte sich ein in der Gegend bekanntes Fischgericht aus. Er gab der Kellnerin die Speisekarten zurück und legte dann seine Hände gefaltet auf den Tisch.

„Ich glaube, ich muss mich für gestern entschuldigen. Ich habe wirklich nicht gewusst, dass James mit Ihnen zu uns nach Hause kommen würde, sonst hätte ich ihn bestimmt nicht überrascht."

Sehr reserviert. Sehr britisch. Es irritierte und verunsicherte sie die ganze Zeit, diese Stimme mit dem Londoner Akzent von einem Mann zu hören, der James so sehr ähnelte. „Sie brauchen sich nicht zu entschuldigen. Ich verstehe, dass es sicher manchmal schwierig ist, innerhalb der Familie geschäftlich miteinander zu tun zu haben."

Er senkte den Kopf. „Danke, Sie sind wirklich liebenswürdig. Also, Andrea, was halten Sie von dem Hotel?"

„Es hat auf jeden Fall sehr viel Potenzial." Sie holte die Mappe mit dem Info- und Werbematerial ihrer Firma aus der Tasche und schob sie Ian über den Tisch zu. „Ich habe ein paar Informationen über unsere Firma und deren Arbeitsbereiche zusammengestellt. Wenn Sie möchten, können Sie bei Gelegenheit einen Blick hineinwerfen. Ich hatte erst gedacht, dass Sie eine komplette Unternehmensberatung bräuchten, aber ich glaube, es genügt, wenn wir uns aufs Marketing beschränken."

Ian schlug zwar die Mappe auf, aber sie merkte, dass er den Inhalt gar nicht richtig wahrnahm. „Offen gesagt wusste ich gar nicht, was wir benötigen, Andrea. Jamie war in Bezug auf die Fortschritte am Hotel nicht besonders auskunftsbereit."

Jetzt begriff sie langsam. „Sie möchten also eine neutrale Einschätzung."

Darauf antwortete er nur mit einem kurzen Nicken. „Die Lage ist … ziemlich angespannt … zwischen Jamie und mir. Es ist gar nicht so, dass ich meinem Bruder misstraue, aber ich weiß nie genau, ob er mich über alle Details informiert. Tut mir leid. Eigentlich will ich keine Familieninterna nach außen tragen."

„Sie brauchen also meine professionelle Meinung, um zu erfahren, ob er offen und ehrlich zu Ihnen ist. Ich verstehe." Sie verstand es wirklich, obwohl es sie irritierte, hinter James' Rücken über ihn zu reden. Schließlich war er ihr Klient, denn ihm gehörte der Mehrheitsanteil der Immobilie, auch wenn er nicht bereit war, ohne Ians Zustimmung irgendetwas abzusegnen.

„Ich kann Ihnen versichern, dass James alles gut im Griff hat", sagte sie. „Ich habe mir die Baupläne angeschaut, und kann sagen, dass es zwar ein paar Punkte gibt, die sich ein Statiker noch einmal anschauen sollte, aber es sieht alles sehr solide aus. Er kümmert sich darum, dass die für die Modernisierung notwendigen Elektro- und Wasserleitungen vorhanden sind, sodass das Haus nach der Modernisierung über allen Komfort verfügt, den der moderne Reisende erwartet, aber trotzdem den traditionellen Touch behält. Bei einer so alten Immobilie ist das ein kluges Vorgehen."

„Da bin ich aber erleichtert", sagte Ian, der Andreas Ausführungen aufmerksam verfolgt hatte. „Vielen Dank."

„Das Einzige, was ich noch zusätzlich empfohlen habe, ist eine Bar." Sie holte die Skizze heraus und reichte sie ihm. „Das ist eine Idee, wie sie aussehen könnte." Sie erklärte Ian jetzt – genau wie zuvor schon James – warum, und Ian nickte nachdenklich.

„Die Idee gefällt mir, und der Ansatz leuchtet mir ein." Er legte die Skizze auf den Tisch. „Ich werde das mit Jamie besprechen. Zumindest werde ich es versuchen." Ganz kurz bekam seine Miene etwas Schmerzliches.

Offenbar machte Ian das Zerwürfnis mit seinem Bruder sehr viel mehr zu schaffen als James, aber vielleicht war James auch nur geübter darin, seinen Schmerz darüber zu verbergen.

„Eine Sache, bei der meine Firma Ihnen vielleicht helfen könnte, ist das Projektmanagement. Wenn die Kommunikation zwischen Ihnen beiden ein Problem ist, dann wäre es vielleicht entlastend für Sie, den Informationsfluss und die Koordination von einer neutralen Instanz regeln zu lassen."

„Sie meinen so etwas wie eine Projektleitung?", fragte Ian mit der Andeutung eines Lächelns.

„Ja, so etwas in der Art", antwortete Andrea und lächelte zurück. „Vielleicht ist das eine Hilfe für Sie, angesichts der Tatsache, dass Sie beide nicht mehr als eine Woche pro Monat vor Ort sind."

„Ich bin sogar seit über einem Jahr zum ersten Mal wieder hier", gestand Ian.

An James' Vorwurf, dass erst jemand sterben musste, damit Ian nach Schottland käme, war also tatsächlich etwas Wahres. Kein Wunder, dass er so geschockt gewesen war, als sein Bruder plötzlich bei seiner Tante im Wohnzimmer gestanden hatte.

Andrea zögerte und fragte sich, wie sie das nächste Thema am besten angehen sollte. Das Allerletzte, was sie wollte, war, zwischen die Fronten zu geraten, jedenfalls nicht noch mehr als das bereits der Fall war. „Wenn ich dazu etwas sagen darf ... ich glaube nicht, dass Sie sich Sorgen darüber machen müssen, ob Ihr Bruder mit der Sanierung des Hotels fertig wird. Ich kenne ihn zwar nicht gut, aber ihm scheint Ihre Meinung so wichtig zu sein, dass er nichts tun würde, womit Sie nicht einverstanden sind."

„Ach, das weiß ich doch", seufzte Ian. „Er würde nie bewusst etwas tun, was der Familie schadet, egal, ob wir miteinander reden oder nicht. Das ist es gar nicht, worüber ich mir Gedanken mache. Er ist nur in den letzten paar Jahren so sprunghaft und unberechenbar gewesen."

In ihrer Magengrube regte sich jetzt Unbehagen. Eigentlich wollte sie gar nicht mehr wissen, aber sie konnte einfach nicht anders als nachzufragen. „Inwiefern denn?"

„Ich sollte Sie damit eigentlich gar nicht weiter belasten. Es ist nur ... das ist so gar nicht der Jamie, wie ich ihn kenne."

„Wieso sagen Sie das?" Ihr Herz schlug jetzt ein bisschen zu schnell, und sie hoffte, dass ihr Interesse an seiner Antwort nicht zu auffällig war.

„Erst ist unser Vater gestorben. Das war sehr schwer für ihn, auch weil er ein sehr viel engeres Verhältnis zu ihm hatte als ich. Kurz danach hat Jamie dann seine Verlobung gelöst."

Andrea saß ganz ruhig da und war doch völlig schockiert über diese Information. „Ach", sagte sie nur.

Er runzelte daraufhin die Stirn und fragte: „Das haben Sie gar nicht gewusst?"

„Das von seinem Vater?"

„Nein, dass er verlobt war."

Andrea schüttelte den Kopf. „Nein. Was Prominentenklatsch angeht, bin ich wirklich nicht auf dem Laufenden."

„Wussten Sie denn, dass er mit Cassandra Sinclair verlobt war?"

„Mit der Schauspielerin?"

Ian nickte ernst. „Im Juni vor zwei Jahren hätten Sie eigentlich heiraten wollen, der Termin stand bereits fest, aber er hat die Verlobung ganz plötzlich gelöst und sich völlig überraschend von ihr getrennt. Seitdem ist er nicht mehr der Alte."

Das war jetzt ein Terrain, auf das man sich ganz sicher nicht mit einer Geschäftspartnerin begeben sollte, aber sein Bedürfnis, darüber zu sprechen, schien genauso stark wie ihres, mehr zu erfahren. „Wieso meinen Sie das?"

„Wir waren mitten in den Verhandlungen über den Standort für ein Restaurant in *Inverness*, aber dann hat er ganz plötzlich seine Meinung geändert. Hat gesagt, das wäre nicht das, was er eigentlich machen wolle, und dann sprach er plötzlich davon, das Hotel zu sanieren und dort ein Restaurant zu eröffnen. Ich nehme an, er hat über so ein Projekt schon vor Jahren mit unserem Vater gesprochen, allerdings eher vage und ohne Einzelheiten zu planen."

„Das ist doch verständlich. Ich bin sicher, er hat das Bedürfnis, irgendwie wieder eine Verbindung mit seinem Vater herzustellen, nachdem er ihn auf diese Weise verloren hat."

„Ja, das stimmt." Ian nickte, beugte sich dann vor und sagte: „Seien Sie einfach vorsichtig. Mein Bruder ist charmant. Er flirtet gern und hat den Hang, Frauen an der Nase herumzuführen."

Andrea konnte ein ungläubiges Lachen nicht zurückhalten. „Warnen Sie mich etwa gerade davor, mich mit James einzulassen?"

„Ich weiß, das klingt nach einem Klischee", sagte Ian und rutschte voller Unbehagen auf seinem Stuhl hin und her. „Sie sind offenbar eine nette Frau, und ich weiß, dass Sie sehr professionell sind. Wahrscheinlich haben Sie es ständig mit solchen Situationen zu tun."

„Öfter als Sie denken", sagte Andrea. „Aber Sie brauchen sich darüber wirklich keine Gedanken zu machen. Ich bin hier, um Ihnen ein Angebot meiner Firma zu unterbreiten, und dann bin ich auch schon bald wieder auf dem Rückflug nach New York. Ich werde das Projekt von dort aus in Zusammenarbeit mit unserem Team in London betreuen. Glauben Sie mir, ich bin schon mit sehr viel aufdringlicheren Männern als Ihrem Bruder fertig geworden."

Die allerdings alle nicht annähernd so attraktiv waren.

Ian erzählte ihr also nichts, was sie sich nicht auch selbst schon gedacht hätte, doch seine Warnung ärgerte sie trotzdem. Sie erinnerte sich daran, wie James dafür gesorgt hatte, dass sie ausstieg und die Landschaft richtig wahrnahm, und zwar ohne Ablenkungen, so als wäre es ihm wichtig, dass sie entschleunigte und seine Heimat wirklich kennenlernte. Er hatte versucht, etwas mit ihr zu teilen, und das passte so gar nicht zu dem Bild des Charmeurs und Kavaliers, das Ian von ihm zu zeichnen versucht hatte. Ja es passte noch nicht einmal zu dem Bild, das James selbst von sich vermittelte.

„Jetzt habe ich Sie verärgert", sagte Ian rasch. „Tut mir leid. Ich wollte damit wirklich nicht sagen, dass Sie damit nicht allein fertig werden."

„Nein, ich bin nicht verärgert. Ich weiß Ihre Sorge zu schätzen." In dem Moment kam ihr Mineralwasser, und sie bedankte sich mit einem Nicken, als die Kellnerin es ihr einschenkte. Dann trank sie einen großen Schluck und fraget: „Wäre es unpassend, Sie zu fragen, welche Rolle Sie in James' Geschäften spielen? Er hat sie als seinen COO vorgestellt."

Ian wirkte erleichtert über den Themenwechsel. „Nein, das ist absolut nicht unpassend. Ich habe ihn sechs Jahre lang als Anwalt vertreten, und als Jamie dann die Firma gegründet hat, hat er mich gefragt, ob ich als Justiziar für ihn arbeiten würde. Als die Firma dann immer größer wurde, war es sinnvoll, aktiver ins Tagesgeschäft einzusteigen. Sie haben sicher auch festgestellt, dass Jamie eher ein kreativer Kopf und Ideenschmiced ist, als ein Typ für die Details."

Andrea hatte eigentlich den Eindruck gehabt, dass James die Details seiner Firma ziemlich gut koordinierte, aber sie nickte einfach nur. „Sie sind also von Anfang an beteiligt gewesen? Seit der Eröffnung des *Hart and the Hound*?"

„Ja. Nachdem das so erfolgreich lief, hat er sein erstes Kochbuch herausgebracht, es folgten die anderen Restaurants in *London*, die Fernsehsendung … und es dauerte nicht lange, da hatte ich einen Fulltimejob. Ich habe bei meiner Kanzlei gekündigt und bin in Jamies Firma eingestiegen."

„Es ist doch sicher gar nicht so einfach, für Ihren kleinen Bruder zu arbeiten, oder?"

Ian trank ebenfalls einen Schluck von seinem Wasser und sah sie jetzt mit einem genauso erheiterten Ausdruck an wie sein Bruder. „Analysieren Sie jetzt meine Psyche, Andrea?"

Sie räusperte sich, weil sie sich ertappt fühlte. „Ich versuche nur, die Situation zwischen Ihnen beiden zu verstehen. Sie müssen zugeben, dass die meisten Menschen gehen, wenn es zu … kompliziert wird."

„Kompliziert … das kann man wohl sagen." Ian faltete erneut die Hände auf dem Tisch und sah ihr direkt in die Augen. „Ich kann Ihnen ebenfalls versichern, dass die Situation zwischen Jamie und mir den Erfolg dieses Projektes nicht gefährden wird."

Andrea nickte und verstand, was Ian nicht laut aussprach, nämlich dass ihre Familienprobleme sie nichts angingen. Sein Tonfall machte sehr deutlich, dass dieses Thema damit für ihn abgeschlossen war.

Ian war zu höflich, um Andrea nach dem Lunch allein auf James warten zu lassen, also tranken sie auf einem der Ledersofas im Aufenthaltsbereich des Hotels noch einen Kaffee und gaben sich beide große Mühe, nur über unverfängliche Themen zu sprechen.

Sie schaffte es, ihm einige Fakten über seine Vergangenheit zu entlocken und zwar gerade genug, um zu erfahren, dass er einen Abschluss von der *Judge Business School* in *Cambridge* hatte, und dass er eine vielversprechende Karriere im Rudersport aufgegeben hatte, um Jurist zu werden. Jede Familie hätte auf einen so tüchtigen Sohn eigentlich stolz sein müssen, doch sie hatte den Eindruck, dass James' gesellige Art und die öffentliche Anerkennung, die er bekam, die Leistungen des eher zurückhaltenden Bruders überstrahlten.

Das war natürlich eine Situation, die Konfliktstoff bot, aber sie erklärte nicht den Grund für die Entzweiung zwischen den Brüdern, besonders weil es offenbar James war, von dem der Groll ausging.

Ian stand gleichzeitig mit Andrea auf, als der hässliche grüne Kombi auf den Parkplatz einbog. Mit einem festen Händedruck verabschiedete er sich und sagte: „Ich bin Ihnen sehr dankbar für dieses Treffen. Jamie und ich werden über Ihre Vorschläge sprechen, sobald wir sie haben."

„Die müssten eigentlich heute Abend noch fertig werden. Soll ich sie Ihnen mailen?"

„Das wäre sehr nett. Ich schaue sie mir dann gleich an."

„Gut. Noch einmal vielen Dank, Ian."

Andrea ging rasch zum Haupteingang und atmete mit einem leisen Zischen aus. Die größte Hürde war jetzt genommen. Ian schien zufrieden mit ihren Fähigkeiten, und in der Annahme, dass auch der Preis stimmte, gab es eigentlich keinen Grund, dass sie den Deal nicht bis zu ihrer Abfahrt zum Flughafen morgen unter Dach und Fach bringen sollte. Sie musste nur noch einen Abend mit dem charmanten und hartnäckigen jüngeren Bruder hinter sich bringen, ohne Dummheiten zu machen.

„Wie ist es gelaufen?", fragte James strahlend, als sie auf ihn zukam, und hielt ihr wie immer die Autotür auf.

Sie wartete mit ihrer Antwort, bis er auf der Fahrerseite eingestiegen war. „Sehr gut. Die Idee mit der Bar gefällt ihm. Ich habe ihm gesagt, dass heute Abend meine Vorschläge und mein Angebot fertig sind, damit er alles durchgehen kann."

„Dann gehe ich also davon aus, dass weitere Besichtigungen für Sie nicht mehr infrage kommen."

„Leider ja." Sie musste von jetzt an ganz und gar auf der professionellen Ebene bleiben, und das würde schwierig werden, wenn sie noch mehr Zeit mit ihm allein verbrächte. „Ich werde den ganzen Nachmittag brauchen, um meine Vorschläge und Empfehlungen zu Papier zu bringen. Und weil ich Emmy für heute Abend ein Duett versprochen habe, mache ich mich am besten sofort an die Arbeit."

„Das verstehe ich. Dann also umgehend zurück ins Hotel."

James fuhr vom Parkplatz und bog auf die Hauptstraße ein. „Was haben Sie noch mal gesagt, wann Ihr Flug morgen geht?"

„Um 11:00 Uhr. Wann müssten wir denn dann spätestens da sein?"

„Um halb neun. Wir müssten also gegen sechs hier aufbrechen."

Andrea nickte voller Unbehagen. In den vergangenen zwei Stunden hatte sich etwas verändert, aber sie konnte nicht sagen, was es war. Für jemanden, der eigentlich immer völlig entspannt war, benahm sich James ihr gegenüber plötzlich sehr verkrampft und unsicher.

Aber das ist doch eigentlich gar nicht schlecht. Vielleicht hat er gemerkt, dass er eine Grenze überschritten hat und verstanden, dass es sinnlos ist, sich um mich zu bemühen, wenn ich morgen schon wieder abreise.

Seit wann bemühte er sich denn um sie? Bisher hatte er nur mit ihr geflirtet, aber er hatte keinerlei Anstrengungen unternommen, dass mehr daraus würde, und das hätte ihr doch eigentlich nur recht sein müssen. Aber warum löste dieser Gedanke dann eine so schmerzliche Enttäuschung aus?

Auf dem Rückweg sprach James kaum, und als sie aus dem Wagen ausstiegen und in unterschiedliche Richtungen gingen, sagte er nur: „Ich muss nachher zu Tante Muriel fahren, um dort fürs Abendessen zu kochen. Soll ich Sie abholen, wenn ich aufbreche?"

„Ja gern." Sie lächelte unsicher, zögerte kurz und ging weiter zu ihrem Cottage.

Eigentlich hatte sie fest vorgehabt, sich nach ihrer Rückkehr sofort an die Arbeit zu machen, aber stattdessen schlenderte sie durch ihr Cottage, strich das Federbett auf dem Bett glatt, rückte einen der Küchenstühle zurecht und knöpfte ihren grauen Blazer zu, der an der Garderobe hing.

„Hör auf, die Sache aufzuschieben!" Sie zwang sich also, sich an den Computer zu setzen, saß dann aber nur da und starrte minutenlang auf den leeren Bildschirm. „Mach's einfach fertig, dann kannst du hier weg und aufhören, dir über all diesen Unsinn Gedanken zu machen."

Aber sie war sich gar nicht sicher, ob sie wirklich wegwollte.

Sie stöhnte auf und massierte ihre verspannten Schultern. Das war doch lächerlich. Sie hatte die ganze Welt bereist und noch nie das Gefühl gehabt, nicht wieder nach Hause zu wollen. Ihre wunderschön eingerichtete Wohnung wartete auf sie, und dieses Mal hatte sie bis zu ihrer nächsten Geschäftsreise fast eine ganze Woche Zeit. Sie würde im *Central Park* joggen gehen und sich gemütliche Abende mit alten Filmen und riesigen Schüsseln mit Popcorn machen. Das war zwar nicht Tahiti, aber immerhin Zeit, um herunterzukommen.

Andrea zwang sich, wieder auf den Computerbildschirm zu schauen. Zum Glück waren die Vorschläge und ihr Angebot nicht schwierig zu formulieren, denn was die MacDonald-Brüder brauchten, war nicht kompliziert: Projektmanagement in Form einer Bauleitung, eine Marketingstrategie mit entsprechendem Plan und laufende Auswertung. Früher hatte sie Marketingpläne selbst erstellt, aber bei diesem Angebot brauchte sie nur genügend Details, um zu vermitteln, wie wertvoll die Dienste ihrer Firma für das Projekt sein konnten. Nach Abschluss des Vertrages würde Andrea das Angebot an die einzelnen Abteilungen weiterleiten, die mit der konkreten Umsetzung befasst sein würden, und wöchentlich nachhaken, ob der Zeitplan eingehalten wurde und der Klient immer noch mit ihrer Arbeit zufrieden war.

Sie presste ihre Fingerspitzen gegen die Schläfen, zwang sich, ihre Gedanken zu sortieren, und begann zu tippen.

Diesmal gelang es ihr, sich auf ihre Arbeit zu konzentrieren, und sie bemerkte gar nicht, wie sich die Farbe des Lichtes von einem strahlenden Weiß zu einem gedämpften Orange veränderte.

„Gut“, sagte sie schließlich und las dann mit einem zufriedenen Nicken noch einmal durch, was sie geschrieben hatte. Eigentlich war es ein Standardangebot, aber sie nahm genügend konkrete Details auf, um zu zeigen, dass ihre Vorschläge für das Projekt wichtig waren. Sie glaubte nicht, dass James die Präsentation wichtig war, solange sie die Highlights betonte.

Als es an der Tür klopfte, erschrak sie und wurde aus ihren Gedanken gerissen. Sie schaute auf die Uhr. *Was, schon sechs?* Sie sicherte ihre Datei und stürzte zur Tür, wo James wartete. „Geben Sie mir eine Minute, damit ich es Ihnen noch mailen kann.“

Sie hängte die Datei an die Nachricht an und gab rasch Ians und James’ E-Mail-Adressen ein. Einen Moment lang schwebte der Cursor noch über dem Senden-Button, bevor sie sich zwang, ihn zu drücken. Dann klappte sie ihren Laptop zu.

Projekt abgeschlossen, dachte sie, als sie ihre Handtasche vom Bett nahm. Wenn die MacDonald-Brüder ihre Unterschrift daruntersetzten, wäre sie schon wieder in New York, weit weg von den albernen Gefühlen, die James und seine Insel bei ihr hervorgerufen hatten.

13

Genau wie schon am Morgen, belegte Emmy Andrea von dem Moment an mit Beschlag, als sie zur Tür hereinkam. Die Puppen waren weggeräumt, aber stattdessen befanden sich dort jetzt ein riesiger Behälter mit Buntstiften und ein Malblock von der Größe eines Couchtisches. „Komm, zeichne mit mir, Andrea."

„Andrea möchte sich bestimmt nicht wieder mit ihren schönen Sachen auf den Fußboden setzen, Emmy", sagte Serena, die auf dem Sofa vor dem Fernseher saß, während Max zwischen ihren Beinen auf dem Teppich herumkrabbelte und auf einem Beißring kaute.

„Ach, das macht mir nichts. Ich habe Nichten und Neffen, und wenn ich zu Hause bei meiner Schwester Becky bin, verbringe ich auch die meiste Zeit auf dem Fußboden."

„Du nimmst den hier", sagte Emmy, drückte Andrea einen roten Buntstift in die Hand und schob ihr ein Blatt Papier hin. „Ich zeichne gerade Meerjungfrauen, aber du kannst zeichnen, was du willst."

„Das ist ja nett von dir", sagte Andrea ironisch.

Serena lachte. „Sie sind wirklich keine Spielverderberin. Jamie versucht normalerweise, sie abzulenken und Papierflieger mit ihr zu basteln oder sonst etwas nicht ganz so Mädchenhaftes zu machen."

„Das habe ich gehört“, rief James aus der Küche, woraufhin Serena zur Küche hinüber grinste.

Andrea kritzelte auf dem Papier herum. „Und Sie leben in *Inverness*, Serena?“

„Ja, aber weil James ständig viel zu tun hat, versuche ich, immer dann nach *Skye* zu kommen, wenn er mal frei hat.“

Andrea empfand ein brennendes Schuldgefühl darüber, dass sie offenbar eine Woche gemeinsame Familienzeit störte.

„Und wie lange bleiben Sie?“

„Nur übers Wochenende. Emmy muss ja Montag wieder in die Schule.“

„Und was machen Sie in *Inverness*?“

„Das hier“, antwortete sie und hob den quengelnden Max auf ihren Schoß, bevor er richtig anfing zu schreien. „Irgendwann gehe ich vielleicht wieder arbeiten, aber im Moment ist es wichtig, dass ich für Emmy und Max da bin. So sehr ich mir immer geschworen habe, dass ich nie dem Klischee einer Frau entsprechen wollte, die von einem Treuhandfonds lebt.“

Treuhandfonds? Andrea blinzelte ein paar Mal, und Serena schlug sich errötend die Hand vor den Mund.

„Ach, entschuldigen Sie bitte. Das war wirklich geschmacklos, aber das ist inzwischen nur einfach ein *running gag* unter uns drei Geschwistern. Die Familie unserer Mutter ist absurd reich, und sie verstehen alle nicht, dass wir unseren eigenen Weg gehen und es selbst schaffen wollen.“

Mit einem betrübten Lächeln schuckelte Serena Max auf ihrem Knie. „Machen wir uns nichts vor. Von Mama haben wir Treuhandfonds bekommen und von Papa unseren halsstarrigen schottischen Stolz.“

„Ich kann gut verstehen, dass Sie Ihren eigenen Weg gehen und es selbst schaffen möchten.“ Andrea hatte nie irgendjemanden um etwas gebeten, nicht einmal in der Zeit, als sie sich mit zwei anderen Mädchen eine 20-Quadratmeter-Wohnung in Manhattan geteilt und fast ausschließlich von Nudeln gelebt hatte. Trotzdem warf das noch einmal ein ganz neues Licht auf James' Bemerkungen. Hatte er sie deshalb so leicht als Kleinstadtmädel identifiziert? Sie hatte gedacht, dass seine Einschätzung von ihr als Kompliment gemeint gewesen war, aber da war sie sich jetzt gar nicht mehr so sicher.

„Und was ist mit Ihnen, Andrea? Haben Sie Spaß an dem, was Sie tun?"

Andrea hielt überrascht inne. Normalerweise machten die Leute Bemerkungen über die herrlichen Hotels und die exotischen Einheimischen, mit denen sie beruflich zu tun hatte. Nur sehr wenige fragten sie, wie ihr der Job an sich gefiel.

„Im Wesentlichen ja", sagte sie schließlich. „Ich liebe es, eine Hotelimmobilie zum ersten Mal zu betreten. So heruntergekommen und deprimierend ein Hotel auch aussehen mag, es hat immer Potenzial. Und das Allerschönste ist dann, nach Monaten oder Jahren wiederzukommen und zu sehen, was daraus geworden ist. Was mir an meinem Job absolut nicht gefällt, ist, mitten in der Nacht aufzuwachen und mich zu fragen, wo ich gerade bin, oder einen Flughafen zu betreten und nicht genau zu wissen, wohin ich gleich fliege."

„Das würde mich wahnsinnig machen", sagte Serena. „Ich besuche Jamie und Ian wirklich gerne, aber ich freue mich auch wieder auf mein Zuhause."

Emmy lenkte ein und gab Andrea einen blauen Buntstift, sodass sie jetzt damit begann, die Umrisse ihrer gezeichneten Blumen auszumalen. Erst da bemerkte sie den köstlichen Duft, der aus der Küche kam. „Was kocht er eigentlich?"

„Keine Ahnung, aber das ist auch ziemlich egal", antwortete Serena. „Alles, was er kocht, ist einfach wunderbar. Es gibt viele Leute, die kochen können, aber Jamie ist was Besonderes."

„Das wird mir auch langsam klar“, sagte Andrea.

Serena sah sie wissend an. „Das kann ich mir vorstellen.“

Bevor Andrea über diese Schlussfolgerung erröten konnte, schaute sie lieber rasch weg. War es so offensichtlich, was sie empfand? Dabei war sie überzeugt gewesen, sie hätte ihre Gefühle, zumindest vor dem Rest von James' Familie, gut verbergen können.

Als Emmy die Stifte und den Block liegen ließ und wegging, betrachtete Andrea das als Signal, dass sie nun aufstehen konnte. Sie ließ sich neben Serena auf dem Sofa nieder und richtete ihre Aufmerksamkeit auf die Fernsehsendung. Nach ein paar Momenten völliger Verblüffung kam sie zu dem Schluss, dass es die richtige Entscheidung war, keinen Fernseher zu haben, und schlenderte in die Küche.

James hatte eine pinkfarbene Schürze mit Rüschen um und rührte irgendetwas in einer großen Pfanne.

Andrea musste ein Lächeln unterdrücken, als sie sagte: „Pink ist wirklich Ihre Farbe.“

Er grinste sie über die Schulter an. „Es gibt hier auch irgendwo ein etwas neutraleres Modell, aber ich habe den Verdacht, dass Serena es versteckt hat, damit ich mich hier zum Affen machen muss.“

Andrea arbeitete sich langsam weiter zum Herd vor und war froh, dass seine übliche gute Laune zurückgekehrt war. „Was ist denn das?“

„Schweinemedaillons in Kirschsauce. Ich habe einfach improvisiert.“ Er nahm mit einem Löffel etwas Sauce aus dem Topf und hielt ihn ihr zum Probieren hin.

Der Geschmack von Kirschen – gleichzeitig süß und sauer – explodierte auf ihrer Zunge mit einem Gegengewicht von anderen würzigsäuerlichen Aromen: Balsamico vielleicht und ein ganz klein wenig Wein. „Wenn das improvisiert ist, sollten Sie das Planen und Kochen nach Rezept komplett aufgeben.“

„Ist Ihnen das nicht zu würzig?“

„Nein, es ist perfekt. Kann ich etwas helfen?“

Er warf ihr einen seltsamen Blick zu. „Nichtstun ist wirklich nicht Ihr Ding, was?"

„Ich bekenne mich schuldig im Sinne der Anklage. Was brauchen Sie?"

„Im Kühlschrank steht eine Flasche *Sémillion*, den können Sie schon mal einschenken. Das Essen ist fast fertig."

Andrea holte den Wein aus dem Kühlschrank und nahm den Korkenzieher aus der Schublade. Sie hatte am Vorabend mitbekommen, wo er sich befand.

„Ich habe nachgedacht", sagte James. „Sie sollten bleiben."

„Wie bitte?" Andrea drehte sich um und stieß beinah mit ihm zusammen, weil er nur wenige Zentimeter hinter ihr stand. Sie wich zurück, bis sie an die Unterschränke gepresst dastand. „Wo sollte ich bleiben?"

„Bleiben Sie doch noch den Rest der Woche hier auf *Skye*." Er beugte sich vor und sagte ihr leise ins Ohr: „Ich verspreche Ihnen, dass Sie hier eine schöne Zeit haben werden."

Obwohl sie es gar nicht wollte, lief ihr ein Schauer über den ganzen Körper, weil er so nahe bei ihr stand. Sie verschränkte die Hände hinter ihrem Rücken und sagte: „Ich bin hergekommen, um Ihr Projekt mit meiner Fachkompetenz zu unterstützen, Mr MacDonald."

Er lachte leise über ihren Rückzug ins Formale und trat einen Schritt zurück. „Das weiß ich doch. Aber wenn Sie hier morgen abreisen, können Sie dann immer noch nach Tahiti fliegen?"

„Nein", antwortete sie. „Ich musste meine Buchung stornieren."

„Und besteht denn die Hoffnung, dass Sie die Reise irgendwann in nächster Zeit nachholen können?"

Schön wär's, die nächsten drei Monate war sie schon wieder komplett ausgebucht. „Wahrscheinlich nicht", antwortete sie deshalb wahrheitsgemäß.

„Wie ist denn die Nummer Ihrer Firma in New York?", fragte James und nahm das schnurlose Festnetztelefon vom Küchentresen.

Andrea blinzelte irritiert, aber sie gab ihm die Nummer, die er rasch eintippte. „James MacDonald. Ich möchte gern Michael Halloran sprechen."

Schweigend wartete er auf die Verbindung. „Guten Morgen, Mr Halloran. Nein, gar nicht. Miss Sullivans Arbeit hier übertrifft bei Weitem meine Erwartungen." Das Lächeln, mit dem er sie dabei bedachte, ließ sie bis in die Haarspitzen erröten. „Sie hat sogar so gute Ideen und gibt so hilfreiche Impulse, dass ich mich gefragt habe, ob wir sie nicht vielleicht noch ein paar Tage länger hierbehalten können. Ich hätte gern noch ihre professionelle Meinung zu ein paar weiteren Angelegenheiten, also mindestens bis Freitag." Er nickte und zwinkerte ihr zu. „Nein, ich bin sicher, dass es eine sehr produktive Woche sein wird." Dann gab er das Telefon an sie weiter. „Er möchte noch mit Ihnen sprechen."

Andrea nahm den Hörer und hätte ihn am liebsten finster angeschaut, aber ihr Herz schlug so heftig, dass sie vollauf damit beschäftigt war, ihre Stimme unter Kontrolle zu behalten.

„Hallo, Michael."

„Wie sieht's aus, Andrea? Bekommen Sie das mit dem Abschluss hin?"

„Natürlich. Es ist nur … komplexer, als ich gedacht habe." Sie runzelte verärgert die Stirn, als James neben ihr lautlos lachte.

„Und wie lange werden Sie brauchen, um die Sache unter Dach und Fach zu bringen?"

„Ich nehme an, bis Freitag. Am Montag bin ich dann wieder im Büro."

„Sorgen Sie dafür, dass Sie den Abschluss machen, Andrea. Sie wissen ja, was für Sie auf dem Spiel steht."

„Ja, sicher. Das werde ich. Wir hören dann wieder voneinander."

Andrea beendete das Gespräch und gab James demonstrativ das Telefon zurück. „Ich habe keine Ahnung, was Sie damit erreichen wollen."

„Ich habe Sie gerade für den Rest der Woche aus dem Büro losgeeist. Mir ist natürlich klar, dass es kein Urlaub in den Tropen ist mit Sonne und weißen Stränden, aber Sie müssen zugeben, dass ich ein guter Fremdenführer bin."

„Habe ich denn eine Wahl?", fragte sie. „Sie haben ja praktisch dafür gesorgt, dass ich hier nicht wegkomme, ohne meinen Job zu verlieren."

Daraufhin sah er sie tatsächlich überrascht an. „Natürlich haben Sie eine Wahl. Ihre Firma bekommt den Auftrag auf jeden Fall. Das war doch von vornherein klar."

„Und wieso möchten Sie dann, dass ich bleibe?"

Er beugte sich ganz nah zu ihr vor. „Weil ich möchte, dass Sie sich verlieben."

„Wie bitte?", stieß sie mit gepresster Stimme hervor.

Er richtete sich wieder auf, und hielt einen Stapel Teller in der Hand, den er irgendwo hinter ihr weggenommen hatte. „Dass Sie sich in Schottland verlieben, und halb ist es ja schon passiert. Sie brauchen nur noch einen ganz kleinen Schubs. Könnten Sie bitte die Weingläser zum Tisch bringen?"

Andrea nahm schweigend die Gläser hoch und trug sie mit zusammengebissenen Zähnen ins Esszimmer.

Er spielte mit ihr. Der größere Teil von ihr – der Teil, der sich die Position, die sie innehatte, durch harte Arbeit und ohne auf weibliche Tricks zurückzugreifen, erarbeitet hatte – nahm es ihm zutiefst übel.

Aber der andere Teil, der das nicht tat, der Teil, der begeistert war über das Verheißungsvolle in seinem Tonfall, der machte ihr Sorgen.

14

James lächelte vor sich hin, als er mit dem Anrichten der Speisen begann. Erst ein Spritzer Balsamico-Reduktion, gefolgt von einem Häufchen Wildreis und schließlich kunstvoll drapierte Schweinemedaillons unter der Kirschsauce. Andrea wuselte in der Küche herum und versuchte, locker zu sein, aber er spürte, dass sie gleichzeitig Nervosität und Groll ausstrahlte. Auch wenn sie vielleicht so tat, als hätte er sie gezwungen zu bleiben, hatte sie ja freiwillig zugestimmt. Zumindest hatte sie keinen Widerstand geleistet.

Wenn er ganz ehrlich war, war auch sein eigener Puls in diesem Moment nicht ganz regelmäßig, allerdings wusste er nicht so genau, ob das an seiner Angst lag, sie könnte Nein sagen oder an dem fast unwiderstehlichen Drang, sie zu küssen, den er jedes Mal verspürte, wenn sie sich in seiner Reichweite befand. Er mochte vielleicht die Absicht gehabt haben, sie aus ihrer sturen professionellen Haltung herauszulocken, aber ihr jetzt dermaßen nahe zu sein, bewirkte, dass seine Phantasie mit ihm durchging. Sie war nicht die Einzige, die immer mehr von der Anziehungskraft zwischen ihnen eingefangen wurde.

Zum ersten Mal, seit er an diesem Nachmittag die Idee gehabt hatte, fragte er sich, ob er vielleicht gerade dabei war, einen Fehler zu machen.

Er richtete das Essen fertig an, einschließlich einer Kinderportion für Emmy, war aber nicht richtig bei der Sache. Sie hatte also mehr oder weniger zugestimmt, jetzt musste er nur noch dafür sorgen, dass sie ihre Entscheidung nicht bereute.

Er wollte gerade die Teller zu den anderen hineintragen, als er sich an die rosafarbene Schürze erinnerte, sie sich abband und sie mit einem unterdrückten Aufstöhnen auf den Küchentresen warf. Hatte er wirklich gerade in pinkfarbenen Rüschen versucht, den Verführer zu spielen? Da konnte er ja froh sein, dass sie ihn nicht einfach nur ausgelacht hatte.

Andrea blickte kaum auf, als er ihr ihren Teller hinstellte, aber sie war so höflich, sich murmelnd zu bedanken. Als alle saßen, senkte Muriel den Kopf und dankte Gott für das Essen, die Gemeinschaft und ihren Gast.

„Es ist wirklich schade, dass Sie morgen schon wieder abreisen", sagte Muriel. „Sie haben ja kaum Gelegenheit gehabt, etwas von *Skye* zu sehen."

„Also, James hat mich davon überzeugt, dass ich noch ein bisschen bleiben muss, wenn meine Recherche vor Ort wirklich vollständig sein soll." Andreas Blick begegnete seinem, und es war eindeutig ihre Verärgerung darin zu erkennen.

„Ach, wirklich?", fragte Muriel ganz ruhig. „Na ja, einen besseren Fremdenführer als ihn können Sie nicht bekommen. Er hat so ziemlich jeden Zentimeter der Insel irgendwann erwandert oder erjoggt. Allerdings werden Sie hier mit ihrer schicken Kleidung nicht weit kommen."

„Ich habe mir gedacht, wir könnten ja vielleicht morgen nach *Fort William* fahren", sagte er. „Wenn wir Glück haben, sehen wir vielleicht sogar Tümmler im Sund."

„Wirklich?", fragte Andrea. „Ich habe noch nie Tümmler gesehen."

„Nicht mal auf Tahiti?"

„Das wäre jetzt das erste Mal gewesen", gestand sie. „Ich komme meist nicht näher an Wasser heran als an den *Hudson River*, und ich hatte gehofft, ich könnte meinen Horizont jetzt ein bisschen erweitern."

„Jetzt fühle ich mich noch schlechter, dass ich Ihnen Ihre Reise vermasselt habe", sagte James. „Deshalb müssen wir dafür sorgen, dass diese Woche etwas ganz Besonderes wird."

Ihre Augenbrauen gingen erstaunt nach oben, und sie schaute ihn mit einem Blick an, der besagte: *Das ist jetzt aber nicht Ihr Ernst, oder?* Dann lächelte sie ein echtes Lächeln, kein eingeübtes aufgesetztes, und das haute ihn um.

„Hast du dir schon überlegt, was wir spielen?", fragte Emmy plötzlich.

Dem Himmel sei Dank für dieses Timing, denn jetzt richtete sich die Aufmerksamkeit aller Anwesenden auf die Kleine, und James bekam eine Pause, um sich wieder zu sammeln.

„Findest du nicht auch, dass wir noch nicht verraten sollten, was wir spielen?", fragte Andrea. „Dann ist es nachher für alle eine Überraschung."

„Ja, das ist eine gute Idee", sagte Emmy und nickte ganz ernsthaft.

Serena und Muriel erklärten sich gerne bereit, den Tisch abzuräumen, als alle mit dem Essen fertig waren, und Andrea folgte Emmy zum Klavier. James stand an den Türrahmen gelehnt da und schaute zu, wie sich die beiden nebeneinander auf die Klavierbank quetschten.

„Ich spiele dir die Melodie vor, ja?" Andrea spielte eine einfache Melodie und schaute zu, wie Emmy sie ein paarmal nachspielte. „Gut, jetzt spiele ich die zweite Stimme. Dann üben wir noch ein bisschen, und wenn dann alle wieder da sind, zeigen wir, was wir können."

Als Serena und Muriel in der Küche fertig waren, hatten Andrea und Emmy auch an den Kleinigkeiten so weit gefeilt, dass sie ein achtbares Duett hinbekamen. James und die anderen applaudierten begeistert, und Emmy strahlte übers ganze Gesicht, als sie von der Klavierbank hopste.

„Du bist ja ein Naturtalent", sagte Andrea. „Mach auf jeden Fall weiter, und eh du dich versiehst, spielst du in der *Royal Albert Hall.*"

„Danke Andrea", sagte Emmy und schlang ihr beide Arme um den Hals.

In Andreas Miene zeigten sich dabei unterschiedlichste Emotionen – Überraschung, Erschrecken, und ganz kurz auch ein Schmerz, den James bereits zuvor bemerkt hatte, bevor sie die Umarmung erwidern konnte.

„Das habe ich gern gemacht. Und schön weiter üben, ja?"

„Würden Sie noch etwas für uns alle spielen?", fragte James jetzt.

„Das kann ich unmöglich …"

„Ach, bitte!", rief Serena. „Es ist eine Ewigkeit her, dass irgendjemand anderer als Tantchen gespielt hat."

„In diesem Haus ist immer Musik gemacht worden", ergänzte James. „Unser Vater hat Dudelsack und Fiedel unterrichtet, aber leider hat keiner von uns sein Talent geerbt."

„Ich bin sicher, das stimmt nicht", sagte Andrea. „Jeder kann spielen, wenn er genug übt."

„Dann spielen Sie also für uns?", fragte James. „Glauben Sie mir, wenn Sie ein, zwei Töne nicht korrekt treffen, merken wir das gar nicht."

Andrea wirkte etwas zögerlich, aber er spürte, wie sehr das Klavier sie reizte. „Dann spiele ich etwas, das Sie alle kennen."

Andrea holte tief Luft und legte ihre Hände auf die Tasten. James nickte schweigend, als er das Stück schon bei den ersten Tönen erkannte. Es war Debussys *Clair de Lune* und somit etwas ganz anderes als der Rock oder Jazz, den er sonst hörte, aber es war eines der wenigen klassischen Stücke, die er kannte und liebte. Er hatte immer gedacht, es wäre ein einfaches Stück, aber als Andrea von den ruhigeren

Akkorden des ursprünglichen Rhythmus zu den walzenden *Arpeggios* kam, merkte er zum einen, wie falsch er gelegen hatte, und außerdem, wie sehr er ihr Können unterschätzt hatte.

Ein so zartes Spiel hatte er noch nie erlebt. Es verwandelte den leicht blechernen Klang des alten Klaviers in etwas Wunderschönes, beinah Ätherisches. Als sein Blick dem seiner Schwester begegnete, sah er, dass sie genauso staunte wie er. Das war nicht das Spiel einer Hobbymusikerin, sondern das einer begabten, zutiefst hingebungsvollen Pianistin. Andrea spielte jetzt mit halb geschlossenen Augen und ein Lächeln umspielte ihren Mund. Sie wirkte friedvoll und heil, genauso wie am Morgen, als sie gemeinsam auf das Wasser vor *Skye* geschaut hatten. Ihre Finger glitten anmutig über die Tasten, und es sah aus, als ob sie jede Note mit ihrem Körper interpretierte. Ihm war bisher noch nie aufgefallen, wie sehr die Musik nach Ebbe und Flut klang, wie die Töne wellenförmig kamen und verklangen, bis er sah, wie sie sich im Rhythmus der Melodie wiegte.

Ihr Spiel sagte mehr, als Worte es hätten tun können. Das hier bedeutete ihr etwas, und sie hatte sich dafür entschieden, es mit ihnen zu teilen.

Die letzten Töne verklangen, aber seine ganze Familie blieb still, als wollte sie genauso wenig wie er, dass der Zauber ein Ende hatte.

Muriel brach ihn als Erste, indem sie sich mit dem Handrücken die feuchten Augen wischte. „Das war wunderschön, meine Liebe. Sie sind sehr begabt."

Völlig schockiert öffnete Andrea jetzt wieder die Augen, und der friedvolle Ausdruck wich einer großen Betroffenheit, so als hätte sie bis eben die Anwesenheit der anderen völlig vergessen. Dann stand sie abrupt von der Klavierbank auf und flüsterte mit bebender Stimme: „Ich brauche ein Glas Wasser. Würden Sie mich bitte entschuldigen?"

James wechselte einen irritierten Blick mit seiner Familie, als Andrea mit unsicherem Gang das Zimmer verließ. Er ging ihr nach in die

Küche, wo sie sich gerade an der Spüle ein Glas Wasser einfüllte und es dann mit zitternder Hand zum Mund führte.

„Ist alles in Ordnung mit Ihnen?", fragte James leise und blieb in angemessenem Abstand stehen.

Sie blickte auf, anscheinend erneut erschrocken über seine Anwesenheit, und zwang sich zu einem Lächeln. „Ja, natürlich."

„Das war aber nichts, was Sie einfach so spontan gespielt haben, oder?"

Ein Lächeln huschte über ihr Gesicht. „Nein."

„Möchten Sie mir davon erzählen?"

„Nein, lieber nicht." Sie trank einen großen Schluck Wasser und stellte dann das Glas auf die Arbeitsfläche. „Ich bin müde. Könnten wir jetzt vielleicht wieder zurück zum Hotel fahren?"

Das Beben in ihrer Stimme verriet, dass sie am Rande ihrer Fassung war. Er sollte einfach ihren Mantel holen und sie hinausbegleiten, damit sie die Möglichkeit hatte, mit den Erinnerungen fertigzuwerden, die sie offenbar im Zusammenhang mit ihrem erstaunlichen Talent hatte. Aber er war noch nie einer gewesen, der tat, was klug war.

Stattdessen ging er zu ihr hin und drehte ihr Gesicht zu sich hin. Sie war über seine Berührung so überrascht, dass sie zusammenzuckte, aber sie versuchte nicht, sich zu entziehen, als seine Finger über ihre Schlüsselbeine strichen und dann beruhigend über ihre Schultern glitten. Ihre Augen waren geschlossen, als er sanft die Verhärtungen in ihren Schultern massierte, und sie stieß einen langen, tiefen Seufzer aus.

„Besser?"

„Besser", flüsterte sie und drehte sich zu ihm um. Es wäre so leicht gewesen, sie jetzt in die Arme zu nehmen und dann zu schauen, wie es weitergehen würde, aber bevor er den Gedanken in die Tat umsetzen konnte, öffnete sie mit einem Ruck die Augen und erstarrte unter seiner Berührung.

Er trat einen Schritt zurück und fragte: „Möchten Sie immer noch gehen?"

„Wenn es Ihnen nichts ausmacht."

„Gut. Ich hole nur noch Ihren Mantel", sagte er, ließ sie in der Küche zurück und ging noch einmal ins Wohnzimmer zurück, wo Serena und Muriel zusammen mit Emmy warteten. Sie sahen besorgt aus. Er schüttelte auf ihre unausgesprochene Frage hin nur den Kopf, als Zeichen, dass er genauso wenig wusste wie sie, was Andreas Reaktion zu bedeuten hatte. „Ich bringe sie jetzt zurück zum Cottage. Als Dessert steht eine Schüssel Obstsalat im Kühlschrank."

„Danke, Jamie", sagte Serena.

James gab seiner Schwester und Emmy einen Kuss, aber als er zu Muriel kam, packte sie ihn fest im Nacken und flüsterte: „Das ist eine ganz zarte und zerbrechliche junge Frau, Jamie. Geh bitte vorsichtig mit ihr um."

Ihm lag auf der Zunge zu sagen, dass er gar nicht irgendwie mit ihr umging, aber dann brachte er es doch nicht fertig, die flapsigen Worte auszusprechen. Er nickte also nur, holte Andreas Mantel, den sie über eine Sofalehne gelegt hatte, und ging dann wieder in die Küche, um ihr hineinzuhelfen.

Auf dem Weg nach draußen bedankte sich Andrea mit einem strahlenden Lächeln bei Muriel für ihre Gastfreundschaft, doch James konnte ausnahmsweise einmal die Risse in der harten, glatten Fassade von Andrea erkennen.

Schweigend gingen sie in der diesigen Luft auf dem knirschenden Kies zu seinem Subaru. Als sie eingestiegen waren und losfuhren, sagte sie leise: „Es tut mir leid. Ich wusste nicht, dass es mich so aufwühlen würde."

„Aber es steht Ihnen doch zu, Gefühle zu haben", erklärte er, obwohl er eigentlich etwas anderes hatte sagen wollen. Wie kam es, dass eine so begabte Pianistin als Unternehmensberaterin arbeitete? Wie konnte eine so extrem empfindsame Frau ein so spießiges, normales Leben führen? Er spürte, dass sie sich mit dieser Frage nicht beschäftigen wollte oder konnte und wechselte deshalb lieber das Thema. „Ich dachte, wir könnten morgen gleich nach dem Frühstück nach *Fort William* fahren und den Tag dann dort verbringen. Es gibt da jede Menge zu sehen."

„Das klingt großartig. Wann muss ich denn fertig sein, um zum Haus Ihrer Tante zu fahren?"

„Wenn es Ihnen recht ist um 7:00 Uhr."

„Das passt mir gut."

Die Scheinwerfer streiften die weiß gestrichenen Steinwände des Hotels, als sie auf dem Parkplatz hielten. Er stellte Motor und Licht aus, sodass sie plötzlich im Dunkeln saßen, öffnete wortlos die Beifahrertür von außen, nachdem er ausgestiegen und um den Wagen herumgegangen war, und brachte sie zum Eingang ihres Cottages, wo er kurz zögerte. Als sie sich zu ihm umdrehte, sah er in ihrem Blick unterschiedlichste Gefühle, aber er konnte nicht genau sagen, ob die Ursache Panik war oder etwas anderes.

„Ich weiß, dass Sie gerne fragen möchten", sagte sie.

Da streckte er eine Hand aus und strich ihr eine verirrte Haarsträhne hinters Ohr, die dezent nach ihrem Parfum duftete. Dieser Duft zog ihn noch stärker zu ihr hin. Er strich mit den Fingern an einer Seite ihres Gesichtes entlang und spürte, wie sie plötzlich scharf einatmete. Als sein Blick zu ihrem Mund ging, der vor Überraschung ein ganz klein wenig offen stand, wollte er nur noch eines, nämlich herausfinden, ob ihre Lippen genauso weich waren, wie sie aussahen, und ob sie auch so gut schmeckte, wie sie immer roch.

Aber er brachte es nicht fertig. Sie war an diesem Abend so verletzlich, und das wollte er auf keinen Fall ausnutzen. Wenn sie ihn küsste, dann sollte sie es tun, weil sie es wollte und nicht, weil sie nicht die Kraft oder Geistesgegenwart hatte, sich dagegen zu wehren.

Er ließ seine Hand sinken und sagte: „Sag mir, wenn du so weit bist. Gute Nacht, Andrea."

„Gute Nacht." Sie schlüpfte ins Haus, schloss die Tür hinter sich, und er hörte, wie auf der anderen Seite der Tür das Bolzenschloss mit einem lauten Klacken einschnappte.

Einen ganz kurzen Moment lang schaute er noch die knallrote Tür an und ging dann zu seinem eigenen Cottage, bevor er es sich anders überlegen konnte.

Sie war nicht, was er im Moment brauchte. Schon Cassandra hatte diese gefährliche Mischung aus Zerbrechlichkeit und Stärke besessen. Durch sie hatte er gelernt, dass solche schönen und gleichzeitig sehr verletzlichen Frauen seinen Beschützerinstinkt weckten und ihn schnell in Liebeskummer stürzen konnten.

Doch auf Andrea traf das eigentlich gar nicht zu. Er hatte Cassandras Unschuld und Offenheit für echt gehalten, aber dann hatte sich herausgestellt, dass das bei ihr eine Rolle gewesen war, die sie immer nur dann spielte, wenn sie einen Vorteil dadurch hatte. Durch ihre Verlobung mit ihm hatte ihre Karriere noch einmal richtig Schwung bekommen. Ihre Verletzlichkeit und vermeintliche Schwäche waren nur eine Masche gewesen, um ihre Publicity zu steigern, ein Ablenkungsmanöver, während sie heimlich weiter ein Verhältnis mit ihrem damals noch verheirateten Filmpartner gehabt hatte.

Andrea dagegen hatte ihn bisher nicht um Hilfe gebeten, im Gegenteil, sie wollte keine Hilfe. Sie hielt das, was sie dachte, tief in ihrem Innern zurück und verbarg ihre Verletzlichkeit sehr geschickt. Sie hatte ihm deutlich gezeigt, was sie von seinem Ruf hielt, ihm aber trotzdem an diesem Abend ein gewisses Maß an Vertrauen entgegengebracht, und dieses Vertrauen durfte er nicht enttäuschen.

Auf keinen Fall wollte er, dass aus dieser Woche, die eigentlich für beide der Entspannung dienen sollte, etwas wurde, das sie einmal bereuen würden. Wie schaffte er es nur, sich immer wieder in solche

Situationen hineinzumanövrieren? Er hatte nur ein bisschen harmlosen Spaß haben wollen, dabei aber nicht mit einer Konzertpianistin gerechnet, die fast zerbrach, wenn sie spielte.

Er streifte seine Schuhe ab, ließ sich in einen Sessel fallen und schaltete den Fernseher an. Dann griff er nach der zerlesenen Bibel auf dem Tisch neben sich und legte sie sich auf den Schoß, schlug sie aber nicht auf. Er wusste, wie sie innen aussah, die abgegriffenen Seiten, die Eselsohren und unzähligen Stellen, die in allen Farben des Regenbogens markiert waren. Duncan MacDonald mochte zwar nie einen Fuß in eine Kirche gesetzt haben außer an dem Tag, an dem er James' Mutter geheiratet hatte, aber er hatte nach der Bibel gelebt. Allein das Buch in den Händen zu halten, löste erneut einen Schmerz in ihm aus, der auch nach zwei Jahren nicht nachgelassen hatte.

Jetzt hätte er seinen Vater gebraucht. Der hätte bestimmt gewusst, was zu tun war. Wenn James sich an den letzten Rat seines Vaters gehalten hätte, dann wäre es vielleicht gar nicht erst zu der Katastrophe mit Cassandra gekommen.

Andrea dagegen hätte dem alten MacDonald sicher gefallen. Schon allein durch ihre musikalische Begabung hätte sie sich der Zuneigung des Mannes sicher sein können, der den Kindern auf der Insel fast dreißig Jahre lang das Dudelsack- und Fiedelspielen beigebracht hatte. Und außerdem hatte sein Vater genauso eine Schwäche für schöne Frauen gehabt wie er selbst.

„Ich wünschte, du wärest jetzt hier", sagte er laut und strich über den Ledereinband der Bibel. „Du wüsstest genau, wie ich jetzt weiter vorgehen soll."

Die Antwort seines Vaters war fast immer eine von zweien gewesen:

„Warte, bis du genau weißt, was Gott will", oder „Behandle andere so, wie du selbst behandelt werden möchtest."

Warten war so gar nicht James' starke Seite, aber er wusste, wie Andrea behandelt werden wollte.

Sie brauchte unbedingt Ruhe, aber keine Einsamkeit. Etwas in ihr sehnte sich nach einer Beziehung, sonst hätte sie sich nicht so leicht auf seine Berührung eingelassen. Sie hatte ihm einen kurzen Blick auf die Wunden gestattet, die hinter ihrer Fassade aus Tüchtigkeit noch schwelten, und er wollte ihr auf gar keinen Fall einen Grund geben, sich wieder hinter ihrem Panzer zu verkriechen.

15

Andrea war sehr unruhig, als sie ihre Schuhe abschüttelte und ihren Mantel auf den nächsten Stuhl warf. Es war ein Abend voller verhängnisvoller Entscheidungen gewesen. Erst hatte sie zugestimmt, auch noch den Rest der Woche bei James auf *Skye* zu bleiben, und zwar einzig und allein, weil er sie darum gebeten hatte. Dann hatte sie für ihn und seine Familie Klavier gespielt, obwohl ihr klar gewesen war, wie sehr es sie aufwühlen würde, und schließlich hatte sie seine Berührung viel zu halbherzig zurückgewiesen, und zwar beide Male.

Sie musste sich sogar eingestehen, dass ihr bei diesen Berührungen eine Art Stromstoß den Rücken hinuntergeschossen war. Hätte sie ihm nur den geringsten Hinweis gegeben, dass sie nichts gegen die Berührung hatte, hätte er ihr einen Gutenachtkuss gegeben, und sie war sich ziemlich sicher, dass sie keinen Widerstand geleistet hätte.

„Du drehst langsam durch, Andrea", murmelte sie, während sie ihren Rock auszog und das Businesskostüm aus Wolle gegen einen kuscheligen Flanellschlafanzug eintauschte. Was hatte sie sich bei all dem nur gedacht? Sie kam doch auch gut allein zurecht. Sie brauchte keinen Mann, besonders keinen, der wie ein Tornado durch die Frauenwelt wütete und eine Schneise der Verwüstung hinterließ.

Andrea seufzte und griff nach ihrem Handy, bevor ihr wieder einfiel, dass sie im Hotel ja gar keinen Empfang hatte. Sie nahm also das Zimmertelefon und wählte die Nummer ihrer Schwester. Als die Verbindung zustande kam, wartete sie gar nicht erst ab, bis Becky ihren Namen genannt hatte, sondern legte sofort los.

„Was bin ich für eine Idiotin!"

„Äh – ich wünsche dir auch einen schönen guten Abend, Andrea. Habe ich da etwas nicht mitbekommen?"

„Ich habe meinen Rückflug auf Samstag umgebucht."

Einen Moment lang schwiegen sie beide, und als Becky wieder sprach, konnte Andrea das Lächeln in ihrer Stimme erkennen. „Das ist ja mal interessant."

„Das ist nicht interessant, sondern einfach nur bescheuert. Ich kann mir keine einwöchige Rundreise in Schottland leisten, wo ich eigentlich zu Hause sein und arbeiten sollte", schimpfte Andrea, setzte sich aufs Bett und zog die Füße unter sich.

„Aber du hattest doch sowieso vor, Urlaub auf Tahiti zu machen, oder? Ich verstehe nicht, wo das Problem liegt. Es sei denn, du bleibst nicht wegen der schönen Landschaft."

Andrea strich mit ruckartigen Bewegungen ihr Haar zurück. „Er ist … ich weiß nicht …"

„Umwerfend?", schlug Becky vor. „Talentiert? Charmant? Umwerfend?"

„Du hast zweimal *umwerfend* gesagt."

„Na ja, man kann es nicht oft genug sagen, wenn man bedenkt, um wen es geht."

„Du findest das ja anscheinend überaus komisch."

Becky lachte. „Natürlich tue ich das. Ich hätte nie gedacht, dass es einen Kerl gibt, der dir unter die Haut geht. Wirklich. Und er hat ja auch lange genug auf sich warten lassen."

„Er geht mir gar nicht unter die Haut. Es ist nur …"

„Ja, ja … wirklich überzeugend. Hat er dich geküsst?“

Andrea ließ sich nach hinten gegen die Kissen sinken. „Nein! Natürlich nicht … noch nicht.“

„Na, dann mach doch einfach weiter. Dir bleiben nur noch drei volle Tage. Wenn ich du wäre, würde ich sie nicht vertun. Ruf mich an, wenn es so weit ist, und dann möchte ich Details erfahren. Ich wette, er ist ein fantastischer Küsser.“

„Du bist echt unmöglich, Becky“, schimpfte Andrea und presste sich die Fingerspitzen gegen die pochenden Schläfen. „Danke, dass du mir absolut keine Hilfe bist.“

Wieder sagte Becky eine ganze Weile nichts. „Ich weiß, dass du in den vergangenen acht Jahren jeden Mann hast abblitzen lassen, Schwesterherz, aber nicht jeder Mann ist wie Logan. Was kann denn schlimmstenfalls passieren, wenn du jemanden ein ganz klein wenig näher an dich heranlässt?“

„Du weißt genau, was passieren kann“, antwortete Andrea finster. „Du warst doch dabei. Außerdem ist ein Mann, der fast 6.000 Kilometer entfernt auf einem anderen Kontinent lebt, ja wohl kaum ein geeigneter Kandidat für eine Beziehung.“

„Man kann nie wissen, was Gott mit dem Leben eines Menschen vorhat. Vielleicht hatte es ja einen Grund, warum du im letzten Moment noch nach Schottland geschickt worden bist.“

„Die Sache mit ‚Gottes Plan‘ habe ich schon vor Jahren aufgegeben, Becky. Wenn dieses ganze elende Chaos mit Logan einen Sinn gehabt haben soll, dann kann ich ihn jedenfalls nicht erkennen.“

„Es hat dich zu der Person gemacht, die du heute bist, eine erfolgreiche, fokussierte, begabte Frau, die viel zu bieten hat. Ich wünschte, du würdest daran denken, dass du mehr bist als deine Karriere.“

Völlig unerwartet kamen Andrea jetzt die Tränen, aber sie wischte sie weg, bevor sie laufen konnten, und schluckte den Kloß in ihrem Hals herunter. „Ich hab dich lieb, Becky.“

„Ich dich auch. Wag es doch einfach, Süße. Wenn du meinst, dass er vertrauenswürdig ist, dann lass ihn ein bisschen näher an dich heran. Und wenn es dich beruhigt … es sind nur drei Tage. Das ist wie Beziehungsstützräder, wenn alles den Bach runtergeht, hast du für Samstag ein Flugticket."

„Du hast natürlich absolut recht", seufzte Andrea. „Danke."

„Jederzeit gerne. Und jetzt hab' einfach ein bisschen Spaß, ja?"

Ihre Schwester hatte recht, dachte Andrea, als sie den Hörer auflegte. Es war albern, sich wegen dieser Sache dermaßen aufzuregen. James hatte nichts getan, außer zu flirten und ihr zu versprechen, dass sie auf *Skye* eine bessere Zeit haben würde als in *New York*. Das konnte doch nicht so schwer sein, oder? Sie war in Gesellschaft eines gut aussehenden Mannes, der in einer wunderschönen Gegend spektakuläre Menüs kochen konnte. Wenn sie das nicht als Traumurlaub betrachten konnte, dann hatte sie wirklich keine Fantasie.

Doch genau daran mangelte es ihr an diesem Abend kein bisschen. Als sie schließlich im Bett lag und die Augen schloss, konnte sie an nichts anderes denken als an seine Finger an ihrer Wange, und daran, was hätte passieren können, wenn er sich nicht doch noch in letzter Sekunde weggedreht hätte.

Am nächsten Morgen wachte Andrea mit einem flattrigen Gefühl im Bauch auf. Einen Moment lang blieb sie in ihr Federbett eingekuschelt liegen und versuchte, das Gefühl einzuordnen.

Es war Vorfreude.

Wie lange war es her, dass sie morgens aufgewacht war und etwas anderes empfunden hatte als Angst vor dem Tag. Es lag Jahre, vielleicht sogar Jahrzehnte zurück, dass sie nicht gegen die schwere Last der Angst vor dem Aufstehen zu kämpfen gehabt hatte.

Aus der Businessgarderobe, die sie dabeihatte, stellte sie ein möglichst lässiges Outfit zusammen, auch wenn sie um die knallroten Jimmy Choos nicht herumkam. Sie legte nur ein leichtes Tages-Make-up auf und ließ ihr Haar an der Luft trocknen, weil sie keinen Föhn dabeihatte.

Um Punkt sieben klopfte James an ihre Tür, und als sie ihm öffnete geriet ihr Herz ganz kurz aus dem Takt. In Jeans, schwarzem Rollkragenpulli und einer schwarzen Lederjacke war er der Inbegriff der Worte *unangestrengt attraktiv.*

Nun ja, vielleicht nicht völlig unangestrengt, denn der Schnitt der Jacke deutete definitiv auf die Frühjahrslinie eines bestimmten Londoner Designers hin. Der Mann wusste, wie man sich anzog, das musste man ihm lassen.

„Ist irgendwas?", fragte er und schaute an sich herunter. „Habe ich mich mit Zahnpasta bekleckert oder so?"

„Nein", antwortete sie langsam. „Ich habe nur gerade gedacht, wie gut Sie aussehen."

Das Kompliment war ihm sichtlich peinlich, denn er entgegnete rasch: „Sie aber auch, abgesehen davon, dass die Schuhe nicht zum Gehen gemacht sind."

„Aber die Länge aller meiner Hosen ist auf Highheels abgestimmt. Ich kann dazu wohl kaum Sportschuhe anziehen. Und außerdem lasse ich mir doch nicht einen so guten Grund zum Shoppen entgehen."

Auf dem Weg zum Wagen sagte er dann mit abgrundtiefem Unverständnis, allerdings auch mit einem Augenzwinkern: „Frauen …"

„Glauben Sie ja nicht, dass ich nicht die Designerjacke erkenne, die Sie tragen. Sie wissen doch gar nicht, was *von der Stange* bedeutet."

James lachte und hielt ihr die Autotür auf. „Ich nehme an, die Tatsache, dass der Designer ein Freund von mir ist, macht es nicht besser, oder?"

„Nein, eher im Gegenteil."

„Erzählen Sie es aber bitte nicht meiner Familie. Das würde man mir nie verzeihen."

Ihre Ankunft in Muriels Haus war wie eine Wiederholung vom Vortag. Emmy belegte Andrea sofort mit Beschlag, dieses Mal, um mit Knete zu spielen, während Serena einen riesigen Becher Kaffee hinunterstürzte und Max mit Brei fütterte. James verschwand sofort in der Küche, und als Andrea keinen Bacon roch, nahm sie an, dass ihr ein weiteres üppiges Frühstück erspart bleiben würde. Doch dass sie sich da getäuscht hatte, erkannte sie in dem Moment, in dem er sie zu Tisch rief, auf dem eine Platte mit Eiern Benedict stand, und zwar mit der cremigsten, reichhaltigsten Hollandaise, die sie je gegessen hatte.

„Eine echte Sünde", sagte Andrea. „Der Weg in die Hölle ist definitiv mit Sauce Hollandaise gepflastert."

Serena lachte. „Jetzt erfahren Sie den wahren Grund, weshalb wir nach *Skye* fahren. Aber es ist gut, dass ich nicht hier wohne, sonst würde ich bis Weihnachten 120 Kilo wiegen."

Nach dem Frühstück versuchte Andrea wieder, die Teller abzuräumen, aber Serena winkte ab. „Nein, ihr beiden macht euch jetzt mal auf den Weg, denn nach *Fort William* sind es fast zwei Stunden."

James löste seinen Wagenschlüssel aus seinem Schlüsselbund und legte ihn auf die Anrichte. „Ich lasse den Schlüssel vom Subaru hier, nur falls du ein Auto brauchen solltest. Wartet nicht mit dem Essen auf uns."

Andrea runzelte die Stirn in James' Richtung, als er mit ihr zur Haustür ging und von da aus am Haus entlang zur Garage. Er öffnete das Garagentor, hinter dem eine silbernere Sportlimousine von Audi stand. Sie verschränkte die Arme vor der Brust und schaute demonstrativ zwischen James und dem Luxusauto hin und her.

„Ich habe nie behauptet, dass ich nur einen Wagen besitze", bemerkte er achselzuckend. „Und ich versichere Ihnen, dass der hier sehr viel bequemer ist als der Subaru."

Andrea gestattete es sich zu lächeln, als sie auf dem Beifahrersitz Platz nahm, wo sie sofort eingehüllt war in den maskulinen Duft von Leder und seinem Eau de Cologne. Als James neben ihr einstieg, sagte sie: „So viel Sprücheklopferei und trotzdem versuchen Sie die ganze Zeit ganz bewusst, Frauen *nicht* zu beeindrucken."

„Vielleicht möchte ich ja keine Frau an meiner Seite haben, die erst durch einen teuren Wagen beeindruckt werden muss."

„Dann ist das grüne Monster also ein Test?"

„Das gefällt mir, das grüne Monster." James fuhr rückwärts aus der Garage und bog mit dem Wagen auf die Zufahrt mit den unzähligen Schlaglöchern ein. „Nein, es ist kein Test, aber Sie hätten ihn auf jeden Fall bestanden. Trotz Ihrer absurd teuren Schuhe sind Ihnen materielle Dinge ja anscheinend nicht so wichtig."

„Ich habe Ihnen ja schon gesagt, dass ich im Herzen nur ein Kleinstadtmädel bin, ungeachtet meiner Schuhsammlung."

„Andrea, Love, Sie sind gar nichts *nur*."

Ausnahmsweise war das einmal nicht provozierend oder frotzelnd gemeint, sondern es klang wirklich tadelnd. Sie wechselte rasch das Thema. „War es ein großer Schock für Sie, nach *London* zu ziehen, nachdem Sie auf *Skye* großgeworden sind?"

„Ich bin ja davor schon in *Edinburgh* zur Schule gegangen, und wir haben jeden Sommer unsere Mutter in *London* besucht. Trotzdem war es noch ein Schock."

„Wieso sind Sie denn dann so lange dortgeblieben?"

„Die Zeit vergeht ja, ohne dass man es so recht merkt. Bevor ich mich versah, waren es schon zehn Jahre. Das Restaurant in Schottland zu eröffnen, war fast so etwas wie eine Ausrede, nach Hause zurückzukommen."

„Schön, wenn man sich so einen Luxus leisten kann", sagte Andrea ironisch. „Die meisten Leute haben nicht die Möglichkeit, als Mittel gegen Heimweh einfach ihre Firma zu vergrößern."

„Mein Erfolg ist ein Geschenk und er kam unerwartet. Ich nehme an, meine Art zu kochen ist eine Kombination von Dingen, die Menschen besonders mögen: Tradition, Heimat und Familie. Ich bekomme immer wieder Briefe, in denen steht, dass meine Gerichte sie daran erinnern, wie ihre Omas gekocht haben … natürlich nur viel besser."

„Na, solange Sie so bescheiden bleiben …"

Er lachte. „Man tut eben, was man kann."

Auf ihren Geschäftsreisen hatte Andrea die unterschiedlichsten Männer kennengelernt. Manche waren wirklich bescheiden und dankbar für ihren Erfolg, aber die meisten waren der Meinung, dass Reichtum und Status ihnen das Recht gaben, nach ihren eigenen Regeln zu leben und zu tun, was sie wollten. Mehr als einmal hatte sie sich aus dem Griff betrunkener Klienten befreien müssen, die glaubten, sie hätten einen Anspruch auf sie, und hatte auf dem schmalen Grat balancieren müssen, einerseits den professionellen Abstand zu wahren und sich andererseits beliebt zu machen.

Genau das hatte sie auch mit James in *London* gemacht. Doch eigentlich war er nicht mit all den anderen zu vergleichen. Die anderen Männer hätten sie sicher nicht zu einem Essen bei ihrer Familie mitgenommen oder ihr bei einem unvorhergesehenen Gefühlsausbruch einen Abgang ermöglicht, bei dem sie nicht ihre Würde verlor. Und sie hätten ihr auch kaum das Angebot gemacht, mit ihr einen Ausflug zu unternehmen und shoppen zu gehen, ohne daran Erwartungen zu knüpfen.

Jedenfalls glaubte sie nicht, dass er solche Erwartungen hatte. Wäre das der Fall gewesen, hätte er sich bestimmt nicht beherrscht, sie zu küssen, obwohl er eindeutig den Wunsch gehabt hatte. Er mochte einen Ruf als Frauentyp haben, aber er hatte nichts, was darauf hindeutete, getan, außer zu flirten – bis jetzt jedenfalls.

Regentropfen liefen die Windschutzscheibe hinunter, und James blinzelte in den Himmel. „Wir haben uns vielleicht nicht den besten

Tag zum Shoppen ausgesucht, aber Schotten sagen ja gerne: ‚Wenn dir das Wetter nicht gefällt, warte einfach fünf Minuten.'"

„Das habe ich schon bemerkt. Aber mir macht ein bisschen Regen nichts aus."

„Ach wirklich? Und was ist mit ‚Schottland ist nass und trübselig'?"

„Ich habe gesagt, nass und kalt. Und vielleicht ist es ja gar nicht so trübselig."

James schaute sie mit einem amüsierten Blinzeln an. „Na, dann hoffen wir mal, dass der Regen schnell wieder abzieht. Ich möchte nämlich nicht, dass Ihnen die Chance entgeht, den See zu sehen und die Aussicht vom *Ben Nevis* zu erleben. Wäre es etwas später im Jahr, gäbe es ein paar unglaubliche Wanderungen, die wir gemeinsam unternehmen könnten."

„Sie sind ja ein richtiger Naturbursche", sagte sie. „Sie stecken wirklich voller Überraschungen."

„Na, Sie aber doch auch!"

Damit meinte er ihr Klavierspiel am Abend zuvor, aber er hielt sich an sein Versprechen, zu warten, bis sie so weit war. Sie nagte an ihrer Unterlippe und fragte sich, wie viel sie offenbaren konnte, ohne auf Themen zu kommen, über die sie nicht sprechen wollte.

„Ich habe an der NYU Architektur und Musik studiert." Mit einem Knoten im Bauch wartete sie anschließend auf das unweigerliche Sperrfeuer von Fragen.

„Na, das erklärt natürlich alles. Hat die NYU nicht einen der besten Musikstudiengänge im Land?"

Als er das Thema dermaßen feinfühlig anging, entspannte sie sich wieder etwas. „Ja, das stimmt."

„Schade, dass Sie nicht mehr spielen. Ich kann noch nicht mal eine Melodie pfeifen, aber ich bin im Haushalt eines Musikers aufgewachsen, und deshalb erkenne ich ein Talent, wenn ich es vor mir habe. Sie sind zweifellos etwas ganz Besonderes."

Daraufhin errötete sie heftig, und das wiederum war ihr so peinlich, dass sie mit reiner Willenskraft versuchte, die Röte wegzudrücken. Was hatte dieser Mann nur, dass er sie ständig überrumpelte? Sie war in den letzten paar Tagen in seiner Gegenwart öfter rot geworden als in den vergangenen zehn Jahren.

„Danke", brachte sie schließlich heraus.

„Gern geschehen. Aber dann können wir ja jetzt auch zur Sache kommen."

„Wie bitte?"

„Sie haben noch für mindestens eine Stunde einen aufmerksamen Zuhörer, und Sie wissen doch selbst, dass Sie den ganzen Tag von Schuldgefühlen geplagt sein werden, wenn Sie nicht auch ein bisschen arbeiten. Also nur zu. Präsentieren Sie mir, was Ihre Firma anzubieten hat." Er lächelte, machte aber offenbar keine Scherze.

„Also gut. Sind Sie sicher?"

„Natürlich. Überzeugen Sie mich davon, dass es verrückt wäre, mir die Chance Ihrer Dienstleistungen entgehen zu lassen." Wieder grinste er sie auf die für ihn so typische, leicht provozierende Art an.

Darüber war sie in diesem Moment beinahe erleichtert, denn dieser James war leichter zu handeln als der sensible, der leichtfüßig Themen umging, von denen sie nicht so genau wusste, ob sie darüber reden wollte. Sie setzte also an zu einem Überblick über das Angebot, das sie ihm am Abend zuvor gemailt hatte, und unterbrach ihre Präsentation nur, um zu antworten, wenn James gelegentlich eine Frage stellte.

„Sie haben ja richtig aufgepasst."

„Ich weiß, es ist schwer zu glauben, dass ich auch ernst sein kann, aber ich möchte wirklich, dass das Hotel ein Erfolg wird. Es ist seit über einem Jahr geschlossen, und je länger wir warten, desto schwerer wird es, unsere Stammgäste zu halten oder zurückzugewinnen. Wir haben Gäste, die seit Jahren jeden Sommer ihren Urlaub bei uns buchen. Wenn sie erst einmal ein anderes Ziel oder eine andere Unterkunft gefunden haben, kommen sie nicht wieder."

Andrea murmelte zustimmend und sagte: „Das liegt in Ihrer Hand. Wenn Sie einen guten Bauunternehmer haben, dann könnten Sie für Weihnachten wieder Buchungen annehmen."

„Das glaube ich auch. Könnten Sie sich Weihnachten in Schottland vorstellen? *Skye* ist so schön, wenn Schnee liegt."

„Becky würde mich umbringen. Es ist die einzige Zeit im Jahr, in der ich sie und die Kinder auf jeden Fall sehe. Vorausgesetzt natürlich, dass ich nicht doch noch in letzter Minute auf Geschäftsreise muss."

„Wollen Sie damit etwa sagen, dass Sie sich auch über Weihnachten auf Geschäftsreise schicken lassen?"

„Wenn es sich um ein großes Geschäft handelt, habe ich kaum eine Wahl."

„Man hat immer eine Wahl."

Andrea wandte sich ab, damit er ihr Gesicht nicht sehen konnte. Vielleicht hatte sie tatsächlich eine Wahl, aber es fiel ihr immer schwerer, Zeit mit der glücklichen Familie ihrer Schwester zu verbringen. Sie liebten sie natürlich, und sie war dort immer willkommen, aber trotzdem gehörte sie nicht richtig dazu. Kleinstadtmädel hin oder her, sie passte genauso wenig in Beckys Familienidylle wie in die Familienszenen in dem Haus in *Isleornsay*.

„Und was ist mit dem Marketing?", fragte James als Nächstes.

Andrea war dankbar für den Themenwechsel, wandte sich ihm wieder zu und brach ihre melancholischen Gedanken ab. Wenn er sie doch nur nicht so gut durchschauen würde. Sie skizzierte rasch ihre Vorschläge für den Marketingplan, die sie an das Team der Firma in London weiterleiten würde, sobald sie einen unterzeichneten Vertrag in der Hand hatte.

Andrea wusste über *Fort William* nur, dass es die größte Stadt in den *Highlands* war. Deshalb war sie nicht auf das reizende Städtchen vorbereitet, das am Rand des *Loch Linnhe* lag. Zu beiden Seiten der Durchgangstraße lag ein Wirrwarr von Gebäuden, von denen manche aussahen, als stammten sie noch aus dem 18. Jahrhundert, während andere im Tudorstil oder im georgianischen Stil nachgebaut waren. Ein braunes Schild an der Straße verkündete auf Gälisch *Fáilte do 'n Ghearasdan*, darunter die englische Übersetzung: „*Willkommen in Fort William.*" Als sie in die Stadt kamen, fuhr James langsamer und bog dann in eine kleine Querstraße ein, wo er einen Parkplatz fand.

Das Wetter an diesem Morgen hatte sich inzwischen von bedrohlich zu einfach trostlos verändert, und vom See her wehte ein feuchter und kalter Wind, der Andrea das Haar ins Gesicht blies, als sie ausstieg. Sie knöpfte ihren Wollmantel zu und steckte fröstelnd die Hände in die Taschen, um sich warm zu halten. „Der kälteste Winter, den ich je erlebt habe, war ein Sommer in Schottland", murmelte sie halb laut vor sich hin.

„Ich dachte immer, das wäre *San Francisco*."

„Mark Twain ist wahrscheinlich nie in den *Highlands* gewesen."

James lachte. „Kommen Sie, Sie schlaues Mädel und achten Sie lieber darauf, wohin Sie treten. In den Schuhen …"

Die Hauptstraße von *Fort William* war schmal, und an beiden Seiten standen dicht gedrängt schmale Gebäude, die offenbar dem ursprünglichen Straßenverlauf aus der Zeit folgten, als die Stadt noch ein Militärstandort gewesen war. Die Gehwege waren durch Steinplatten begrenzt, und in der Mitte der Straßen waren die Pflastersteine in Fächerform verlegt. Andrea schwankte bedrohlich auf dem holprigen Straßenbelag, bis James ihr die Hand in den Rücken legte und sie auf den Gehweg dirigierte. Im Vorbeigehen schaute sie interessiert in die Schaufenster, an denen sie vorbeikamen: In einem der Läden wurden Wollwaren verkauft – von karierten Decken bis hin zu bunten Kilts –, in einem anderen gab es eine riesige Auswahl an Whiskeysorten aus den *Highlands*.

„Ich wäre überglücklich, hier zu warten, während Sie shoppen gehen“, sagte James.

„Jetzt tun Sie bloß nicht so, als hätten Sie keinen Spaß daran.“ Sie packte ihn am Ellbogen und zog ihn vom Fenster weg. „Sie wissen als Einziger, was Sie für diese Woche noch alles geplant haben, also müssen Sie sagen, was ich brauche.“

Mit gespieltem Zögern trat er von dem Schaufenster weg, aber als sie seinen Arm wieder loslassen wollte, hielt er sie fest. Sie zögerte kurz, ließ es aber dann zu. Es war eine Ewigkeit her, dass sie Arm in Arm mit einem Mann gegangen war, aber es fühlte sich gut an – sehr gut sogar.

Die Wärme, die sein Körper durch seinen Mantel hindurch abstrahlte, löste ein Flattern in ihrem Bauch aus, wie sie es schon seit Jahren nicht mehr erlebt hatte.

Vor der Eingangstür einer kleinen Boutique mit einem hübsch dekorierten Schaufenster blieb James stehen. „Das könnte doch passen, oder?“

Dankbar, ihren eigenen Gedanken entfliehen zu können, ließ sie seinen Arm los und betrat den Laden, in dem es einfache Outdoorkleidung gab, und schon bald hatte sie beide Arme voll mit Sachen und war auf dem Weg in die Umkleidekabine. Bei ein paar Kleidungsstücken musste sie noch eine andere Größe heraussuchen, aber dann stand sie auch schon an der Kasse, um drei Jeans, mehrere schlicht geschnittene Blusen, eine graue Steppjacke und ein Paar sportliche Lederschuhe, die zum Spazierengehen, aber auch zum Wandern geeignet waren, zu bezahlen. Zum Schluss ging sie noch einmal in die Umkleidekabine, um ein paar Teile der gerade erstandenen neuen Garderobe anzuziehen.

Als sie wieder herauskam, lächelte James und sagte: „Perfekt.“

Er nahm ihr eine der Einkaufstüten aus Papier ab, hielt ihr die Ladentür auf, und als sie nun wieder draußen auf dem Bürgersteig standen, fiel Andrea erst richtig auf, wie groß er war. In den hochhackigen Schuhen hatte sie ihm beinahe direkt in die Augen schauen können, jetzt musste sie dazu den Kopf ein wenig in den Nacken legen und war überrascht, dass sie sich dadurch irgendwie verletzlich fühlte.

James hielt die ganze Zeit ein Gespräch im Gange, wies sie auf Sehenswürdigkeiten und Wahrzeichen des Ortes hin oder machte sie auf Auslagen in Schaufenstern oder auf Restaurants aufmerksam, in die er gerne ging. Er konnte ein richtig angenehmer Begleiter sein.

„Ich bekomme langsam Hunger", sagte sie plötzlich. „Wie kann das überhaupt sein nach dem Frühstück?"

„Das liegt an der frischen Luft und der Bewegung. Ich weiß genau das richtige Lokal, kommen Sie, wir gehen auf die andere Straßenseite."

Für den Lunch suchte er einen holzgetäfelten Pub aus, der zwischen einem georgianischen Backsteinbau und einem Gebäude mit einer nachgemachten Tudorfassade eingekeilt war. Auf einem leuchtend roten Schild über der Tür stand in goldenen Lettern: *The Blooming Fuchsia.*

Sie hatte die Eingangstür schon geöffnet, bevor er ihr zuvorkommen konnte und betrat das warme, überfüllte Lokal.

An den Innenseiten des Raumes befanden sich hölzerne Sitznischen mit gepolsterten Rückenlehnen, in der Mitte standen in Gruppen kleinere Tische mit Rattanstühlen. Eine matt schimmernde Bar aus Mahagoni mit Messingakzenten erstreckte sich über die gesamte gegenüberliegende Wand, und der herzhafte Duft von Essen vermischte sich mit dem erdigen, hopfigen Geruch von Bier. Obwohl die Mittagszeit eigentlich längst vorbei war, waren fast alle Plätze noch besetzt, und die Stimmen der Gäste verbanden sich unter der niedrigen Decke zu einem tiefen Summen.

„Hier gibt es das beste Essen in den *Highlands*", sagte James ihr ins Ohr, und legte dabei ganz kurz seine Hand auf ihren Rücken. „Lassen

Sie uns den Tisch dort in der Ecke schnappen, bevor uns jemand zuvorkommt."

Sie rutschten in eine kleine Nische und nahmen die Speisekarten von einer Ablage an der Wand. Andrea warf rasch einen Blick darauf, klappte sie dann aber wieder zu. „Ich verlasse mich auf Ihr Urteil."

„Sind Sie sicher?"

„Absolut. Sie sind mein Reiseführer durch die *Highlands*. Ich begebe mich in Ihre fähigen Hände."

Daraufhin grinste er etwas zu breit, und sie musste den kindischen Drang unterdrücken, ihn unter dem Tisch zu treten. Die Kellnerin kam gerade rechtzeitig, um ihn davor zu bewahren.

„Zwei *Flight of Ale* aus der Region bitte, für die Dame *Steak Pie* und für mich Würstchen mit Kartoffelbrei."

„*Steak Pie* habe ich aber schon mal gegessen." Der Begeisterung von James für das Lokal entsprechend hatte sie eigentlich nicht etwas so Normales erwartet.

„Aber nicht den hier. Er ist ein Kind der Liebe zwischen *Boef Bourguignon* und *Cornish Pasty*. Sie werden glauben, Sie wären gestorben und im Himmel."

Sie lehnte sich auf ihrem Platz zurück und schaute sich im Pub um. Jetzt, da sie einen Vergleich hatte, kam ihr dieser traditioneller vor als der von James in *London* – weniger wie ein Club und nicht so schick. Aber vielleicht hatte sie dem *Hart and the Hound* auch gar keine faire Chance gegeben. Es war ihm gelungen, eine Atmosphäre wie in einem traditionellen Pub an der Ecke zu schaffen, aber gleichzeitig war es exklusiv genug für die trendige Lage in *Notting Hill*.

„Sie hören nie auf, oder?"

„Womit?"

„Zu arbeiten. Wenn Sie Ihre Umgebung abchecken, dann bekommen Sie diesen gewissen Blick. So als würden Sie versuchen, alles ordentlich in einem Absatz zusammenzufassen."

Genau das hatte sie tatsächlich gerade getan. Er durchschaute sie viel zu sehr. „Ich habe nur gerade gedacht, ich muss mich bei Ihnen dafür entschuldigen, dass ich Ihren Pub als mittelmäßig bezeichnet habe."

„Ach, ich bin nicht so leicht beleidigt", sagte er. „Ich frage mich nur, wie ich Sie dazu bringen kann, sich einmal für eine Stunde zu entspannen."

„Ich weiß, wie man sich entspannt, aber das hier ist für mich immer noch eine Geschäftsreise – Sie erinnern sich?"

„Sogar dann dürfen Sie ab und zu mal Pause machen. Schauen Sie, da kommt Ihr Bier."

Andrea schaute skeptisch auf das Tablett, das die Kellnerin mit einem Lächeln vor ihnen auf den Tisch stellte. Darauf standen sechs kleine Probiergläser in einem Holzgestell. „Die werde ich ganz sicher nicht alle trinken."

„Das sollen Sie ja auch nicht. Das ist nämlich eine Art Bierprobe mit Bieren aus der Region." Er nahm das hellste der Biere aus dem Gestell und hielt es hoch. „Das ist ein bisschen so wie eine Weinprobe. Das hier wird *Light 60* genannt. Achten Sie als Erstes darauf, wie es riecht. Manche haben eine schokoladige Note, andere einen Hauch von Citrus oder Kaffee. Und dann schmecken Sie."

Er schob ihr das Glas über den Tisch zu, und sie schnupperte skeptisch daran. „Ich rieche … Honig?"

Er nickte aufmunternd.

Sie trank einen Schluck und verzog das Gesicht. „Angebrannter Honig. Das Glas können Sie ganz für sich allein haben."

Er lächelte, nahm das Glas wieder an sich und gab ihr das nächste. So probierte sie auch die restlichen Sorten, und James stellte ihr dabei Fragen. Seine Augen funkelten, während er ihr mit auf der Tischplatte verschränkten Armen zuschaute.

„Sie nehmen das alles ziemlich ernst, oder?", fragte sie.

„Ale ist zum englischen Essen das, was der Wein zum französischen ist", sagte er. „Und die Auswahl des richtigen Ales zum jeweiligen Essen ist genauso ausgeklügelt. Das Aroma des einen unterstützt das jeweils andere."

Andrea lehnte sich zurück, und ihr wurde das Herz ganz warm bei seiner Begeisterung. Kein Wunder, dass er vor der Kamera so erfolgreich war. Er liebte es, sein Wissen und sein Können mit anderen zu teilen. Die Leute merkten es, wenn jemand etwas vortäuschte, aber sie fing langsam an zu glauben, dass James MacDonald tatsächlich authentisch war. War sie inzwischen so abgestumpft, dass sie niemanden mehr so nehmen konnte, wie er war?

„Sie sehen so ernst aus. Was denken Sie gerade?"

Sie merkte, dass sie ihn angestarrt hatte und mühte sich jetzt ab, etwas für ihn Nachvollziehbares herauszubringen – irgendetwas außer der Wahrheit – und atmete dann erleichtert aus, als die Kellnerin kam. „Ach, da kommt ja unser Essen."

„Na, wer wechselt denn hier das Thema?", neckte er sie, hakte aber nicht weiter nach, während die Frau ihnen das Essen servierte.

Andreas erster Bissen von dem *Steak Pie* war genauso, wie James versprochen hatte. „Das ist absolut fantastisch. Sogar noch besser als Ihre Pasta, wenn das überhaupt möglich ist."

„Probieren Sie mal das hier", sagte er dann und schob ihr seinen Teller hin. „Die Würstchen sind hausgemacht, und ich glaube, die hier sind aus Wildfleisch."

Sie schnitt vorsichtig ein Stückchen ab und probierte. „Das ist gut. Aber der *Pie* ist wirklich himmlisch. Absolut perfekt." Sie verschlang den Rest *Pie*, und war sich dabei durchaus James' Erheiterung über ihre Begeisterung bewusst, doch das war ihr egal. Bei einem so guten Essen war es mit jeglicher Damenhaftigkeit vorbei.

„Möchten Sie die Eigentümerin kennenlernen?", fragte er und gab der Kellnerin ein Zeichen. „Sie ist eine Freundin von mir."

„Ja sicher. Ich würde ihr gern sagen, wie köstlich das Essen war."

Die Kellnerin kam und James fragte: „Ist Erica heute da? Wir würden ihr gern ein Kompliment für das Essen machen."

Daraufhin verschwand die Kellnerin durch eine Tür hinter der Bar, und ein paar Minuten später kam eine zierliche blonde Frau in schwarzer Kochjacke durch dieselbe Tür wieder heraus, das Haar zu Bauernzöpfen geflochten. Sie strahlte, als sie sie sah.

„James! Ich glaub's ja nicht! Was machst du denn hier?"

James rutschte auf der Sitzbank aus der Nische heraus und die Frau schlang ihre Arme um seinen Hals. Er drückte sie und ließ sie dann wieder los. „Ich zeige heute einer Freundin *Fort William*. Erica, das ist Andrea Sullivan. Andrea, das ist meine Kollegin Erica Baird."

Erica gab Andrea die Hand und die drückte sie fest. „Willkommen im *Blooming Fuchsia*", sagte sie mit eindeutig britischem Akzent. „Wie gefällt Ihnen *Fort Williams*?"

„Es ist wirklich zauberhaft", antwortete Andrea. „James hat erzählt, dass das Lokal Ihnen gehört?"

Voller Stolz ließ Erica ihren Blick durch den Raum schweifen und sagte: „Ja, das stimmt. Ich hoffe, das Essen hat Ihnen geschmeckt."

„Absolut. Der *Steak Pie* ist wirklich fantastisch."

„Das hätte ich mir ja denken können. Du hast es ihr nicht gesagt, oder, James?" Erica lachte und verdrehte die Augen in seine Richtung. „Es ist sein Rezept. Er hat es mir zur Eröffnung meines Ladens geschenkt."

„Nur die Füllung ist mein Rezept", erklärte er. „Und du hast irgendetwas ganz Besonderes mit dem Teig gemacht." An Andrea gewandt erklärte James: „Ohne Erica hätte ich den Bäckereiteil meiner Abschlussprüfung ganz sicher nicht bestanden, denn im Backen bin ich wirklich eine Niete. Ich war ihr etwas schuldig."

„Dann haben Sie beide also Ihre Ausbildung zusammen gemacht?" Sie war selbst überrascht über den Schmerz, den diese Erkenntnis bei ihr auslöste. Das konnte doch keine Eifersucht sein, oder? Sie hatte absolut kein Recht, so zu empfinden. Aber die entspannte Vertrautheit zwischen den beiden deutete auf eine enge Beziehung hin. Sie wusste nur nicht so genau, wie eng.

„In *London*, ja. Es war James, der mir dann vor zwei Jahren erzählt hat, dass das Lokal hier zum Verkauf stand. Ich habe ihn gefragt, ob er eigentlich völlig wahnsinnig wäre, mir den Vorschlag zu machen, nach Schottland zu ziehen, aber hier bin ich. Dieser Ort hier hat die Angewohnheit, einem unter die Haut zu gehen, ob man will oder nicht."

„Das wird mir auch langsam klar", bemerkte Andrea.

Erica nickte verständnisvoll. „Na, dann will ich euch mal nicht länger stören. Danke, dass du vorbeigeschaut hast, James. Es hat mich gefreut, Sie kennenzulernen, Andrea. Viel Spaß noch auf Ihrem Ausflug."

„Sie scheint ja richtig nett zu sein", sagte Andrea, als die Küchenchefin wieder verschwunden war. „Eine alte Freundin?"

James zog die Augenbrauen hoch: „Stelle ich da etwa eine Spur von Eifersucht fest?"

Auf diese Bemerkung hin warf Andrea ihm nur einen herablassenden Blick zu und trank einen Schluck aus dem Glas, das ihr gerade am nächsten stand, um sich eine Antwort zu ersparen. Leider war es das Glas mit dem Bier, das nach angebranntem Honig schmeckte, und das sie zuvor nicht hatte trinken wollen. Sie konnte gerade noch verhindern, eine angeekelte Miene zu machen. „Ihre Vergangenheit ist Ihre Sache."

Doch James glaubte ihr ganz offensichtlich nicht. Sein Blick ging zu dem Bierglas hinüber und um seinen Mund zuckte es verräterisch. „Wir waren jedenfalls nie zusammen, falls Sie das denken. Sie ist wie eine Schwester für mich, und sie macht ihre Sache mit dem Lokal wirklich großartig."

„Ja, das stimmt." Andrea versuchte, nicht befriedigt zu registrieren, dass er sich offenbar bemüßigt fühlte, sie zu beruhigen. Sie hatte absolut kein Recht, Besitzansprüche zu stellen, denn schließlich war das, was sie da gerade zusammen unternahmen, kein Date.

Doch als sie das Restaurant verließen, und James sich wieder bei ihr unterhakte, fühlte es sich genau so an.

16

Sie traten aus dem Lokal in den hellen Sonnenschein, der gerade durch ein Loch in der Wolkendecke fiel. Zwischen den Wolken blitzten blaue Stellen auf, aber das erweckte nur die Illusion von Wärme. In der feuchtkalten Luft, die durch die neue Steppjacke drang, wurde Andrea sofort kalt.

„Und wohin jetzt?", fragte James.

„Wenn ich mich recht erinnere, hatten Sie mir einen Blick auf den See versprochen."

„Also, dann auf zum See." Er bog mit ihr in eine Nebenstraße ein, wo sie der Wind, vor dem sie bis dahin durch die Häuser geschützt worden waren, mit voller Wucht traf, und sie zitterte, als ihr die kalte Luft in den Halsausschnitt der Jacke drang.

Dumpf hallten ihre Schritte, als sie die hölzerne Mole am Hafen betraten. Nur ein paar wenige Fußgänger hatten sich an diesem Mittwochnachmittag dorthin verirrt, und die waren entweder auf dem Weg in eines der Fischrestaurants oder zu einer der Passagierfähren. James suchte eine Stelle am Geländer aus, von der aus sie sowohl einen beeindruckenden Blick über den See als auch über die hinter ihnen liegende Stadt hatten.

„Die Fähre geht hinüber nach *Camusnagaul*“, erklärte er. „Von den Ausflugsbooten aus hat man zwar einen besseren Blick, aber wenn wir genau hinschauen, bekommen wir vielleicht auch von hier aus einen der Tümmler und Otter zu sehen, die im Sund leben.“

Andrea schloss die Augen, wandte ihr Gesicht dem Himmel zu und atmete die salzige Meeresluft ein. Der Sonnenschein konnte gegen die Kälte kaum etwas ausrichten. „Hier geht alles so viel gemächlicher zu“, sagte sie.

„Mich hat es zuerst wahnsinnig gemacht, als ich wieder aus *London* zurückgekommen bin“, gab er zu. „Besonders die Schafe.“

Sie zog die Augenbrauen hoch. „Das ist jetzt schon das zweite Mal, dass Sie die Schafe erwähnen.“

„Sie sind hier auf *Skye*, eigentlich in ganz Schottland, eine echte Plage. Manchmal beschließt eine Herde, einfach die Straße zu überqueren, und man hat keine Chance. Man muss warten, bis sie alle auf der anderen Seite angekommen sind. Sie zur Eile anzutreiben, funktioniert auch nicht, denn dann bleiben sie einfach stehen und starren einen an.“ Er kniff jetzt die Augen zu schmalen Schlitzen zusammen und fuhr fort: „Sie liegen auf der Lauer und warten auf Autos, und wenn eines kommt, werfen Sie sich davor auf die Straße.“

Andrea musste bei der Vorstellung lachen, wie die Tiere geduckt und sprungbereit warteten und aus dem Hinterhalt vorbeifahrende Autos sabotierten.

„Ich hätte nie gedacht, dass Schafe sich überhaupt schnell genug bewegen können, um sich jemandem oder etwas in den Weg zu werfen.“ Eine heftige Windböe blies und ein Kälteschauer fuhr ihr durch den ganzen Körper. „Ist es hier im April immer so?“

„Nein. Manchmal ist es richtig kalt.“

„Also, der Punkt geht dann definitiv an Tahiti“, erklärte sie, rieb sich die Arme, um sich zu wärmen und kuschelte sich noch tiefer in ihre Jacke.

„Vielleicht hilft das hier ja." Er griff in eine der Einkaufstüten und holte ein Päckchen heraus, das in Seidenpapier eingewickelt war. Er riss das Papier ab, und zum Vorschein kam ein Schal mit grau-fliederfarbenem Schottenkaro, das mit einem Silberfaden durchwebt war. Er faltete den Schal in der Mitte, legte ihn ihr behutsam um den Hals und zog die beiden Enden durch die Schlaufe.

Andreas Herz hämmerte gegen ihre Rippen, ein Gefühl, das sehr viel Ähnlichkeit mit Panik hatte. „Das hätten Sie wirklich nicht tun sollen. Das kann ich unmöglich an …"

„Ihnen ist jetzt schon den ganzen Tag kalt. Betrachten Sie ihn als Andenken an Schottland und sagen Sie einfach danke." Er zog den Reißverschluss ihrer Jacke ein bisschen herunter, steckte die Schalenden hinein und zog den Reißverschluss wieder zu. Dabei gelang es ihm irgendwie, dieser Geste gleichzeitig etwas Lässiges und Intimes zu geben. Sie wollte antworten, aber die Worte blieben ihr in ihrem trockenen Mund stecken.

„Gefällt er Ihnen nicht? Ich dachte, weil Ihre Lieblingsfarbe Lila ist und Sie ein graues Kostüm anhatten …"

Er hatte sich also tatsächlich über das Geschenk Gedanken gemacht, doch das machte das Ganze nur noch beunruhigender. Sie blickte auf, sah die Unsicherheit in seiner Miene und realisierte, dass sie ihn bisher das erste Mal in einer Situation erlebte, in der er nicht alles absolut im Griff hatte.

„Er ist wunderschön", sagte sie schließlich. „Das ist sehr aufmerksam von Ihnen. Danke."

Er sah sie direkt an und lächelte. Und auch jetzt brachte er sie dadurch wieder aus der Fassung. „Ihr Haar hat sich verfangen. Lassen Sie mich das …" Er schob seine Finger unter den Rand des Schals und befreite ihr Haar. Seine Hand auf ihrer Haut bewirkte, dass ihr Denken träge wurde und alle Gründe dafür, dass sie sich dem entziehen sollte, waren plötzlich wie weggeblasen. Als er seinen Kopf zu ihrem vorbeugte, hörte sie auf zu denken und gab der Kraft nach, die sie so stark und unwiderstehlich zueinander hinzog.

Ihre Lippen berührten sich, und obwohl es nur der Hauch einer Berührung war, fühlte es sich an, als würden elektrische Impulse an jedem Nervenende einen Reiz auslösen. Sie hob eine Hand ein wenig und legte sie an seine Brust, während sie näher an ihn herantrat, aber bevor der Kuss fortgesetzt werden konnte, durchdrang ein schriller Klingelton ihre benebelten Gedanken.

Andrea entfernte sich mit einem Ruck wieder von ihm, wühlte in ihrer Handtasche nach ihrem Handy, starrte es verdutzt an und merkte erst da, dass nicht ihr Handy klingelte, sondern James'.

Der hielt sein Handy hoch, entfernte sich ein paar Schritte und sagte dabei lächelnd: „Tut mir leid, da muss ich drangehen." Dann meldete er sich.

Andrea atmete einmal lang und zittrig aus. Was hatte sie sich dabei nur gedacht? Wie hatte sie sich nur von ihm küssen lassen können? Und nicht nur das. Sie hatte den Kuss sogar erwidert. War sie denn von allen guten Geistern verlassen, ernsthaft daran zu denken, sich mit einem Klienten einzulassen?

Wenn sie allerdings schon am Freitag wieder abreiste, konnte von „einlassen" ja eigentlich nicht die Rede sein, oder?

Doch das machte es im Grunde nur noch schlimmer. Nach dem unangenehmen Vorfall in *London* schaute ihr die Firmenleitung zurzeit besonders genau auf die Finger, und wenn es zwischen ihr und James intimer wurde, dann würde der Zwischenfall mit dem letzten Klienten eventuell so aussehen wie ein Streit zwischen einem Liebespaar und nicht wie sexuelle Belästigung. Wenn es in Bezug auf ihr Verhalten den Kunden gegenüber irgendwelche Zweifel gäbe, würde sie für Morrison zur Belastung, und das konnte das Ende ihrer Karriere bedeuten. Auf jeden Fall aber würde es ihre Chancen auf den Posten als Vizepräsidentin zunichtemachen.

Gleichzeitig sorgte aber schon allein die Erinnerung an die kurze Berührung zwischen ihr und James dafür, dass sie wieder weiche Knie bekam und ihr die Luft wegblieb. Das war kein besonders gutes Zeichen für den Zustand ihrer Selbstkontrolle.

James' alarmierter Tonfall bei seinem Telefongespräch schreckte sie aus den eigenen Gedanken auf.

„Geht es ihnen gut?" Er fluchte leise vor sich hin und warf ihr dann noch einmal einen entschuldigenden Blick zu. „Okay. Bringen Sie seine Mutter und seine Schwester irgendwo unter falschem Namen unter, und dann rufen Sie Jonathan an und fragen ihn um Rat. Er weiß bestimmt, wie wir jetzt weiter vorgehen können. Ich versuche, Ian zu erreichen und erkundige mich, ob er irgendwelche Kontakte hat, die uns weiterhelfen können."

James beendete das Gespräch und fuhr sich mit der freien Hand durchs Haar.

„Was ist denn los? Ist etwas passiert?"

Als er sie daraufhin anschaute, war ihm seine Sorge deutlich anzusehen. „Einer meiner Auszubildenden ist angeschossen worden."

„Was?", fragte Andrea fassungslos.

„Ich habe ein Ausbildungsprogramm für gefährdete Jugendliche, und Kyle ist einer meiner vielversprechendsten Auszubildenden. Er ist ein guter Junge, aber durch seinen älteren Bruder ist er vor ein paar Jahren mit einer Gang in Kontakt gekommen. Der Bruder ist inzwischen im Gefängnis, und Kyle hat nichts mehr mit ihm zu tun, aber er wird seit einer Weile von der Gang bedroht. Ich nehme an, dass sie ihre Drohungen jetzt wahrgemacht haben."

Andrea starrte ihn entgeistert an und musste erst einmal verarbeiten, was sie da gerade gehört hatte. „Ist ihm etwas passiert?"

„Er liegt mit drei Schusswunden in der Brust auf der Intensivstation. Es ist ein Wunder, dass er überhaupt noch am Leben ist."

„Und sie haben Sie angerufen?"

„Wer soll ihnen denn sonst helfen?", fragte James mit einem Anflug von Bitterkeit. „Ich habe schon vor einer Weile versucht, mich in die Sache einzuschalten, aber davon wollte Kyle nichts wissen. Er hatte Angst, dass sie sich dann an seiner Familie rächen würden. Darüber sind wir aber wohl jetzt weit hinaus."

„Und wer ist Jonathan?"

„Security."

„Security im Sinne von Bodyguard?"

Als er ihren schockierten Tonfall hörte, umspielte ein Lächeln seine Mundwinkel, aber seine Miene blieb besorgt. „Er ist privater Sicherheitsberater, ein guter Typ, und es ist ganz praktisch, ihn in der Nähe zu haben. Ich engagiere ihn immer, wenn ich in Asien und Indien unterwegs bin."

Andrea musste schlucken. Das war ein Aspekt von James' Leben, an den sie noch nie gedacht hatte, auch wenn sie das sicher hätte tun sollen. Sie kannte ein paar hochrangige Manager, die Entführungs- und Lösegeldversicherungen abgeschlossen hatten, und ihr kurzer Einblick in den Geheimdienst vor ein paar Jahren hatte sie dafür sensibilisiert, mit welcher Art von Bedrohung es Menschen, die in der Öffentlichkeit stehen, zu tun bekommen konnten.

Dennoch wurde sie jetzt auf unangenehme Weise daran erinnert, wie unnormal sein Leben eigentlich war. Doch darum ging es jetzt nicht. „Und was hat Ian damit zu tun?"

„Er hat Kontakte zur Met." Auf ihren fragenden Blick hin erklärte er: „Zur *Metropolitan Police*. Stört es dich, wenn ich ihn kurz anrufe?"

„Nein, natürlich nicht."

James holte sein Handy wieder hervor und rief Ians Nummer auf. Sie hörte zu, wie er seinem Bruder kurz die Situation schilderte und ihn bat, einen Anruf zu erledigen. Offenbar hatte sein Bruder Kontakt zu einem ziemlich hochrangigen Mitglied der Polizeiführung. Sie schüttelte den Kopf, weil sie nicht darüber hinwegkam, wie es die beiden trotz ihrer Feindseligkeit schafften, so zusammenzuarbeiten.

James beendete das Gespräch und steckte das Handy wieder in seine Jackentasche. „Tut mir wirklich leid, dass das alles jetzt dazwischenkommt. Sollen wir gehen?"

Er bot ihr den Arm und nach einem ganz kurzen Zögern hakte sie sich wieder bei ihm unter. Sie hätte nicht gedacht, dass er ein so starkes persönliches Interesse an seinen Schützlingen hat. Als sie von seinem Ausbildungsprogramm gelesen hatte, war sie zwar davon ausgegangen, dass er das Programm selbst finanzierte, aber nicht, dass er sich auch um das Privatleben seiner Schützlinge kümmerte.

„Ich finde es nett, dass du helfen willst."

„Das sind alles gute Jungs." Er zuckte mit den Achseln und schaute dabei versonnen in eine unbestimmte Richtung. „Ich muss einfach immer wieder daran denken, dass ich auch so hätte enden können, wenn meine Eltern nicht das nötige Geld und Interesse an meinem Leben gehabt hätten. Ich habe eine zweite Chance bekommen – und eine dritte und vierte. Manche von diesen Jugendlichen haben nie auch nur eine einzige gehabt."

Während sie zum Wagen gingen, dachte Andrea eine Weile über diese Aussage nach. Ausnahmsweise redete James einmal nicht oder versuchte, Witze zu machen, und sie spürte seine Anspannung in dem Arm, in den sie sich eingehakt hatte. In Gedanken war er eindeutig bei der Situation des Auszubildenden und die Sorge spiegelte sich in seinem Gesicht.

„Wenn du deshalb nach *London* musst, lass dich bitte von mir nicht aufhalten. Das ist jetzt wirklich wichtiger."

„Wie bitte?" Er schien über ihren Vorschlag richtig erschrocken. „Nein, ich bleibe natürlich hier."

„Aber warum denn?"

„Na ja, ich bin ja nicht gerade unauffällig."

„Aber offenbar liegt dir doch viel an dem Jungen. Meinst du nicht, dass er dich sehen möchte? Oder machst du dir Sorgen, dass die Sache ein schlechtes Licht auf dein Ausbildungsprojekt werfen könnte?“

Er sah sie mit tadelndem Blick an. „Wenn Ian und ich da sind, um Fragen zu dem Umstand zu beantworten, dass er an unserem Programm teilnimmt, dann wird am Ende noch in die Nachrichten darüber berichtet. Es ist besser, wenn Kyle und seine Familie eine Zeit lang abtauchen, und für solche Aktionen ist Jonathan richtig gut zu gebrauchen.“

„Tut mir leid. Daran habe ich gar nicht gedacht.“

„Ist schon gut“, sagte er und drückte ihre Hand an seine Seite. „Es ist eine schwierige Situation und Kyle tut mir wirklich leid. Er will eigentlich das Richtige tun, aber es ist gar nicht so einfach, Fehlern aus der Vergangenheit zu entrinnen.“

Wenn jemand wusste, wie zutreffend das war, dann Andrea. Aber jetzt war sie hier und gerade in Versuchung, genau diese Fehler noch einmal zu machen. Hatte sie denn gar nichts gelernt? Allein der Gedanke, eine Beziehung mit ihm anzufangen, war – rational betrachtet – unsagbar dumm.

Dieser Gedanke lag wie eine schwere Last auf ihr. Wie betäubt folgte sie James in die Seitenstraße, in der sie geparkt hatten, und stieg ins Auto, während er noch ihre Einkaufstüten im Kofferraum verstaute.

Sie sah ihn nicht an. „Wir sollten darüber reden, was da gerade passiert ist.“

„Was ist denn da gerade passiert?“

Jetzt zwang dieser Kerl sie auch noch, es auszusprechen. „Wir haben uns geküsst.“

„Ich weiß ja nicht, wie die amerikanische Definition ist, aber das war kein Kuss. Ein Beinahkuss? Kaum ein Kuss …“

„Gut. Es reicht. Ich hab’s kapiert.“ Andrea vergaß ihren festen Entschluss, ihm nicht in die Augen zu sehen und sah ihn jetzt doch an.

Seine ernste Miene war wieder verschwunden, und er machte den Eindruck, als fände er dieses Gespräch ausgesprochen unterhaltsam.

„Also gut, dann haben wir uns eben beinah geküsst, aber das darf nicht noch einmal passieren. Du bist mein Klient." Mit diesem Du wechselte Andrea nun endlich auf die Ebene, auf der sich mittlerweile ihre Beziehung befand und James schien dies zu begrüßen, musste jedoch nachfragen: „Was hat das denn damit zu tun?"

„Hast du eine Ahnung, wie schwer man es als Frau in meinem Business hat? Ich arbeite doppelt so hart wie die männlichen Kollegen, aber sie behaupten trotzdem, dass ich nur deshalb so erfolgreich bin, weil ich mein Aussehen einsetze, um voranzukommen. Glaubst du, es gibt keine Gerüchte, dass ich mit Klienten schlafe?"

Ihre Stimme bebte, und bevor Zornestränen fließen konnten, beherrschte sie sich gerade noch. Sie weinte nämlich nie. Und sie würde es auch jetzt nicht tun.

„Geht es darum?" Er streckte die Hand aus und drehte ihr Gesicht behutsam zu sich hin. Trotz ihrer Entschlossenheit, ihre Beziehung streng professionell zu halten, kribbelte sie es jetzt bei seiner Berührung am ganzen Körper.

„Andrea, ich verspreche dir, dass ich nie irgendetwas anderes erwartet habe als deine berufliche Expertise, wenn ich diesen Vertrag unterschreibe."

„Warum willst du dann unbedingt, dass ich noch bleibe?"

Er nahm abrupt seine Hand von ihrer Wange und hielt stattdessen mit beiden Händen das Lenkrad fest.

„Vor ein paar Jahren war ich wie du. Ich war völlig besessen von meiner Arbeit, wollte unbedingt meine Firma aufbauen. Mein Vater und ich hatten schon seit Jahren vor, das Hotel zu sanieren und dort auch ein Restaurant zu eröffnen, aber ich hatte immer zu viel zu tun, um aus *London* wegzugehen. Und dann war es plötzlich zu spät. Er ist an Krebs gestorben, und ich habe nicht einmal gewusst, dass er krank war, weil er mich damit nicht belasten wollte." Man konnte sehen, wie er schlucken musste, und er hielt das Lenkrad so verkrampft fest, dass seine Fingerknöchel ganz weiß wurden.

„Also ist das der Grund für *Skye*. Du machst das für ihn?"

Er nickte. „Man sagt so leicht, dass man sich morgen Zeit nimmt für das, was wichtig ist, aber wir haben nur diesen Moment. Das Leben ist zu kurz, um hindurchzuhetzen." Mit diesen Worten ließ er den Wagen an und fuhr los, ohne sie noch einmal anzusehen.

Andrea spielte mit dem einen Ende ihres Schals und war innerlich völlig zerrissen. Ihre Vernunft riet ihr, Abstand zu halten, denn sie hatte sich dieses Leben zu lange und zu hart erarbeitet, hatte zu viel eingesetzt, um ihre Vergangenheit wirklich hinter sich zu lassen. Sie konnte nicht zulassen, dass irgendein x-beliebiger Fremder alles über den Haufen warf, wofür sie so schwer geschuftet hatte.

Doch der kleinere, allerdings nicht weniger hartnäckige Rest von ihr sagte, dass James nicht irgendein beliebiger Fremder war. Dass dieser Mann keiner war, der sie nur als Zeitvertreib betrachtete. Dass drei Tage nicht zu wenig Zeit waren, um zu merken, wie sich erneut ein Gefühl in ihr regte, das sie vor langer Zeit vergraben hatte. Sie hatte sich selbst fest versprochen, nie wieder die Art von Schmerz zuzulassen, wie sie ihn durch Logan erlebt hatte.

Als sie wieder aus *Fort William* herausfuhren, sprachen beide kein Wort. Andrea schaute aus dem Fenster, ohne wirklich etwas zu sehen und wickelte dabei das Ende des Schals immer wieder um ihre Finger.

James räusperte sich und sagte dann: „Die Rückfahrt nach *Skye* dauert wieder zwei Stunden. Wir könnten unterwegs beim *Eilean Donan* Halt machen und in *Portree* zu Abend essen."

„Wie du meinst."

„Würde es dir helfen, wenn ich verspreche, dich nicht zu küssen?"

Andrea schaute ihm daraufhin direkt ins Gesicht und antwortete: „Ja."

„Okay, ich verspreche es. Aber das heißt auch, dass du mich dann irgendwann als Erste wirst küssen müssen." Jetzt provozierte er sie ganz bewusst.

„Das werde ich nicht."

„Dir ist aber schon klar, dass ich das als Herausforderung betrachte, oder?"

„Du betrachtest doch alles als Herausforderung."

„Nur wenn es sich lohnt. Und ich habe das Gefühl, dass diese Herausforderung jede Mühe wert ist."

Sie sah ihn finster an. „Habe ich dir schon gesagt, dass du unausstehlich bist?"

Er ließ sich von ihrem Tonfall nicht beirren, und sie hatte Mühe, ihren Ärger beizubehalten. Es war zu schwierig, Abstand zu halten, gerade weil sie zugeben musste, dass sie langsam eine Verbindung zu ihm spürte. Ja, er konnte wirklich egoistisch und nervig sein, und er war sich seiner Wirkung auf Frauen viel zu bewusst, aber ihm lagen auch die Menschen am Herzen – seine Auszubildenden ebenso wie seine Familie. Man konnte gar nicht anders, als den Wunsch zu haben, auch zu dem Kreis der Menschen zu gehören, mit dem ihn eine tiefe Zuneigung verband.

Dabei war es viel sicherer, ihn für einen großspurigen Starkoch zu halten, der sein Aussehen und seine Berühmtheit nutzte, um zu bekommen, was er wollte.

Um nicht ständig an Küsse und die unerwünschten Gefühle für ihn denken zu müssen, lenkte sie das Gespräch in eine andere Richtung. „Ich möchte gerne wissen, was du als pubertierender Jugendlicher ausgefressen hast, um von zwei Schulen zu fliegen, bevor du achtzehn warst."

„Aber das wird dich etwas kosten. Denk an die Spielregeln."

Er und seine Spiele. „Habe ich nicht das Recht, eine Antwort zu verweigern?", fragte sie.

„Also gut, ich gestehe dir ein ‚Weiter' zu. Meine erste Schule passte nicht zu mir, weil sie so … streng war. Ich habe mich an Orten herumgetrieben, an denen ich nichts zu suchen hatte und deshalb jede Menge Ärger bekommen."

„Das ist nicht konkret genug. Ich will Details."

Er grinste. „Ich habe den Unterricht geschwänzt und bin in die Wohnung der Schuldirektorin eingebrochen, um ihre Unterwäsche zu entwenden, die ich dann einer Statue im Hof angezogen habe, die man vom Schulgebäude aus sehen konnte."

Andrea unterdrückte ein Lächeln. „Und was ist in der nächsten Schule passiert?"

„Da spielte ein Schaf im Mädchenwaschraum eine Rolle. Mehr möchte ich dazu aber nicht sagen."

„Du und Schafe. Und was war an der dritten Schule?"

„Von der dritten bin ich nicht geflogen, aber der Direktor hat mir nahegelegt, so schnell wie möglich meine Abschlussprüfungen zu machen. Ich habe bestanden und es ging ein kollektiver Stoßseufzer durch alle schottischen Internate."

Das überraschte sie kaum. Intelligenz und eine demonstrative Missachtung von Autorität war natürlich eine besonders üble Mischung.

„Okay, jetzt bist du an der Reihe", sagte er, und Andrea wappnete sich für die peinlichste Frage, die sie sich vorstellen konnte.

„Wieso bist du wirklich jeden Tag nach der Schule ins Kino gegangen?"

Mit dieser Frage hatte er sie kalt erwischt. „Ich weiß nicht, ob ich darauf antworten möchte."

„Das musst du auch nicht, denn du hast ja ein ‚Weiter', aber das bedeutet, dass du ab jetzt alle anderen Fragen beantworten musst, die ich dir stelle."

„Und du wirst natürlich keinen Moment zögern, das weidlich auszunutzen. Also gut. Meine Mutter ist an einem Aneurysma gestorben, als ich zwölf war, und damit ist mein Vater nicht fertig geworden. Er hat von da an praktisch nur noch gearbeitet. Becky war zu diesem Zeitpunkt schon auf dem College und wohnte nicht mehr zu Hause, also war meine Tante immer da, wenn ich aus der Schule kam. Meine Tante war allerdings ganz anders als Muriel. Also bin ich ins Kino gegangen, um ihr zu entkommen."

„Und das hat keiner gewusst?"

„Ich habe gesagt, dass ich im Schulorchester Klavier spiele, aber das ging nicht lange gut, weil mein Vater irgendwann eine Aufführung sehen wollte. Und jetzt möchte ich von dir wissen, welche Entscheidung, die du getroffen hast, deine schlechteste war."

„Dass ich mich mit Cassandra eingelassen habe."

Diese Offenheit überraschte sie. „Ach ja, die Schauspielerin. Wie lange wart ihr denn zusammen?"

„Vier Jahre, zwei davon verlobt. Du weißt wirklich gar nichts darüber?"

„Nur das, was Ian mir erzählt hat."

James' Miene wurde finster. „Was genau hat er denn gesagt?"

„Nur, dass ihr euch um die Zeit, als euer Vater gestorben ist, getrennt habt. Ich habe davon nichts gewusst."

„Dann bist du wahrscheinlich die Einzige. Die halbe Welt hat doch das Ende unserer Beziehung mitverfolgt. Wir waren ein halbes Jahr lang Futter für die gesamte Regenbogenpresse und die sozialen Netzwerke. Warst du schon mal richtig verliebt?"

„Ist das eine rhetorische Frage oder schon deine nächste Frage an mich?"

„Beides."

Sie hätte sich weigern können zu antworten, stellte aber fest, dass sie es gar nicht wollte. „Ja. Er hieß Logan. Ich war zweiundzwanzig, als wir uns kennenlernten."

„Und was ist passiert?"

Sie lächelte ihn schief an, auch wenn es sie einige Mühe kostete. „Ich habe ihn geheiratet. Wir haben also etwas gemeinsam. Wir bedauern beide, dass in unserer Vergangenheit ein bestimmter Mensch in unserem Leben eine große Rolle gespielt hat."

„Ich würde gar nicht unbedingt sagen, dass ich es bedaure", entgegnete er darauf.

Sie runzelte die Stirn. „Das verstehe ich nicht. Du hast doch gesagt, sie war deine schlechteste Entscheidung."

„Gott hat so seine ganz eigene Art, solche Dinge für uns zu unserem Besten wirken zu lassen. Ich habe sie zwar am Ende nicht geheiratet, aber sie hat mich immer gepusht, in meinem Beruf Chancen zu nutzen, an die ich sonst vielleicht nicht einmal gedacht hätte. Ich verschwende meine Zeit nicht damit, mir zu wünschen, ich könnte an der Vergangenheit etwas ändern."

„Hätte ich gewusst, was auf mich zukommen würde, hätte ich ganz sicher die Beine in die Hand genommen und wäre davongerannt", sagte Andrea. Dann wäre sie nicht auf ein hübsches Gesicht und viele Lügen hereingefallen, und sie hätte nicht ihre Freunde, ihr Umfeld und ihre gesamte Zukunft verloren.

„Ohne meine Vergangenheit wäre ich nicht da, wo ich jetzt bin, und du?", fragte er.

„Du hörst dich an wie meine Schwester Becky."

„Dann ist Becky ja anscheinend ziemlich schlau."

Andrea lächelte. „Ja, das ist sie. Aber das darfst du ihr niemals sagen. Ich muss mir auch so schon genügend Große-Schwester-Weisheiten anhören."

Das darauf folgende Schweigen war schon nicht mehr ganz so unangenehm, und Andrea schaute aus dem Fenster auf die vorbeiziehende Landschaft, bis James sagte: „So, jetzt müssen wir uns entscheiden. Sollen wir bei der Festung Halt machen oder wieder zurück auf die Insel fahren?"

Andrea zögerte. Sie war durch den lockeren und entspannten Verlauf des Tages schon ein bisschen eingelullt, und es wäre sicher vernünftig gewesen, wieder zurück nach *Skye* zu fahren, aber da regte sich in ihrem Inneren so etwas wie eine kleine Dosis Rebellion. Was hatte es denn für einen Sinn, noch die ganze Woche in Schottland zu bleiben, wenn sie sich nicht die Sehenswürdigkeiten anschaute?

„Zur Festung."

„Da du jetzt nicht mehr auf Stelzen gehst, gibt es hier ein paar schöne Spazier- und Wanderwege, die dir vielleicht gefallen. Oder wir tun einfach so, als wären wir in einem *Highlander*-Film."

Wenn er die Absicht gehabt hatte, sie zum Lachen zu bringen, dann war ihm das gelungen. „Stimmt. Ich hatte ganz vergessen, dass der Film ja hier gedreht worden ist. Ich nehme an, die Rolle passt zu dir. Hast du einen Kilt?"

„Aber sicher. Was ist denn das für eine Frage an einen MacDonald? Das letzte Mal habe ich ihn auf Serenas Hochzeit getragen."

„Das würde ich ja gerne mal sehen."

„Ach ja?" Er wackelte komische mit den Augenbrauen. „Das ist wahrscheinlich auch nur fair, denn ich habe ja schon einen Blick auf deine Beine werfen dürfen. Meine sind allerdings nicht annähernd so atemberaubend."

Andrea verkniff sich ein überraschtes Lachen und merkte gleichzeitig, wie sie schon wieder rot wurde.

James bog ab zum *Eilean Donan* und folgte der kurzen Zufahrt hinunter zum Wasser, wo sie nach einem freien Parkplatz suchten. Andrea schaute schon fasziniert auf die atemberaubende Festung vor ihnen. Eine lange Steinbrücke erstreckte sich vom Ufer aus zu der Insel, auf der das Hauptgebäude stand. Mit ihren Zinnen und den eckigen Türmen sah sie genauso aus, wie sich Andrea eine Festung immer vorgestellt hatte. Vom Wind in eine Richtung geneigte, zerzauste Bäume und langes Gras klammerten sich an dieser Seite der Insel fest. Es war gerade Ebbe, aber sie konnte sich gut vorstellen, wie es dort aussah, wenn alles vollständig von Wasser umgeben und die Festung nur über die lange Brücke erreichbar war.

James öffnete ihr die Beifahrertür, trat aber nicht zur Seite, als sie ausstieg.

„Es ist kalt." Er rückte ihr den Schal am Hals zurecht, damit sie es warm hatte, ließ dann seine Hand an ihrem Arm hinuntergleiten und griff nach ihrer Hand. Lange schaute er ihr in die Augen, als wollte er sie fragen, ob sie damit einverstanden war. Dann blinzelte er, und es fühlte sich eher an wie eine Herausforderung.

Genau in dem Moment, als sie gedacht hatte, sie hätte eine gute Form des Umgangs mit ihm gefunden, hatte er sie wieder in einem unaufmerksamen Moment erwischt. Sie suchte nach Worten. „Wollen wir hier den ganzen Tag stehen bleiben?"

„Nein, Ma'am."

Sie musste zugeben, dass ihr das Gefühl ihrer Hand in seiner absolut nichts ausmachte, und auch nicht, dass er seine langen Schritte ihren kleineren anpasste.

„Der Ort hier ist nach einem irischen Heiligen aus dem sechsten Jahrhundert benannt worden, obwohl die Festung erst im 13. Jahrhundert erbaut wurde", sagte er. „*Eilean* ist gälisch und bedeutet Insel."

„Sprichst du Gälisch?"

„Ja, ein bisschen. Meine Tante hat es gesprochen, als wir klein waren, sodass wir einiges aufgeschnappt haben. Ich kann mich aber nur an ein paar Sätze erinnern, und die meisten davon sollte man in anständiger Gesellschaft lieber nicht sagen."

„Sag doch mal etwas auf Gälisch", bat sie.

„Äh … *An toir dhomh póg?*"

„Und was bedeutet das?" Seiner Miene nach hätte sie wetten können, dass sie es lieber gar nicht wissen wollte. „Ach, nur etwas, das wir gerne unseren Touristen beibringen. Lass uns jetzt Eintrittskarten kaufen."

Sie folgte ihm in den kleinen Pavillon, in dem die Eintrittskarten verkauft wurden, und schlenderte an den Regalen mit Souvenirs entlang, während er bezahlte. Als sie wieder hinausgingen, griff er erneut nach ihrer Hand und führte sie zu der grazilen Brücke. Ihre Stimmung besserte sich zusehends, als sie den langen steinernen Fußweg betraten. Auf dem ungeschützten Weg zerrte der Wind an ihnen, und als sie von der Brücke hinunter ins Wasser schauten, rückte sie ein bisschen näher an ihn heran, um sich zu wärmen.

„Ich liebe solche historischen Stätten", sage sie. „Sie haben etwas so Gewichtiges. *New York* fühlt sich manchmal so kurzlebig an, und nicht einmal *London* mit seiner langen Geschichte fühlt sich so alt und ehrwürdig an wie Schottland."

„In den Städten ist zu viel los." Er stellte sich schützend vor sie in den Wind. „Die Stille hier ist so intensiv."

Da blickte sie zu ihm auf und war überrascht, wie genau er verstand, was sie empfand. „Genau das ist es. Intensive Stille." Für einen Mann, der sich selbst mit den äußeren Zeichen des Stadtlebens umgab, fühlte er sich erstaunlich wohl in der Stille.

Sie überquerten den Innenhof der Festung und erkundeten dann jeden Winkel des alten Bauwerks. James hielt sie weiter fest, und er ließ sie nur los, wenn sie hintereinander her gehen mussten, weil andere Besucher der Festung ihnen entgegenkamen. Sie konnte weder etwas gegen den kleinen Ruck tun, der ihr jedes Mal durch den Körper ging, wenn er wieder nach ihrer Hand griff, noch konnte sie sich dazu durchringen, von ihm abzurücken.

„Was meinst du?", fragte James, als sie mit der Besichtigung des Schlosses fertig waren. „Es ist ein bisschen zu kalt, um noch ein wenig spazieren zu gehen und vielleicht werden wir sogar noch nass. Willst du es riskieren?"

„Sollten wir nicht sowieso lieber weiterfahren? Du hast doch vorhin etwas von Essen in *Portree* gesagt, oder?"

„Dann also auf nach *Portree.*“ Sie machten sich auf den Rückweg zum Auto, und er drückte ihre Hand. „Gib's zu, es macht dir Spaß.“

„Ja, stimmt.“

„Aber noch bist du nicht bereit, ein vollständiges Ja zu Schottland zu sagen.“

Sie warf ihm ein schelmisches Grinsen zu. „Vielleicht gewöhne ich mich dran. Auch wenn es nicht Tahiti ist.“

„Na, das ist ja mal eine Herausforderung. Ich hoffe, du weißt, auf was du dich da einlässt. Ich schrecke vor Aufgaben nicht zurück.“

Und genau das war es, was ihr Sorgen bereitete.

17

Das Licht wurde immer schummriger, und es war fast dunkel, als sie über die *Skye Bridge* fuhren. Als James in Andreas Richtung schaute, um sie zu fragen, ob sie jetzt etwas essen könne, sah er, dass ihre Augen geschlossen waren und sie eingeschlafen war.

„Ich werde versuchen, nicht beleidigt zu sein, dass ich dich in den Schlaf geredet habe, Love", sagte er mit einem Lächeln zu sich selbst.

Es war schön zu sehen, dass sie ihm gegenüber weicher wurde. Er war sich nicht sicher gewesen, ob sie zulassen würde, dass er ihre Hand nahm, aber sie hatte sie richtig festgehalten, als sie nebeneinander hergegangen waren. Zeitweilig war ihr ernster Ausdruck sogar heiter geworden, bis hin zu reinem Entzücken. Und dennoch hatte ihr einziger Beinah-Kuss dafür gesorgt, dass sie sich wieder hinter ihrer beruflichen Beziehung verkrochen hatte.

Ob an all dem Logan schuld war? Was konnte dieser Mann ihr angetan haben, dass es solche Auswirkungen auf ihr gesamtes Leben hatte? Cassandra war bestimmt kein Hauptgewinn gewesen, aber James hatte nach der Trennung sein Leben wieder aufgenommen, während Andrea einen ganzen Teil ihrer Vergangenheit einfach ausgeblendet zu haben schien, um ihren Schmerz zu umgehen.

James seufzte und fuhr sich mit den Fingern durchs Haar. Das war doch Wahnsinn. Warum sie? Warum gerade jetzt? Er hatte sich doch geschworen, niemals wieder in diese Falle zu tappen. Wenn er noch einmal eine Beziehung eingehen würde, dann mit einer ruhigen, zurückhaltenden Frau, die bereit war, innerhalb der Beziehung ihm die Initiative zu überlassen. Mit einer Frau, die nicht zurückschreckte, wenn er ihr Geschenke kaufen wollte und die nicht hinter jeder Geste irgendetwas vermutete. Keine verbissene Geschäftsfrau, die ihn an jedem nur denkbaren Punkt hinterfragte.

Aber wie kam es eigentlich, dass er jetzt überhaupt an eine Beziehung dachte? Er war doch gar nicht auf der Suche, sondern mit seinem Leben und der lockeren Bekanntschaft schöner Frauen absolut zufrieden gewesen …

Solche Frauen, die an deinen Lippen hängen und jedes Wort aufsaugen. Solche, die viel mehr an deinem Status und Reichtum interessiert sind als an dir als Person. Und du bist froh, diese Tatsache nutzen zu können.

Bei diesem Gedanken rutschte er unruhig auf dem Fahrersitz hin und her. Er hatte sich selbst nie für oberflächlich gehalten, sondern einfach nur für … pragmatisch. Aber bedeutete diese Lebenseinstellung, dass er gefühllos war?

Es hatte Andrea überrascht, dass er sich wirklich für Kyle interessierte. Sie hatte offenbar gedacht, dass er das Projekt lediglich aus Schuld- oder Pflichtgefühl ins Leben gerufen hatte und nicht aus dem echten Wunsch heraus, diesen Teenagern zu helfen. Doch warum hätte sie auch etwas anderes glauben sollen? Wenn er nur halb so viel Zeit für die Finanzierung dieses Projektes verwendet hätte wie er im Rampenlicht zugebracht hatte, dann wäre es wahrscheinlich schon über London hinaus in andere Regionen erweitert worden. Es war ja nicht so, dass es nur in London Problemjugendliche mit düsterer Zukunftsperspektive gab.

Diese Gedanken scheuerten wie ein schlecht sitzender Anzug. Kein Wunder, dass Andrea so zögerlich war, über das rein Berufliche hinauszugehen.

Die Wahrheit ist doch nie bequem, oder?

Er atmete schwer aus und hielt das Lenkrad fest umgriffen. Melancholie half niemandem weiter. Er hatte Andrea eine gute Zeit in Schottland versprochen, und er würde dafür sorgen, dass sie genau das auch bekam.

Er navigierte zu seinem Lieblingsfischrestaurant, das an der Mole von *Portree* lag. Die Aussicht und das Essen dort würden Andrea gefallen. Ihre Entschlossenheit, nicht ihr Herz an dieses Land zu verlieren, ließ stündlich nach. Das merkte er an dem entzückten Lächeln, das hin und wieder über ihr Gesicht ging, und an ihrem federnden Gang, wenn sie etwas Neues erkundeten. Schottland hatte Andrea schon gepackt, auch wenn sie es noch nicht zugeben konnte.

Er parkte an der Straße vor dem Restaurant und saß dann einfach einen Moment lang da und schaute ihr beim Schlafen zu. So sah sie jünger und verletzlicher aus. Ihre langen Wimpern lagen auf den hohen Wangenknochen und ihren Mund umspielte ein Hauch von einem Lächeln. Wenn sie gerade träumte, dann war es ein schöner Traum.

Er strich ihr das Haar aus dem Gesicht und gestattete es sich, seine Finger ganz kurz auf ihrer Wange verharren zu lassen. Einen Moment lang stellte er sich vor, sie mit einem Kuss zu wecken, aber er hatte versprochen, nichts dergleichen mehr zu tun. Stattdessen strich er ihr ganz leicht über den Arm, woraufhin sie sich kurz regte, aber nicht aufwachte.

„Andrea“, flüsterte er, „wir sind da.“

Da flatterten ihre Lider, sie schlug die Augen auf und lächelte ihn an, bevor sie wieder ganz bei sich war. Dann wechselte ihre Miene abrupt und sie runzelte die Stirn. „Tut mir leid, ich habe gar nicht bemerkt, dass ich eingenickt bin.“

„Du hast eine lange, anstrengende Woche hinter dir. Wenn es dir lieber ist, können wir auch zurück ins Hotel fahren."

„Nein, natürlich nicht. Gib mir nur eine Minute zum Wachwerden." Sie streckte sich wie eine Katze mit geschmeidigen Bewegungen und fuhr sich mit den Fingern durch ihr windzerzaustes Haar. „Wie schlimm sehe ich aus?"

„Du siehst immer schön aus." Diese Worte waren schon heraus, bevor er noch überlegt hatte, was er sagen wollte, weshalb er hastig weitersprach: „Mach dir darüber keine Gedanken, das hier ist kein elegantes Restaurant, aber das Essen ist wunderbar."

„Wenn es um Essen geht, vertraue ich dir bedingungslos."

„Du kannst mir bei mehr als nur dem Essen vertrauen, Andrea." Er stieg aus dem Wagen, bevor er sehen konnte, wie sie darauf reagierte.

18

Das *Port Righ Seafood* war wirklich kein schickes Restaurant, aber als sie es betraten, war Andrea trotzdem wie verzaubert. An den Wänden des holzvertäfelten Raumes hingen alte Fotos, es gab Tische und Stühle im Windsor-Stil, sodass eine heimelig altmodische Atmosphäre entstand. Es erinnerte sie an die Fischrestaurants in den Häfen von Neuengland.

Die Kellnerin, eine muntere Brünette, die von Kopf bis Fuß schwarz gekleidet war, strahlte, als sie das Lokal betraten. „Jamie MacDonald, ich wusste ja gar nicht, dass du wieder da bist!"

„Nur für eine Woche. Gail, das ist Andrea. Andrea, Gail."

Andrea lächelte auch noch, als das Mädel sie von Kopf bis Fuß musterte. James war eine Lokalberühmtheit, und Andrea wurde als Bedrohung betrachtet, weil sie keine Einheimische war. Gails Blick enthielt eindeutig eine Herausforderung.

Andrea seufzte und folgte der Frau zu einem der wenigen Fenstertische mit Blick über den Hafen. Ob sie jetzt immer so behandelt werden würden?

Ach du liebe Güte, seit wann ging sie denn von einer Beziehung zwischen ihnen aus?

Sie setzte sich auf den Stuhl, den James ihr zurechtrückte, und schlug die Speisekarte auf, aber sie überflog die Seiten nur, ohne wirklich etwas zu sehen. Schließlich legte sie die Karte ungelesen wieder beiseite und sagte: „Überrasche mich."

„Ist dir nach Abenteuer?"

„Immer."

Sie schaute zum Fenster hinaus, während James die Speisekarte durchging, aber er kam dabei nicht sehr weit. Erst kam der Restaurantbesitzer von hinten, um ihm die Hand zu schütteln, und dann tauchte eine der Kellnerinnen auf und erdrückte ihn praktisch mit einer peinlich demonstrativen Umarmung.

„Nur ein kleines, ruhiges Dinner also?", sagte Andrea mit ironischem Unterton.

„Tut mir leid, aber sogar die Leute, die ich nicht kenne, kennen mich."

Sie hatte Mühe, etwas herauszubringen, denn ihre Kehle war wie zugeschnürt, sagte dann aber: „So ist das Leben als Promi eben."

„Nein, so ist das Leben in einer Kleinstadt", korrigierte er sie. „Entweder bin ich mit ihnen zur Schule gegangen, oder sie hatten bei meinem Vater Musikunterricht. Manchmal glaube ich, dass er wirklich jeden auf *Skye* gekannt hat." Die Kellnerin – jetzt eine andere – kam, um ihre Bestellung aufzunehmen, und James rasselte rasch eine Reihe von Gerichten herunter, ohne dabei auf die Karte zu schauen. Als sie wieder ging, legte er seine Hand mit der Handfläche nach oben auf den Tisch. Andrea legte ihre zögernd hinein und spürte das Kribbeln fragender Blicke hinter sich.

„Also, was möchtest du morgen machen?"

Andrea zwang sich dazu, sich zu entspannen und zu atmen, obwohl die Kombination von gemustert werden und der streichelnden Bewegung seines Daumens auf ihrem Handrücken das beinahe unmöglich machten. „Ich dachte, du hättest mir Joggen bei Sonnenaufgang versprochen."

„Bist du sicher, dass du so deinen Urlaub verbringen willst? Möchtest du nicht lieber ausschlafen?"

„Ich schlafe nie lange", sagte sie. „Das ist Verschwendung absolut produktiver Zeit."

„Also, erst joggen und danach eine Tour über die Insel?"

„Ich würde gerne mehr sehen als nur *Sleat* ..."

„Jamie! Was für eine Überraschung!"

James drehte sich mit einem Ruck zu der Person um, die ihn angesprochen hatte, obwohl sie noch mindestens drei Meter entfernt war, aber bereits alle Blicke auf sich gezogen hatte. Die Frau war klein aber kurvig, hatte kurzes blondes Haar und Sommersprossen auf der Nase. Die meisten Leute hätten sie wahrscheinlich als süß bezeichnet, aber Andrea verglich sie eher mit einer Katze. Man konnte ihre Krallen förmlich sehen.

James setzte ein Lächeln auf, das aber ausgesprochen künstlich wirkte. Andrea wusste inzwischen, wie es aussah und sich anfühlte, wenn er von Herzen freundlich war, und das hier sah richtig kalt aus. „Hallo Bree."

Bree warf ihm ein Lächeln zu, das sie selbst wahrscheinlich kokett fand. „Jamie, ich fasse es ja nicht, dass du nicht Bescheid sagst, wenn du in der Stadt bist. Ich hätte in meinem Terminkalender doch sofort Platz für dich freigeschaufelt." Ganz kurz streifte sie Andrea mit einem Blick, bevor sie wieder James anschaute.

„Tut mir leid, Bree, aber ich bin nur für eine Woche hier und bin sehr beschäftigt." Dann beglückte er Andrea mit einem echten warmherzigen Lächeln.

Bree gelangte dadurch offenbar zu dem Schluss, dass sie Andrea jetzt nicht mehr ignorieren konnte und streckte ihr eine Hand entgegen. „Ich bin Bree. Jamie und ich sind alte Freunde."

Ja klar seid ihr das. Sie gab der Frau die Hand und stellte sich vor. „Andrea."

„Amerikanerin?“ Ihre Augenbrauen gingen mit einem Ruck nach oben. „Du böser Junge. Du warst also sehr beschäftigt.“

Andrea musste den Impuls unterdrücken, die Frau zu ohrfeigen. Sie kannte Frauen wie Bree nur zu gut, und sie glaubte keinen Moment, dass es zwischen dieser Frau und James eine wie auch immer geartete Beziehung gab.

Als niemand auf die Anspielung reagierte, wechselte Bree das Thema. „Kommst du am Freitag auch, um dir Davys Band anzuhören? Sie spielen in *Inverness*.“

James schaute Andrea an. „Wozu hättest du denn Lust, Love? Sollen wir in die Stadt fahren und uns ein Konzert anhören? Die Band ist wirklich fantastisch.“

„Ach, weißt du, ich habe eigentlich auf alles Lust“, antwortete Andrea und bedachte ihn dabei mit einem Blick, der sehr viel mehr Intimität andeutete, als derzeit zwischen ihnen bestand.

James’ Lächeln wurde breiter. Er drehte sich wieder zu Bree um und sagte: „Vielleicht sehen wir uns ja dann dort.“

Brees Lächeln stockte. „War nett, dich zu sehen, Jamie. Schön, Sie kennenzulernen, Andrea.“

Dann rauschte die Frau wieder zurück durchs ganze Restaurant und zog bei ihrem Abgang wieder genauso viel Aufmerksamkeit auf sich wie bei ihrem Auftritt.

James warf Andrea ein abgründiges Grinsen zu. „Gut gemacht.“

„Danke, eine alte Freundin?“

„Eher die Klatschtante der Stadt.“

„Dann sind wir also gerade zum Gesprächsthema geworden?“

Seine Hand griff jetzt wieder nach ihrer, eigentlich, um sie zu beruhigen. „Macht dir das was aus?“

Andrea antwortete darauf nicht und behielt ihre Hände fest gefaltet auf dem Schoß. Egal, was sie jetzt sagen würde, es wäre immer nur die halbe Wahrheit.

„Du möchtest nicht, dass jemand denkt, wir wären zusammen."

Sie blickte mit einem Ruck auf und sah ihn an. Er war der selbstsicherste Mann, den sie je kennengelernt hatte und brauchte ihre Bestätigung ganz sicher nicht. „Das hat nichts mit dir zu tun. Ich mag einfach nicht im Mittelpunkt stehen und von allen angeschaut werden."

„Aber daran kannst du gar nichts ändern, Love. Wenn du einen Raum betrittst, richten sich automatisch alle Blicke auf dich."

Wieder wurde sie rot. Wieso gelang es ihr bloß nicht, dieses Erröten unter Kontrolle zu bekommen, wenn er in der Nähe war? „Das meine ich doch gar nicht."

„Ist das auch der Grund, weshalb du nicht mehr auftrittst?"

„Ja." Sie hatte ihm praktisch gar nichts erzählt, aber das war schon mehr, als irgendjemand außer Becky über sie wusste.

„Wir müssen nicht zu dem Konzert gehen. Es werden eine Menge Leute von *Skye* dort sein, auch viele, die mich kennen. Davy ist nämlich auch so eine Erfolgsstory wie ich, die hier ihren Ursprung hat."

„Müssen wir das denn jetzt sofort entscheiden?", fragte sie.

„Du kannst es entscheiden, wann du magst, solange noch drei Stunden Zeit für die Fahrt dorthin bleiben."

Ihre Vorspeisen kamen, und das Gespräch wechselte zu einem sichereren Thema – nämlich Essen. Bis die Hauptspeise kam, hatte sie fast schon vergessen, dass sie unter Beobachtung standen, und wieder einmal hatte James eine gute Wahl getroffen: Muscheln aus der Region, Shrimps und Wolfsbarsch. Er nahm nicht nur seine Aufgaben als Fremdenführer sehr ernst, sondern war offenbar gleichermaßen entschlossen, ihr Urteil über das schottische Essen zu widerlegen.

Sie beschlossen, das Essen mit einem starken Kaffee und rustikalen Obsttartes abzuschließen und schauten dabei auf den Hafen, über dem der Sonnenuntergang den bewölkten Himmel in Pastelltönen färbte.

„Dir ist jetzt ganz offiziell das Unmögliche gelungen", sagte sie leise und stieß einen zufriedenen Seufzer aus. „Ich glaube, ich mag *Skye*."

„Da habe ich auch wirklich großes Vertrauen in dich gesetzt."

„Meinst du nicht eher, Vertrauen in dich selbst?"

„Ich bin doch nur der Fahrer. Diejenige, die sich genügend entspannen musste, um wirklich zu sehen, was vor ihren Augen ist, bist du."

Da war er wieder, sein Humor. Alles, was er sagte, hatte eine doppelte Bedeutung. „Ich bin aber nicht entspannt genug, um dich zu küssen, falls du das damit sagen willst."

„Dann bleibt ja noch einiges für mich zu tun", sagte James und gab der Kellnerin ein Zeichen, die Rechnung zu bringen. „Aber mal ehrlich. So eine lange Zeit hast du bestimmt noch nie deine Arbeit vergessen, oder?"

Sie verbarg ihr Lächeln hinter der Kaffeetasse. „Stimmt, aber lass dir das bloß nicht zu Kopf steigen."

„Ach, das kann doch gar nicht passieren, solange ich dich habe, um mich auf meine Fehler hinzuweisen."

Andrea lachte. Er war der irritierendste liebenswerteste Mann, dem sie je begegnet war. „Wenn ich es nicht besser wüsste, würde ich glauben, dir gefällt diese Art von Behandlung."

„Nur von dir, Love." Er bezahlte die Rechnung in bar und legte das Geld in die Mappe, die die Kellnerin auf den Tisch gelegt hatte. „Sollen wir gehen?"

„Wohin denn?", fragte sie, als James ihr in den Mantel half.

„Es war ein langer Tag. Ich habe gedacht, wir fahren jetzt wieder zurück ins Hotel."

„Das ist eine gute Idee, vor allen Dingen, weil ich ja schon vorhin in deinem Wagen eingeschlafen bin."

Sie ignorierte die Blicke, die ihnen beim Verlassen des Lokals folgten, obwohl es sie fast übermenschliche Anstrengung kostete, möglichst ausdruckslos dreinzuschauen. Erst als sie im schützenden

Inneren seines Wagens in Sicherheit waren, konnte sie wieder durchatmen. Sie hatte den Spießrutenlauf überlebt, und abgesehen von ihrem Unbehagen im Restaurant, war es der unbeschwerteste Tag seit Jahren gewesen. „Es war wunderschön. Danke."

„Gern geschehen."

Er legte seine Hand mit der Handfläche nach oben auf die Mittelkonsole und sie legte ihre hinein. „Es ist lange her, dass ich mit jemandem Händchen gehalten habe, aber es ist schön!", sagte sie.

„Mit ‚schön' kann ich leben."

Andrea betrachtete im dämmrigen Licht sein Gesicht und blickte dann hinunter auf ihre verschränkten Hände. „Weißt du, langsam halte ich dich für einen Hochstapler."

„Wieso denn das?" Schon wieder klang er amüsiert, aber er drückte ihre Hand fester.

„Du hast so ein großes Mundwerk, bist aber damit zufrieden, den ganzen Tag mit mir Händchen zu halten."

„Doch nur, weil du mehr nicht zulässt."

Und da war sie wieder – seine lockere, flapsige Antwort. „Warum machst du das? Wieso bist du so wild entschlossen, irgendwie zu erreichen, dass andere ein möglichst negatives Bild von dir haben?"

Er warf ihr kurz einen Blick zu und schaute dann wieder nach vorn auf die Straße. „Woher weißt du denn, dass es nicht stimmt?"

„Stimmt es denn? Wechselst du wirklich die Frauen wie dein Hemd?"

„Richtig ist, dass ich wirklich mit sehr vielen Frauen ausgehe."

„Und schläfst du auch mit allen?"

Er verschluckte sich beinahe und musste husten. „Du bist aber direkt."

Sie konnte ihr geradezu verwegenes Verhalten selbst kaum fassen. Es war ja das eine, sich gegenseitig zu necken und spaßeshalber zu provozieren, aber es war etwas ganz anderes, ihn über ehemalige

Beziehungen zu befragen. Doch sie musste die Wahrheit wissen. Wenn das hier alles nur eine Masche war, um sie ins Bett zu bekommen, dann würde sie das Ganze auf der Stelle beenden. „Soll das ja oder nein heißen?"

Er nahm sich mit der Antwort lange Zeit, aber vielleicht fühlte es sich auch nur so an, weil sie die Luft anhielt. „Ich bin kein Heiliger, Andrea, aber ich habe meine Grenzen und Prinzipien."

Ganz langsam atmete sie aus, konnte ihm gegenüber aber nicht zeigen, wie erleichtert sie war. Er hatte die Frage zwar nicht direkt aber eindeutig beantwortet. „Und warum hattest du dann so viele Dates?"

„Weil es leichter war."

„Leichter als was?"

Einen Moment lang dachte sie, er würde darauf nicht antworten, aber dann sagte er: „Leichter als alle merken zu lassen, wie es wirklich in mir aussah, nachdem Cassandra und ich uns getrennt hatten."

„Moment mal, Ian hat mir erzählt, du hättest die Verlobung gelöst."

„Sie hatte eine Affäre mit ihrem Filmpartner." Wieder schloss sich seine Hand fester um ihre.

„Weiß Ian das? Weil …"

James schüttelte heftig den Kopf. „Nein, und ich möchte auch auf keinen Fall, dass er es erfährt."

Erstaunt runzelte sie die Stirn. „Wieso lässt du alle in dem Glauben, dass du mit ihr Schluss gemacht hast, obwohl sie es war, die sich dir gegenüber so mies verhalten hat?"

„Weil es erstens ihrer Karriere geschadet hätte. Sie lebt schließlich davon, die Treuherzige zu spielen."

„Ich würde sagen, das hat sie sich selbst zuzuschreiben", murmelte Andrea.

„Und zum zweiten, weil ich mich wie der letzte ahnungslose Depp gefühlt habe, der nicht einmal gemerkt hat, dass seine Verlobte ihn betrügt." Er versuchte zwar immer noch, erheitert auszusehen, aber sein

Gesicht war dabei eher eine Grimasse. „Ich konnte jedenfalls nirgends hingehen, ohne eine Kamera vor der Nase zu haben. Du kannst dir vorstellen, wie das ist."

Andrea biss die Zähne zusammen, als eine Woge von Erinnerungen sie überrollte. Wenn sie ihre Augen schloss, konnte sie immer noch die Blitzlichter sehen, sich an die Fragen erinnern, die ihr zugerufen wurden, und an die Reporter und Fotografen, die sie bedrängten. Sie kniff die Augen zusammen und bekam fast keine Luft, als die Gefühle sie übermannten. Sie versuchte ihre Hand aus James' zu lösen, aber er hielt sie fest.

„Was ist denn los?"

„Nichts. Alles gut."

„Nein, ist es nicht", widersprach er, und seine Stimme klang besorgt. „Habe ich etwas Falsches gesagt?"

„Natürlich nicht. Mir geht es gut."

„Das hast du schon vorhin gesagt, und da war es auch schon gelogen." Seine Berührung war bisher sanft gewesen, aber jetzt hielt er ihre Hand unnachgiebig fest.

Sie hatte gar nicht bemerkt, dass die Dämmerung inzwischen in Dunkelheit übergegangen war, als jetzt das Scheinwerferlicht des Wagens über den Parkplatz des Hotels schweifte und sie vor den Cottages anhielten. Er machte den Motor und das Licht aus, schwieg aber weiter. Als sie auch nichts mehr sagte, ließ er mit einem Seufzer ihre Hand los und öffnete die Fahrertür.

Andrea stieg aus und zitterte vor Kälte, während er ihre Einkaufstüten aus dem Kofferraum holte. Sie war erleichtert, dass er das Thema nicht weiterverfolgte und ihr schweigend zur Tür ihres Cottages folgte. Bevor sie das Cottage betreten konnte, stellte er sich hinter sie, sodass sie zwischen der Tür und ihm eingeklemmt war. Sie blieb abrupt stehen und drehte sich mit einem Ruck um.

„Was soll das?", platzte es aus ihr heraus.

Er legte eine Hand an ihre Taille und die andere an ihre Wange. Er neigte den Kopf und flüsterte ihr ins Ohr: „Irgendetwas macht dir schwer zu schaffen, und ich überlege gerade, was die beste Möglichkeit ist, es dich vergessen zu lassen."

Sein warmer Atem rief eine Gänsehaut bei ihr hervor. „Du hast etwas versprochen", sagte sie mit unsicherer Stimme.

„Ja, das habe ich. Es sei denn, du hast deine Meinung inzwischen geändert."

„Du bist immer noch mein Klient."

„Ich finde, wir sind doch inzwischen weit über eine Geschäftsbeziehung hinaus, oder? Küss mich."

„Nein." Allerdings war es kein besonders überzeugendes Nein.

Er fuhr ihr mit den Fingern durchs Haar und zog sie näher an sich heran. Sie konnte ihn nur anstarren und hatte vor Erwartung heftiges Herzklopfen.

Dann lächelte er, trat zurück und ließ sie so abrupt wieder los, dass sie beinahe gestolpert wäre. „Ich halte immer, was ich verspreche, Andrea." Und mit diesen Worten ging er zum Wagen, drehte sich aber auf halbem Weg noch einmal um und sagte: „Also morgen früh joggen?"

„Wie bitte?" Andrea hatte Mühe, ihre Fassung zurückzuerlangen und blinzelte, während sie in ihrem Kopf umschaltete. „Ach ja, joggen. Ich werde bereit sein."

Er grinste sie noch einmal strahlend an und öffnete dann die Autotür. „Falls du mich brauchst, ich bin noch eine Weile oben im Haus bei meiner Tante. Die Nummer liegt auf deinem Schreibtisch. Schlaf gut."

Es war eher unwahrscheinlich, dass sie sich noch einmal bei ihm meldete. Sie lehnte sich an die Tür, um Halt zu finden, während er auf die Zufahrt zum Hotel fuhr. Sie hatte weiche Knie und fand nicht einmal Trost in der Tatsache, dass sie ihm nicht gestattet hatte, sie zu küssen.

Doch als sie über die Situation länger nachdachte, merkte sie erst, dass er gar nicht wirklich die Absicht gehabt hatte, sie zu küssen, aber er hatte erreicht, dass sie nicht mehr an ihre Bedenken dachte, die sie auf der Fahrt noch gehabt hatte.

Leider gab es stattdessen jetzt jede Menge neuer Fragen.

19

James fuhr sich mit einer Hand durchs Haar, als er auf der dunklen Straße zum Haus seiner Tante fuhr. Er hatte Andrea nur aus ihrer plötzlichen Panik herausholen wollen, indem er sie neckte – oder vielleicht auch schockte. Dabei hatte er allerdings seine Selbstbeherrschung überschätzt oder vielleicht auch einfach die Kraft der Anziehung zwischen ihnen unterschätzt. Die Aussage, dass er seine Versprechen immer halten würde, war dabei genauso sehr eine Mahnung an ihn selbst gewesen wie eine Erinnerung für sie.

Je mehr er über sie erfuhr, desto schwerer wurde es, auf der oberflächlichen Flirtebene zu bleiben, wie er es eigentlich vorgehabt hatte. Sie war anders als alle Frauen, die er bisher kennengelernt hatte: Schlagfertig, blitzgescheit und erfolgreich. Er hatte wirklich jeden Augenblick in ihrer Gesellschaft genossen. Hin und wieder bekam er eine Ahnung davon, wie hintergründig ihr Humor sein konnte, wenn es ihr gelang, einfach loszulassen.

Er musste lächeln, als er noch einmal daran dachte, wie sie mit Bree fertig geworden war. Manche Frauen wären sofort in die Defensive gegangen, aber Andrea hatte ihr einfach zugeschaut, wie man einem Kind zuschaut, das einen Hang zum Übertreiben hat. Ihr sinnlicher

Tonfall und der vertraute Blick hatten diese aufdringliche Person einfach ausgeschaltet. Er bewunderte Frauen, die Haltung bewahren konnten.

Doch er hatte dieser Haltung heute einen deutlichen Riss zugefügt, das stand fest. Dabei waren es seiner Meinung nach nicht nur berufliche Gründe, weshalb sie ihren Gefühlen nicht nachgab. Jede Einzelheit, die sie über sich offenbarte, deutete daraufhin, dass sie irgendwann einmal sehr verletzt worden war. Er nahm an, dass auch Logan irgendeine Art von Promi war, auf jeden Fall jemand, der das Interesse der Öffentlichkeit auf sich zog. Ob er etwas mit dem Ende ihrer vielversprechenden Karriere als Pianistin zu tun hatte? War er der Grund, weshalb sie so panische Angst davor hatte, von der Öffentlichkeit beobachtet und beurteilt zu werden?

James merkte plötzlich, dass er schon eine ganze Weile mit laufendem Motor in der Auffahrt vor dem Haus seiner Tante stand und machte den Wagen aus. Er hätte nicht herkommen sollen, denn Serena würde ihm sofort anmerken, was los war. Wenigstens stand Ians Wagen nicht vor dem Haus – in diesem Fall wäre er auf der Stelle wieder umgekehrt. Wenn seine Schwester ihn ein bisschen auf die Schippe nahm, dann war das eine Sache, aber die Ablehnung seines Bruders war wirklich schwer zu ertragen.

Als James das Haus betrat, flimmerte im Wohnzimmer der Fernseher. Serena lag unter einer Wolldecke auf dem Sofa und schaute ein schottisches Drama.

„Sind Emmy und Max schon im Bett?“, fragte er und zog seine Jacke aus.

„Gerade eben“, antwortete sie, schaute zu ihm hinüber und schaltete das Licht an. „Hattet ihr einen schönen Tag?“

Ein Lächeln schlich sich in seine Miene. „Ja, es war schön.“

„Den Blick kenne ich“, sagte Serena und lächelte ebenfalls. „Er besagt, dass du einen Gutenachtkuss bekommen hast.“

„Nein, ich habe ihr versprochen, sie nicht zu küssen."

„Warum denn das, um alles in der Welt?"

„Das frage ich mich auch." Er ließ sich aufs Sofa sinken und legte die Füße auf den Couchtisch. „Ich möchte einfach nicht, dass sie sich bedrängt fühlt. Sie soll sich bewusst dafür entscheiden." Aber natürlich hätte er nur zu gerne seinen Teil dazu beigetragen, diese Entscheidung ein bisschen zu forcieren.

„Ach, regt sich da bei meinem Bruder etwa so etwas wie ein Gewissen?"

„Sag doch so etwas nicht. Das klingt ja, als wäre ich ein Don Juan."

„Ich weiß ja, dass du das eigentlich nicht bist, aber du brichst reihenweise Frauenherzen, ohne es zu merken. Das war schon immer so. Du bleibst, bis die Sache ernst wird, und dann bist du weg – auf zur nächsten. Schau dir doch nur Bree an. Du bist vor – wie lange ist das her – zehn Jahren mit ihr ausgegangen, und sie ist immer noch in dich verliebt. Als ob du das nicht wüsstest."

„Doch, das ist mir sehr bewusst, denn wir haben sie heute Abend im Restaurant getroffen."

Serena zog eine Grimasse. „Und wie hat Andrea reagiert?"

„Sensationell. Sie hat Bree lächelnd einfach ausgeschaltet."

„Dann verstehe ich, warum du sie so magst", sagte Serena und lachte leise. „Ich möchte Bree schon seit Jahren gerne einen Dämpfer verpassen."

„Andrea ist anders", sagte James jetzt ganz langsam. „Sie ist stark und unabhängig und stilsicher, aber trotzdem so zerbrechlich. Ich habe Angst, dass sie es nicht verkraftet, wenn ich die Sache überstürze."

„Aber viel Zeit bleibt dir ja nicht mehr. Ehe du es dich versiehst, ist es Samstag", sagte Serena und zwirbelte nachdenklich einen Zipfel der Wolldecke. „Meinst du, dass du sie lieben könntest?"

„Es ist noch ein bisschen früh, um solche Worte in den Mund zu nehmen, findest du nicht?"

„Nicht unbedingt. Könntest du es denn? Mit der Zeit?“

„Du meinst mit der Zeit, die wir nicht haben?“ Er zog eine Augenbraue hoch, aber seine Schwester kannte seine Ablenkungsmanöver zu gut. „Vielleicht.“

Serena sah ihn tadelnd an, woraufhin er die Hände hob und leicht entnervt sagte: „Was willst du hören? Ich gestehe doch nicht einer Frau meine Liebe, die ich erst seit drei Tagen kenne. Ob ich mir vorstellen kann, dass daraus mehr wird? Ja, kann ich.“

Serena sagte eine ganze Weile nichts, und er spürte, dass ihm nicht gefallen würde, was sie als Nächstes sagen wollte.

„Weißt du denn überhaupt, woran sie glaubt, Jamie?“

„Sie trägt ein Kreuz um den Hals, und sie hört mir, ohne mit der Wimper zu zucken, zu, wenn ich vom Glauben spreche. Aber besonders wohl fühlt sie sich dabei nicht. Ich glaube, sie hat schlechte Erfahrungen damit gemacht.“

Serena tätschelte ihm nach Art einer großer Schwester die Schulter, obwohl sie nur zwei Jahre älter war als er. „Dann kläre das lieber, bevor du dein Herz noch mehr an diese Frau verlierst. Du weißt doch am allerbesten, was passiert, wenn eine Beziehung nicht auf gleichen Werten beruht.“ Und mit diesen Worten stand sie vom Sofa auf und warf ihm die Decke hin. „Es ist noch Shortbread in der Küche, falls du welches möchtest.“

„Das möchte ich. Dein Shortbread ist das allerbeste.“

„Es ist das Einzige, womit ich dir in der Küche das Wasser reichen kann, Jamie, und diese Chance nutze ich natürlich. Gute Nacht.“

James schaltete den Fernseher aus und starrte auf den leeren Bildschirm. Seine Schwester hatte recht. Er war der Frage nach gemeinsamen Werten ausgewichen, aber jetzt konnte er sie nicht mehr länger außer Acht lassen. Er musste sicher sein, ob er die Sache weiterverfolgen wollte, denn mit jedem weiteren Tag faszinierte ihn Andrea mehr.

Nachdem er sich noch zwei Stücke von Serenas Shortbread einverleibt hatte, verließ er Muriels Haus wieder, tauschte den Audi gegen den alten Subaru ein und fuhr zurück zum Hotel. Ihm sank der Mut, als er Ians Oldtimer vor seinem Cottage stehen sah. Wirklich perfektes Timing. Er stellte seinen Wagen neben Ians ab und zog den Schlüssel heftiger als nötig aus dem Zündschloss.

Im selben Moment öffnete Ian die Fahrertür und stieg aus dem langen, flachen Sportwagen aus. Wie immer sah er aus wie aus dem Ei gepellt. Sein Haar war so kurz geschoren, dass es glatt am Kopf anlag. Immer professionell, immer alles unter Kontrolle.

James schaute nicht in seine Richtung, während er an seinem Schlüsselbund den Schlüssel für das Cottage suchte. „Was willst du?"

Ian hatte einen großen Umschlag in der Hand. „Ich bringe Andreas Vertrag zum Unterschreiben. Kann ich reinkommen?"

„Ich wüsste nicht, warum. Ich kann den Umschlag ohne weiteres auch hier entgegennehmen." James streckte seine Hand danach aus, aber Ian machte keine Anstalten, ihn ihm zu überlassen. „Also gut, wie du willst."

James ließ die Tür des Häuschens offen stehen, schaute aber nicht, ob Ian ihm folgte. Er warf seine Jacke aufs Bett und legte seine Schlüssel und sein Portemonnaie auf den Nachttisch. Dass er hörte, wie die Tür ins Schloss fiel, war der einzige Hinweis darauf, dass sein Bruder ihm ins Haus gefolgt war.

„Wo ist denn Andrea?"

„Ich nehme an, in ihrem Cottage. Da habe ich sie jedenfalls vorhin abgesetzt." James verschränkte die Arme vor der Brust und sah seinen Bruder an. „Warum interessiert dich das?"

Ian legte den Umschlag auf den Tisch und zog einen Stuhl hervor, um sich zu setzen. „Kein Grund so defensiv zu werden. Ich habe ja nur gefragt."

„Ich weiß gar nicht, wieso ich defensiv sein sollte. Du hast mit ihr über mich geredet. Was ist aus unserer Absprache geworden, berufliche und private Dinge strikt zu trennen?“

„Es stand ihr einfach zu, mehr über dich zu erfahren“, sagte Ian, sah James dann mit beinahe kummervoller Miene an und fuhr fort: „Sie ist eine nette Frau, und ich habe gedacht, sie sollte vorsichtig sein.“

Glühender Zorn und das Gefühl von tiefer Demütigung vermischten sich in seinem Kopf. Sein Bruder hielt also so wenig von ihm, dass er glaubte, Andrea vor ihm warnen zu müssen? Kein Wunder, dass sie überrascht gewirkt hatte, als er zugegeben hatte, sein negativer Ruf sei weitgehend unverdient.

Dann seufzte er. Ian würde sich niemals ändern, und deshalb war es sinnlos, es von ihm zu erwarten. „Dann nehme ich mal an, dass sie nicht auf dich gehört hat, denn sie bleibt noch die ganze Woche.“

„Das hat Serena mir schon erzählt.“

„Ist das der Grund für deinen Besuch? Bist du gekommen, um mir deinen brüderlichen Rat zuteilwerden zu lassen? Ich glaube, ich komme ganz gut allein zurecht.“

Ian spielte mit einer Ecke des Umschlags. „Vielleicht kannst du ja ausnahmsweise mal an jemand anderen denken als an dich selbst. Dein Verhalten fällt nämlich nicht nur auf dich selbst, sondern auf deine Familie, deine Firma und auf dein Wohltätigkeitsprojekt.“

„Was weißt du denn schon über mein Verhalten? Wann hast du mich denn jemals selbst danach gefragt? Du hältst dich doch lieber bei Schuldzuweisungen auf, als die Wahrheit zu hören.“

„Also gut, dann frage ich. Hast du mit ihr geschlafen?“

Damit meinte Ian Andrea, und als James diese Frage hörte, wurde ihm schlecht. „Raus hier!“, sagte er nur.

Daraufhin stand Ian auf und legte den Umschlag auf den Tisch, sodass der Rand genau bündig mit der Tischkante abschloss.

„Sie ist zu gut für dich, Jamie. Wenn du auch nur den Hauch eines Gewissens hast, dann lässt du sie in Ruhe.“

Diese Worte trafen ihn so heftig, dass seine Erwiderung schon heraus war, bevor er noch überlegt hatte. „So wie du Grace in Ruhe gelassen hast?"

Ian wurde ganz weiß, ein sicheres Zeichen, dass James ihn getroffen hatte. „Wir reden aber gerade nicht von Grace."

„Aber vielleicht sollten wir das. Darum geht es doch hier, oder? Die Frau, die du geliebt hast, hat dich verlassen, und jetzt erträgst du es nicht, mich glücklich zu sehen. Vielleicht bist du ja zufrieden damit, jemandem hinterherzuschmachten, der nie zurückkommen wird, aber mein Leben geht weiter."

Die Muskeln an Ians Hals arbeiteten heftig und er presste Ober- und Unterkiefer fest zusammen. Mit bedächtigen, kontrollierten Bewegungen schob er seinen Stuhl wieder unter den Tisch und sagte dann in Richtung Fußboden: „Ich habe dir noch nie absichtlich wehgetan, Jamie."

Dann ging er zur Tür, öffnete sie, ging hinaus und zog sie leise hinter sich zu.

James starrte zum Ausgang, bis er das Röhren des Motors von Ians Wagen hörte und die Lichtkegel der Scheinwerfer über die Fenster seines Cottages huschen sah. Dann ließ er sich auf den Stuhl sinken, auf dem gerade noch Ian gesessen hatte, und Reue und Bedauern machten ihm das Atmen schwer.

Ian hatte recht. So sehr Ian sich mit seiner Meinung über ihn auch irren mochte, er war wirklich überzeugt, dass er James einen Gefallen tat. Aber James hatte seinen Bruder ganz bewusst an einer Stelle treffen wollen, an der es wehtat, und das war ihm gelungen. So wütend Ian ihn auch machte, das hatte er nicht verdient.

James ließ sich auf dem Stuhl nach hinten fallen und starrte zur Decke. Sahen ihn auch die anderen so, als grausam und nicht vertrauenswürdig? Natürlich sah er die Fotos in den Klatschzeitschriften und im Gesellschaftsteil der Zeitungen. Die meisten nannten die Namen seiner Begleiterinnen mit einem Hauch von Belustigung, fast so, als wäre es ein Spiel zu raten, mit wem er denn wohl in dieser Woche gerade zusammen war. Den jeweiligen Frauen machte das in der Regel nichts aus, denn sie waren alle Schauspielerinnen, Sängerinnen oder Tänzerinnen, die froh waren über die Publicity und dankbar dafür, einmal einen Abend mit einem Mann auszugehen, der seine Finger bei sich behalten konnte. Er flirtete, provozierte, und manchmal küsste er auch, aber weiter ging es nie.

Klar wusste er, was die Leute dachten, und sie dachten es ja völlig unabhängig davon, was er tat. Warum sollte ein Mann auch die Chancen nicht nutzen, die sich ihm boten?

Ob auch Andrea so über ihn dachte?

James schloss die Augen. Ian hatte Andrea nur zu erwähnen brauchen und schon war die Wut in ihm hochgekocht. Es war eine Sache, wenn die Leute schlecht über ihn redeten, aber es war etwas ganz anderes, wenn sie Vermutungen über Andrea anstellten, so wie sie Vermutungen über all die Frauen anstellten, mit denen er in London ausgegangen war.

Er stöhnte auf. Was für ein egoistischer Schwachkopf er doch war. Wieso war es ihm nie in den Sinn gekommen, einmal darüber nachzudenken, welche Auswirkungen sein Ruf auf die Frauen hatte, mit denen er sich zeigte? Kein Wunder, dass Ian so wütend auf ihn war. Es spielte ja gar keine Rolle, dass er sich wirklich nichts zuschulden kommen ließ, wenn alle anderen etwas anderes glaubten. Er hatte sich so sehr darauf konzentriert, Spekulationen über seine Trennung von Cassandra zu vermeiden, dass er nie richtig überlegt hatte, wie sein gegenwärtiges Leben nach außen wirken musste.

Oder vielleicht hatte er es gewusst, aber bis er Andrea kennengelernt hatte, war es ihm einfach egal gewesen. Sie war nicht wie die anderen Frauen, die ihren Lebensunterhalt auf der Bühne verdienten und deshalb Klatsch und Tratsch gewohnt und sogar darauf angewiesen waren, um im Gespräch zu bleiben. Sie war eine seriöse Geschäftsfrau, die jede öffentliche Aufmerksamkeit unbedingt vermeiden wollte. Sie hatte ihm ja bereits zu verstehen gegeben, dass sie ihn für einen selbstgefälligen Playboy hielt, da wäre sie doch verrückt, ihm eine Chance zu geben.

Er konnte natürlich behaupten, es wäre ihm egal, was sie dachte, aber jetzt merkte er, dass das eine krasse Lüge wäre.

20

Andrea schlief unruhig und wälzte sich bis zum Tagesanbruch unter ihrem Federbett hin und her. Eigentlich hätte es ihr gefallen müssen, dass James sein Versprechen gehalten hatte, sie nicht zu küssen, aber sie war den ganzen Abend darüber frustriert gewesen, dass er sein Wort tatsächlich hielt. Als sie endlich eingeschlafen war, hatten sie verstörende Träume über James und Logan und Fotografenblitzlichter geplagt.

Sie schlug jetzt die Bettdecke zurück und stand auf. Dann kramte sie ihre Joggingsachen hervor, zog sie an und schob dann den Tisch beiseite, um sich Platz zum Dehnen zu verschaffen.

„Fokus", sagte sie laut zu sich selbst, als sie sich so weit vorbeugte, dass ihre Hände flach auf dem Boden lagen und sie ihre Sorgen mit einem langen Atemzug ausatmete.

Als James an die Tür klopfte, hatte sie schon eine halbe Stunde Gymnastik hinter sich und war grade dabei ihre Abschlussübung zu machen.

„Aufwachen, das Frühstück wartet!", hörte sie vor der Tür.

Ein erschrockenes Lachen platzte aus ihr heraus, und dann brach sie ohne jede Anmut auf dem Boden zusammen, rappelte sich auf und riss die Tür auf. „Ich habe schon gedacht, du kommst gar nicht mehr."

„Entschuldigung, dass ich gedacht habe, du würdest vielleicht gerne ein bisschen länger schlafen." James zog ein Gesicht, aber seine Augen blitzten trotzdem. Er schien sich permanent über sie zu amüsieren, und sie wusste nicht so recht, ob das etwas Gutes war.

„Ich habe dir doch gesagt, dass ich nie lange schlafe." Sie hob ihr Haar im Nacken etwas an, weil es dort schon verschwitzt war und an der Haut klebte. „Ich wärme mich vorm Joggen immer gern ein bisschen mit Gymnastik auf."

Sie machte die Tür jetzt ganz auf, um ihn hereinzulassen, holte ihre Laufschuhe und hockte sich auf die Lehne eines Sessels, um sie anzuziehen. Dabei schaute sie verstohlen zu, wie er in der Küche auf und ab ging. Sie hatte beschlossen, eine lange Microfaserlaufhose und ein langärmeliges Softshelloberteil zu tragen, er dagegen trug weite Sportshorts und ein enges langärmeliges Laufshirt, das seine Muskeln vorteilhaft betonte.

„Meinst du nicht, dass du so frierst?", fragte sie und deutete mit dem Kopf auf sein Outfit, während sie sich gleichzeitig ein Stirnband aus Fleece anzog.

„Ich bin es gewohnt", antwortete er und deutete zur Tür. „Nach dir."

Sie ließ ihn das Tempo bestimmen, und so liefen sie erst in einem zügigen Trott die gekieste Zufahrt entlang und fielen dann in einen lockeren Trab, als sie die befestigte Straße erreicht hatten. Der Morgenhimmel begann sich schon von einer grauen Marmorierung hin zu rosa-orange gefärbten Wolken zu verändern. Im Gebüsch sangen die Vögel und ab und zu huschte einer an ihnen vorbei zum Wasser. Sie war erfüllt von der Stille, die nur vom Geräusch ihrer Laufschuhe auf dem Asphalt und ihren leisen Atemgeräuschen unterbrochen wurde.

Als sie merkte, dass er sich ihren kleineren Schritten anpasste, lief sie etwas schneller.

„Na, wir sind aber heute Morgen wieder konkurrenzbetont unterwegs, was?"

„Das hat nichts mit Konkurrenz zu tun", entgegnete sie leicht atemlos. „Ich arbeite immer noch das Essen von gestern Abend ab."

„Glaub mir, das verstehe ich. Ich muss auch ab und zu joggen."

„Aber von ein paar Kilometern Joggen bekommt man nicht so einen Körper."

Da zog er die Augenbrauen hoch und sah über das Kompliment viel zu erfreut aus. „Danke, dass du es bemerkst."

Irgendwie schien sie ihn ständig zu erheitern. Wieder merkte sie, wie sie rot wurde, und sie betete inständig, dass er es auf die körperliche Anstrengung zurückführen würde. Sie hätte ihre Bewunderung nicht so deutlich zum Ausdruck bringen dürfen. „Gern geschehen. Und jetzt lauf entweder schneller oder hör auf, mir auf den Hintern zu schauen. Das finde ich unangenehm."

„Das tue ich doch gar nicht", entgegnete er, schmunzelte dabei jedoch. „Jetzt gleich nach links auf den kleinen Pfad da vorne. Siehst du ihn schon?"

Sie bogen von der befestigten Straße auf einen Trampelpfad ab in Richtung der niedrigen grünen Hügel, zwischen denen hier und da schroffe Felszacken aus dem Boden ragten. Die Steigung war mäßig, aber immer noch anstrengend, und Andreas Atem wurde schwerer, als sie sich zum Gipfel des Hügels hinaufarbeiteten. Sie verlangsamte das Tempo zu einem schnellen Gehen und kraxelte dann einen Hang mit lockerem Geröll hinauf. Als sie schließlich den Gipfel erreicht hatten, breitete sich ein Strahlen über ihr ganzes Gesicht aus.

Vor ihnen lag die weite blaue Fläche des Sunds. Sanfte Wellen plätscherten ans felsige Ufer unter ihnen und im dunklen Sand konnte man das zarte Wellenmuster erkennen. Dahinter war das bergige Ufer des schottischen Festlandes zu sehen. Die Sonne war jetzt endlich vollständig aufgegangen, sodass der Himmel strahlend blau war und mit ein paar fluffigen weißen Wolken gesprenkelt. Hatte sie schon jemals etwas so Atemberaubendes gesehen?

In diesem Moment machte es ihr nichts mehr aus, dass ihr die weißen Sandstrände von Tahiti entgangen waren.

Eine ganze Weile schaute James sie nur an und sagte schließlich: „Komm, setz dich doch ein bisschen."

Sie riss sich von der Aussicht los und kletterte auf den großen Felsbrocken neben ihm. Was sich in ihrem Innern regte, wenn sie auf diese Landschaft schaute, war eine Art Sehnen, das sie nicht gekannt hatte. Irgendwie fühlte es sich genauso gefährlich an wie die Anziehung des Mannes neben ihr, so als würde es ihr nichts als Enttäuschung bringen, wenn sie den Frieden von *Skye* in sich hineinlassen würde.

„Mein Vater hat immer gesagt, dass Gott in den ersten sechs Tagen der Schöpfung *Skye* gemacht hat, um einen Ort zu haben, an dem er sich am siebenten Tag ausruhen konnte", sagte James.

„Das ist ja richtig blasphemisch."

„Das fand der Pfarrer damals bestimmt auch. Die Beziehung meines Vaters zur Kirche war genauso von Unbehagen bestimmt wie meine, aber er hatte trotzdem den stärksten Glauben, den ich je bei einem Menschen gesehen habe. Das habe ich damals nicht immer zu schätzen gewusst, aber jetzt tue ich es."

Andrea schaute zu ihm hinüber. Sie hätte nicht gedacht, dass ihr Gespräch in diese Richtung gehen würde. Auch sie selbst war in einer Kirchengemeinde großgeworden, aber es war in ihrem Leben zu viel passiert, als dass sie noch an irgendeinen göttlichen Plan glauben konnte. „Du bist der Letzte, von dem ich gedacht hätte, dass er über Gott reden würde."

„Das ist auch nicht unbedingt etwas, das ich an die große Glocke hänge. Hätte ich das getan, wäre ich beruflich wahrscheinlich nicht so weit gekommen. Hier ist es nicht wie in Amerika. Ian hat immer Angst gehabt, dass seine Kanzlei ihn entlassen würde, wenn jemand erführe, dass er gläubiger Christ ist."

„Das ist bei mir zu Hause auch nicht anders. Zumindest in *New York* nicht. Wenn man sagt, dass man Christ ist, gucken einen die Leute an, als käme man vom Mars oder halten einen einfach für verrückt."

„Hast du so etwas auch erlebt? Zu viel Druck von außen?" Sein Ton war behutsam und drückte echtes Interesse aus.

„Nein, ich habe nur …" Andrea schluckte und schaute hinüber zu den Bergen auf dem Festland. Wenn möglich, mied sie dieses Thema, obwohl Becky es immer wieder mal ansprach. Ihre Schwester war einer der wenigen Menschen, die den Grund für Andreas Glaubenskrise kannten. Und sie war vielleicht auch die Einzige, die noch Hoffnung hatte, dass sie wieder zum Glauben zurückkehren würde. „Christen reden gern über Liebe und Vergebung, aber sie sind auch nicht besser als alle anderen", antwortete sie. „Sie urteilen eher über andere, als sie zu akzeptieren. Und ich bin lieber eine Heidin als eine Heuchlerin."

„Aber wenn du so denkst, wieso trägst du dann immer noch das hier?" James streckte seine Hand aus und berührte das Kreuz, das sie an einer Kette um den Hals trug.

„Das hat meiner Mutter gehört."

„War sie denn gläubig?"

„Das kann man wohl sagen. Als wir noch Kinder waren, hat sie in der Sonntagschule unterrichtet. Sie hat uns immer mit in die Gemeinde genommen, obwohl mein Vater nicht mitging. Bevor wir geboren wurden, hat sie kein leichtes Leben gehabt, aber sie hat nie aufgegeben und Gott sogar für die schweren Dinge in ihrem Leben gedankt. Ich weiß auch nicht, vielleicht hoffe ich einfach, dass es da draußen irgendwo noch mehr Menschen wie sie gibt. Vielleicht läuft mir ja jemand über den Weg, der mir beweisen kann, dass ich unrecht habe."

„Das Kreuz an deinem Hals erinnert dich also daran durchzuhalten."

Bei diesen Worten stutzte sie. „Ja, es erinnert mich daran, weiterzumachen und einen Tag nach dem anderen hinter mich zu bringen."

„Aber das Leben ist doch nicht so gemeint, dass man jeden Tag nur einfach hinter sich bringt", sagte James leise. „Ich habe immer gedacht, wenn ich erst das nächste Projekt abgeschlossen oder die nächste Aufgabe geschafft hätte, dann könnte ich langsamer machen und auch mal Spaß haben. Es war zwar gar nicht so, dass mir das, was ich getan habe, keinen Spaß gemacht hätte, aber ich war irgendwie …"

„… nicht mit dem Herzen dabei?"

Er nickte gedankenverloren, den Blick in die Ferne aufs Wasser gerichtet. „Jetzt denke ich: Wenn dies mein letzter Tag auf der Erde wäre, habe ich ihn dann sinnvoll verbracht?"

Andrea umschlang ihre angezogenen Knie mit den Armen, legte ihr Kinn darauf und schaute zu ihm rüber.

„Und, hast du?"

„Ich wäre nicht hier, wenn ich das nicht glauben würde. Vielleicht sollte ich die Frage eher dir stellen."

„Ich glaube schon." Sie musste sich beinahe zwingen, dies zuzugeben, aber als sie es dann getan hatte, war ihr, als fiele eine Zentnerlast von ihr ab. Die Art, wie James sie ansah, sein offenes, freundliches Gesicht, brachte alle ihre guten Vorsätze ins Wanken. Es war etwas völlig anderes als das Feuer, das am Abend zuvor zwischen ihnen gelodert hatte, aber nicht weniger intensiv.

„Da bin ich aber froh." Er hielt ihr seine Hand hin. „Wenn du jetzt ausgeruht genug bist, dann können wir auf der anderen Seite um den Berg herum wieder nach unten gehen und zurück zum Wagen."

Sie nahm seine Hand und sprang von dem Felsen. Als er jetzt auf der anderen Seite des Berges wieder hinunterging, war das Tempo, das er vorlegte, sehr angenehm. Ihr Herz schlug ein wenig schneller, und daran war nicht das Tempo, das sie vorlegten, schuld. Was war da oben auf dem Berg gerade eben passiert? Es schien so, als öffnete sich James ihr gegenüber jeden Tag ein bisschen mehr, als offenbarte er jedes Mal ein wenig mehr von dem, was sich hinter seiner flapsigen Art verbarg.

Was hatte es zu bedeuten, dass er nun bereit war, ihr Einblick in seine ernsthafte Seite zu gewähren?

Als sie wieder beim Hotel ankamen, fühlte sich Andrea angenehm erschöpft, auch wenn ihre Beine etwas wackelig waren und der Oberkörper angespannt. Weil sie sonst nur auf den zementierten Wegen in den Parks der Städte joggte, in denen sie gerade arbeitete, war die Querfeldeinstrecke, die James ausgesucht hatte, ungewohnt und deshalb für sie auch anstrengender gewesen, aber der herrliche Blick über den Sund war es allemal wert gewesen. Was die Schönheiten von *Skye* anging, hatte er bisher ein unfehlbares Gespür für das bewiesen, wodurch ihr das Herz aufging.

Auf dem gekiesten Parkplatz des Hotels machte sie noch einmal ein paar Dehnübungen, während er bereits in seinem Cottage verschwand. Kurz darauf kam er mit zwei Wasserflaschen zurück, von denen er ihr eine zuwarf. Sie fing sie auf, drehte den Verschluss ab und trank sie halb leer.

„Ich kann jetzt erst mal noch nichts essen, aber ich sollte trotzdem aufbrechen und für Serena und Muriel Frühstück machen. Hast du Hunger?"

„Nein. Ich habe gerade erst das Dessert von gestern Abend verdaut. Ich brauche jetzt nur ein bisschen Obst."

„Dann setz dich doch schon auf die Terrasse. Ich schau mal, was ich dahabe."

Sie ging um James' Cottage herum nach hinten und ließ sich dort auf einen Stuhl plumpsen. Seevögel erhoben sich kreischend über dem blauen Wasser in die Lüfte, um dann im Sturzflug Beute zu machen.

Sie trank ihr Wasser und fragte sich, wie es wohl sein mochte, diesen herrlichen Blick jeden Tag zu haben. Wahrscheinlich würde sie dann gar nichts mehr schaffen. Sie war jetzt schon seit zwei Stunden auf den Beinen, und in dieser Zeit hatte sie kein einziges Mal auch nur an die Arbeit gedacht.

James kam mit jeweils einer Banane für sie zurück und setzte sich in den Liegestuhl neben ihr. „Was möchtest du denn heute unternehmen?"

„Ich weiß nicht. Was darf ich denn auf gar keinen Fall verpassen? Ich habe keine drei Tage mehr." Allein der Gedanke, wieder auf Besichtigungstour zu gehen, erfüllte sie mit Vorfreude.

„Wir könnten einmal rund um die Insel fahren. *Trotternish* ist atemberaubend. Es liegt ganz bei dir, wie viel du nach unserer Joggingrunde noch laufen möchtest."

„Du glaubst doch nicht etwa, dass du mich mit dem kleinen Spaziergang schon ausgepowert hast, oder?"

„Oh, da bitte ich vielmals um Entschuldigung! Was hältst du denn davon, wenn ich uns einen Picknickkorb packe und wir dann einfach ins Blaue fahren und schauen, wohin es uns verschlägt?"

„Gut." Sie lehnte sich auf dem Stuhl zurück, ganz eingenommen von der angenehmen Mattigkeit nach dem Training. „Ich fühle mich ausnahmsweise einmal richtig wie im Urlaub. Kannst du dir vorstellen, dass ich letztes Jahr auf Hawaii war und am Strand eine PowerPoint-Präsentation entworfen habe?"

„Das ist nicht wahr, oder?"

„Doch. Zum Ausruhen muss man mich wirklich zwingen." Bei der Erinnerung an die Zeit auf Hawaii musste sie schmunzeln. „Wann muss ich denn gleich abfahrbereit sein?"

„Wann es dir recht ist. Ich packe jetzt unseren Picknickkorb und dann können wir aufbrechen. Komm einfach zu mir rüber, wenn du fertig bist."

Als er ging, hob sie noch einmal die Wasserflasche in seine Richtung und sagte: „Danke fürs Joggen."

Er grinste: „Danke für die Rückansicht."

„Sehr witzig." Sie zog zwar eine Grimasse in seine Richtung, schaute ihm dann aber doch noch ein wenig nach, bevor sie sich wieder in den Liegestuhl sinken ließ. Wahrscheinlich war es gut, wenn sie diesen Morgen einmal im Büro anrief und nachfragte, ob alles in Ordnung war, aber sie wollte Michael in Bezug auf ihre Pläne für den Tag nicht anlügen. Und außerdem wollte sie sich nicht die entspannte Stimmung dieses Morgens verderben lassen. Die Vorstellung, den ganzen Tag mit James zu verbringen, sich die Insel anzuschauen und sich ohne einen Gedanken an die Arbeit einfach zu amüsieren, klang verlockender, als sie es je für möglich gehalten hätte.

Sie stand jetzt ebenfalls von dem Stuhl auf der Terrasse auf und ging über den knirschenden Kies zurück zu ihrem Cottage. Dort zog sie ihre Laufschuhe aus und ging ins Bad. Die Klauenfußbadewanne hatte altmodische getrennte Kalt- und Warmwasserhähne, sodass es eine ganze Weile dauerte, bis sie die richtige Wassertemperatur gemischt hatte. Es war bezeichnend für die heitere Stimmung an diesem Morgen, dass sie das eher charmant als lästig fand.

In diesem Moment klingelte ihr Zimmertelefon. James oder Becky? Sie hastete also aus dem Bad zurück und ging dran.

„Andrea, wie läuft es denn so?“

Sie blinzelte. „Michael? Wieso rufen Sie mich denn um diese Zeit an? In *New York* ist es jetzt zwei Uhr nachts.“

„Ja, so ungefähr. Ich wollte mich nach den Fortschritten meiner besten Mitarbeiterin erkundigen.“

Andrea setzte sich mit gerunzelter Stirn auf die Bettkante. „Es läuft gut. Aber ich habe schon Abschlüsse über mehr als eine halbe Million gemacht, ohne etwas von Ihnen zu hören. Wieso fragen Sie jetzt nach?“

Sie spürte sein Zögern am anderen Ende der Leitung. „Sie müssen doch zugeben, dass Ihre letzten Vertragsverhandlungen nicht optimal gelaufen sind, oder?“

Ihr wurde plötzlich richtig schlecht. „Ich hoffe, damit wollen Sie nicht andeuten, dass es falsch war, mich zu wehren, als mich ein Kunde sexuell belästigt hat.“

„Natürlich nicht, Andrea", sagte er hastig. „Sie hätten die Angelegenheit vielleicht einfach ein bisschen taktvoller und diskreter handhaben können."

„Taktvoller? Ich finde, die Tatsache, dass er aus eigener Kraft den Aufzug verlassen konnte, ist Beweis genug dafür, wie sehr ich mich zurückgehalten habe."

„Es spricht Ihnen doch niemand das Recht ab, sich zu verteidigen." Michael hatte jetzt wieder seine gewinnende, vermittelnde Stimme. „Wenn überhaupt, dann rufe ich an, um mich zu vergewissern, dass die Situation für Sie angenehm und vertretbar ist. MacDonald hat einen gewissen Ruf, was Frauen angeht."

„Das habe ich auch schon gehört", sagte Andrea darauf nur trocken. „James ist ein absoluter Gentleman."

„Ach, Sie sind schon beim Vornamen? Dann nehme ich das mal als Indiz dafür, dass ein Vertragsabschluss unmittelbar bevorsteht."

„Ich bekomme die Unterschrift, Michael. Ich bin schließlich nicht ohne Grund die Account-Managerin mit den meisten Abschlüssen in der Geschichte von Morrison. Deshalb weiß ich auch, dass Sie sicher kein Problem damit haben, wenn ich heute eine Besichtigungstour auf *Skye* mache. Wenn doch, dann rechnen Sie den Tag einfach auf meinen Urlaub an. Davon habe ich noch ziemlich viel übrig."

„Jetzt aber mal langsam. Ich habe gar kein Problem damit, wenn Sie sich auch ein bisschen Zeit für sich selbst nehmen, Andrea. Ich wollte mich nur vergewissern, ob Sie auf Kurs sind."

„Alles klar. Ich rufe Sie am Samstag an, wenn ich mit dem unterschriebenen Vertrag auf dem Weg zum Flughafen bin."

„Braves Mädchen. Ich warte."

Andrea knallte den Hörer auf die Station und stapfte zurück ins Bad, um die Wasserhähne zuzudrehen, bevor die Wanne überlief. Als bräuchte die fähigste Kundenbetreuerin einen Aufpasser. Offenbar war nur ein einziger Idiot, der kein Nein akzeptieren konnte, nötig, um dafür zu sorgen, dass Hunderte von Vertragsabschlüssen, die sie schon für Morrison zustande gebracht hatte, vergessen waren. Bei diesem Gedanken spannte sie ihre Hand an und stellte erfreut fest, dass sie nicht mehr wehtat. Sie hoffte aber, dass der Bluterguss am Kinn des Mannes noch ein bisschen länger zu sehen blieb.

Sie zog ihre Sportsachen aus und stieg in die volle Badewanne, wo sie sich zwang, ihren Ärger von dem warmen Wasser wegspülen und sich den friedlichen Morgen nicht verderben zu lassen.

Wenn ich nur noch einen Tag zu leben hätte, würde ich ihn wirklich damit verbringen wollen, an Michael und den nächsten großen Deal zu denken, dachte sie und drückte ihre nackten Zehen gegen das Wannenende. Noch vor einer Woche hätte sie diese Frage bestimmt mit Ja beantwortet, und hier mit James auf *Skye* zu sein, hätte sich wie pure Ablenkung und Zeitverschwendung angefühlt. Aber Ablenkung von was eigentlich? Von ihrer Karriere? Von ihrem Ziel, an die Firmenspitze aufzusteigen? Das wollte sie zwar immer noch genauso sehr, aber doch nicht zum Selbstzweck. Was sollte hinter der Ziellinie auf sie warten? Frieden? Glück? Zeit, das Leben zu genießen?

Zum ersten Mal fragte sie sich, ob die Existenz, die sie sich aufgebaut hatte – frei von Sorgen, Bindungen oder Verpflichtungen – wirklich so reizvoll war, wie sie immer gedacht hatte. Welchen Sinn hatte denn Erfolg, wenn man niemanden hatte, mit dem man ihn teilen konnte?

Diese Fragen würde sie nicht innerhalb von zehn Minuten in einer Badewanne mit warmem Wasser beantworten können, doch sie wusste ausnahmsweise ganz genau, was sie sich von diesem Tag wünschte. Sie wollte in der Schönheit der Landschaft schwelgen, die saubere, salzige Luft einatmen und die Sonne in ihrem Gesicht spüren. Sie wollte Hand in Hand mit James gehen, seinen Arm um sich spüren und seinen Mund auf ihrem.

Als sie sich diese Wünsche eingestand, flatterte ihr Herz wie ein Vogel im Käfig. Sie unterdrückte das panische Gefühl und zwang sich, gleichmäßig zu atmen, obwohl sie den Eindruck hatte, an einem Abgrund zu stehen. Sie konnte den Boden nicht sehen, wusste nicht, ob sie weich landen oder hart auf Felsen aufschlagen würde, wenn sie sprang. Konnte sie trotzdem den Mut aufbringen, zu springen?

21

James duschte rasch und war dabei immer noch in Gedanken bei dem Gespräch mit Andrea oben auf dem Berg. Je mehr er über sie erfuhr, desto klarer wurde ihm, wie sehr das Geheimnis aus ihrer Vergangenheit sich auf jeden Aspekt ihres Lebens ausgewirkt hatte. Es schien, als hätte sie die Persönlichkeit, die sie einmal gewesen war, einfach hinter sich gelassen: Ihre Musik, ihren Glauben und ihre Familie. Immer wenn er ihren Schmerz sah, tat es ihm in der Seele weh. Er hatte in seinem Leben ja selbst schon einige Schicksalsschläge erlitten, aber er hatte immer seinen Glauben gehabt, auf den er hatte zurückgreifen können, selbst in Zeiten, in denen er nicht danach gelebt hatte.

Doch Andrea hatte noch nicht ganz aufgegeben, da war er sich sicher. Sie war auf der Suche, wartete auf irgendeinen Beweis dafür, dass sie sich irrte, auf etwas, das sie wieder zum Glauben zurückbrachte.

Er hoffte nur, dass er seine Chance nicht vertan hatte. Statt wie ein gläubiger Christ zu leben, hatte er das verzerrte Bild, das sie von ihm hatte, noch verstärkt, indem er all die Lügen und Spekulationen, die über ihn kursierten, nicht richtiggestellt hatte. Er musste sich eingestehen, dass er nicht viel unternommen hatte, um ihr das Gegenteil zu beweisen.

Er konnte es wirklich nicht leiden, wenn Ian recht hatte, auch wenn er das ihm gegenüber natürlich niemals eingestehen würde.

Nach dem Duschen zog er eine Jeans und ein Oxfordhemd an und rubbelte sich das Haar trocken, bevor er sich an seinen Schreibtisch setzte, um Bridget anzurufen. Zum Glück hörte sich ihr Bericht nach einer ruhigen Woche an, da sowohl er als auch Ian auf *Skye* waren.

„Wie geht es Kyle?", fragte er.

„Er liegt nicht mehr auf der Intensivstation, wird aber immer noch ständig überwacht. Jonathan hat Kyles Familie fürs Erste in einer Wohnung in *Islington* untergebracht, weil er glaubt, dass das nicht so auffällig ist wie ein Hotel."

„Gut. Bitte geben Sie mir Bescheid, wenn sich irgendetwas ändert."

„Natürlich. Hat Ian schon irgendetwas von seinem Freund bei der Polizei erfahren?"

Wegen des Streits mit seinem Bruder hatte James völlig vergessen, ihn danach zu fragen. „Ich erkundige mich, wenn ich nachher mit ihm spreche. Den Rest des Tages bin ich unterwegs, aber ich melde mich morgen wieder."

„Jetzt sagen Sie bloß, Sie nehmen sich tatsächlich einmal frei."

„Wieso sollte ich mir frei nehmen müssen, Bridget? Mit Ihnen ist doch jeder Tag ein Festtag."

Sie schnaubte nur. „Ich kenne Sie schon zu lange, als dass solche Sprüche bei mir noch ziehen würden. Sagen Sie mir nur eins – ist sie hübsch?"

„Hinreißend. Aber verraten Sie's niemandem. Es würde nur mein Image als Arbeitstier ruinieren."

„Auf Wiedersehen, James", sagte sie darauf nur trocken.

Grinsend legte er den Hörer wieder auf. Wenigstens brauchte er sich bei seiner Assistentin keine Gedanken darüber zu machen, was sie über ihn dachte. Wenn jemand wusste, was für ein Mensch er wirklich war, dann war das Bridget.

Er nahm zwei kleine Änderungen in seinem Terminplan für Mai vor und fing dann an, in der winzigen Küche des Cottages den Picknickkorb zu packen. Mit der Zusammenstellung der Speisen hoffte er, Andrea zu beeindrucken. Er packte gerade die letzten Sachen in den Korb, als Andrea an die Tür klopfte. Sie war fast ungeschminkt, und ihr Haar kräuselte sich ungebändigt in der feuchten Meeresluft, aber er fand ihre natürliche Schönheit sogar noch anziehender als ihr auf Hochglanz poliertes Businessäußeres.

„Punktlandung", sagte er. „Ich bin gerade fertig."

Sie schnupperte. „Ich rieche Fisch."

„Nach dem Abend gestern bin ich davon ausgegangen, dass du Fisch magst."

„Stimmt. Und selbst wenn nicht, wäre er wahrscheinlich trotzdem wunderbar." Sie brach den Satz ab und fragte: „Warum starrst du mich so an?"

„Tue ich das?" Er lächelte lässig, um zu verbergen, dass er sie tatsächlich angestarrt und sich dabei gefragt hatte, warum um alles in der Welt er sich einverstanden erklärt hatte, sie nicht zu küssen. „Ich hole nur noch meine Jacke und den Korb, dann können wir starten. Ich beeile mich. Ich will dir nämlich etwas Fantastisches zeigen."

„Willst du mich allen Ernstes auf die Folter spannen, indem du mir nicht sagst, wohin wir fahren?"

„Klar will ich das. Aber glaub mir, das Warten lohnt sich."

„Das will ich schwer hoffen, nachdem du so viel Spannung aufgebaut hast." Sie zwinkerte ihm zu, machte auf dem Absatz kehrt und ging zur Tür.

Hatte Andrea ihm wirklich gerade zugezwinkert? Ganz langsam breitete sich ein Lächeln auf seinem Gesicht aus. Er nahm den Korb und folgte ihr hinaus.

Nicht einmal der Anblick von Ians Wagen in der Auffahrt von Muriels Haus konnte ihm seine gute Laune verderben, auch wenn er hoffte, dass die von Natur aus eher zurückhaltende Art seines Bruders eine Szene in Andreas Anwesenheit verhindern würde. Er musste nämlich mit seinem Bruder über Kyle reden, und das würde schwierig werden, wenn er gleichzeitig das Bedürfnis hatte, ihm einen Kinnhaken zu verpassen.

Es duftete nach frisch Gebackenem, als sie zur Haustür hereinkamen. „Hallo?"

„Andrea!", kreischte Emmy, kam in die Diele gestürmt und überschlug sich dabei fast.

James schmunzelte und schloss die Eingangstür. Früher war immer er Emmys Lieblingsbesuch gewesen, aber diesen Status hatte er jetzt auf jeden Fall an Andrea verloren. „Was duftet denn hier so gut? Backt deine Mama wieder?"

„Ich habe Muffins gemacht", sagte Serena und schaute kurz vom Esszimmer aus zu ihnen hin.

„Komm, Andrea." Emmy griff nach Andreas Hand und zog sie ins Esszimmer. James schüttelte den Kopf. Sie würden von Glück sagen können, wenn sie die Picknickstelle erreichten, die er ausgesucht hatte, bevor es dunkel wurde, besonders wenn Emmy es schaffte, Andrea davon zu überzeugen, auch noch Klavier zu spielen.

Die ganze Familie war um den Esstisch versammelt, auf dem ein Körbchen mit Blaubeermuffins und ein großer Teller mit geschnittenem Obst standen. Ian stand abrupt auf, als sie den Raum betraten, woraufhin James erstarrte, bis er merkte, dass sein Bruder nur höflich sein wollte. Das war typisch Ian. Durch und durch altmodischer Gentleman.

„Kann ich dich kurz draußen sprechen?", fragte James.

Ian nickte, legte mit undurchdringlicher Miene seine Serviette auf den Tisch und folgte James vor die Haustür.

„Ich habe heute Morgen mit Bridget gesprochen. Kyle liegt nicht mehr auf der Intensivstation. Hast du etwas von der Polizei gehört?"

Ian entspannte sich daraufhin merklich. Anscheinend war er wegen der ganzen Situation genauso angespannt wie James. „Ich habe heute Morgen einen Anruf bekommen. Sie wissen jetzt, wer auf Kyle geschossen hat und warten in der Wohnung seiner Großmutter auf ihn. Mein Freund ruft mich an, wenn sie ihn haben."

„Gut." Das war wenigstens etwas. „Jonathan hat Kyles Familie fürs Erste in *Islington* untergebracht."

„Gut zu wissen. Danke für das Update." Ian wandte sich wieder zum Gehen.

Andrea saß mit Muriel und Serena am Esstisch, aß Muffins und trank Tee. Serena und Andrea lachten gerade schallend, als die beiden Männer wieder hereinkamen, unterdrückten aber dann rasch ihr Lachen.

„Was ist denn so lustig?", fragte James misstrauisch und schaute die beiden abwechselnd an.

„Gar nichts", antwortete Andrea und bemühte sich um eine unschuldige Miene, allerdings ohne Erfolg.

„Wenn deine Dienste als Koch hier heute Morgen nicht benötigt werden, bedeutet das dann, dass wir schon wieder fahren können?"

„Genau das bedeutet es. Komm, wir holen unsere Jacken."

Auf dem gesamten Weg nach *Portree* versuchte Andrea herauszubekommen, wohin sie fuhren, aber James gab außer ein paar mageren Hinweisen nichts preis. Stattdessen nahm er ihre Hand und erzählte ihr Geschichten aus den Sommern auf *Skye*, wenn er Ferien vom Internat gehabt hatte. Ausnahmsweise zuckte sie nicht jedes Mal zurück, wenn er wieder nach ihrer Hand griff, nachdem er geschaltet hatte, und sie verwob sogar ihre Finger mit den seinen in einer Vertrautheit, die für ihn ganz unerwartet kam.

Er hatte keine Ahnung, was sich geändert hatte, dass sie jetzt so zärtlich war, aber er würde sich auf keinen Fall darüber beschweren. Ihre Hand fühlte sich gut an in seiner, weich, aber nicht zu zart. Bei kleinen Frauen hatte er oft das Gefühl, er könnte sie versehentlich zerdrücken. Cassie war auf jeden Fall klein und zierlich gewesen, Andreas Hand dagegen war stark und stabil, die Hand einer Pianistin.

„Wo sind wir denn jetzt genau?“, fragte Andrea und schaute mit gerunzelter Stirn aus dem Fenster auf die abwechslungsreiche Landschaft. Die Straße war nur noch einspurig, gerade breit genug für ein Auto, mit hin und wieder kleinen Ausweichbuchten für den Fall, dass sich zwei Wagen entgegenkamen.

„Etwas außerhalb von *Uig*. Warte einfach ab. Du wirst schon sehen.“

Die Straße schlängelte sich abwärts in eine kleine Schlucht, und Andrea kurbelte das Fenster herunter, damit sie die Landschaft besser sehen konnte. Obwohl James die zerklüftete, schwermütige Art der Ostküste lieber mochte, hatte auch dieser Teil von *Skye* seinen ganz eigenen Reiz. Die hügelige Landschaft war mit samtig wirkendem grünem Gras überzogen, sodass seltsam konische Gipfel und Täler entstanden. In kleinen Wäldchen war erstes Grün zu sehen, und niedrige, verkrüppelte Sträucher klebten an den Hängen. In der Ferne grasten Gruppen weißer gehörnter Schafe, deren Lämmer in ihrer Nähe herumtollten.

„Das ist *Fairy Glen*“, sagte James und drückte ihre Hand.

Er hielt auf dem begrünten Seitenstreifen an, und weil es hier so früh in der Saison sonst noch keine Autos gab, hatten sie die herrliche Kulisse ganz für sich allein. Andrea stieg aus und drehte sich einmal um die eigene Achse, um den Panoramablick zu genießen. Dabei schaute er ihr über das Autodach hinweg zu. Etwas an ihrem Ausdruck erinnerte ihn daran, wie er nach Jahren der Abwesenheit wieder auf die Insel gekommen war. Trotz des Todes seines Vaters und der Trennung von seiner Verlobten hatte die Landschaft erneut etwas in ihm geweckt, was er jahrelang tief in seinem Inneren vergraben hatte.

Sein Vater hätte gesagt, das Land erkenne eben diejenigen wieder, die dort hingehörten. Seit über tausend Jahren gab es MacDonalds auf

Skye. Sie waren schon vor den Festungen und Wehrtürmen, deren Ruinen überall auf der Insel zu finden waren, da gewesen.

Was auch immer es sein mochte, jedenfalls war das extrem hohe Tempo seines Lebens in London mitsamt seinem Druck wie weggeblasen.

Er nahm den Picknickkorb hinten aus dem Wagen und sagte zu Andrea: „Eure Festung wartet auf Euch, Mylady."

„Festung?"

Er zeigte auf einen dunklen Umriss in der Ferne. „*Castle Ewen*, oder auch der *Feenturm*. Eigentlich ist es keine richtige Festung, sondern eine Felsformation, aber von dort aus hat man den schönsten Blick übers Tal."

Andrea zog ihre Jacke an, und dann gingen sie die Straße hinunter in Richtung des Turmes. James hielt ihr seine Hand hin, und sie verflocht wieder ihre Finger mit den seinen, als hätte sie schon darauf gewartet. Schon bald verließen sie die Straße, um auf dem farnbewachsenen Bergrücken weiterzugehen, wo ihre Schritte vom modrigen Laub gedämpft wurden. Insekten summten auf der Wiese um sie herum, und hin und wieder ertönten Vogelrufe aus den Bäumen. In der Ferne blökten Schafe.

James warf im Gehen immer wieder verstohlene Blicke zu Andrea hinüber und war beeindruckt von der Tatsache, dass sie offenbar nicht das Bedürfnis hatte, die Stille mit überflüssigem Geplauder zu füllen. Sie schien zufrieden damit zu sein, die Ruhe um sie her zu inhalieren und jedes Detail der Landschaft ganz bewusst wahrzunehmen. Über ihnen zog ein Raubvogel auf ausgebreiteten Schwingen schwebend seine Kreise.

Er tippte sie an, sodass sie stehen blieb und zeigte nach oben. „Guck mal, ein Goldadler. Das erkennt man an den Flügeln."

Sie schaute in den Himmel und beobachtete die Bahn, die der Vogel vor dem Hintergrund der Schäfchenwolken zog.

„Das ist unglaublich.“

„Diese Art ist sehr selten“, sagte er. „Das ist das erste Mal, dass ich einen in der freien Natur sehe.“

Ihre Blicke begegneten sich, und sie lächelte. „Vielleicht hat dieser Ort ja wirklich etwas Magisches.“

Mit ihrem zerzausten Haar und den funkelnden Augen sah sie so anziehend aus, dass er sich beherrschen musste, sie nicht auf der Stelle zu küssen. Aber er lächelte nur zurück und entgegnete: „Vielleicht.“

Fast eine Stunde lang stapften sie so durch das Gras, durchwanderten kleine Täler und kamen immer wieder an grasbewachsenen, konisch geformten Buckeln vorbei. Andrea stieß ab und zu kleine Begeisterungsschreie aus, wenn sie Kaninchen im Gebüsch entdeckte oder Büschel von Wildblumen, deren Blüten gerade eben aus der Grasnarbe hervorlugten.

Irgendwann stießen sie dann wieder auf den Rundweg, auf dem sie gestartet waren. Vom Weg aus betrachtet, ragten die Felsen wie ein Turm steil in den Himmel und waren viel höher, als es von Weitem ausgesehen hatte. Widerstandsfähiges Gestrüpp klebte an den Seiten der Felsen, und ein langer, schmaler Pfad führte steil hinauf zum Fuß der Felsformation.

„Unser Ziel“, sagte er und zeigte hinauf zur Spitze.

Der Aufstieg war kurz aber steil, und der Pfad führte durch eine enge Öffnung zwischen den Felsen. James ging hinter Andrea, jederzeit bereit, sie aufzufangen, falls sie ausrutschte, aber sie kraxelte mit der Leichtigkeit einer geübten Wanderin den Hang hinauf.

Von ihrem Standort aus hatten sie einen Blick über das ganze Tal. In einem kleinen See spiegelten sich die Sonne und der Himmel wie ein schimmernd blauer Einschluss in der grünen Unendlichkeit. James trat weiter vor an den Rand, während Andrea lieber stehen blieb, wo sie war.

„Komm, Andrea, schau dir doch mal den Blick von hier aus an.“

Ganz langsam tastete sie sich vorwärts.

Fragend sah er sie an. „Was ist los? Hast du Höhenangst?"

„Angst nicht, aber ich bin doch lieber vorsichtig. Wenn es Geländer oder andere Sicherheitsvorkehrungen gibt, geht es, aber wenn ich so nah an einem ungesicherten Abgrund stehe …"

„Es ist gar nicht so steil hier." Als sie sich daraufhin immer noch nicht rührte, hielt er ihr die Hand hin, sie griff danach und ging dann zögerlich vorwärts; nicht so weit, dass sie wirklich in Gefahr war, aber weit genug, um den felsigen Abhang hinunter zum Fuß der Klippe schauen zu können.

„Ein bisschen schlecht wird mir dabei schon", sagte sie.

Da stellte James den Picknickkorb ab, trat hinter sie, umfasste sie sicher mit beiden Armen und zog sie fest an sich. „Ist es so besser?"

Er hatte es sich zwar etwas anders vorgestellt, sie endlich in den Armen zu halten, aber er wollte jetzt nicht die Details bekritteln, sondern atmete einfach nur ihren Duft ein. Das brachte ihn sofort völlig aus dem Konzept. Er spürte ihren Herzschlag an seinem Oberkörper, aber in seinen Armen entspannte sie sich ein wenig.

„So ein Problem mit der Höhe zu haben, ist beim Besichtigen von Sehenswürdigkeiten eher ungünstig", sagte sie.

„Also, ich persönlich finde es eigentlich ziemlich günstig", entgegnete er, woraufhin sie ihm rückwärts einen Stoß in die Rippen versetzte.

„Aua, Frau! Du bist viel stärker als du aussiehst, weißt du das?" Er ließ sie los und rieb sich jammernd die schmerzenden Rippen.

Andrea keuchte kurz erschrocken auf und zog dann schnell seine Arme wieder um sich. „Ich habe nicht gesagt, dass du mich loslassen sollst. Was, wenn ich jetzt über den Rand gefallen wäre?"

„Aus zwei Metern Abstand? Ich glaube kaum, dass da ein Risiko besteht."

Sie drehte sich nach hinten, um ihn ansehen zu können. „Das macht dir richtig Spaß, oder?"

„Ungemein, und zwar in mehr als einer Hinsicht."

Er dachte schon, das würde jetzt einen weiteren Stoß in die Rippen nach sich ziehen, aber sie lachte nur, und das Geräusch sickerte in ihn hinein wie die Wärme der Frühlingssonne. Sie hatte zwar auch zuvor schon gelacht, aber nicht offen und unbeschwert. Sie blieben noch eine Weile so stehen, schauten die spektakuläre Aussicht an, und dann sagte sie: „Ich glaube, mehr verkrafte ich nicht. Hattest du nicht etwas von einem Picknick gesagt?"

„Na gut. Wenn du darauf bestehst." Er ließ sie los, stützte sie aber immer noch am Ellbogen, bis sie wieder etwas von der Kante zurückgetreten war. Jetzt stieg ihr erneut eine leichte Röte ins Gesicht, und sie mied seinen Blick, als sie nach einem guten Platz für das Picknick Ausschau hielt.

Sie stapfte auf dem Gipfel der Felsformation umher, als würde sie sorgfältig überlegen, welche Stelle sich am besten für das Picknick eignete, aber aus der leicht unsicheren Art, mit der sie sich von ihm entfernte, schloss er, dass sie die Suche nach dem perfekten Picknickplatz als Vorwand benutzte, um wieder etwas mehr Abstand zu ihm zu bekommen. „Wie wäre es hier?"

„Ist mir recht", sagte er, nahm eine karierte Flanelldecke aus dem Korb und breitete sie im Gras aus. Sie kniete sich darauf, während er den Festschmaus auspackte. Als Erstes zwei Weingläser, gefolgt von einer Glasflasche, die er hochhielt mit den Worten: „Mineralwasser. Ich habe gedacht, dass bei der Kletterei Wein vielleicht keine so gute Idee ist."

Als Nächstes kamen zwei Melaminteller und Stoffservietten, gefolgt von mehreren Plastikbehältern. James nahm die Deckel ab und zeigte dann auf die einzelnen Gerichte. „Sandwiches mit Thunfischsalat Nicoise, Kartoffelsalat aus neuen roten Kartoffeln und frisches Obst. Ich wollte eigentlich noch etwas Sorbet mitbringen, aber davon habe ich dann doch lieber abgesehen."

„Das ist das ausgefallenste Picknick, das ich je erlebt habe." Sie lächelte und breitete ihre Serviette auf ihrem Schoß aus.

„Das ist eben der Vorteil, wenn man mit einem Koch auf Sightseeingtour geht", sagte er und richtete die einzelnen Bestandteile des Menüs so sorgfältig auf den Tellern an, als wären sie in einem feinen Restaurant. Dann stellte er ihren Teller vor ihr auf die Decke.

Sie biss von dem Sandwich ab, und ihre Augenbrauen gingen anerkennend nach oben. Er hatte gehofft, dass es ihr so gut schmecken würde, denn es war eines seiner Lieblingsrezepte, obwohl es erstaunlich simpel war: sautierter Thunfisch, ganz zart mit Olivenöl, Essig und Dijonsenf mariniert und dann mit hart gekochten Eiern und Frühlingszwiebeln auf ein selbst gebackenes Brötchen geschichtet. Das Brot war auch nach einem Tag noch fantastisch, eine perfekte Harmonie zwischen weicher Krume und einer blättrigen Kruste.

„Du bist ein Künstler", sagte sie. „Wirklich. Hierbei muss ich an Frühling und Landluft und …", sie brach ab und wurde wieder rot.

Ob sie eine Ahnung hatte, wie anziehend diese schüchterne kleine Angewohnheit sie machte? Und das umso mehr, als er das Gefühl hatte, dass er der Einzige war, der sie ihr entlocken konnte.

Wieder lächelte er, anscheinend ein Dauerzustand, wenn er mit ihr zusammen war. „Du weißt Essen mehr zu schätzen als jeder andere Nicht-Koch, den ich jemals kennengelernt habe."

Mit einem zufriedenen Lächeln nahm sie das Kompliment an und stützte sich nach hinten auf ihren Händen ab, während der Wind ihr das Haar zerzauste. „Du liebst *Skye*, das sehe ich jedes Mal an deiner Miene, wenn du mir eine neue Stelle zeigst. Warum hat es so lange gedauert, bis du wieder zurückgekommen bist?"

Das hatte er sich selbst auch schon gefragt. „Vielleicht aus jugendlicher Überheblichkeit? In England gibt es ein gewisses Vorurteil gegen Schotten. Nicht mehr ganz so stark wie früher, aber es ist immer noch da. Als ich dann in *London* Erfolg hatte …"

„Wolltest du dich nicht mehr zu deinen Wurzeln bekennen?"

„Ja, so in etwa." Sein Lächeln verflog. „Als mein Vater starb und ich zu seiner Beerdigung wieder herkam, ist mir klar geworden, was mir gefehlt hatte. Wenn man die Vergangenheit begräbt, verliert man dadurch vielleicht auch ein bisschen von dem, was einen zu dem gemacht hat, was man ist."

An ihren Wimpern schimmerten jetzt Tränen, aber sie blinzelte sie rasch weg. „Das sagt Becky auch immer, aber manchmal lässt man die Vergangenheit besser ruhen. Dass einen die Umstände geprägt haben, muss ja nicht unbedingt heißen, dass sie immer so bleiben müssen."

„Aber man muss sich mit ihnen auseinandersetzen, bevor man weitermachen kann."

„Ich habe aber das Gefühl, dass es auch zwischen dir und Ian ziemlich viel Ungeklärtes gibt", sagte sie, woraufhin James richtig zusammenzuckte, denn die Bemerkung hatte gesessen.

Andrea schaute erschrocken drein. „Tut mir leid. Das hätte ich nicht sagen sollen."

„Nein, du hast ja recht. Ian und ich haben schon immer eine komplizierte Beziehung gehabt. Als sich unsere Eltern getrennt haben, durften – mussten – wir uns entscheiden, wo wir leben wollten. Serena und ich haben uns für Papa und *Skye* entschieden, Ian ist zu unserer Mutter nach *London* gezogen. Dort hat er die Rolle des Familienoberhauptes übernommen und mir ständig ungefragt Ratschläge erteilt. Irgendwann habe ich dann aufgehört, die beiden zu besuchen, weil ich es leid war, mir von meiner Mutter ständig anhören zu müssen, dass ich mehr wie Ian sein sollte."

„Hast du deshalb auch in der Schule so rebelliert?"

Er warf ihr einen schiefen Blick zu. „Nein, das lag einfach an meiner Vorliebe, Unfug zu machen. Die Tatsache, dass es Ian und meine Mutter wütend machte, war nur ein Zusatzbonus."

„Du lässt dir nicht gerne Vorschriften machen, was?"

„Gibt es denn überhaupt jemanden, der das mag?“

„Nein, wahrscheinlich nicht. Wahrscheinlich möchte jeder gerne selbst über sein Leben bestimmen.“

„Aber nicht selten wissen wir gar nicht so genau, was wir tatsächlich brauchen“, sagte James sanft und suchte dabei ihren Blick. „Manchmal müssen uns die Dinge aus der Hand genommen werden.“

„Das klingt aber verdächtig nach *fishing for compliments*.“

„Aber nur, wenn sie von dir kommen“, erklärte er grinsend.

Sie lachte. „Bis jetzt kannst du dich doch über die Zahl meiner Komplimente nicht beschweren, oder?“

„Wenn das alles ist, was ich von dir bekomme, muss ich mich wohl noch ein bisschen mehr anstrengen. Ich habe noch einen anderen Ort in petto, den ich dir zeigen möchte.“

„Gut, ich würde sowieso gern dieser Todesfalle entkommen“, sagte Andrea und fing an, die Teller und das Besteck wieder im Korb zu verstauen.

„Bist du ganz sicher, dass du nicht noch einen letzten Blick nach unten werfen möchtest?“

Sie kniff die Augen zu schmalen Schlitzen zusammen. „So verlockend das auch klingt, aber ich weiß genau, was du im Schilde führst.“

„Nächstes Mal gebe ich mir mehr Mühe, es besser zu verbergen.“

Sie packten gemeinsam ihre Sachen zusammen und machten sich dann durch die Schlucht vor ihnen auf den Rückweg.

Als der Pfad ebener wurde, nahm er wieder ihre Hand. Dieses Mal gingen sie nicht durch die Wiesen, sondern auf direktem Weg zurück zum Auto. Er schaute zum Himmel, an dem die fluffigen Wolken inzwischen einer grauen Wolkendecke gewichen waren.

„Sieht nach Regen aus“, sagte er. „Und der Wind frischt auf.“

„Mach dir keine Gedanken. Ich bin ja nicht aus Zucker.“ Sie drückte seine Hand. „Da wir nur noch heute und morgen haben, möchte ich nichts verpassen.“

„Dann war ich also wirklich erfolgreich?“, fragte er mit gespieltem Erstaunen. „Höre ich da etwa, dass Andrea Sullivan ihren Urlaub genießen will und das auch noch in Schottland?“

„Ach, halt doch den Mund“, sagte sie und gab ihm einen Stups, vor dem er sich lachend wegduckte.

Da Andrea fest entschlossen war, alle interessanten Orte und Aussichtspunkte auf *Skye* zu besichtigen, lenkte James den Wagen jetzt Richtung Norden nach *Uig*. Er hatte vor, einen großen Bogen zu fahren und dabei die spektakulärsten Natursehenswürdigkeiten mitzunehmen. Die meisten Straßen, die weit auf die Halbinsel *Trotternish* reichten, waren nur einspurig, und mehr als einmal musste James in einer Ausweichbucht halten, um entgegenkommende Fahrzeuge vorbeizulassen. Als sie schließlich in *Duntulm* ankamen, fand er neben der Straße eine gekieste Stelle, an der er den Wagen abstellen konnte.

Er ging mit Andrea Hand in Hand hinaus auf die Landzunge, wo die Ruine der alten Festung der MacDonalds stand. Die steife Meeresbrise schob Wolken vor die Sonne, sodass Licht und Schatten rasch wechselten. Das Wasser bildete einen stimmungsvollen Kontrast zu der dunklen schroffen *Isle of Harris* in der Ferne.

Die Vorstellung, dass James’ Vorfahren diese Festung gebaut und dort gelebt hatten, kam ihm immer etwas unwirklich vor. Sein Clan war der größte in Schottland und über die ganze Welt verstreut, aber er wusste, dass er irgendwo in den Verästelungen seines Familienstammbaums von den MacDonalds von *Sleat* abstammte, die diese Festungen auf der Insel erbaut hatten. Vielleicht war das der Grund, weshalb sein Vater nie von hier weggewollt hatte. Es gab hier einfach zu viel Geschichte, und zu viel MacDonaldblut war auf diesem kleinen Fleckchen Schottlands vergossen worden.

Das Gelände in der Nähe des Schlosses war sumpfig und uneben, unterteilt durch mehrere Holzgatter, die verhindern sollten, dass Urlauber von der Höhe auf die Geröllflächen darunter stürzten. Je näher sie den Klippen kamen, an denen die Ruine lag, desto fester hielt Andrea seine Hand.

„Ist dir eigentlich klar, dass ich in Ohnmacht fallen könnte?", fragte sie. „Es kann sein, dass ich meinen gesamten Mut schon vorhin auf dem Feenturm verbraucht habe."

„Dann bleib doch einfach hier stehen und genieße die Aussicht." Er blieb bei einer Felsgruppe stehen, die einmal das Fundament der Festung gewesen war, und legte seinen Arm um sie. Sie lehnte sich entspannt an ihn, genoss die fantastische Aussicht, und er schaute zu, wie die Unsicherheit in ihrer Miene einer stillen Dankbarkeit wich.

„Lass uns in die Ruine hineingehen, ja?", sagte er.

Sie nickte, suchte wieder seine Hand, und so stapften sie auf dem Lehmboden umher, umgeben von den bröckelnden Mauern der alten Festungsruine. Er hatte ihr den Arm um die Taille gelegt, als sie durch die kleine Öffnung schauten, die den Blick aufs Meer einrahmte. Er merkte, dass er sie genauso fasziniert anschaute wie die Landschaft und dass er den Anblick ihres puren Vergnügens in ihrem Gesicht genoss. Er wagte gar nicht, daran zu denken, was passieren würde, wenn sie in Panik geriet und sich ihm wieder entziehen würde, aber sie schien in seinem Arm ganz zufrieden zu sein. Das war zwar nur ein kleiner Schritt, aber zumindest einer in die richtige Richtung.

22

Sie wurden von den ersten dicken Regentropfen getroffen, als sie wieder aus dem großen Hauptsaal der Festung herauskletterten. Es hatten sich Wolken vor die Sonne geschoben, und außerhalb der schützenden Steinmauern zerrte ein kalter Wind an ihnen.

„Sollen wir ein Wettrennen zurück zum Wagen machen?", fragte James.

Andrea glaubte nicht, dass er das wörtlich meinte, aber der Himmel offenbar schon, denn der beschloss in diesem Moment, sich über ihnen zu öffnen und so dicke Regentropfen auszuschütten, dass es richtig wehtat, wenn sie ihre Haut trafen. Sie grinste ihn an und rannte los.

Andrea wagte es, sich umzudrehen und sah ihn lachend ein paar Schritte hinter ihr her rennen. Auf dem Weg bis zum Auto hatte sie ihn zwar besiegt, aber bis er endlich die Autoschlüssel aus der Tasche seiner Jeans geholt hatte, zitterte sie vor Kälte und war völlig durchnässt. Er schloss rasch den Wagen auf, und sie stiegen so schnell sie konnten ein, um ins Trockene zu gelangen.

Nachdem sie die Türen wieder zugeschlagen hatten, war nur das dumpfe Geräusch der Regentropfen auf dem Autodach und das klatschende Geräusch des Regens auf der Windschutzscheibe zu hören. Andrea zitterte heftig, und das Wasser lief ihr aus dem durchnässten Haar übers Gesicht.

James startete den Wagen und schaltete die Heizung ein. „Das tut mir wirklich leid“, sagte er.

Da musste sie schallend lachen. „Entschuldigst du dich etwa gerade allen Ernstes für das Wetter?“

Er lächelte verlegen. „Sieht ganz so aus. Kalt und trübselig, erinnerst du dich?“

„Und grauenhaftes Essen“, fügte sie noch hinzu. „Ich glaube, darauf können wir uns einigen.“

„Gut. Ich fände es nämlich schrecklich, wenn ich dir die gerade neu gefundene Zuneigung für mein Land wieder verderben würde. Warte hier.“ Er sprang noch einmal aus dem Wagen hinaus in den Wolkenbruch und holte etwas aus dem Kofferraum, aber als er wieder ins Auto einstieg, war er noch nasser als zuvor.

„Das müsste dich eigentlich ein bisschen wärmen“, sagte er, zog die Picknickdecke unter seiner Jacke hervor, legte sie ihr um die Schultern und strich ihr das nasse Haar aus dem Gesicht.

Seine Berührung löste einen Tumult von Gefühlen in ihrer Körpermitte aus. Er entfernte sich wieder von ihr, aber da hielt sie seine Hand fest und sie sagte: „Langsam glaube ich, dass du wirklich ein guter Mann bist, James MacDonald.“

Er erstarrte, seine Finger mit ihren verwoben, sagte aber nichts.

„Ich habe mir überlegt, dass ich eigentlich ein paar Worte Gälisch lernen sollte, solange ich hier bin. Was hast du nochmal gesagt? ‚*An toir thu dhomh póg*‘?“

„Hast du eine Ahnung, was das bedeutet?“

„Serena hat es mir gesagt.“

„Und was hat sie dir gesagt?“ Er schien Mühe zu haben, ein Lächeln zu unterdrücken.

Andrea beugte sich über die Mittelkonsole zu ihm hin und drückte ihre Lippen für einen kurzen Moment auf seinen Mundwinkel. „Willst du mich küssen?"

„Fast. Aber ganz genau übersetzt heißt es: ‚Willst du mir einen Kuss schenken?'"

Sie lachte, aber das Lachen kam zittriger heraus, als sie erwartet hatte. „Jetzt hör schon auf zu reden, James, und küss mich."

Er lachte, strich ihr mit der Rückseite seiner Finger über die Wange, erst dann drückte er seinen Mund auf ihren. Bei der ersten Berührung seufzte sie wohlig auf. Seine Finger auf ihren Schultern spannten sich an, aber seine Lippen blieben sanft und behutsam, weich und tastend. Irgendwo im hintersten Winkel ihres Kopfes wusste sie, dass er sich zurückhielt.

Er küsste sie vorsichtig weiter und gab sich ganz dem sich neu entwickelnden Gefühl für diese wunderschöne Frau hin. Und auch Andrea merkte, dass sie sich in dieser noch so ganz zarten Beziehung immer mehr fallen lassen konnte.

„Du bringst mich um, Andrea", flüsterte er, drückte noch einen letzten Kuss auf ihre Lippen und ließ sich gegen die Lehne seines Sitzes fallen.

Sofort wurde sie wieder rot. Sie hatte sich vom Augenblick davontragen lassen, sich mitreißen lassen von ihrem Bedürfnis nach Nähe und Beziehung. „Ich wollte nicht … tut mir leid", stammelte sie unsicher.

„Mir tut es kein bisschen leid." Und daran, wie er sie anlächelte, erkannte sie, dass er es ernst meinte.

„Wir sollten jetzt lieber wieder zurück ins Hotel fahren", sagte er. „Du bist völlig nass."

Sie schaute an ihrem Blazer herunter, dessen hellgrauer Stoff durch die Nässe jetzt fast schwarz wirkte. „Wozu die Eile? Nasser werden können wir doch nicht mehr, oder?"

„Das sagst du nur, weil es hier drinnen definitiv wie in einer Sauna ist. Lass uns trockene Sachen anziehen, und dann mache ich dir eine heiße Schokolade."

„Also gut. Mit der Schokolade kriegst du mich."

James lenkte den Wagen wieder aus der Haltebucht und fuhr dann langsam durch den stetig fallenden Regen. Das dumpfe Geräusch der Scheibenwischer und deren Bewegung auf der Windschutzscheibe gaben Andrea etwas, worauf sie sich konzentrieren konnte.

Zu behaupten, sie hätte sich das nicht vom ersten Moment an, in dem sie sich getroffen hatten, gewünscht, wäre eine glatte Lüge gewesen. Sie war nur einfach nicht bereit gewesen, der Versuchung nachzugeben, solange sie nicht wusste, ob sie für ihn nicht mehr als eine seiner Eroberungen war.

Der Regen ließ nach, als sie auf die andere Seite der Halbinsel fuhren, wo James ihr den *Old Man of Storr* zeigte, einen besonders spektakulären vulkanischen Felsen. Dort hielten sie sich aber nicht lange auf, denn obwohl sie vorhin etwas anderes behauptet hatte, war sie bis auf die Knochen durchgefroren.

Beim Hotel angekommen, öffnete er ihr die Beifahrertür und nahm ihre Hand, um ihr aus dem Wagen zu helfen. „Nimm erst einmal ein heißes Bad zum Aufwärmen und zieh dir etwas Trockenes an. Dann fahren wir zum Haus meiner Tante, und ich mache dir die beste heiße Schokolade, die du jemals gekostet hast."

„Zum Haus?", fragte sie und zog dabei eine Augenbraue hoch. „Was ist los, James? Traust du dich etwa nicht, mit mir allein zu sein?"

„Nein, kein bisschen." Er zog sie wieder an sich, um sie noch einmal zu küssen, und zwar so lange, dass sie ganz weiche Knie bekam und einsah, dass sein Vorschlag vielleicht gar nicht so dumm war.

„Ich verstehe, was du meinst." Sie riss sich aus seinen Armen los und wühlte in ihrer Handtasche nach dem Schlüssel. „Ich brauche nicht lange."

„Lass dir Zeit.“

Nach zwei vergeblichen Versuchen, die Tür aufzuschließen, betrat Andrea schließlich das Cottage, schlug die Tür hinter sich zu, lehnte sich von innen dagegen und kühlte ihre heißen Wangen mit ihren eiskalten Händen. Sobald sie wieder einen klaren Gedanken fassen konnte, würde sie all die Gründe aufzählen, warum dieser Kuss keine gute Idee gewesen war. Aber stattdessen hatte sie ein blödes Grinsen im Gesicht. Sie mochte in Liebesdingen zwar etwas aus der Übung sein, aber die Küsse waren rekordverdächtig gewesen. Sie wünschte sich nur, dass sie nicht so schnell vorbei gewesen wären.

Sie ließ ihre Handtasche aufs Bett fallen und ging direkt ins Bad, wo sie jetzt schon zum zweiten Mal an diesem Tag Wasser in die Wanne ließ. Sie hängte ihre nasse Jacke und den Schal an die Haken hinter der Tür und hockte sich dann auf den Badewannenrand, um sich die Schuhe auszuziehen.

Konnte sie es wagen zu glauben, dass sie mehr für James war als nur ein kleines Abenteuer? Sie glaubte ihm, wenn er sagte, dass sein Ruf als Casanova unverdient war, und sein Verhalten heute hatte ihr gezeigt, dass er sich tatsächlich beherrschen konnte. Das war gut angesichts der Tatsache, wie sehr ihre eigene Selbstbeherrschung ins Wanken geriet, sobald sie in seiner Nähe war.

Aber das machte ihr nicht halb so viel aus wie die Erkenntnis, dass das, was sie empfand, weit über das Körperliche hinausging.

Sie vergrub ihr Gesicht in den Händen. Wie hatte sie es nur so weit kommen lassen können? Einmal abgesehen von den Problemen, die das beruflich mit sich bringen konnte, lebten sie Tausende von Kilometern voneinander entfernt. Sein Leben fand hier in Großbritannien statt, ihres in Amerika. Eine Fernbeziehung würde niemals funktionieren, obwohl sie jeden Monat einmal nach London flog.

Und außerdem war von Beziehung bisher noch gar keine Rede gewesen.

„Schluss jetzt“, sagte sie, und ihre Stimme hallte in dem gefliesten Bad von den Wänden wider. Sie hatte zwei Möglichkeiten: Entweder die Sache sofort zu beenden oder die Zeit bis zum letzten Moment auszukosten ohne Rücksicht auf die Folgen, die das für ihr Herz haben würde. Es lag auf der Hand, welche Lösung die klügere war, aber die hatte einfach keine Chance.

23

James schloss die Tür zu seinem Cottage auf und zog sich schon beim Eintreten die nasse Jacke aus. Jetzt erst einmal ein heißes Bad, um wieder warm zu werden, aber nach dem, was da gerade passiert war, wäre eine kalte Dusche vielleicht besser gewesen.

Er atmete einmal lange und zittrig aus, aber schon bei dem Gedanken, wie Andrea auf seinen Kuss reagiert hatte, ging sein Puls erneut durch die Decke. Er hatte ja irgendwie vermutet und gehofft, dass hinter ihrem kühlen, kontrollierten Äußeren ein leidenschaftliches Wesen steckte, aber mit so einer Reaktion auf seinen Kuss hatte er wirklich nicht gerechnet.

Die nächsten Tage würden dadurch zur reinen Tortur werden. „Das ist die Strafe dafür, dass du ein solcher Idiot bist", sagte er laut. „Du hast es nicht besser verdient."

Aber so groß die Versuchung in diesen paar Minuten im Wagen auch gewesen war, sie hatte ihn nicht annähernd so überrascht wie ihre Bereitschaft, sich von ihm küssen zu lassen und ihm ganz nahe zu sein.

Er ging durch das Zimmer ins Bad, ließ die nassen Schuhe einfach hinter sich liegen, und seine vor Kälte steifen Finger kämpften mit den

Knöpfen seines Oberhemdes. Das letzte Mal, dass er eine Frau wirklich an sich herangelassen hatte, hatte er sich ganz auf sie eingelassen und im Gegenzug nur eine tiefe Demütigung erhalten. Er war in Cassandra so verliebt gewesen, dass er nicht gemerkt hatte, dass ihr tugendhaftes Image nur künstlich und Mittel zum Zweck gewesen war. Erst jetzt, zwei Jahre später, war er wieder so weit, dass er ihren Namen laut aussprechen konnte.

Warum um Himmels willen wollte er sich so etwas noch einmal antun? Und wie kam er eigentlich auf die Idee, dass Andrea mehr von ihm wollte als nur eine lockere Freundschaft? Sie hatte schließlich klar gesagt, was sie hier in Schottland wollte, und eine Beziehung hatte nicht dazugehört.

Nein, Andrea hatte ihre Wachsamkeit nur für ein paar Momente der Nähe aufgegeben, aber zu echter Intimität war sie ganz und gar nicht bereit. Sein Versuch, sie beim Feenturm dazu zu bringen, sich ein bisschen mehr zu öffnen, hatte sich für ihn gerächt. Sie hatte zurückgeschlagen, als würde sie sich bedroht fühlen, und ihm im Gegenzug seinen Konflikt mit Ian um die Ohren geschlagen. Das war nicht gerade ein Zeichen, dass da jemand bereit war, seine Verletzungen hinter sich zu lassen, und die Chance auf eine neue Liebe zu ergreifen.

Und warum sollte er eigentlich den Wunsch haben, ihr zu zeigen, dass nicht alle Männer so waren wie Logan, damit sie die Verletzungen der Vergangenheit überwinden konnte? Wie sollten denn nur vier gemeinsame Tage mit dieser Frau all die Lektionen auslöschen, die ihm von Cassandra erteilt worden waren, und den Wunsch in ihm wecken, sich noch einmal auf diesen Wahnsinn einzulassen?

Weil du nicht rational denkst. Jetzt, wo du sie geküsst hast, willst du mehr.

Ach, wenn es doch nur so einfach wäre.

James war schon lange vor Andrea fertig. Er trug trockene Jeans und einen Wollpullover, und gegen die Kälte des frühen Abends hatte er sich einen Schal um den Hals geschlungen. Er zog seine Lederjacke an und ging auf die Terrasse hinter seinem Cottage, um zu warten.

Es regnete nicht mehr, aber um die Berggipfel auf dem Festland und die Spitze des Leuchtturms von *Ornsay* hingen tiefe Wolken. Der Wind war zu einer leichten Brise abgeflaut, sodass sich nur an manchen Stellen das ansonsten spiegelglatte Wasser im Sund kräuselte. Tief atmete er die Stille ein und bot seine ganze Willenskraft auf, um nicht daran zu denken, wie schnell der Freitag näher rückte.

Am Samstag würde Andrea schon auf dem Rückflug nach *New York* sein, und er würde das Wochenende noch bei seiner Familie auf *Skye* verbringen, bevor er anschließend nach *Glasgow* flöge. Er liebte *Isle-ornsay*. Warum trübte dann die Aussicht auf Andreas Abreise den Genuss dieser Zeit hier so sehr? Wieso hatte er so gar keine Lust, sich um die Firma zu kümmern, die er im Laufe der vergangenen zehn Jahre mit so viel Mühe und Einsatz aufgebaut hatte?

Warum stelle ich plötzlich mein ganzes Leben infrage, Gott?

Dieses unfreiwillige Gebet fühlte sich irgendwie fremd an. Wie lange war es her, dass er gebetet hatte? Nicht nur ein kurzes Tischgebet oder ein Dank, wenn etwas gut gelaufen war, sondern wirklich gebetet? Dass er sich innerlich ganz geöffnet und hingehört hatte, was Gott ihm sagen wollte?

Es war jedenfalls so lange her, dass er sich nicht mehr daran erinnern konnte.

James ließ sich auf einen der Liegestühle auf der Terrasse sinken und Scham überfiel ihn. Er musste zugeben, dass er nicht besonders religiös war. Genau wie sein Vater lehnte er die liturgischen Traditionen der Kirche ab, aber er war dazu erzogen worden, zu beten und in der Bibel zu lesen. Auch wenn er nicht das Leben eines gläubigen Christen führte, war der Glaube in seinem Hinterkopf immer präsent.

Doch jetzt erinnerte er sich wieder, wann er das letzte Mal eindringlich gebetet hatte. Das war gewesen, als Cassandra ihm den Verlobungsring zurückgegeben hatte. Das Ende der Beziehung so kurz nach dem Tod von Duncan MacDonald hatte alles über den Haufen geworfen, was er über das Leben zu wissen geglaubt hatte. Als er damals auf seine Fragen von Gott keine zufriedenstellenden Antworten bekommen hatte, hatte er aufgehört, darum zu bitten.

James steckte seine kalten Hände in die Jackentaschen. Er hatte sich selbst eingeredet, dass er von diesem Kummer geheilt wäre, aber in Wirklichkeit war er nur innerlich verhärtet. Er hatte geglaubt, Antworten für Andrea zu haben, dabei saß er selbst genauso in seinem eigenen Chaos fest wie sie.

Tut mir leid, Herr. Ich bin ein Idiot. Ich dachte, ich würde es auch allein schaffen, aber ich habe vergessen, dich zu fragen, was du für mich willst.

Er presste sich die Hände vor den Mund. Es fühlte sich vermessen an, um das zu bitten, worum er bitten wollte. Solange er beschäftigt und glücklich gewesen war, war er gut ohne Gott ausgekommen, aber jetzt, da er hin- und hergerissen war und nicht weiterwusste, kam er wieder angekrochen.

„Habe ich zu lange gebraucht?"

James blickte mit einem Ruck auf, als er Andreas Stimme hörte und stand schnell auf. Sie hatte sich trockene Sachen angezogen und ihren Wollmantel, aber ihr Haar war noch feucht. „Nein, ich bin auch gerade erst herausgekommen."

Er streckte ihr die Hand hin, und nach einem kurzen Zögern kam sie näher. Er schlang die Arme um sie und zog sie wieder an sich, wie er es auch beim Feenturm getan hatte.

Bitte. Er wusste nicht einmal, worum er bat, aber trotzdem betete er es. Er presste seine Lippen auf ihr Haar, atmete ihren Duft ein und genoss es, wie gut sie zu ihm passte.

„Wenn du mich morgen nicht findest, dann habe ich mich wahrscheinlich irgendwo versteckt, damit ich nicht hier weg muss“, murmelte sie.

„Darüber würde ich mich auf keinen Fall beschweren.“ Er rieb ihre Arme und sagte: „Es ist kalt, und ich habe dir etwas zum Aufwärmen versprochen.“

„Ach, wirklich?“ Sie drehte sich um und sah ihn mit hochgezogenen Brauen an.

„Heiße Schokolade.“

„Irgendwie bin ich enttäuscht.“

„Das wollen wir natürlich nicht, oder?“ Er zog sie näher an sich und küsste sie so lange, bis keiner von ihnen mehr an die Kälte dachte.

Ein paar Stunden bei seiner Familie waren vielleicht gar nicht so schlecht. Jetzt, da James wusste, dass Andrea nichts dagegen hatte, wollte er sie am liebsten ständig an sich ziehen und küssen, bis sie beide keine Luft mehr bekamen. Je mehr Zeit sie zu zweit verbrachten, desto komplizierter würde es werden.

Er hätte beinah aufgestöhnt, als er bei ihrer Ankunft den Wagen seines Bruders vor dem Haus seiner Tante stehen sah.

Andrea sah ihn fragend an, und erst da fiel ihm wieder ein, dass sie ja nichts von dem Gespräch wusste, in dem ihm sein Bruder gesagt hatte, sie sei zu schade für ihn. Schlimm genug, dass James sich fragte, ob Ian nicht vielleicht recht hatte. Sie brauchte nicht auch noch zu erfahren, dass sie beide unter Beobachtung seines Bruders und Geschäftspartners standen.

Doch sein Magen rumorte vor Nervosität darüber, was Ian wohl sagen würde, wenn er sie jetzt so zusammen sah. Nicht nur zusammen in einem Raum, sondern zusammen als Paar. Sein Bruder war immer ein Gentleman, und es war ihnen an diesem Morgen gelungen, höflich miteinander umzugehen, auch wenn James lieber lautstark behauptet hätte, dass Ian selbst auf Andrea stehen würde. Deshalb war es James jetzt wichtig, dass sie Hand in Hand zum Eingang gingen.

Als sie das Haus betraten, standen sie in einem Durcheinander aus Jacken, Gummistiefeln und Wickeltaschen. Als die anderen sie bemerkten, wurde es ruhig, und alle Blicke waren auf ihre Hände gerichtet.

„Was ist denn hier los?“, fragte er und zwang sich, möglichst beiläufig zu klingen. Ians Blick lag schwer auf ihm, aber James schaute nicht in seine Richtung.

Serena war gerade dabei, Emmy mit geübten Handgriffen die Schuhe zuzubinden, während das kleine Mädchen auf dem Sofa herumzappelte.

„Ian hat uns zum Essen eingeladen. Tante Muriel erzählt schon ewig von diesem Lokal in *Dunvegan*, und wir sind davon ausgegangen, dass ihr schon etwas anderes vorhabt. Ich hoffe, es macht euch nichts aus.“

James wunderte sich über das Timing. War das Muriels oder Serenas Versuch, ihnen ein bisschen Ungestörtheit zu ermöglichen, oder versuchten sie bloß, eine Konfrontation zwischen ihm und Ian zu verhindern? Beides hielt er für möglich. Serena kämpfte sich gerade damit ab, Max’ kleine pummelige Arme in die Jackenärmel zu stecken, und nachdem es ihr endlich gelungen war, hievte sie ihn sich auf die Hüfte.

„Hast du Sachen zum Wechseln für ihn dabei?“, fragte Muriel sie.

Serena hielt mitten in der Bewegung inne. „Mist. Könntest du ihn vielleicht kurz nehmen?“, fragte sie und wartete gar nicht erst auf eine Antwort, sondern drückte Andrea den Kleinen einfach in den Arm und war verschwunden.

War Andreas Miene erst nur verblüfft gewesen, sah sie jetzt erschrocken aus.

„Komm her“, sagte James, „Ich kann ihn nehmen.“

„Nein, ist schon gut." Sie verlagerte Max auf eine Hüfte, während das Baby nach einer ihrer Haarsträhnen griff.

„Nein, nein", sagte sie leise und befreite sich vorsichtig aus dem Griff des Babys. „Nicht reißen."

Als sie dann so tat, als würde sie an Max' Händchen knabbern und er vor Vergnügen quietschte, schlich sich ein Lächeln in James' Miene.

„Da kommt man doch ins Nachdenken, oder?", fragte Serena, die neben ihm aufgetaucht war, und stupste ihn mit dem Ellenbogen an.

„Jetzt hör aber auf!"

Doch sie lachte nur und bedachte ihn mit einem vielsagenden Grinsen. „Habt einen schönen Abend. Aber nicht zu schön. Wir sind bald wieder zurück."

James schüttelte den Kopf, während Serena Andrea ihren kleinen Sohn wieder vom Arm nahm. Ian warf ihm durchdringende Blicke zu. Nach ein paar Fehlstarts, unter anderem weil Emmys Häschen nicht da war und wegen einer vergessenen Schnabeltasse, waren alle fünf endlich irgendwann zur Tür hinaus. Ian nickte Andrea im Vorbeigehen freundlich zu, James dagegen würdigte er keines Blickes.

Der stieß einen erleichterten Seufzer aus. Gott sei Dank hatte Ians gutes Benehmen über seinen Wunsch gesiegt, ihn am Schlafittchen zu packen und ihm die Meinung zu sagen.

Und mit einem Mal waren sie nach dem abrupten Abgang der fünf MacDonalds nur noch von Stille umgeben. So viel also zum Thema mehr Sicherheit, wenn die ganze Familie um sie herum war.

Andrea redete als Erste. „Das war ja nicht besonders dezent."

„Dezent ist nicht gerade ihre Stärke, aber sie meinen es gut. Sollen wir jetzt die heiße Schokolade in Angriff nehmen?"

Sie folgte ihm in die Küche und setzte sich auf einen der Hocker an der Kochinsel, während er alle Zutaten zusammensuchte. Als er eine große Tafel Schokolade hervorholte, bekam sie große Augen. „Wenn du Schokolade sagst, dann meinst du also auch wirklich Schokolade!"

James schmunzelte und nahm Milch aus dem Kühlschrank. „Das ist nicht gerade etwas Kalorienarmes. Aber es lohnt sich auf jeden Fall."

Sie beugte sich vor, um zuzuschauen, wie er die Tafel Schokolade mit einem großen, schweren Messer zerhackte. „Ich hoffe, du hast nicht auch noch etwas Extravagantes fürs Abendessen geplant."

„Ich habe mir überlegt, ob du nicht vielleicht Lust hättest, ein bisschen Kochen zu lernen."

„Ich bin New Yorkerin. Ich benutze meinen Backofen als Stauraum."

Daraufhin starrte er sie mit offenem Mund an. „Das ist nicht dein Ernst, oder?"

„Doch, im Moment sind meine Winterpullover darin verstaut." Sie warf ihm einen verschmitzten Blick zu. „Das ist der Grund, warum Gott Köche erfunden hat. Damit die Bewohner von *Manhattan* nicht verhungern."

„Ach, wirklich?" Er goss Milch in einen kleinen Stieltopf und stellte sie zum Erhitzen auf den Herd.

„Schauen Sie gut zu, Miss Sullivan. Außer dem langsamen Erhitzen der Milch liegt das eigentliche Geheimnis dieses Rezeptes in einer richtig guten Schokolade."

„Irgendwann muss ich mir wirklich einmal deine Kochsendung anschauen. Du bist ziemlich gut, was diese Kochgeschichte angeht."

James drehte sich um und warf ihr einen amüsierten Blick zu. „Flirten Sie etwa mit mir, Miss Sullivan?"

Sie zuckte darauf nur mit den Achseln, aber der Blick, den sie ihm dabei zuwarf, war eindeutig verliebt. Er machte einen Schritt auf sie zu, aber sie schüttelte den Kopf und deutete zum Herd. „Pass auf die Milch auf, Jamie. Sie soll doch nicht zu heiß werden, oder?"

Er grinste. Sie war wirklich ein Knaller, ob mit High Heels oder ohne. Dann merkte er, dass sie ihn zum ersten Mal mit seinem Kosenamen angesprochen hatte, und es hinterließ ein seltsam warmes Gefühl in seiner Brust. „Jamie, hä? Heißt das, dass ich jetzt auch einen Kosenamen für dich aussuchen darf?“

„Also meine Schwester nennt mich Andy.“

„Hmm. Andy passt aber nicht gut zu dir. Vielleicht nenne ich dich Legs. Schließlich waren es deine Beine, die mir als Erstes an dir aufgefallen sind.“

Daraufhin wurden ihre Augen ganz schmal, und sie sagte: „Soll ich dich in diesem Fall dann Ego nennen?“

Da lachte er schallend. „Gut gekontert, dann eben Andy. Und jetzt hör auf, mich abzulenken. Du hast mir immer noch nicht gesagt, was du uns zum Abendessen machen möchtest.“

„Omeletts.“

„Was? Da stehen dir meine umfassenden kulinarischen Kenntnisse zur Verfügung, und du entscheidest dich für Omelett?“

„Ich mag Omelett, und außerdem besteht dabei wenigstens die berechtigte Hoffnung, dass ich es einigermaßen anständig hinbekomme. Wir wissen doch beide, dass ich noch nie *Coq au Vin* gemacht habe.“

„Also gut, dann also Omelett. Aber jetzt trinken wir erst mal die Schokolade.“ Er gab die Schokolade in kleinen Stückchen in den Topf und rührte die mittlerweile dampfende Milch so lange, bis die Schokolade darin geschmolzen war. Dann fügte er noch etwas Vanille hinzu und eine Prise Zimt und füllte anschließend das verführerisch duftende Getränk in zwei große Becher.

„Ihre Schokolade ist bereit, Mylady.“ Er stellte den Becher vor sie hin und schaute zu, wie sie den ersten Schluck nahm.

Ihre Augen wurden ganz groß. „Das ist wirklich sündhaft lecker“, sagte sie. „Wir sagen in Amerika zwar heiße Schokolade, aber in Wirklichkeit ist es nur Kakao, und das ist offenbar nicht dasselbe.“

James setzte sich auf den Stuhl neben ihr. „Habe ich für meine kulinarischen Fähigkeiten nicht irgendeine Form von Dankbarkeit verdient?“

Sie nippte an ihrem Becher und musste ein Lächeln unterdrücken. „Du bist wirklich unverbesserlich."

„Nein. Nur total verknallt." Er nahm ihr den Becher aus der Hand, stellte ihn auf den Küchentresen und küsste sie ganz leicht, sodass er die Schokolade auf ihren Lippen schmeckte. „Also, wenn ich recht überlege, könnten wir uns doch auch Essen bestellen und bringen lassen. Dann haben wir mehr Zeit für so was wie das hier."

Sie lachte und entzog sich ihm. „Auf gar keinen Fall. Du hast mir Omelett versprochen, und außerdem – was ist denn aus der Selbstbeherrschung und all dem geworden?"

„Völlig überbewertet." Er kam näher, um sie wieder zu küssen, aber sie rutschte von dem Hocker herunter und brachte sich außer Reichweite.

„Komm schon, erst das Abendessen. Für alles andere ist später immer noch Zeit."

„Versprochen?"

Sie warf ihm einen rätselhaften Blick zu, und seine letzte Abwehr gegen sie zerbröselte.

Jetzt war ihm klar, dass er nun wirklich ein Problem hatte.

24

In James' Anwesenheit fühlte sich Andrea wie eine Fünfzehnjährige, die zum ersten Mal verliebt und vor Erwartung ganz zappelig war. Vielleicht programmierte sie dadurch ihren eigenen Absturz vor, aber nach dem Blick, den er ihr gerade zugeworfen hatte, fiel es ihr schwer, sich darüber Gedanken zu machen.

Sie suchte in einem der Küchenschränke nach einer Rührschüssel, während James nicht nur Eier bereitlegte, sondern zusätzlich noch einen halben Garten: Tomaten, Zwiebeln, Knoblauch, Spargel und Pilze. Dann tauchte er noch einmal in den Kühlschrank ab und kam mit einem großen Stück Cheddar wieder hervor.

„Okay, erste Lektion. Eier aufschlagen." James nahm eines aus der Schachtel heraus, schlug es an der Schüsselkante an und gab dann das Ei mit einer schnellen Bewegung in die Schüssel. „So, jetzt du."

Andrea sah ihn zweifelnd an, schlug aber das Ei auf und gab es ebenfalls in die Schüssel – zusammen mit einem großen Stück Schale.

„Vielleicht sollte das Aufschlagen lieber ich übernehmen."

Sie warf ihm einen gespielt finsteren Blick zu. „Willst du damit etwa sagen, dass ich nicht mal ein Ei aufschlagen kann?"

„Na ja, der Beweis liegt ja auf der Hand."

„Es ist ein Ei."

Er warf einen Blick in die Schüssel. „Aber Omeletts sollen nicht knusprig sein, Andrea."

Sie lachte und gab ihm mit der Hüfte einen Stups. „Gut, dann schlägst du die Eier auf und ich wasche mir die Hände." Sie ging zur Spüle, wusch sich das Eiweiß von den Händen, trocknete sich jedoch nicht die Hände ab, sondern spritzte lachend das Wasser von ihren nassen Händen in James' Richtung.

„Wirklich sehr erwachsen, Miss Sullivan." Er wischte sich mit dem Unterarm das Gesicht und tat so, als schaute er sie finster an. „So, und jetzt komm hierher, wenn du nicht dazu verdammt sein willst, für den Rest deines Lebens von Imbissmahlzeiten und Fertiggerichten zu leben."

Als sie wieder zur Kochinsel zurückkam, tat sie so, als würde sie vor sich hingrummeln, aber als sie dann beim Näherkommen die Wärme in seinem Blick bemerkte, machte ihr Herz einen kleinen Hüpfer. „Und was jetzt?"

„Jetzt verquirlen wir die Eier … so", er zeigte es ihr, „mit ein bisschen Wasser statt Milch, damit sie fluffig werden. Dann schnippeln wir das Gemüse. Was magst du gern in deinem Omelett?"

„Zwiebeln, Tomaten und Pilze."

„Dann fang mit der Zwiebel an. Komm mal her, ich zeige es dir."

Ihre Augenbrauen gingen nach oben, aber sie schlängelte sich um die Kochinsel herum, wohin er ihr leise folgte, sodass sie schließlich zwischen dem Tresen und ihm eingeklemmt war.

„Inwiefern genau trägt das hier zum Essen bei?", fragte sie.

„Psssst, Frau, Geduld! Zuerst zeige ich dir jetzt, wie man ein Messer richtig hält." Er wartete, bis sie das Küchenmesser in die Hand genommen hatte und korrigierte dann die Position ihrer Finger am Griff. Er schloss seine Hand über ihrer und legte die Zwiebel vor ihr aufs Brett.

„Und jetzt schneiden wir das Wurzel- und das Stängelende ab …"

Sein Atem kitzelte an ihrem Ohr und lenkte sie ab. Wenn sie nur ein ganz klein wenig den Kopf drehte, würden ihre Lippen …

„Jetzt konzentrier dich aber mal", murmelte er heiser. „Ich habe absolut keine Lust, heute Abend noch in die Notaufnahme zu fahren."

Sie stieß einen dramatischen Seufzer aus, als er ihr zeigte, wie man Zwiebeln schneidet, und dabei die ganze Zeit seine Hand auf ihrer hatte. „Ich hätte schon längst Kochen gelernt, wenn ich gewusst hätte, dass es eine Kontaktsportart ist", bemerkte sie.

Er musste laut lachen und sagte: „Diese Behandlung wird nur ganz besonderen Schülern zuteil."

„Das will ich doch hoffen. Moment mal, mit wem genau hast du denn sonst noch in der Küche angebandelt?"

„Eifersüchtig?"

„Nein … einfach nur neugierig."

„Ja klar." Er stupste sie an, um ihre Aufmerksamkeit wieder auf die halbe Zwiebel zu lenken. „Nur Cassie. Und sie war nicht sonderlich interessiert, etwas so …"

„… Praktisches zu lernen?" Andrea konnte sich kaum vorstellen, dass Cassandra Sinclair etwas so Profanes tat wie zu kochen. Aber sie hatte auch absolut nicht den Wunsch, sich vorzustellen, wie diese Frau überhaupt irgendetwas mit James tat.

„Nein … etwas so häusliches."

Sie spürte, dass er plötzlich völlig verspannt war und hörte auf zu schneiden, als er sein Gesicht in ihr Haar drückte. Sie wagte kaum zu atmen.

„Eigentlich habe nicht ich sie verlassen, sondern sie mich", gestand er.

„Wegen des anderen Mannes?", fragte Andrea sehr leise.

„Als ich herausgefunden hatte, dass die beiden eine Affäre haben, habe ich ihr gesagt, dass sie sich zwischen ihm und mir entscheiden muss, und sie hat sich für ihn entschieden." Er drückte ihre Hand und fing dann wieder an zu schneiden. „Wahrscheinlich hätte mich das nicht weiter zu überraschen brauchen. Es war nämlich Phil Kane."

Völlig verblüfft musste Andrea blinzeln und sie wusste nicht, was sie sagen sollte. Philip Kane war vielleicht der einzige Star, der noch berühmter war als Cassandra Sinclair. Das musste so sein, denn sonst hätte Andrea ihn gar nicht gekannt. „Wärst du denn wirklich bei ihr geblieben, wenn sie sich für dich entschieden hätte?"

Er holte tief Luft. „Wenn es ihr wirklich leidgetan hätte … ja. Dann hätte ich ihr vergeben."

Wieder blinzelte Andrea verblüfft. Sie selbst wäre an seiner Stelle ganz sicher nicht so einfach bereit gewesen zu vergeben. „Ich verstehe ihre Entscheidung nicht", sagte sie daraufhin, woraufhin er nur mit den Achseln zuckte und erklärte: „Ich habe sie geliebt. Zumindest habe ich das geglaubt."

Sie legte das Messer hin und drehte sich um, damit sie ihn ansehen konnte. „Nein, das meine ich nicht, sondern dass sie ihn dir vorgezogen hat, verstehe ich nicht. Das ist ein ziemlicher Abstieg, wenn du mich fragst. Phil Kane scheint ein arroganter Idiot zu sein."

Er sagte so lange nichts, dass sie sich schon fragte, ob sie lieber nicht so offen hätte sagen sollen, was sie dachte. Doch dann legte er ihr den Arm um die Taille, zog sie sanft an sich und küsste sie.

Sie schmolz dahin wie vorhin die Schokolade in der Milch und gab sich ganz und gar seinem Kuss hin.

Cassandra Sinclair war eine absolute Idiotin.

Die Omeletts waren köstlich, aber nur weil James die Zubereitung rechtzeitig selbst in die Hand genommen hatte, denn Andrea hatte sich beim Wenden des Omeletts genauso ungeschickt angestellt wie beim Aufschlagen der Eier.

„Kann ich nicht die ganze Omelett-Geschichte vergessen und stattdessen Rührei machen? Das würde ich vielleicht gerade noch hinbekommen."

James lächelte sie über den Tisch hinweg an. „Oder du bleibst einfach bei mir, und dann brauchst du gar nicht mehr zu kochen."

Andrea trank einen Schluck Wasser, um den Bissen Ei herunterzuspülen, der ihr plötzlich in der trockenen Kehle stecken blieb. Er hatte scherzhaft klingen wollen, aber an seiner Miene war abzulesen, dass auch Ernst dabei gewesen war. Sein Blick ließ ihr den Atem stocken, deshalb schaute sie lieber wieder auf ihr Essen und sagte nichts.

James verstand den Hinweis und wechselte das Thema. „Es ist noch früh. Was würdest du denn heute Abend gern tun?"

„Ich weiß nicht. Mir ist nicht nach vielen Menschen", antwortete sie, woraufhin er sie angrinste.

„Benimm dich. Das habe ich nicht gemeint." Sie spielte mit ihrer Gabel herum, und ihr Puls ging ein bisschen schneller. „Möchtest du, dass ich für dich Klavier spiele?"

Sein Grinsen wich einem deutlich weicheren Gesichtsausdruck. „Ich fände es wunderbar, wenn du für mich spielen würdest. Du kannst gern schon anfangen, sobald du fertig gegessen hast, dann übernehme ich das Abräumen und die Küche."

„Gut." Sie stand mit dem Teller in der Hand auf, aber James nahm ihn ihr ab.

„Lass mich das machen. Das schaffe ich schon allein."

Sie verspürte ein Flattern im Bauch, als sie ins Wohnzimmer ging und sich ans Klavier setzte. Obwohl es sich hier um keinen echten Auftritt handelte und er sie bereits einmal spielen gehört hatte, war sie doch ziemlich aufgeregt.

Zum Aufwärmen machte sie ein paar Fingerübungen, bis alles gut gelockert war und ging dann zu einer Mazurka von Chopin über, einem Stück, das zu ihrer heiteren Stimmung passte. Sie wunderte sich selbst, dass sie es flüssig spielen konnte. Zu Hause spielte sie normalerweise immer nach Noten, auch wenn sie kaum hineinschauen musste. Die Mazurka ging über in eine Nocturne, die sie schon so oft vorgespielt hatte, dass sich ihre Finger an die Noten erinnerten, obwohl sich ihr Gehirn gar nicht so sicher war.

Das Geschirrgeklapper in der Küche hörte auf, und ein paar Minuten später kam James mit zwei Bechern mit dampfendem Kaffee ins Zimmer, die er auf einen Beistelltisch stellte.

Er setzte sich neben ihr auf die Klavierbank. „Was ist das?"

„Chopin. Einer meiner Lieblingskomponisten."

„Das ist wunderschön." Er war so nah an sie herangerückt, dass er flüstern konnte. „So wie du."

„Du lenkst mich ab."

Er strich ihr Haar im Nacken zur Seite und streichelte sie dort. „Und jetzt?"

Es erforderte ihre ganze Selbstbeherrschung, sich nicht unter seiner Berührung hin und her zu winden. „So wird das nichts."

Als Nächstes waren seine Lippen an derselben Stelle, an der sich vorher seine Hand befunden hatte, und bewirkte unweigerlich bei ihr, dass sie einen Akkord verpatzte. Sie musste sich ein Lächeln verkneifen.

„Wenn du willst, dass ich spiele, dann hör auf damit, oder besser noch, geh da rüber!"

„Ich benehme mich jetzt, versprochen." James legte die Hände in den Schoß, und sie brauchte gar nicht hinzuschauen, um zu wissen, dass er wie ein Schuljunge grinste. Aber er hielt Wort und versuchte nicht mehr, sie zu berühren, bis sie mit dem Stück fertig war.

„Das gehört zu den Dingen, die ich am meisten bedauere." Er nahm die beiden Kaffeebecher von dem Beistelltisch und hielt ihr einen hin. „Mein Vater war ein so begabter Musiker und Tante Muriel spielt ebenfalls Klavier, aber Serena und ich haben es nie gelernt."

Andrea nahm ihm den Becher ab und legte beide Hände darum. „Dazu ist es doch noch nicht zu spät."

„Mag sein. Aber du hast eine echte Gabe, Andrea. Du erstaunst mich. Wirklich!"

Die Zärtlichkeit in seinem Blick bewirkte, dass sie ihm glaubte. Sie bezweifelte allerdings, dass James wusste, worin seine eigene Gabe bestand. Auch bei ihr hatte es eine Weile gedauert, bis sie seine fürsorgliche Seite erkannt hatte, aber im Umgang mit seiner Familie war er sehr aufmerksam, rücksichtsvoll und hilfsbereit. Er zeigte seine Liebe, indem er für sie kochte und sie an seinem Talent teilhaben ließ, obwohl er das nicht hätte tun müssen. Außerdem war es ihm immer wichtig gewesen, dass Andrea es bequem hatte. Und er hatte sie immer respektvoll behandelt, wenn sie zusammen waren.

Er musste ihr angesehen haben, was sie dachte, denn sein Lächeln wich einer stillen Aufmerksamkeit. „Warum hast du aufgehört, öffentlich aufzutreten?"

Sie musste schwer schlucken, doch er sah sie weiter unverwandt an – ganz ruhig, voller Mitgefühl, und sie stellte fest, dass sie ihm vertraute.

„Ich habe meinen Ex-Mann in meinem Abschlussjahr an der Uni in *New York* kennengelernt", begann sie. „Seine Schwester war meine Mitbewohnerin im Studentenwohnheim. Sie spielte Cello. Ich habe mich sofort in Logan verliebt, als ich ihn zum ersten Mal gesehen habe. Er sah gut aus, war charmant und unglaublich selbstsicher." Sie lächelte ihn an und sagte: „Ein bisschen so wie du."

James zog ein Gesicht, und irgendwie gab ihr diese Miene den Anstoß, den sie brauchte, um weiterzusprechen. „Es fühlte sich alles an wie ein Märchen. Ich war erst 22 und ziemlich unerfahren, aber er war schon 28 und sehr weltgewandt. Weißt du, wer Bryan Roberts ist?"

James schüttelte den Kopf.

„Das ist Logans Vater, der damals Senator war. Die Roberts sind eine alteingesessene Familie mit viel Geld und jeder Menge Beziehungen, vielleicht vergleichbar mit dem alten Adel hier. Logan arbeitete für seinen Vater, und ihm stand der ganze Reichtum seiner Familie zur Verfügung. Er machte mir großzügige Geschenke und nahm mich auf Reisen mit, aber ich hätte mich von all dem nicht verführen lassen sollen. Und eigentlich war ich auch so erzogen worden, dass ich es hätte besser wissen müssen. Doch welches Mädchen wäre nicht fasziniert gewesen von einem Mann, der sie einfach so spontan nach Paris zum Abendessen oder an die spanische Riviera zu einem Tag am Strand einladen konnte?“

„Natürlich warst du empfänglich für so etwas“, sagte James. „Er wollte dich beeindrucken.“

„Und das ist ihm auch gelungen. Die Sache wurde schnell ernst, schneller als ich es eigentlich wollte. Ich wusste, dass die Beziehung so nicht richtig war, aber da steckte ich schon so tief drin, dass ich nicht wusste, wie ich einen Schritt zurück machen sollte. Und ich glaubte wirklich, dass ich ihn liebte. Als ich dann im Mai meinen Collegeabschluss machte, war ich schon im dritten Monat schwanger.“

Wieder musste sie schlucken und wagte es nach diesem Geständnis kaum, ihn anzusehen, aber er wartete einfach ab. Er wirkte nicht schockiert, überrascht oder verurteilend, sondern drückte aufmunternd ihre Hand.

„Als Erstes haben wir es seinen Eltern gesagt. Wir wussten, dass es einen Skandal geben würde, aber ich hatte trotzdem nicht mit der Reaktion seines Vaters gerechnet.“ Ihre Stimme wurde jetzt eine Oktave tiefer. „Er wollte, dass ich das Kind abtreibe.“

Sie registrierte, wie er sehr lange ausatmete, und erzählte schließlich weiter. „Als ich mich weigerte, informierte uns Senator Roberts darüber, dass wir heiraten würden. Er kandidierte nämlich gerade für das Präsidentenamt, und für einen Mann, der mit seinem starken Familiensinn für sich warb, war das Ganze natürlich eine ziemliche Katastrophe.“

„Ja, klingt ganz nach einem Hauptgewinn", bemerkte James mit gepresster Stimme.

„Natürlich hatte ich mir alles ganz anders vorgestellt, aber ich liebte Logan. Und weil ich heiraten und eine Familie haben würde, schlug ich ein Angebot der *New Yorker Philharmoniker* aus, um das Baby zu bekommen."

„Du hast getan, was du für richtig hieltest. Du wolltest deinem Baby ein stabiles Zuhause bieten", sagte er und strich ihr beruhigend über den Rücken.

„Unsere Flitterwochen haben wir dann auf Maui verbracht. Es hätte romantisch sein sollen, aber da hatte sich schon alles verändert. Logan war distanziert, denn er hatte das Gefühl, dass er in die Ehefalle getappt war. Mir war fast ständig übel, und deshalb habe ich die meiste Zeit auf unserem Zimmer verbracht, während er Golf spielte.

Eines Tages, als es mir etwas besser ging, bin ich hinunter ins Restaurant gegangen und habe ihn mit einer hübschen Blondine beim Lunch überrascht. Anscheinend war bei ihm *Golfspielen* nur ein Code für andere Aktivitäten." Sie senkte den Kopf, als die Demütigung und der Schmerz der Erinnerung sie noch einmal mit voller Wucht trafen. „Ich habe eine Riesenszene gemacht und brauche wohl nicht extra zu erwähnen, wie geschockt die Frau darüber war, dass Logan eine schwangere Ehefrau hatte."

Andrea holte mühsam Luft und wappnete sich innerlich für den nächsten Teil der Geschichte.

„In dieser Nacht kam Logan gar nicht mehr auf unser Zimmer, und auch am nächsten Morgen nicht. Ich wusste, dass ich nicht mit ihm verheiratet bleiben konnte, denn wenn er mich schon in den Flitterwochen so behandelte, dann würde das Leben mit ihm … Nun, ich wollte mein Baby lieber allein großziehen als in einer solchen Ehe zu bleiben. Ich war gerade dabei, meinen Rückflug zu buchen, als die furchtbaren Schmerzen einsetzten."

James' geduldige Miene wurde jetzt richtig finster, aber er sagte nichts, sondern hielt ihre Hand nur noch fester.

„Es endete damit, dass ich mit Blaulicht ins Krankenhaus gefahren und dort notoperiert wurde. Ich habe das Baby verloren." Ihre Kehle brannte vor lauter Anstrengung, nicht in Tränen auszubrechen. Ihre Erinnerungen an den Tag waren verschwommen, aber sie würde nie die Aussage der Gynäkologin vergessen, dass keine Herztöne mehr festzustellen seien. Sie erzählte lieber schnell weiter, bevor sie es sich anders überlegte und aufhörte.

„Am nächsten Tag tauchte Logan endlich in der Klinik auf. Ich weiß nicht, was ich erwartet hatte, aber zumindest irgendeine Reaktion, eine Emotion. Ich hatte unser gemeinsames Kind verloren, und ich hätte dabei sterben können, aber das Einzige, was er sagte, war: ‚Schade, dass das nicht ein paar Wochen früher passieren konnte. Du hättest uns jede Menge Probleme erspart.'"

James nahm sie in die Arme und küsste ihr aufs Haar, aber sie war zu sehr in ihrer Erinnerung gefangen, um irgendetwas wahrzunehmen, außer seiner Anwesenheit.

Sie lehnte sich bei ihm an und sagte: „Das war das Ende meiner Ehe. Logan ist nach Hause zurückgeflogen und hat die Annullierung der Ehe beantragt, bevor ich die Scheidung einreichen konnte, und zwar mit der Begründung, ich hätte ihn mit der Schwangerschaft unter Druck gesetzt, mich zu heiraten und dann eine Abtreibung gehabt. Ich war auf der Titelseite jedes Klatschblattes. Was *ich* zu der ganzen Angelegenheit zu sagen hatte, spielte überhaupt keine Rolle. Mein Wort stand gegen das der Presse und seiner Familie, und am Ende stand Logan da wie das arme Opfer. Alle glaubten ihm mehr als mir – mein Vater, meine Kirchengemeinde –, alle außer Becky.

Danach wurde ich in *New York* gemieden, denn niemand wagte es, etwas gegen die Familie Roberts zu sagen. Deshalb habe ich den Mädchennamen meiner Mutter angenommen und noch einmal studiert.

Nach einer Weile hat sich dann alles beruhigt, und die Leute haben mich nicht mehr erkannt, aber ich konnte nicht mehr als Konzertpianistin auftreten, denn das hätte nur den alten Skandal wieder aufgewühlt. Noch einmal hätte ich das nicht durchgestanden."

James nahm sie noch fester in die Arme. „Aber dir ist doch klar, dass das nicht deine Schuld war, oder? Du wolltest doch nur das Beste für das Baby. Irgendwann wird Logan sich für sein Verhalten verantworten müssen."

„Ach ja? Ich warte immer noch darauf." Sie schloss die Augen und sammelte Mut für den letzten Teil ihrer Geschichte. Selbst wenn sie nur gute Bekannte wären, hatte er es verdient, die Wahrheit zu kennen, bevor er sich ausmalen konnte, was sie füreinander vielleicht sein könnten.

Aber als sie jetzt weiterreden wollte, brachte sie kein Wort heraus. James rückte ein kleines Stückchen von ihr ab und nahm ihr Gesicht in beide Hände. Mit schmerzvoller Miene, aber ganz sanft, sagte er: „Lass es los, Andrea. Du schleppst das schon viel zu lange mit dir herum."

Andrea wollte ihm sagen, dass es ihr gut gehe, aber es kam nur ein erstickter Schrei heraus und dann fiel sie schluchzend gegen ihn.

25

Am ganzen Körper bebend weinte Andrea an ihn gelehnt, und ihre Tränen durchnässten sein Hemd, während sich in seinem Inneren ein Wirrwarr von Gefühlen entspann. Er traute sich nicht, etwas zu sagen, weil der Zorn gegen diesen Mann, der sie so tief verletzt hatte, ihn beinahe überwältigte. Stattdessen hielt er sie nur noch fester und strich ihr mit der freien Hand übers Haar.

Endlich ergab alles einen Sinn: Ihr Zögern, ihre Vorsicht, ihre Entschlossenheit, in ihm nur einen Promi zu sehen, der Ansprüche stellte, und ihr Bedürfnis, sich zu vergewissern, dass sie für ihn nicht nur eine weitere Eroberung war. All die Jahre hatte sie diese schreckliche Last mit sich herumgetragen. Sie war schwanger gewesen, grausam behandelt worden und am Boden zerstört gewesen in einer Situation, in der sie eigentlich geliebt und beschützt hätte werden müssen.

So wie er es tun würde, wenn er nur den Hauch einer Chance dazu bekäme. Dieser Gedanke überfiel ihn wie aus dem Hinterhalt und ließ sein Herz so heftig pochen, dass er sich sicher war, Andrea würde es hören können. Aber was waren das eigentlich für Gedanken, die er gerade hatte? Er konnte doch nicht ernsthaft daran denken, mit einer Frau eine feste Beziehung zu beginnen, die er noch nicht einmal eine Woche lang kannte! Mit Cassandra hatte er sich bereits ein halbes Jahr lang regelmäßig verabredet, bevor er sich eingestanden hatte, dass sie eine Beziehung hatten, und dann hatte es noch einmal zwei Jahre gedauert, bis er den Mut gefasst hatte, sie zu fragen, ob sie ihn heiraten wollte.

Vielleicht hätte schon das allein ein Zeichen dafür sein sollen, dass er jetzt besser zurückruderte. Doch bevor er sich weiter bei diesem verstörenden Gedanken aufhielt, merkte er, dass Andreas Körper nicht mehr unter Schluchzern bebte und ihre Tränen versiegt waren. Aber sie klammerte sich immer noch fest an ihn.

Sie löste sich jetzt von ihm, und ihr Blick ging an ihm vorbei zum Klavier. „Tut mir leid. Ich wollte nicht …" Sie rückte von ihm ab und strich sich im Gehen die Kleidung glatt. Mit dem Handrücken wischte sie sich die Augen, und ihre etwas steifen Bewegungen zeigten, wie unangenehm ihr das alles war. So sehr es ihn schmerzte, dass das unsichtbare Schutzschild um sie herum wieder hochfuhr, sie würde ihm niemals vertrauen, wenn er die Sache forcierte.

„Ich gehe und hole dir einen frischen Kaffee", sagte James, streckte sein Bein aus, das von der merkwürdigen Haltung auf der Klavierbank völlig verkrampft war, und sammelte die Kaffeebecher ein. Als er sie unter den Kaffeeautomaten stellte, hörte er wieder zaghafte Klaviertöne. Er hatte schon Angst gehabt, sie würde sich ihm gegenüber wieder verschließen, aber die leisen melancholischen Klavierklänge gaben ihm das Gefühl, dass sie sich nur etwas sammeln musste.

Fast hätte er laut aufgestöhnt. Erst hatte er sich von Ian dazu bringen lassen, all seine Entscheidungen noch einmal zu hinterfragen, und jetzt analysierte er die Psyche einer Frau, die er kaum kannte, um einzuschätzen, ob sie für eine Art Beziehung bereit war, von der er in den vergangenen zwei Jahren steif und fest behauptet hatte, dass er sie nicht wollte.

War das nicht der Grund, weshalb er mit hübschen jungen Mädchen ausging, die mit dem zufrieden waren, was er ihnen zu geben bereit war? Weil er wusste, dass sie ihn nicht in Versuchung bringen konnten, seinen Schwur zu brechen, ewig Junggeselle zu bleiben?

Aus Andreas Geklimper war mittlerweile eine leise, stimmungsvolle Melodie geworden, die er nicht kannte.

Er nahm ihre Kaffeebecher, ging zurück ins Wohnzimmer und setzte sich wieder zu ihr auf die Klavierbank, aber dieses Mal versuchte er nicht, sie zu berühren.

„Was spielst du denn da?"

„Das weiß ich nicht." Ihre Augen waren immer noch gerötet und die Tränenspuren auf ihren Wangen waren noch zu sehen, doch sie schien sich beruhigt zu haben, auch wenn sie offenbar ihren inneren Frieden noch nicht ganz wiedergefunden hatte.

„Gefällt es dir?"

„Denkst du dir das etwa gerade aus?" Es klang kein bisschen wie improvisiert, sondern wie fertig komponiert und arrangiert.

„Ich spiele immer, wenn ich aufgewühlt bin." Sie nahm die Hände von den Tasten, aber der Akkord verklang nur ganz langsam.

„Ich … es tut mir leid, Jamie. Ich weiß, dass du um all das nicht gebeten hast. Wir kennen uns ja noch gar nicht."

Sie blickte kurz auf und richtete ihren Blick fest auf den nassen Fleck an seiner Schulter. „Jetzt habe ich deinen Pulli völlig ruiniert."

Es kostete ihn seine ganze Selbstbeherrschung, sie nicht wieder in die Arme zu nehmen und ihr zu sagen, dass er alles über sie wissen wollte, aber er konnte sich noch gerade rechtzeitig bremsen. Dass er in sie verliebt war, hatte er ja bereits gesagt, und jedes weitere Wort würde ihn nur wie einen liebeskranken Idioten aussehen lassen.

Stattdessen lächelte er sie jetzt an und sagte: „Da mach dir mal keine Sorgen. Ich bin waschbar."

Sie rang nach Worten. „Ich verstehe es, wenn du … ich meine, ich weiß, dass wir …" Sie brach ab und nagte an ihrer Unterlippe. „Es ist doch auch egal, oder? Ich bin ja nur noch einen Tag hier."

„Nichts von dem, was du mir erzählt hast, kann etwas daran ändern, wie ich dich sehe, Andrea. Wenn es überhaupt etwas bewirkt hat, dann, dass mir noch klarer wird, wie unglaublich du bist. Du hast dir doch ein wunderbares Leben aufgebaut."

„Aber ich bin ein gebrochener Mensch", flüsterte sie.

„Das sind wir doch alle. Manche Wunden kann nur Gott heilen, vorausgesetzt, wir lassen ihn." Er nahm ihre Hand und fuhr fort: „Darin bin ich selbst nicht besonders gut, aber ich habe gedacht, dass ich vielleicht bereit bin, es zu versuchen." Er zog ihre Finger an seine Lippen und küsste sie behutsam.

Sie zuckte bei der Berührung zurück, aber er nahm sie bei den Schultern und drehte ihr Gesicht zu sich hin. „Ich weiß nicht, wie es jetzt weitergeht, Andrea, aber ich bin bereit, es herauszufinden."

Da kamen ihr wieder die Tränen. „Es kann sein, dass ich keine Kinder mehr bekommen kann, Jamie."

Wenn er bis jetzt erschüttert gewesen war, dann nahm seine Erschütterung in diesem Moment noch einmal zu. Mit allem hatte er gerechnet, aber damit nicht. „Wegen der Fehlgeburt?"

Sie nickte, ohne ihn anzusehen. „Sie sind bei der Operation nicht besonders behutsam vorgegangen, weil alles so schnell gehen musste, und deshalb ist es wahrscheinlich zu irreversiblen Schäden gekommen. Niemand weiß, ob … es könnte jedenfalls schwierig oder sogar unmöglich sein."

Und daraus hatte sich dann alles andere ergeben. Die netten Männer, die sie kennenlernte, wollten Familie, diejenigen, denen ihr Gesundheitszustand nichts ausmachte, wollten etwas, das sie nicht bereit war zu geben. Kein Wunder, dass sie sich ganz in ihre Arbeit stürzte. Warum sollte sie sich auch freiwillig ein weiteres Mal ihr Herz brechen lassen?

Er bewegte sich ganz vorsichtig, um sie nicht zu erschrecken. Das hier war ein Gespräch, das man normalerweise erst führte, wenn man schon Monate zusammen war und nicht, nachdem man sich gerade erst kennengelernt hatte – Küsse hin oder her. Doch er hatte keine Zeit, darauf zu warten, dass sich alles natürlich entwickelte.

„Es gibt doch mehr als nur eine Möglichkeit, eine Familie zu gründen, Andrea", sagte er deshalb.

Wieder kamen ihr die Tränen, aber bevor sie zu laufen begannen, zog er sie auf seinen Schoß und küsste sie ganz langsam und behutsam, behandelte sie so, als könnte sie von der kleinsten Berührung zerbrechen.

Als sie sich von ihm löste, fragte er: „Was würdest du heute Abend zu einem ruhigen Film sagen? Ich könnte mir sogar vorstellen, dass ich irgendwo noch Popcorn finde."

„Das klingt perfekt." Sie stand von seinem Schoß auf und ließ sich in einigem Abstand zu ihm wieder auf der Klavierbank nieder.

„Mein Laptop ist noch unten im Cottage. Möchtest du hierbleiben, während ich ihn hole? Es dauert nicht lange."

„Wenn es dir nichts ausmacht, Jamie?"

„Was sollte mir das ausmachen, Love?"

Sie lächelte, griff nach seiner Hand und antwortete: „Beeil dich."

Bei diesen Worten ging ihm das Herz auf. Er holte seine Schlüssel, ging zur Haustür hinaus, und bereits in dem Moment, in dem er die Tür hinter sich zuzog, setzte Andreas Melodie wieder ein, nur diesmal mit einem hoffnungsvollen Unterton.

26

Andrea gab sich mehr oder minder begeistert ihrem Spiel hin, doch das war immer noch leichter, als sich dem Ansturm ihrer Gefühle zu stellen. Außer ihrer Schwester hatte sie bisher noch niemandem die Geschichte ihrer Beziehung mit Logan vollständig erzählt. Sie war erstaunt, dass James gar nicht geschockt gewirkt hatte, vielmehr hatte sie bei ihm eine Zärtlichkeit ausgelöst, auf die sie niemals zu hoffen gewagt hätte.

Eigentlich hätte sie sich besser fühlen müssen, nachdem sie jetzt alles erzählt hatte, aber ihr war immer noch nicht die ganze Last vom Herzen genommen. Sie hatte gedacht, dass er sich zurückziehen und es für beide leichter werden würde, wenn er wüsste, wie wenig sie ihm zu bieten hatte. Stattdessen hatte er sie mit einer so sehnsüchtigen Zartheit geküsst, dass sie sich innerlich richtig verknotet hatte.

Ihre Finger verharrten jetzt auf den Klaviertasten. *„Wir Menschen sind doch alle gebrochen. Manche Wunden kann nur Gott heilen.“*

Sie seufzte. So einfach war das nicht. Vielleicht konnte James seine Probleme so leicht hinter sich lassen, vielleicht aber auch nicht, denn schließlich gab es in seinem Leben ja auch viele Fragen und Probleme. Er konnte kaum mit seinem eigenen Bruder reden, und die Beziehung zu seiner Mutter war offenbar auch alles andere als harmonisch. Außerdem hatte er die gelöste Verlobung mit Cassandra noch nicht richtig verarbeitet. Er war also nicht gerade ein Musterbeispiel für die heilende Gnade Gottes.

„Ich bin darin selbst nicht so besonders gut. Aber ich habe mir überlegt, dass ich jetzt so weit bin, es zu versuchen."

Vielleicht war es unfair, von ihm zu erwarten, dass er sein Leben im Griff hatte und wusste, was er wollte, nur weil er behauptete, seinen Glauben zu haben. Was auch immer er für Fehler gemacht hatte, er war freundlich, lustig und intelligent. Er brachte sie zum Lächeln, und sie war unbeschwert, wenn sie mit ihm zusammen war. Das konnte doch nichts Schlechtes sein, oder?

Sie wandte sich wieder dem Klavier zu und spielte einfache Etüden, so wie sie ihr in den Sinn kamen. Offenbar versuchte sie gerade, etwas mit dem Verstand zu erklären, was mit dem Verstand nicht zu greifen war. James war absolut nicht der Richtige für sie. Sein Job, sein Lebensstil, sein Reichtum – das alles waren für sie Warnsignale, wenn es um Männer ging. Und trotzdem drängte es sie innerlich mit allem, was sie hatte und war, zu ihm hin, sobald er in ihrer Nähe war, und das gleich vom ersten Moment an.

Draußen auf dem Kies war das Knirschen von Autoreifen zu hören, und dann wurde ein Motor ausgeschaltet und eine Autotür zugeschlagen. Als James zur Tür hereinkam, war sie gerade in der Mitte von Opus sieben von Schumanns „Kinderszenen", einem wunderschönen schlichten Stück, das gut zu ihrer wehmütigen Stimmung passte. Es hatte schon einen Grund, dass es „Träumerei" hieß.

Sie schaute nicht in seine Richtung, deshalb blieb er an der Tür stehen, bis sie geendet hatte. Dann gab er ihr einen zarten Kuss auf die Wange und ging in die Küche, um ihr Zeit zum Nachdenken zu geben.

Sie konnte lernen, diesen Mann zu lieben. Leise stöhnte sie auf. Das war definitiv genug Schumann für den Augenblick.

„Was ist denn los?“, hörte sie ihn fragen.

Sie sprang auf und stieß dabei fast die Klavierbank um. Sie stellte sie rasch wieder richtig hin und ging in die Küche. James hatte gerade Popcorn und Öl in einen Topf mit einem schweren Deckel gefüllt und auf den Herd gestellt.

„Du machst Dinge gern auf die altmodische Art und Weise, was?“

Er lächelte ihr über die Schulter zu. „Die Mikrowelle stellt keine Herausforderung für mich dar.“

„Stellt denn überhaupt irgendetwas, das mit Kochen zu tun hat, eine Herausforderung für dich dar?“

Er streckte einen Arm nach ihr aus, sie ging zu ihm hin, und er zog sie an seine Seite und legte ihr einen Arm um die Taille.

„Pass bloß auf, sonst fange ich vielleicht noch an zu glauben, dass du mich magst“, sagte er.

Er rückte etwas von ihr ab, wofür sie ihm dankbar war, denn das war für sie alles zu intensiv gewesen. Noch mehr verkraftete sie heute nicht.

Um ihrem Gespräch eine andere Richtung zu geben, rief sie: „Stopp! Das Popcorn brennt an.“

„Es ist ja noch nicht einmal zu hören.“

Doch wie aufs Stichwort fingen jetzt die ersten Maiskörner in dem Topf an zu platzen und dann folgte eine lautstarke Serie von lauten Knallen. Er bedachte sie mit einem demonstrativen Blick. „Das ist eine Gabe.“

„Ja, vielleicht“, sagte sie grinsend, denn ihre nachdenkliche Stimmung verflüchtigte sich langsam. Sie ging zu einem der Unterschränke, um eine Schüssel für das Popcorn zu holen.

Sie stellte sie neben ihm auf den Küchentresen, und er sagte: „Danke, mein Schatz.“

Bei dem fast abwesend und damit unbeabsichtigt verwendeten Kosewort machte ihr Herz einen kleinen Satz, und in Gedanken stellte sie sich vor, wie es wohl sein mochte, das jeden Tag aus seinem Mund zu hören.

Nein, damit will ich mich heute Abend nicht befassen.

„Butter oder Margarine?", fragte sie und lachte gleich darauf über seinen ungläubigen und gespielt entsetzten Blick. „Entschuldige bitte die Frage. Also Butter."

Sie schaute kurz in den Kühlschrank, erinnerte sich dann aber an die Butterdose auf dem Küchentresen, in der Muriel die weiche Butter aufbewahrte.

James würzte das Popcorn, kippte dann das Ganze in die Schüssel und machte eine wedelnde Geste Richtung Wohnzimmer. „Dein Film wartet auf dich. Vorausgesetzt, du weißt, wie man den Computer an den Fernseher anschließt. Ich gucke normalerweise nicht auf dem großen Bildschirm."

„Das bekomme ich hin", sagte sie, denn sie hatte schon so viele Präsentationen gehalten, dass sie das aus dem Fffeff beherrschte. Innerhalb von Sekunden hatte Andrea die beiden Geräte miteinander verbunden und fragte dann: „Was schauen wir denn?"

„Das ist eine Überraschung. Setz du dich einfach hin, den Rest übernehme ich. Weitere Beweise deiner technischen Fähigkeiten verkraftet mein empfindliches männliches Ego nicht."

Andrea lachte und ging wieder zurück zum Sofa. „Das glaube ich, aber es würde deinem Ego sicher nicht schaden, wenn es mal einen kleinen Dämpfer bekäme."

„Autsch. Jetzt gibst du es mir aber." Anscheinend war er jetzt so weit, den Film, den er ausgesucht hatte, abzuspielen, denn er schaltete das Licht aus und kam zum Sofa zurück, als der Vorspann lief.

Auf Andreas Gesicht breitete sich ganz langsam ein Lächeln aus, als sie den vertrauten Anfang sah. *„Der unsichtbare Dritte?"*

„Ich habe mir gedacht, du solltest die Chance bekommen zu begründen, wieso es der beste Film aller Zeiten ist."

„Ein Hitchcock-Film mit Cary Grant in der Hauptrolle? Dazu braucht man doch eigentlich gar nichts mehr zu sagen, oder? Er ist attraktiv, charmant und sieht in einem Anzug einfach toll aus."

„Das sind aber ziemlich große Fußstapfen für einen Mann."

Andrea lächelte ihn an. „Von dort, wo ich gerade sitze, schneidest du im Vergleich gar nicht so schlecht ab."

Er grinste und legte einen Arm um sie. „Wenn das so ist, kannst du gerne ein bisschen näher rücken."

Andrea ließ sich neben ihm nieder, und als er ihr den Arm um die Schultern legte, stieß sie einen zufriedenen Seufzer aus. Sie wollte diesen Moment nicht dadurch verderben, dass sie daran dachte, was als Nächstes passieren würde. Sie konnte sich nicht daran erinnern, wann sie zum letzten Mal einen ruhigen Abend zu Hause verbracht und ohne Druck und Erwartungen mit einem Mann einen Film angeschaut hatte. Hatte sie das überhaupt schon jemals erlebt?

Als sie Logan kennengelernt hatte, war sie noch ziemlich unerfahren gewesen. Er hatte das Nachtleben von Manhattan geliebt, und sie hatten sich immer in den angesagtesten Clubs und Restaurants sehen lassen müssen. Genau wie James.

Dennoch fühlte sich das nicht wie die ganze Wahrheit an. Sie bekam den Mann, der von Paparazzi gejagt wurde, nicht mit dem Mann zusammen, der für sie Popcorn zubereitete und ihr einen sechzig Jahre alten Film vorspielte, einfach nur, um ihr eine Atempause von den heftigen Gefühlen dieses Tages zu geben. Er überraschte sie immer wieder aufs Neue mit seinem Einfühlungsvermögen.

Die emotionale Achterbahnfahrt dieses Tages hatte ihren Tribut gefordert, und es dauerte nicht lange, da brannten ihre Augen von der Anstrengung, sich auf den Bildschirm zu konzentrieren. Irgendwann nach der Szene, in der die Figur, die von Cary Grant gespielt wurde, wegen Mordes an einem UN-Delegierten festgenommen wird, wurden Andreas Lider immer schwerer. Sie rückte näher an James heran, um eine bequemere Sitzposition zu finden, während er ihr immer wieder langsam über den Arm streichelte.

„Aufwachen, mein Schatz." James' sanfter Ton durchdrang den Nebel in ihrem Kopf, und sie machte mühsam die Augen auf und blinzelte verwirrt in Richtung des flimmernden Bildschirms. Der Film war zu Ende, und jetzt liefen ganz leise die Abendnachrichten. Sie lag an seine Seite gelehnt, die Beine aufs Sofa gezogen, und offenbar hatte er sie irgendwann mit einer Wolldecke zugedeckt.

„Jetzt bin ich schon zum zweiten Mal in deiner Gegenwart eingeschlafen."

„Langsam glaube ich, das liegt an meiner Persönlichkeit."

Sie lächelte und strich sich, immer noch angenehm benebelt, ihr zerzaustes Haar aus dem Gesicht. „Du gibst ein gutes Kissen ab. Ein bisschen hart vielleicht, aber schön warm."

„Bist du denn bereit, jetzt aufzubrechen? Serena und Muriel sind schon vor einer ganzen Weile wieder nach Hause gekommen." James rutschte unter ihr hervor, stand auf, zog sie dann hoch und drückte ihr einen Kuss auf die Stirn.

Eigentlich hätte es ihr peinlich sein müssen, dass seine Familie sie an James' Seite schlafend auf dem Sofa gesehen hatte, aber sie war zu verschlafen, als dass es ihr jetzt etwas ausgemacht hätte. Sie unterdrückte ein Gähnen und murmelte: „Vielleicht musst du mich zum Auto tragen."

„Gerne." Er half ihr in den Mantel, aber wegen ihres offenbar immer noch schlaftrunkenen Hirns konnte sie die Bewegungen ihrer Arme nicht richtig koordinieren. Sie blinzelte gegen die Schlafkörnchen in ihren Augen an und folgte ihm hinaus zum Auto, wo sie sich ganz tief in ihren Mantel einkuschelte. Nach ihrem warmen Kokon auf dem Sofa ließ die feuchtkalte Luft sie jetzt frösteln.

Als James sie später zu ihrem Cottage brachte, blieb er noch stehen, als wollte er das Gute-Nacht-Sagen hinauszögern. Andrea dachte nicht lange nach, sondern schlang ihm einfach ihre Arme um den Hals und drückte ihren Mund auf seinen. Er zog sie daraufhin fest an sich und erwiderte ihren Kuss langsam und zärtlich.

Er löste sich als Erster wieder von ihr und legte seine Stirn an ihre. „Gute Nacht, Andrea."

Sie lächelte, zwar immer noch verschlafen, aber jetzt ganz und gar glücklich. „Also morgen früh Joggen?"

„Möchtest du dich nicht lieber noch ausruhen?"

„Es ist mein letzter Tag auf *Skye*, und ich möchte gerne noch einmal den Sonnenaufgang sehen."

„Also gut, dann Joggen. Schlaf gut, Love."

Sie betrat das Cottage und schloss die Tür hinter sich. Bis jetzt hatte er den Kosenamen eher locker und beiläufig benutzt, aber nun glaubte sie, dass er es vielleicht wirklich so meinte.

27

Andrea wurde bereits vor Tagesanbruch mit Herzrasen wach und hatte keine Ahnung, weshalb. Doch dann erinnerte sie sich mit einem Schlag wieder an die Ereignisse des vergangenen Tages.

Sie wand sich innerlich, als sie daran dachte, wie sie an James' Schulter geweint hatte. Was musste er heute über sie denken! Er war so lieb und verständnisvoll gewesen, aber was war ihm auch anderes übrig geblieben angesichts einer in Tränen aufgelösten Frau? Dennoch weckte sein Verhalten eine tiefe, schmerzliche Sehnsucht in ihr, als sie daran dachte, wie sie an ihn gelehnt auf dem Sofa eingeschlafen und durch seine Berührung wieder aufgewacht war. Sie wünschte sich diese Art des Zusammenseins so sehr, dass es ihr den Atem verschlug.

Und heute war ihr letzter Tag auf *Skye*.

Sie drehte sich auf die andere Seite und vergrub ihren Kopf im Kissen. Sie war so dumm. Sie hatte doch gewusst, dass das hier nichts von Dauer werden würde. Sie hatte es gewusst, als sie zugelassen hatte, dass er ihren Schutzpanzer durchbrochen und erkannt hatte, dass das Leben, das sie sich aufgebaut hatte, nur dazu da war, ihr Innerstes zu schützen, weil sie es nicht ertragen würde, noch einmal so verletzt zu werden. Sie hatte diese Gefühle trotzdem zugelassen, obwohl ihr die

Konsequenzen bewusst gewesen waren, und jetzt musste sie den Preis dafür zahlen.

Die Vorstellung, sich aus dem Bett zu quälen und wie üblich zum Aufwärmen Gymnastik zu machen, schien ihr immer weniger attraktiv. Stattdessen nahm sie ihr Handy, das zum Laden eingestöpselt war, und steckte sich Ohrhörer in die Ohren. Sie hörte ihre Lieblingskomposition von Mendelssohn, kuschelte sich noch tiefer unter die Decke und ließ sich von der Musik berieseln.

Erst sehr viel später wurde sie durch gleißendes Sonnenlicht wach, das zum Fenster hereinschien, und schaute blinzelnd auf die Uhr. Es war 10:13 Uhr. Mit einem Ruck setzte sie sich auf und zog sich die Ohrhörer aus den Ohren. Joggen. James. Sie hatte ihre morgendliche Verabredung verschlafen. Schnell griff sie nach dem Zimmertelefon und wählte seinen Anschluss, aber es nahm niemand ab.

Daraufhin überfiel sie eine völlig irrationale Panik. Was wäre, wenn er zu dem Schluss gekommen war, dass es der reine Wahnsinn war, sich mit einer Frau wie ihr einzulassen? Vielleicht hatte er während der letzten Nacht noch einmal tiefer über ihre Geschichte mit Logan nachgedacht und war zu dem Schluss gelangt, dass er mit dem emotionalen Gepäck, das sie mit sich herumschleppte, nichts zu tun haben wollte.

Sie versuchte gar nicht erst, sich selbst weiszumachen, dass es ihr egal war. Sie schwang die Beine aus dem Bett, zog ihre Hausschuhe an, schlurfte zur Tür, öffnete sie einen Spaltbreit und schaute hinaus. Sein Kombi stand noch da, aber an ihrer Tür klebte ein Zettel.

Andrea zog ihn ab, faltete das Blatt auseinander und las:

Andrea,
ich habe heute Morgen bei dir vorbeigeschaut, aber du hast auf mein Klopfen nicht reagiert. Ich wollte dich nicht wecken.

Ich muss nach Portree, um etwas Geschäftliches zu erledigen, aber heute Mittag bin ich zurück. Die Autoschlüssel habe ich dagelassen, falls du etwas unternehmen möchtest. Schau auf jeden Fall in meinem Cottage vorbei, wenn du wach bist. Die Tür ist nicht verschlossen.

In Liebe, James

Der Knoten in ihrem Bauch lockerte sich ein wenig. Das hörte sich nicht so an, als wäre er auf und davon, sondern offenbar hatte er nur nicht warten können, bis sie wach war.

Sie machte sich rasch fertig, weil sie zu neugierig darauf war, was wohl in seinem Cottage auf sie wartete. Trotzdem fühlte sie sich wie ein Eindringling, als sie es betrat.

Doch dann strahlte sie übers ganze Gesicht. James hatte den Küchentisch für eine Person gedeckt, mit hübschem Porzellan und Besteck und einem Wiesenblumenstrauß in einem Teebecher. Auf dem Teller lag ein Zettel, auf dem stand:

Schau in den Kühlschrank. Wasser für Tee und Toastbrot stehen auf dem Tresen.

Als sie erwartungsvoll den Kühlschrank öffnete, standen dort neben einem Glas Orangensaft eine Schüssel mit Joghurt und ein kleiner Teller mit frischen Beeren. Lächelnd nahm sie alles heraus und trug es zum Tisch. Dann machte sie sich eine Tasse Tee und steckte zwei Scheiben Toast in den Toaster.

Was sollte sie zu einem Mann sagen, der sich solche Mühe gab, sie zu beruhigen und ihr zu zeigen, dass sie ihn nicht abgeschreckt hatte? Sie zögerte nur einen ganz kleinen Moment, bevor sie die Nummer fand, die James ihr in ihr Handy einprogrammiert hatte. Dann nahm sie das Zimmertelefon und gab die Nummer ein.

Er meldete sich beim dritten Klingeln. „Guten Morgen, Andy." An seinem Tonfall merkte sie, dass er lächelte. „Hast du meine kleine Überraschung gefunden?"

„Ja, habe ich. Danke. Tut mir leid, dass ich unser Date verschlafen habe."

„Du hattest ja wirklich ein wenig Ruhe verdient. Tut mir leid, dass ich nicht bleiben konnte. Ich wollte nicht, dass du glaubst …“

„Ich weiß. Lieb von dir, dass du dir solche Gedanken machst.“

Das Schweigen zog sich in die Länge, und Andrea merkte erst zu spät, dass er wahrscheinlich gerade sehr beschäftigt war.

„Ich wollte dich nicht stören“, sagte sie.

„Das tust du gar nicht. Ich bin hier in ungefähr einer Stunde fertig. Gegen 13:00 Uhr können wir dann nach *Inverness* aufbrechen. Falls dir langweilig wird, kannst du ja zum Haus fahren. Serena würde sich bestimmt freuen.“

„Klar, danke. Bis später.“

So nett seine Familie auch war, Andrea hatte keine Lust, den Vormittag dort zu verbringen. Deshalb frühstückte sie, spülte das Geschirr und machte sich auf den Weg zum Wasser. Die Luft hatte bereits einen Hauch von Wärme, und die Wolken über dem Festland und dem Sund waren von der flockigen Sorte, anders als die schweren, dunklen Regenwolken der letzten paar Tage. Bedauern beschlich sie, als sie jetzt auf das glatte, blaue Wasser schaute. Sie hatte sich mit Händen und Füßen gegen diesen Ort gewehrt, aber er hatte sich trotzdem seinen Weg zu ihrem Herzen gebahnt, ohne dass sie es gemerkt hatte. Genau wie James sich in ihr Herz gestohlen hatte und davon einen Teil, von dem sie geglaubt hatte, er wäre für immer verloren, mit Beschlag belegte.

Es war lächerlich, ja im Grunde sogar unmöglich, solche Gefühle für jemanden zu haben, den man kaum kannte, aber es war dadurch nicht weniger echt.

Als sie jetzt am Ufer entlangging, versanken ihre Füße im feuchten Sand. Sie sammelte ein paar flache Kiesel und Treibholzstücke, warf sie ins Wasser und schaute zu, wie es aufspritzte und die Dinge dann unter der dunklen Oberfläche verschwanden. Sie holte ihr Handy heraus, um ein Foto von der Landschaft zu machen, steckte es dann aber unverrichteter Dinge wieder ein. James hatte recht. Welches Bild auch immer sie machte, es konnte wahrscheinlich nicht wiedergeben, was sie hier gerade empfand – am Rande der Zivilisation stehend und die salzige Meeresbrise im Gesicht.

Schon morgen würde sie wieder in *New York* sein, zwischen den Wolkenkratzern aus Stahl, Beton und Glas, umgeben von den nächtlichen Geräuschen der Autohupen und des Verkehrs mit dem Geruch von Abgasen und Müll in der Luft. Würde sie das Gewimmel und die Hektik zu Hause jemals wieder mit denselben Augen sehen können?

Sie schlenderte zurück zum Hotel, aber ihr Herz geriet ins Schlingern, als sie James' Audi neben dem grünen Monster stehen sah. Erst jetzt wurde ihr bewusst, dass sie sich gar nicht die Mühe gemacht hatte, sich zu schminken und die Haare ordentlich zu frisieren. Sie änderte deshalb rasch ihren Kurs in Richtung ihres eigenen Cottages, aber schon nach ein paar Schritten öffnete James die Tür.

„Willst du irgendwo hin?"

„Ich wollte nur ..."

Er lächelte und ihr Herz setzte kurz aus. Ohne ein Wort zu sagen, trat er zur Seite, zog sie an sich und gab ihr einen langen Kuss, der alle Zweifel in Bezug auf seine Gefühle vertrieb. „Darauf freue ich mich schon den ganzen Morgen."

Ich auch, dachte sie, fühlte sich aber noch zu zittrig, um es auszusprechen. „Ich sollte langsam packen."

Er senkte den Kopf und gab ihr einen ganz leichten Kuss auf die Wange, sodass sie eine Gänsehaut bekam. „Packen kannst du doch auch später noch."

Sie stöhnte leise bei der Anstrengung, sich seinem Griff zu entwinden. „Ich packe lieber jetzt gleich, denn ich möchte mich nachher noch bei Serena und Muriel verabschieden."

James ließ zwar geschehen, dass sie sich aus seinen Armen befreite, aber die Art, wie er sie ansah, machte sie innerlich ganz zappelig. Es wurde besser, als sie in ihr Cottage ging und daran dachte, dass dies ihr letzter Vormittag am Wasser war.

Nein, daran wollte sie jetzt nicht denken. Sie verpackte ihre Hosenanzüge und Kostüme in ihrem Kleidersack, den sie auf die einzige Jeans legte, die außerdem noch in den Koffer passte. Traurig schaute sie die graue Steppjacke an. Diese Kleidung zurückzulassen, fühlte sich an, als würde sie ihre Erinnerungen an *Skye* aufgeben, aber sie hatte für die Sachen nicht so viel Geld ausgegeben, dass es den Kauf eines neuen Koffers für den Transport nach *New York* gerechtfertigt hätte.

Sie schüttelte ihre nachdenkliche Stimmung ab, schob ihren Laptop in die Hülle und konzentrierte sich ganz darauf, das Zimmer aufzuräumen. Sie zog das Bett ab und legte die Betttücher und den Bezug locker zusammen. Oben auf den Haufen legte sie noch die benutzten Handtücher. Dann fiel ihr der Schal in die Hände, der immer noch auf der Innenseite der Tür des Bades hing. Sie strich mit ihren Fingern über die Fransen und steckte ihn in die Tasche ihres Wollmantels.

Als sie schließlich aus dem Cottage trat, wartete James schon auf sie. Wortlos nahm er ihr Gepäck und verstaute es im Kofferraum der Limousine. Andrea löste den Schlüssel vom Cottage aus ihrem Schlüsselbund und gab ihn ihm zurück.

Er ließ seine Finger eine Weile auf den ihren ruhen, als er den Schlüssel an sich nahm, und ihr innerer Zwiespalt spiegelte sich in seiner Miene wider. Es fühlte sich an wie das Ende von etwas, das sie nie definiert hatten, und keiner von ihnen wusste, was er/sie jetzt als Nächstes tun sollte.

„Sollen wir zum Haus fahren und uns verabschieden?“, fragte er schließlich und ließ ihre Hand los. Sie nickte nur wortlos und stieg ins Auto.

Als sie bei seiner Familie ankamen, nutzten Serena und die Kinder draußen das sonnige Wetter. Emmy rannte in Kreisen im Garten umher, hob und senkte die Arme und tat so, als wäre sie irgendein Flugwesen, während Max zufrieden auf einer Decke saß und aus einem kleinen Schälchen trockenes Müsli mampfte.

Serena winkte, als James den Wagen in sicherem Abstand abstellte. „Geht's auf nach *Inverness*?", fragte sie, als sie ausstiegen, und kam mit einem freundlichen Lächeln auf sie zu.

James warf Andrea noch einen unsicheren Blick zu. „Wir kommen nur, um uns zu verabschieden."

„Tantchen ist im Haus."

James verstand den Wink und ging die Stufen zur Eingangstür hinauf, während sich Serena bei Andrea einhakte. „Und jetzt?"

„Ich fliege morgen wieder, aber wir fahren schon etwas früher, weil wir uns heute Abend eine Band anhören wollen. Irgendeine Freundin der Familie? Davy soundso."

Serena zog ihre Augenbrauen hoch. „Das habe ich nicht gemeint."

„Ich weiß, dass du das nicht gemeint hast."

Serena nickte ganz langsam. „Ich glaube, du hast schon selbst gemerkt, dass mein Bruder anders ist, als er vorgibt, oder?"

„Ja, das habe ich."

„Vielleicht solltest du dich dann fragen, warum er sich nie zweimal mit derselben Frau zeigt, wenn nicht aus dem Grund, den er alle glauben machen möchte." Sie drückte Andreas Arm und ließ sie dann abrupt los, als die Haustür wieder aufging und James mit Muriel erschien.

„Andrea, Liebes." Muriel kam mit ausgebreiteten Armen auf sie zu, umarmte sie herzlich und sagte in einem vertrauten Ton. „Es war so schön, dich hier zu haben. Ich hoffe, du kommst einmal wieder, um uns zu besuchen."

„Vielen Dank, Muriel. Ich weiß deine Gastfreundschaft wirklich sehr zu schätzen."

„Komm, Emmy, sag Andrea auf Wiedersehen!", rief Serena jetzt.

Das kleine Mädchen änderte sofort seine Richtung und stürzte sich auf Andrea, sodass die beinah umfiel. „Nicht weggehen! Ich will dir doch noch zeigen, wie gut ich jetzt schon Klavier spiele!“

Andrea schluckte schwer und bückte sich, damit sie der Kleinen in die Augen schauen konnte. „Es tut mir so leid, meine Süße, ich muss wieder nach Hause. Aber übe auf jeden Fall weiter. Ich bin ganz sicher, dass mir dein Onkel erzählt, welche Fortschritte du machst.“

Emmy verdrehte unsicher ihr T-Shirt mit ihren Fingern. „Kommst du denn wieder?“

Andrea wurde die Kehle eng. „Das weiß ich nicht. Aber wenn, dann bist du die Erste, die es erfährt, okay?“

„Okay.“ Emmys Unterlippe bebte, als sie Andrea die Arme um den Hals schlang. Die bekam kaum Luft, als sie das kleine Mädchen fest an sich drückte. Schließlich machte sie sich wieder los und richtete sich auf.

James, der Max auf dem Arm hatte, betrachtete die Szene. Er tätschelte das Baby und fragte: „Möchtest du Tante Andrea auch auf Wiedersehen sagen, Maxie?“

Sie strich mit der Hand über Max’ flaumiges Köpfchen, und ganz kurz geriet dabei ihr Herz aus dem Takt. Dann gab sie ihm noch ein Küsschen auf die Wange. „Tschüss, Kleiner. Sei brav und lass deine Mama auch mal ein bisschen schlafen, ja?“

Serena lachte, nahm ihrem Bruder Max wieder ab und ließ sich von James ein Küsschen auf die Wange geben. „Wenn ich nur glauben könnte, dass er auf dich hört. Viel Spaß, ihr beiden. Es war schön, dich kennenzulernen, Andrea.“ Dann schaute sie James an und dann noch einmal demonstrativ Andrea, als wollte sie sie damit an ihr kurzes Gespräch von gerade erinnern.

Andreas Magen zog sich kurz zusammen, als sie ins Auto stiegen. James fuhr die Auffahrt hinunter und dann auf die Hauptstraße, erst da fragte er: „Was war denn das da gerade?“

„Das weiß ich auch nicht so genau."

Wären die Worte von Ian gekommen, hätte Andrea gedacht, er wolle sie warnen, dass James sich von ihr genauso schnell wieder abwenden würde wie von anderen Frauen, mit denen er zusammen gewesen war. Aber Serena hatte fast so geklungen, als hätte sie Angst, James könnte in diesem Szenario zu Schaden kommen.

James beugte sich vor und schaltete die Stereoanlage ein. Sanfter Jazz kam aus den Lautsprechern und erfüllte die Stille. Andrea schaute zu, wie die Landschaft an ihnen vorbeizog, als sie wieder zurück aufs Festland fuhren, und der eiserne Griff, den sie um ihren Oberkörper herum empfand, wurde mit jedem Kilometer fester. Als sie die *Skye Bridge* erreichten, schloss sie die Augen und legte den Kopf nach hinten gegen die Kopfstütze, damit ihr nicht die Tränen kamen.

„Ich habe mir überlegt, mir eine Weile freizunehmen und zu reisen", sagte James.

Andrea machte überrascht die Augen auf und sah ihn an. „Reist du denn nicht beruflich schon genug?"

„Ich bin schon in *Los Angeles* und *Chicago* gewesen, aber ob du es glaubst oder nicht, in *New York* war ich noch nie."

Ihr Puls wurde schneller, als ihr klar wurde, was das bedeutete. „Das ist schade, denn *New York* hat sehr viel zu bieten."

„Wirklich schade ist, dass ich dort niemanden kenne. Es wäre schön, jemanden zu haben, der sich auskennt und einem alles zeigen kann."

„Ich kenne da vielleicht ein paar Leute", sagte sie, und ganz langsam ging ein Lächeln über ihr Gesicht. „Ich würde allerdings nicht empfehlen, im Sommer dorthin zu reisen. Im Herbst ist es viel angenehmer."

„Ich hatte eigentlich eher an den Frühling gedacht", erklärte er und schaute kurz zu ihr herüber, bevor er rasch den Blick wieder auf die Straße richtete. „Der April ist schon ziemlich ausgebucht bei mir, aber ich bin sicher, dass ich im Mai ein bisschen Zeit dafür frei machen könnte. Das ergibt natürlich nur einen Sinn, wenn meine Fremdenführerin auch Zeit hat."

„Da müsste sie in ihrem Terminkalender nachschauen."

Er grinste. „Ich hoffe, du machst Witze. Muss ich noch direkter werden?"

„Nein, ich glaube, du hast sehr gut vermittelt, was du sagen wolltest." Sie seufzte, und ihr Strahlen ließ ein wenig nach. „Aber dir ist schon klar, dass ich arbeiten muss, oder? Ich kann mir nicht einfach von jetzt auf gleich freinehmen wie du."

„Wieso denn nicht?"

„Weil ich keine selbstständige Unternehmerin bin, sondern den Launen eines sehr anspruchsvollen Chefs ausgesetzt, und nach dem ganzen Debakel in *London* …"

„Ich möchte dir eine Frage stellen. Was wünschst du dir vom Leben?"

Sein ernster Tonfall überraschte sie. „Ich weiß es nicht. Ich möchte erfolgreich sein. Ich möchte meine Ziele erreichen. Wenn ich am Abend nach Hause gehe, möchte ich das mit dem Gefühl tun, etwas geleistet zu haben. Wahrscheinlich … wahrscheinlich bin ich glücklich so, wie es gerade ist."

„Also ist da gar kein Platz für Veränderung? Kein Platz für jemanden, mit dem du dein Leben teilen würdest?" James schaute durch die Windschutzscheibe stur geradeaus, die Muskeln angespannt, als fürchtete er sich vor der Antwort auf seine Frage.

In Andrea stieg plötzlich eine solche Angst auf, dass sie kaum Luft bekam. Sie wollte alle Vorsicht in den Wind schlagen, ihn bitten, doch Klartext zu sprechen, aber sie bekam die Worte einfach nicht heraus. „Ich weiß es nicht. Ich würde gerne glauben, dass ich eines Tages …"

„Schon gut. Ist auch egal."

„Ist es denn das, wonach du auf der Suche bist?", fragte sie nach.

Er zuckte mit den Achseln, aber es wirkte nicht wie eine beiläufige Geste. „Ich bin zufrieden mit dem, was ich erreicht habe. Aber ja, ich hatte mir für diesen Zeitpunkt in meinem Leben etwas anderes gewünscht." Sie konnte sehen, wie er den Rest dessen, was er sagen wollte, herunterschluckte. „Ach, vergiss es."

Andrea schaute aus dem Fenster, und in ihrer Brust breitete sich ein Schmerz aus. Seine unausgesprochene Frage machte sie gleichzeitig schwindelig, erschrocken und unendlich traurig. Er wollte wissen, ob es eine gemeinsame Zukunft für sie beide gab, und sie wusste ehrlich nicht, was sie darauf antworten sollte.

28

James versuchte, sich Andreas Zurückhaltung nicht zu sehr zu Herzen zu nehmen, weil er wusste, dass sie nichts mit ihm zu tun hatte.

Das hier war wahrscheinlich die erste Beziehung, die sie seit Logan hatte, und sie wusste nicht recht, wie sie mit seiner Idee umgehen sollte.

Also ist das jetzt eine Beziehung?

Er wusste nicht so genau, was es war. Ganz sicher nicht das, was er vorgehabt hatte, als es anfing. An irgendeinem Punkt hatte sich die Sache verändert – von seinem Wunsch, sie aus ihrem professionellen Auftreten und Verhalten herauszulocken, bis hin zu seinem Wunsch, alles über sie zu erfahren, sie zum Lächeln zu bringen, ihre Ängste zu beruhigen, ihr dabei zu helfen, die Dinge zu vergessen, durch die ihr Herz sich verschlossen hatte.

Er hatte einen Blick auf die Frau hinter der Managerin erhascht, auf die Frau, die außergewöhnlich schön Klavier spielen und ein Baby dazu bringen konnte, vor Vergnügen zu jauchzen. Die Frau, die Höhenangst hatte, sich dadurch aber nicht davon abhalten ließ, die Aussicht zu genießen. Die Frau, die stark genug war, die Scherben ihres zerbrochenen Lebens wieder einzusammeln und sich ein neues aufzubauen.

Er wusste, wozu sich das alles summierte. Er schmeckte die Worte auf seiner Zunge, konnte aber nichts sagen, weil sie nicht bereit war, es zu hören. Sie war noch nicht bereit zu glauben, dass eine Beziehung anders ausgehen konnte als in Kummer und Leid.

James spürte, wie sie sich innerlich von ihm entfernte, und er griff nach ihrer Hand, um sie zurückzuholen. Sie ging nicht vollkommen auf diesen Versuch ein, verschränkte aber ihre Finger mit den seinen – wenigstens etwas.

„Wie viel Zeit brauche ich denn, um mir *New York* richtig anzuschauen?“

„Das hängt ganz davon ab, was du machen möchtest. Magst du Musicals und Theater?“

„Klar. Ich habe in *London* ein paar interessante Stücke angeschaut. Ich würde aber offen gestanden gerne auch mal den Broadway sehen, und wenn du möchtest, würde ich mit dir sogar ausnahmsweise in die Oper gehen.“

Sie zog ein Gesicht. „Oper mag ich gar nicht. Im Orchester Opern zu spielen, hat mir nichts ausgemacht, aber ich mag dabei nicht im Zuschauerraum sitzen.“

„Okay, dann können wir die Oper ja schon mal von der Liste streichen. Wie ist es denn mit Ballett?“

„Du musst mich nicht beeindrucken. Das ist schließlich dein Urlaub, schon vergessen?“

„Also, wenn das so ist, wie wäre es dann mit dem *Madison Square Garden*?“

„Basketball oder Boxen?“

Er schaute kurz zu ihr hin. „Jetzt versuchst du aber, mich zu beeindrucken.“

„Ich mag beides“, sagte sie nur achselzuckend.

„Du steckst wirklich voller Überraschungen. Was gibt es denn sonst noch alles, was ich nicht über dich weiß?“

Sie überlegte einen Moment lang. „Ich war in der Mittelstufe im Schachclub."

„Wow! Ich hätte nie gedacht, dass du ein Schach-Crack bist."

„Warum? Weil ich ein Mädchen bin?"

„Nein, weil du … hübsch bist."

Das entlockte ihr ein herzhaftes Lachen. „Du bist wirklich furchtbar. Daraus schließe ich also, dass du nicht spielst?"

„Oh nein, so ist das nicht. Ich bin sogar ziemlich gut." James hatte seine halbe Kindheit damit verbracht zu versuchen, seinen Vater, der ein hervorragender Stratege gewesen war, im Schach zu schlagen.

„Ich werde es dir irgendwann beweisen."

Keiner von ihnen wagte es, laut die Frage zu stellen, wann das wohl sein würde.

Den Rest der dreistündigen Fahrt tauschten sie Kleinigkeiten über Vorlieben und Dinge aus, die sie nicht mochten, so wie wohl jedes Paar am Anfang der Beziehung. Er erfuhr, dass Andrea alle Arten von Essen mochte, außer mexikanisches, dass sie es erst mit der Geige versucht, das aber wieder aufgegeben und dann angefangen hatte, Klavier zu spielen, und dass sie im Sommer am Strand Spionageromane gelesen hatte. Er erzählte ihr, es sei kein Scherz, dass er als Kind habe Rennfahrer werden wollen. Seine Mutter hatte das allerdings nicht für ein erstrebenswertes Ziel gehalten.

„Du hast jetzt schon ein paar Mal deine Mutter erwähnt. Was genau macht sie eigentlich?"

„Eigentlich *macht* sie gar nichts", sagte er. „Sie ist eine Pierce."

„Ich habe keine Ahnung, was das bedeutet."

„Sie ist Erbin des Pierce-Vermögens. Reedereien, Banken, gewerbliche Immobilien – alles, womit man viel Geld machen kann."

„Ach, *die* Familie Pierce." Andrea nickte nachdenklich. „Ich wette, es ärgert sie, dass du von etwas so wenig Würdevollem wie Kochen gut leben kannst."

Er grinste. „So ist es. Das ist ein zusätzlicher Gewinn aus dem Ganzen." Noch ein Grund, Andrea zu mögen. Viele Frauen hätten jetzt wissen wollen, ob er das Vermögen der Familie einmal erben würde, aber sie schien in diesem Zusammenhang nur zu interessieren, was das für seine Beziehung zu seiner Mutter bedeutete.

Er verriet nicht, wohin sie fuhren, weil er ihre spontane Reaktion erleben wollte. Irgendwann fuhr er von der A 96 ab auf eine gut ausgeschilderte Nebenstraße, an *Inverness* vorbei und schließlich auf eine sehr lange Auffahrt.

„Wohin fahren wir?", fragte Andrea und schaute mit gerunzelter Stirn auf die Landschaft um sie herum.

„Zu unserem Hotel", antwortete James mit einem Lächeln. „Verdirb mir doch nicht meine Überraschung."

Ein weitläufiges georgianisches Herrenhaus tauchte vor ihnen auf, dessen Rasenflächen bereits zu dieser frühen Jahreszeit schon üppig grün und penibel gepflegt waren. Ein geschmackvoll gestaltetes Schild identifizierte es als *Culloden House Hotel.*

„Jamie, meine Firma würde niemals zustimmen …"

„Das hier ist privat und hat nichts mit unserer Geschäftsbeziehung zu tun. Ich habe gedacht, dass deine letzte Nacht in Schottland nach etwas ganz Besonderem verlangt." Wieder fing sie an zu protestieren, aber James bremste sie. „Bitte, lass mich dir etwas Gutes tun. Du bist Unternehmensberaterin im Gastronomiebereich; also hast du doch bestimmt schon von diesem Hotel gehört, oder?"

„Ja, das habe ich, und deshalb kenne ich auch die Preise. Das ist zu teuer."

„Bitte zwing mich nicht, dich zu überzeugen. Du weißt doch genau, dass eine Nacht hier mir nicht wehtut."

„Ich nehme an, du lässt mich meinen Anteil nicht selbst bezahlen, oder? Meine Schuhe sind teurer als eine Nacht hier. Es würde also meinen finanziellen Rahmen nicht komplett sprengen."

„Vergiss es, Love.“ Er merkte, wie wenig ihr die Vorstellung gefiel, dass er die Rechnung übernehmen wollte. An dem bewundernden Blick, mit dem sie das Äußere des Hotels betrachtete, merkte er aber, dass in ihr ein heftiger Kampf tobte. „Wenn du lieber irgendwo anders übernachten möchtest, dann können wir das natürlich auch tun. Ich müsste nur ein paar Anrufe machen.“

Aber sie berührte mit einer Hand seinen Arm und sagte: „Nein, hier ist es wunderschön. Danke.“

James parkte am Rand der runden Auffahrt, und im selben Moment, in dem sie aus dem Auto stiegen, kam bereits ein uniformierter Angestellter aus dem gewaltigen Eingangsportal des Gebäudes, um sie zu begrüßen und ihr Gepäck hineinzubringen. Andrea folgte dem Mann auf einem roten Teppich die Eingangsstufen hinauf in die atemberaubende Empfangshalle.

James lächelte, während Andrea die Details betrachtete. Er hatte schon etliche Male hier übernachtet und war trotzdem jedes Mal wieder aufs Neue fasziniert. Gewölbte Decken, teilweise noch mit dem Originalstuck und aufwendigen Deckenmalereien, überspannten den Raum. Marmorkamine und Kronleuchter aus Kristall gaben dem Empfangsbereich zusätzlich etwas Luxuriöses.

„Herrlich“, sagte Andrea, aber sie stand nicht staunend mit offenem Mund da, wie es ein Gast getan hätte, der nicht vom Fach war. Er hätte wetten können, dass sie gerade die architektonischen Details katalogisierte, und sie in Gedanken datierte, so als würde sie die Geschichte des Herrenhauses an den unterschiedlichen Epochen von Sanierungen und Umbauten ablesen.

„Mr MacDonald!“ Hoteldirektor Henry Black kam mit strahlendem Lächeln und ausgestreckter Hand quer durch die Empfangshalle auf sie zu. „Wie schön, Sie wieder einmal bei uns begrüßen zu können.“

Black war ein stattlicher Mann mit Glatze, aber tadellos gekleidet in Anzug und Krawatte, mit goldenen Manschettenknöpfen, die an seinen Handgelenken blitzten. James schüttelte ihm herzlich die Hand. „Es ist mir wie immer ein Vergnügen, Mr Black. Das hier ist meine Kollegin Andrea Sullivan."

Andrea lächelte und gab ihm ebenfalls die Hand. „Das ist ein sehr schönes Hotel, Mr Black. Ich habe gerade den Stuck bewundert. Das sieht aus, als wäre es noch der ursprüngliche, Mitte bis Ende des 18. Jahrhunderts, schätze ich?"

„Stimmt. Sie haben ein gutes Auge, Miss Sullivan."

„Andrea ist Unternehmensberaterin im Gastronomiebereich", sagte James. „Und sie ist Expertin in britischer Architektur."

„Na ja, Expertin wohl kaum." Andrea warf ihm einen betretenen Blick zu, aber die Tatsache, dass sie bei dem Kompliment nicht rot geworden war, gab ihm das Gefühl, dass sie einfach nur bescheiden war.

„Ich hole Ihnen Ihre Zimmerschlüssel und dann kann Donovan Ihnen Ihre Zimmer zeigen." Er vollführte etwas, das fast wie eine Verbeugung aussah, und verschwand dann hinter dem Empfangstresen, der sich, halb verdeckt von ein paar Säulen, in einer Ecke der Empfangshalle befand.

Andrea sah mit hochgezogenen Augenbrauen zu James hin. „Deine Kollegin?"

„Ich dachte, das wäre dir vielleicht lieber." Und außerdem wusste er nicht richtig, wie er erklären sollte, in welcher Beziehung sie zueinander standen, weil er das ja nicht einmal selbst genau definieren konnte. „Ich habe dein Zimmer unter deinem Namen reserviert."

„Danke, das ist sehr rücksichtsvoll von dir."

Mr Black kam mit ihren Zimmerschlüsseln wieder. Es waren historische mechanische Schlüssel aus Messing mit altmodischen Anhängern, auf denen das Hotellogo – eine Distel – eingeprägt war. „Für Sie habe ich Zimmer elf reserviert und für Sie, Mr MacDonald, Zimmer vierzehn."

Sie nahmen ihre Schlüssel entgegen, verabschiedeten sich vom Hoteldirektor und folgten dem jungen Pagen die beeindruckende Treppe hinauf in die erste Etage. Obwohl das Gebäude so prachtvoll wirkte, hatte James schon immer die behagliche Atmosphäre des Hotels genossen. Es fühlte sich eher so an, als sei man bei Freunden in einem Landhaus zu Gast als in einem sterilen, anonymen Hotel mit gut geschultem, aber unpersönlichem Personal. Genau dieses Gefühl wünschte er sich auch für das Hotel auf *Skye*, obwohl es natürlich nicht annähernd so luxuriös ausgestattet werden würde.

„Wenn ich mich nicht irre, hat doch die Familie deiner Mutter auch ein georgianisches Anwesen in England, oder?", sagte Andrea.

„Ja, in *Yorkshire*." Wegen ihrer Architekturkenntnisse hätte es ihn eigentlich nicht weiter zu überraschen brauchen, dass sie das wusste. „Auch von Robert Adam entworfen."

„Kein Wunder, dass dir dann dieses Hotel gefällt. Es muss dich doch stark daran erinnern, oder?", sagte sie.

„Ich bin dort eigentlich nur ganz selten gewesen. Meine Mutter hat natürlich immer *London* bevorzugt, aber mir gefiel es in Schottland besser."

„Ihr Zimmer, Miss Sullivan." Der Page blieb vor einer glänzenden Holztür stehen, an der ein Messingschild mit eingravierter Zimmernummer angebracht war, und nahm Andrea den Zimmerschlüssel aus der Hand. James wartete, während der junge Mann ihren Koffer auf einem aufklappbaren Gestell platzierte und ihr kurz die technische Ausstattung des Zimmers erklärte. Sie steckte ihm diskret ein Trinkgeld zu und blieb kurz in der Tür stehen.

„Wir haben für halb sieben fürs Abendessen unten reserviert", sagte James. „Soll ich ein paar Minuten vorher bei dir vorbeikommen?"

„Ich werde bereit sein."

James folgte Donovan ein paar Schritte weiter den Gang entlang zu einem Zimmer auf der anderen Seite des Ganges, schickte den Pagen aber fort, bevor dieser noch einmal alles erklären konnte. Das Hotelzimmer sah nicht so prachtvoll aus wie die Bereiche des Hotels für die Allgemeinheit, aber es war geräumig und geschmackvoll eingerichtet. James hängte seine Garderobe für den Abend in den Kleiderschrank und ließ sich dann in einem gepolsterten Ohrensessel nieder.

Bei dem Gedanken, dass dies sein letzter Abend mit Andrea war, bekam er ein ganz mulmiges Gefühl im Bauch. Nicht einmal die Aussicht, sie bald in *New York* zu besuchen, linderte den Schmerz darüber, dass er sie morgen in ein Flugzeug setzen und zuschauen musste, wie sie aus seinem Leben entschwand.

Wer konnte denn schon sagen, dass sie, wenn sie nach *New York* zurückkehrte, nicht ihre Alltagsroutine wieder aufnahm, und dann merkte, dass das alles nur eine Ablenkung gewesen war, eine nette Unterbrechung im Stress und den Anforderungen ihrer Power-Karriere? Währenddessen würde James noch einmal mit gebrochenem Herzen in Schottland zurückbleiben, was er, wenn er klug gewesen wäre, hätte vermeiden können.

Nein, das konnte er nicht akzeptieren. Er musste etwas unternehmen, und zwar noch an diesem Abend, bevor sie für immer aus seinem Leben verschwand.

29

Andrea nahm sich viel Zeit, um sich für das Abendessen fertig zu machen. Mit geübter Hand schminkte sie sich, glättete ihr Haar sorgfältig und war froh, wieder einen Föhn zur Verfügung zu haben. Dann zog sie ihre letzte saubere enge Jeans und ihre Peeptoe-Stilettos an, während sie noch schwankte, ob sie die Bluse tragen sollte, die am Griff des Kleiderschrankes hing. Sie packte auf Geschäftsreisen immer ein schickeres Teil mit ein für den Fall, dass sie außerhalb der normalen Arbeitszeit zu einem Abendevent eingeladen wurde, aber das paillettenbesetzte Teil passte eher nach *London* als nach *Inverness*.

Sie zog es trotzdem an und betrachtete sich dann kritisch im Spiegel. Es riss sie nicht gerade zu Begeisterungsstürmen hin, denn die glitzernde Bluse zeigte irgendwie angeberisch ihre muskulösen Arme und ihre Schlüsselbeine und fiel wie ein metallischer Wasserfall über ihre Rundungen. Vielleicht sollte sie etwas darüberziehen, damit es nicht so auffällig war. Sie zog deshalb den maßgeschneiderten Blazer von ihrem Hosenanzug darüber, verwarf die Kombination aber sofort wieder und zog den Blazer aus.

Das war doch idiotisch. Sie zerbrach sich doch auch sonst nicht dermaßen den Kopf über ihr Äußeres. Doch wenn das hier ihr letzter

Abend mit James war, wollte sie sicher sein, dass er sich daran erinnerte, wie sie ausgesehen hatte. Mit einem ärgerlichen Kopfschütteln wandte sie sich vom Spiegel ab und zog den Blazer wieder an.

Um zwanzig nach sechs klopfte es an ihrer Zimmertür, und als sie aufmachte, stand James leger in dunklen Jeans und Oberhemd davor. Lächelnd schaute sie ihn einmal von oben bis unten an, und einen Moment lang brachte sie kein Wort heraus. Irgendwie vergaß sie immer wieder, was dieser Gesichtsausdruck mit ihr machte.

„Zu viel oder zu wenig?", fragte sie und schaute an sich herunter.

„Du siehst …", er brach mitten im Satz ab und schüttelte nur den Kopf.

„Na, dann betrachte ich deine Sprachlosigkeit mal als Kompliment."

„Das ist sie auch." Er trat näher, um ihr einen Kuss auf die Wange zu geben und hielt kurz inne, um den Duft ihres Parfüms einzuatmen. „Ich würde dich ja richtig küssen, aber ich nehme an, du wärest nicht gerade begeistert, wenn ich schon so früh am Abend dein Make-up ruiniere."

Sie beugte sich vor und musste eine Hand auf seine Brust legen, um nicht das Gleichgewicht zu verlieren. „Wartet der reservierte Tisch nicht auf uns?"

Er zog sich zurück und grinste. „Da hast du recht. Sollen wir gehen?"

Sie hakte sich bei ihm unter, als er ihr den Arm bot und nahm noch ihre Handtasche vom Tisch neben der Tür, bevor sie hinausgingen und die Tür hinter ihnen ins Schloss fiel. Weil sie wieder High Heels trug, war sie fast so groß wie James, und die Größe gab ihr Selbstsicherheit, obwohl sie durch die hohen Absätze noch mehr das Gefühl hatte, ihre Beine wären aus Gummi.

Für das Restaurant des Hotels waren sie kläglich „underdressed" – die Schotten neigten nämlich dazu, sich zum Abendessen noch festlicher zu kleiden, als es bei den Amerikanern üblich war –, aber James schien sich darüber keinerlei Gedanken zu machen, als der Oberkellner sie zu ihrem Tisch führte. Sie hatte keine Einwände, als er Wein für sie beide bestellte, und sie entschied sich für das Gericht, das er ihr empfahl.

„Isst du oft hier?"

„Immer, wenn ich in *Inverness* bin und hier übernachte. Das Essen ist hervorragend."

„Das ist ja ein hohes Lob aus deinem Mund. Was war eigentlich das Geschäftliche, das dich von unserem morgendlichen Joggen abgehalten hat?"

„Also, wenn ich mich recht erinnere, dann warst du es doch, die verschlafen hat. Ich habe um sechs bei dir vorbeigeschaut, aber da war in deinem Cottage noch alles dunkel, und ich habe es einfach nicht fertiggebracht, dich zu wecken."

„Ich kann mich nicht erinnern, wann ich das letzte Mal verschlafen habe", gestand sie. „Wahrscheinlich habe ich den Schlaf wirklich gebraucht."

„Und du hast es ja auch wirklich mehr als verdient. Aber, um deine Frage zu beantworten, ich war bei der Bank und habe Vorkehrungen für Kyle und seine Familie getroffen."

Andrea zog die Augenbrauen hoch. Noch eine Aufgabe, die er ihrer Meinung nach hätte delegieren können, aber doch lieber persönlich übernommen hatte. Sie hatte ganz bestimmt nicht damit gerechnet, dass er den Umzug der Familie aus seinen privaten Mitteln bezahlen würde. „Wie geht es ihm denn?"

„Er liegt nicht mehr auf der Intensivstation, und der Täter ist inzwischen festgenommen worden. "

„Das sind doch großartige Neuigkeiten, oder?"

„Ja, aber Kyle weigert sich zu reden. Es gibt zwar Zeugen, aber auch die werden höchstwahrscheinlich nicht aussagen, sodass die Polizei den Verdächtigen wohl laufen lassen muss."

Andrea griff über den Tisch nach seiner Hand und drückte sie sehr fest.

„Und wie geht es jetzt weiter?"

„Ich habe mit einem Freund gesprochen, der ein Restaurant in *Essex* hat. Die Grundlagen des Kochens beherrscht Kyle schon ganz gut, deshalb ist Rob bereit, ihn als Küchenhilfe einzustellen."

„Und was ist mit Kyles Familie?"

„Seine Mutter hat die Nase voll. Sie möchte mit ihren Kindern weg aus *London,* und wir helfen ihr beim Umzug nach *Chelmsford.* Sie ist eine schwer arbeitende Frau, die alles für ihre Familie tut – sie haben nur gerade eine schlechte Phase."

Eine ganze Weile sah Andrea ihn eindringlich an. „Sie können wirklich von Glück sagen, dass sie dich haben."

James wiegelte das Kompliment mit einem Schulterzucken ab. „Es ist ja nicht so, dass ich das Geld nicht hätte. Was bringt es denn, genug davon zu haben und damit nicht zu helfen, wenn jemand es wirklich braucht?"

„Ich rede gar nicht von Geld", sagte sie da. „Ich spreche von deiner Zeit, deiner Mühe und von der Tatsache, dass dir wirklich etwas an dem Jungen liegt."

„Für das, was einem wirklich wichtig ist, nimmt man sich doch immer Zeit, oder?", sagte er und hielt ihrem Blick stand. „Menschen haben Vorrang."

Jetzt sprachen sie nicht mehr über Kyle und seine Familie, das merkte sie. Sie befeuchtete ihre Lippen und schaute weg. Seine plötzliche Eindringlichkeit brachte ihre Nervenenden zum Vibrieren und ließ ihr Herz schneller schlagen. Von seiner sonst üblichen ständigen Munterkeit war an diesem Abend nichts zu merken. Ein Teil von ihr wartete atemlos darauf, was er als Nächstes sagen würde, aber der andere Teil hatte Angst, dass er eine Erklärung abgeben würde, die sie nicht erwidern konnte.

Welche Gefühle auch immer er bei ihr auslöste, diese Woche war eine Ablenkung gewesen, eine kleine Verirrung, mehr nicht. Sie wäre dumm, wenn sie mehr darin sah, als es war.

Zum Glück sorgte er beim Essen, das traditionell und gleichzeitig elegant war, dafür, dass das Gespräch locker blieb. Die Speisen konnten zwar mit denen von James nicht mithalten, aber sie war ja auch voreingenommen. Die Hälfte des Genusses seiner Gerichte bestand außerdem darin, ihm bei der Zubereitung zuzuschauen.

Am Ende der Mahlzeit unterschrieb James den Rechnungsbeleg, ließ den Betrag mit auf seine Zimmerrechnung setzen und schaute auf die Uhr. „Es ist fast acht. Bist du bereit, aufzubrechen?"

„Auf jeden Fall. Es war ein großartiges Essen. Danke."

„Was habe ich dir gesagt? Schottland steckt voller Überraschungen."

„Ja, ich bin bereit, es zuzugeben."

Beim Verlassen des Restaurants nahm James ihre Hand und ging mit ihr nach draußen, wo er den Wagen an der Auffahrt abgestellt hatte. Über die Stadt hatte sich bereits Nebel gelegt, und ein feuchter Wind zerzauste ihr das Haar. Er öffnete ihr die Beifahrertür, aber bevor sie einsteigen konnte, fasste er sie um die Taille und drehte sie zu sich hin.

„Jamie! Vom Hotel aus kann uns doch jeder sehen."

„Ich sehe hier aber niemanden. Und außerdem tue ich doch gar nichts Anstößiges." Das hörte sich leicht dahingesagt an, aber seine ernste Miene sorgte dafür, dass ihr Herz dumpf gegen ihren Brustkorb pochte. Was auch immer er sagen wollte, sie war nicht bereit, es zu hören.

„Wir kommen noch zu spät …"

„Ja, du hast recht." Er drückte ihr hastig einen Kuss auf den Mund, und trat dann einen Schritt zurück, damit sie einsteigen konnte.

Der Veranstaltungsort des Konzertes war nicht weit vom Hotel entfernt. Er lag in einem Teil der Stadt, der eher wie eine Wohngegend wirkte. Von außen sah das Gebäude, in dem das Konzert stattfand, aus wie jedes andere der traditionellen weiß gestrichenen Häuser, aber eine Menschenschlange davor reichte bereits bis hinaus auf den Bürgersteig. James parkte den Wagen auf dem großen angrenzenden Parkplatz, und von dort aus gingen sie zu dem Saal. Als er diesmal ihre Hand nahm, wich sie nicht wieder aus, trotz der Tatsache, dass sie so auf jeden Fall Aufsehen erregen würden.

Beim Betreten des überfüllten Raumes war es, als ob sie gegen eine Wand aus Lärm und Hitze liefen. Die Wände im Innern waren in dunklen Farben gestrichen und indirekt beleuchtet, und an der gesamten Rückseite des Raumes befand sich eine Bar aus Glas und Metall. An den anderen Wänden befanden sich halbkreisförmige Sitznischen und überall im Raum verteilt standen runde Tische. Nur vorne vor einer kleinen Bühne gab es etwas Platz, wo man stehen konnte.

„Gut besucht", sagte James, zog sie näher an sich heran und ließ ihre Hand los, allerdings nur, um ihr den Arm um die Taille zu legen.

„Interessantes Publikum", sagte Andrea, als sie sich die Konzertbesucher anschaute, einen Querschnitt der schottischen Bevölkerung. Manche der Frauen waren so angezogen wie sie, in High Heels aber mit viel offenherzigeren Oberteilen, während andere aussahen, als befänden sie sich zu einem lockeren Abend im Pub. Sie wurde von einem Mann gestreift, der fast genauso viel Metall im Gesicht hatte, wie an seiner Lederjacke.

„Es ist keine typische *cèilidh**-Band", sagte James „Schau mal, da drüben sind ein paar freie Plätze." Er nahm wieder ihre Hand und führte sie mit geübter Lässigkeit durch die Menschenmenge. Im Vorbeigehen trafen sie viele neugierige Blicke.

„Ich verstehe nicht, wie du dich daran gewöhnen kannst", murmelte sie in den Lärm hinein.

---

* Band, die traditionelle schottische Tanzmusik spielt.

Er sah sich erstaunt um und grinste breit. „Sie sehen nicht mich an, Love. Du siehst heute Abend einfach umwerfend aus."

Ein stämmiger blonder Mann, der ihren Weg kreuzte, rettete sie davor, dazu etwas sagen zu müssen.

„Jamie MacDonald! Bist du es wirklich?", rief er.

„Alec!", entgegnete James und schüttelte dem Mann kräftig die Hand. „Schön, dich zu sehen, Kumpel. Ich wusste gar nicht, dass du wieder in *Inverness* bist."

„Das bin ich auch eigentlich gar nicht. Meine Frau und ich wohnen in *Stirling*, aber wir haben gehört, dass Davy heute Abend hier spielt, und da haben wir uns auf den Weg gemacht. Wie geht es dir?"

„Hervorragend." James zog Andrea ein bisschen weiter vor und sagte: „Alec ist ein alter Freund. Er und Davy sind zusammen auf die Grundschule gegangen. Alec, das ist Andrea."

Andrea gab dem Mann die Hand und sagte: „Freut mich, Alec."

„Ganz meinerseits. Sind Sie Amerikanerin?"

„Ja, ich bin geschäftlich hier", antwortete Andrea. „Jamie hat mir die Gegend gezeigt."

„Verstehe", sagte Alec, und sein Blick ging kurz vielsagend hinüber zu James, aber dann lächelte er sie an. „Kommt doch mit an unseren Tisch, wir haben noch Platz. Lila und Cameron sind auch da."

„Mach dir keine Sorgen", flüsterte James ihr zu, als sie hinter Alec her zu einer Sitznische in der Ecke gingen, in der schon jede Menge Leute saßen. „Du wirst sie mögen."

James und Andrea rutschten also mit in die Sitznische, und Alec stellte sie den anderen am Tisch vor. Seine Frau Maura war eine blasse, füllige Person mit kurzem braunem Haar. Lila, die auf der anderen Seite von ihr saß, sah wie ein Model aus. Sie war sehr schlank, blond und trug ein hautenges Kleid. Ihr Mann Cameron – der darauf bestand, Cam genannt zu werden – war ihr genaues Gegenstück. Dunkel, gepierct und flächendeckend tätowiert. Es war eine seltsame Mischung unterschiedlichster Typen, die dort versammelt war, aber sie unterhielten sich mit der Vertrautheit von Menschen, die sich schon sehr lange kannten.

„Ich hole uns mal was zu trinken", sagte James ihr ins Ohr. „Was möchtest du denn?"

„Bitte etwas Alkoholfreies." Durch die Hitze und den Lärm war sie schon jetzt ganz benommen. Zu dieser Mischung musste nicht auch noch unbedingt Alkohol dazukommen.

„Eine Limo für Andrea. Sonst noch jemand etwas?" Als sich darauf niemand meldete, rutschte James aus der Nische heraus und drängte sich durch die Menschenmenge zur Bar. Andrea schaute ihm bewundernd nach, ohne zu merken, dass ihr ins Gesicht geschrieben stand, was sie dachte, bis sie sah, dass Alec sie angrinste. Sie wurde rot – offenbar ein Dauerzustand, wenn es um James ging.

„Wie lange kennst du Jimmyboy denn schon?", fragte Alec sie.

Sie musste wegen des Spitznamens grinsen, und ihre Befangenheit legte sich langsam. „Lange genug, um zu wissen, dass er es hassen würde, Jimmyboy genannt zu werden."

Darüber lachte Alec leise. „Da hast du recht. Ich glaube, dass ich dafür auch mal eine ordentliche Tracht Prügel bezogen habe."

„Du bist so ein Lügner, Alec", sagte Maura daraufhin und stupste ihren Mann an. „Die beiden Jungs waren wie Brüder. Unzertrennlich. Das heißt, bis Jamie fortgegangen ist. Zu unserer Hochzeit war er noch mal da, aber das ist auch schon wieder zehn Jahre her."

In diesem Moment kam James mit ihren Getränken zurück und rutschte wieder neben sie. Er hatte für sich selbst ein Ale und für sie die versprochene Limo geholt. Sie hob ihr Glas. „*Slàinte.*"

Die anderen hoben ebenfalls ihr Glas und prosteten ihr zu. Sie trank einen Schluck, aber es war keine Limo, wie sie sie kannte, sondern irgendein kohlensäurehaltiges Getränk, das nach Johannisbeere schmeckte. „Gute Wahl. Das schmeckt mir", sagte sie.

„Siehst du? Ich kenne dich besser als du denkst“, murmelte er, und seine Lippen berührten ihr Ohr.

„Benimm dich“, warnte sie ihn.

James grinste und der Rest der Leute, die am Tisch saßen, auch.

Bevor sie wieder rot werden konnte, wurde das Licht im Saal gedämpft, und Scheinwerfer strahlten die Bühne an. Die Gäste suchten sich Plätze an den Tischen, an der Bar, und manche standen sogar in den Ecken des Raumes, als die Musiker mit ihren Instrumenten auf die Bühne kamen. Als sie sich auf der Bühne positionierten, brach der ganze Saal spontan in Applaus aus. James legte ihr locker den Arm um die Schultern, und sie lehnte sich bei ihm an, um einen besseren Blick auf die Musiker zu haben.

Eine hübsche Frau mit lila Strähnchen in ihrem kurzen schwarzen Haar und einer Fiedel unter dem Arm trat ans Mikrofon. „Wow. Und hier erinnere ich mich immer wieder daran, dass *Inverness* mehr Schafe als Einwohner hat.“

Das Publikum lachte leise und sie lächelte. „Ich bin Davy McWilliams. Das ist meine Band und ich hoffe, dass euch die Show gefällt.“

Sie trat wieder vom Mikrofon zurück, klemmte sich die Fiedel unters Kinn und strich mit dem Bogen über die Saiten. Die Klänge einer schwermütigen, traditionellen Ballade erfüllten den Raum, und zwar so gefühlvoll gespielt, dass Andrea eine Gänsehaut auf den Armen bekam. Dann stimmten Trommeln, Keyboard und Gitarre mit einem mitreißenden Tanzrhythmus ein, und der Saal tobte, als die schottische Melodie in ein eingängiges Rock-Riff überging. Andrea musste laut lachen, und James legte seinen Arm fester um sie. Die Musiker waren unglaublich, und er hatte recht gehabt – so etwas hatte sie noch nie zuvor gehört.

Der nächste Song war etwas jazziger. Sie trank von ihrer Limo, saß entspannt an James gelehnt da und ließ sich von der Musik einhüllen.

Er gab ihr einen Kuss auf die Schläfe und legte seine Wange an ihren Kopf. Es wurde langsam schwierig, sich selbst einzureden, dass sie das hier nicht wollte, dass sie sich nicht nach dieser Art von Zuneigung sehnte, die er für selbstverständlich hielt.

Er hatte die Fähigkeit, ihr das Gefühl zu geben, dass nur sie beide da waren, auch jetzt, als sie von seinen ältesten Freunden umgeben waren. Wie sollte sie sich in so einen Mann nicht verlieben – wenigstens ein bisschen?

Nein, nein, nein. Das würde sie nicht tun. Sie konnte es nicht.

James musste ihre innere Anspannung gespürt haben, denn er flüsterte ihr sanft ins Ohr: „Atmen. Denk dran, Love, du bist immer noch im Urlaub.“ Aber da war es schon passiert. Die schönen Momente der Entspannung in seinen Armen entflohen und hinterließen nur noch Angst.

Nach der Hälfte des Konzertes machte die Band eine Pause, und der Raum verwandelte sich wieder in ein wogendes Meer von Menschen, in dem sich Hunderte von Stimmen zu einer Art dumpfem Gebrüll vereinigten. Maura entschuldigte sich und ging zur Toilette, und Cam rutschte in der Sitznische ein bisschen näher an Andrea heran, damit er sich besser mit ihr unterhalten konnte.

„Und Andrea, wo wohnst du?“

„In *New York City*.“

„Ach, und was machst du da?“

„Ich bin Unternehmensberaterin im Gastrobereich.“ Als er sie daraufhin nur verständnislos anschaute, sagte sie: „Also man könnte sagen, dass ich Leuten wie Jamie sage, was sie tun sollen.“

Da lachten alle am Tisch und Cam grinste. „Aber es scheint ihm ja nicht besonders viel auszumachen.“

Lila stützte ihr Kinn in eine Hand und runzelte die Stirn. „Und wie funktioniert das genau, wenn du in *New York* lebst und Jamie in *London*?“

Andreas Magen krampfte sich zusammen. „Äh … also wir … wir sind nicht …“

„Das wissen wir auch noch nicht so genau“, sagte James ganz ruhig. „Im Moment sieht es so aus, als müssten wir beide sehr viel reisen.“

Er drückte sie fester an sich und streichelte ihre Schulter, aber das änderte nichts. Was auch immer er sagte, bei ihren vollen Terminkalendern war eine solche Fernbeziehung doch gar nicht möglich. Sie musste sich mit dem Gedanken abfinden, dass mehr als das hier nicht aus ihnen werden würde. Fünf Tage auf *Skye* hatten ihre Welt auf den Kopf gestellt, und jetzt würde sie nach Hause zurückfliegen und versuchen, ihr Leben wieder irgendwie auf die Reihe zu bekommen. Allein.

„Jamie! Andrea! Ihr seid ja tatsächlich gekommen.“

Andrea blickte mit einem Ruck auf und sah Bree an einer Seite ihres Tisches stehen und auf sie hinunterschauen. Sie hatte ihre üppige Figur in ein kurzes, schwarzes Kleid gezwängt und hielt eine paillettenbesetzte Clutch unter dem Arm.

James’ Tonfall blieb ruhig und tadellos höflich, doch sie konnte spüren, wie er sich anspannte. „Hallo, Bree.“

Sie wartete und rechnete eindeutig damit, dass sie eingeladen werden würde, sich zu ihnen zu setzen, doch niemand sagte etwas, sondern alle schauten sie nur an. Sie versuchte es noch einmal. „Was für eine nette kleine Wiedersehensfeier. Sollen wir nicht ein Foto davon machen?“ Dann wühlte sie in ihrer Handtasche, holte ihr Handy heraus und hielt es hoch, um aufs Display zu schauen.

Andrea war sich des Arms von James um ihre Schultern und des Drucks seines Körpers neben ihrem unangenehm bewusst. Sie schob ihn zur Seite, um aus der Nische herausrutschen zu können. „Weil das hier ein Wiedersehen von Einheimischen auf *Skye* ist, entschuldige ich mich mal kurz. Wo sind denn noch gleich die Toiletten, Lila?“

„Hinter der Bar gleich rechts. Soll ich es dir zeigen?“

„Nein, das schaffe ich schon allein.“ Andrea fühlte sich ein bisschen wackelig auf den Beinen, als sie aufstand, und sie merkte, wie ihr ein paar besorgte Blicke folgten. Danach zu urteilen, wie schwindelig ihr war, musste sie sicher auch ziemlich blass sein.

„Sie mag nicht fotografiert werden“, erklärte James.

Andrea verließ hastig den Tisch, aber sie bekam noch mit, wie Cam ungläubig sagte: „Das kann ich mir gar nicht vorstellen, so wie sie aussieht. Gut gemacht, Jamie.“

Sie presste sich die Hände vors Gesicht, während sie sich den Weg durch die Menge bahnte. Ihr Herz begann zu rasen, ohne dass sie wusste, was sie mehr in Panik versetzte – die Drohung, zusammen mit James fotografiert zu werden, oder die Gedanken, bei denen Bree sie unterbrochen hatte.

Die Damentoilette war überfüllt, aber der größte Betrieb herrschte vor den Spiegeln, sodass sich Andrea daran vorbeizwängte, in eine freie Kabine ging und sich dort einschloss. Sie war einfach zu sachlich und pragmatisch, um zuzulassen, dass ihre Gefühle außer Kontrolle gerieten.

James hatte nichts über konkrete Zukunftspläne gesagt, und das Einzige, was sie empfand, war Verliebtheit. Er war ein gut aussehender, charismatischer Mann, und sie hatte sich einfach nur ein bisschen zu sehr von ihm verzaubern zu lassen. Wenn sie wieder in *New York* war, würde er sein Leben da wieder aufnehmen, wo er aufgehört hatte, nämlich mit einer 22-jährigen Schauspielerin, und Andrea wäre als vorübergehende Ablenkung vergessen. Hatte Ian sie nicht genau davor gewarnt? Vielleicht hätte sie doch auf ihn hören und seine Worte nicht so abtun sollen.

Sie war eine erwachsene Frau, beruflich erfolgreich, mit einem wohlgeordneten Leben. Sie würde zurechtkommen. Sie sammelte sich und atmete dann so lange tief durch, bis in ihr wieder so etwas Ähnliches wie innere Ruhe eingekehrt war.

Als sie gerade die Kabine wieder verlassen wollte, hörte sie draußen eine unbekannte Stimme sagen: „Hast du die Frau gesehen, mit der Jamie MacDonald heute Abend hier ist?“

Eine zweite Frau antwortete in wissendem Ton: „Genau sein Typ. Dünn, umwerfend, austauschbar …“

Daraufhin lachte die erste Frau boshaft. „Die zieht echt alle Register, findest du nicht auch?“

„Du kennst doch Jamie. Der hat schon immer eine Schwäche für hübsche Gesichter gehabt. Schade, dass es nie lange hält.“

„Mmm, die hier ist Amerikanerin. Wie praktisch.“

Eine Welle der Demütigung erfasste Andrea. James' Eroberungen, egal, ob es sie wirklich gab oder nicht, waren also allgemeines Gesprächsthema. Wahrscheinlich glaubten alle, sie hätten die vergangene Woche im Bett verbracht, obwohl er so darauf bedacht gewesen war, ihre Grenzen nicht zu überschreiten.

„Na ja“, sagte jetzt das andere Mädchen. „Ich nehme an, dass bei diesem Deal auch für sie etwas rausspringt, oder?“

In diesem Moment war Andreas Zorn stärker als die Demütigung, und sie riss die Tür auf. Mit großen Schritten kam sie aus der Toilette heraus, ging zu den beiden Frauen, die vor dem Spiegel standen, und war richtig geschockt, als sie feststellte, dass eines der Mädchen Gail war, die Kellnerin aus dem Fischrestaurant auf *Skye*, der jetzt der Schrecken ins Gesicht geschrieben stand.

Andrea trat neben sie und genoss, wie sie auf ihren High Heels die andere Frau turmhoch überragte. Sie nahm den Lippenstift aus ihrer Handtasche, zog ihre Lippen nach, zwinkerte Gail im Spiegel zu und sagte: „Ich gebe zu, mein Job hat wirklich Vorteile. Einen schönen Abend noch, Ladys.“

Es gelang ihr zu lächeln, als sie die Damentoilette verließ und wieder zurückging. Wenigstens hatte sie sich den beiden gegenüber nicht anmerken lassen, wie tief deren Gerede sie erschüttert hatte.

Auf halbem Weg zum Tisch blieb sie stehen. Sie war nicht in der Lage, sich jetzt den prüfenden Blicken von James' Freunden auszusetzen und so zu tun, als wäre alles in bester Ordnung. Was auch immer sie sich einredete, *in bester Ordnung* klang für sie unerreichbar.

30

Als das Licht wieder gedimmt wurde, weil das Konzert gleich weitergehen sollte, schaute James auf die Uhr. Inzwischen war Andrea schon mindestens zehn Minuten fort. So voll konnte es doch auf der Damentoilette gar nicht sein. Er entschuldigte sich also bei seinen Freunden, schob sich durch das Gedränge und ließ dabei seinen Blick durch den Raum schweifen. Er schaute in den Gang, an dem die Toiletten lagen, aber vor der Tür stand niemand an. Mit gerunzelter Stirn drängte er sich zum Haupteingang und dann hinaus ins Freie.

Andrea stand am Eingang, die Arme um die Körpermitte geschlungen, und starrte in die Dunkelheit.

„Andrea, was machst du denn hier draußen? Was ist los?“

Als sie seine Stimme hörte, erschrak sie. „Ich musste nur irgendwie raus aus dem Gedränge.“

„Ich dachte, du hättest Spaß da drinnen.“

„Hatte ich auch“, sagte sie knapp. „Aber jetzt würde ich gern zurück ins Hotel fahren, wenn das in Ordnung ist.“

„Ja klar.“

Sie steckte die Hände in die Manteltaschen, ein sicheres Zeichen, dass sie nicht von ihm berührt werden wollte, also hielt er Abstand, als sie über den Parkplatz zu seinem Wagen gingen. Noch vor wenigen Minuten hatte sie sich in seinen Armen entspannt, die Show genossen und seine Freunde verzaubert. Dann war Bree mit ihrer Kamera aufgetaucht, und Andrea war in Panik geraten, was er ihr nicht verübeln konnte nach allem, was sie mit Logan durchgemacht hatte. Für sie war es ja schon eine Herausforderung, sich den prüfenden Blicken der anderen auszusetzen.

„Komm, lass uns darüber reden", sagte er, aber sie schüttelte nur den Kopf. „Lass gut sein, James. Du brauchst nichts zu sagen."

Dass sie nicht seinen Kosenamen benutzte, war für ihn wie ein Schlag in die Magengrube. Sie zog sich von ihm zurück, ging auf Distanz.

„Ich glaube nicht, dass du verstehst, was ich möchte."

Sie bedachte ihn daraufhin mit einem kleinen, unterkühlten Lächeln und erklärte: „Ich verstehe ganz gut, da mach dir mal keine Gedanken. Ich bin nämlich schon ein großes Mädchen. Das war alles nur Spaß."

„Spaß? Du glaubst also, dass du für mich nur ein Zeitvertreib warst?"

„War es denn nicht so? Eigentlich wolltest du mich doch gar nicht hier haben. Aber dann hast du gedacht, dass es doch ganz amüsant sein könnte, die Unternehmensberaterin zu verführen, die Ian dir aufgedrückt hat."

Da packte er sie am Arm, sodass sie gezwungen war, stehen zu bleiben. „Wann habe ich dir jemals Grund zu der Annahme gegeben, dass ich es nicht ernst meine oder meine Absichten nicht ehrenhaft sind? Wann habe ich dich jemals anders als respektvoll behandelt?"

Wütend funkelte sie ihn an. „Lass mich sofort los."

Er ließ ihren Arm los und sie ging schneller, hastete praktisch zum Wagen, wo sie am Griff der Beifahrertür zerrte, aber James griff um sie herum und hielt die Tür zu. „Andrea, ich habe mich in dich verliebt."

Völlig geschockt starrte sie ihn an, und ihm schlug das Herz in der Kehle. So hatte er sich den Moment, in dem er ihr seine Gefühle offenbaren wollte, ganz bestimmt nicht vorgestellt. Er hatte es ihr auf romantische Art sagen wollen und nicht mitten auf einem Parkplatz.

„Das kann gar nicht sein. Wir kennen uns noch nicht einmal eine Woche."

„Ob es sein kann oder nicht, so empfinde ich nun mal."

„Ich kann das nicht. Ich kann nicht … ich werde nicht."

James hatte keine andere Wahl, als Druck zu machen. „Was wirst du nicht? Du wirst das Risiko nicht eingehen? Du wirst nicht zulassen, etwas zu empfinden?"

„Ich werde nicht zulassen, dass du es schaffst, mich alles vergessen zu lassen, wofür ich gearbeitet habe. Ich habe mir ein eigenes Leben aufgebaut und dafür große Opfer gebracht."

„Und was genau musstest du dafür opfern?"

„Was soll denn das heißen?", fragte sie mit funkelnden Augen.

„Nicht das, was du glaubst. Sag mir doch mal, was du machst, wenn du morgen nach Hause kommst."

„Ich werde für meine seit Wochen geplante Reise nach *Toronto* packen", antwortete sie mit gerunzelter Stirn. „Was soll denn die Frage?"

„Es ist einfach, Opfer zu bringen, wenn es gar nichts gibt, das man aufgeben muss, wenn man sein Leben in Ein-Wochen-Portionen lebt, damit man sich nur ja nicht an etwas oder jemanden bindet. Das ist kein Leben, Andrea, sondern Existieren, und das ist ein gewaltiger Unterschied."

„Du fliegst doch auch im gesamten Vereinigten Königreich herum und schaust nach deinen Restaurants und deinen anderen Geschäften. Wo ist denn da der Unterschied?"

„Der Unterschied besteht darin, dass ich Risiken eingehe. Sie gehen vielleicht am Ende nicht auf, aber ich führe mein Leben wenigstens nicht so risikolos wie möglich. Geh doch mal ein Risiko ein und fühle zur Abwechslung etwas."

Bevor sie reagieren konnte, legte er ihr die Hand auf den Rücken und zog sie an sich. Bisher hatte er sie spielerisch oder verführerisch geküsst; jetzt war es eher fordernd. Ganz kurz wehrte und verspannte sie sich, aber dann wurde sie in seinen Armen weich. Er empfand einen gewissen Triumph, als sie ihn noch näher an sich zog und seinen Kuss mit einer Leidenschaft erwiderte, die er sich nicht vorzustellen gewagt hatte.

„Sagt mal *cheese*", rief in diesem Moment eine künstlich süßliche Stimme, bevor das Blitzlicht einer Kamera in der Dunkelheit aufleuchtete.

Andrea machte einen Satz von James weg, der über den Kuss immer noch viel zu verblüfft war, um zu begreifen, was da gerade passierte. Dann sah er, wie Bree mit einem boshaften Lächeln ihr Handy hochhielt.

Eine Welle von Panik schlug über Andrea zusammen. Die Situation, in der sie ertappt worden waren, war so eindeutig, dass es nichts zu leugnen gab. Sie war immer noch zwischen James und dem Wagen eingeklemmt, ihre Körper berührten sich, und sie hatte ihre Hände um seinen Hals gelegt. Sie machte sich mühsam von ihm frei und stand so kurz vor einer Ohnmacht, dass sie Sterne sah.

James fluchte und sagte dann: „Ich habe dir allerhand zugetraut, Bree, aber keine Bosheit."

Bree grinste feixend. „Ich bin es ja nicht, die in aller Öffentlichkeit mit ihrer neuesten Eroberung herumknutscht. Gute Nacht, Jamie. Gute Nacht, Andrea. Viel Spaß noch heute Abend."

Ihr giftiger Ton schürte Andreas Angst noch mehr. „Lass uns bitte gehen, bevor noch mehr Leute auf uns aufmerksam werden", flehte sie ihn flüsternd an.

Er hielt ihr die Beifahrertür auf, und sie stieg ein, froh, endlich von Dunkelheit umgeben zu sein und Brees Blicken zu entkommen. Die Frau würde das Foto doch nicht etwa verwenden, oder? Sie wollte bestimmt nur provozieren.

Andrea presste sich die Fingerspitzen auf die Augen. Dabei war Bree momentan noch ihr geringstes Problem. James war nicht fair. Er wusste, welche Wirkung er auf sie hatte, und das nutzte er eiskalt aus. Aber sie hatte so etwas ja schon einmal erlebt. Bei Logan hatte sie sich geweigert zu sehen, dass es bei ihm keine Liebe war, sondern nur als Liebe getarntes Verlangen. Sie hatte sich zu einer Art von Beziehung verführen lassen, die einfach nicht richtig war, und sie hatte den Preis dafür bezahlt. Immerhin hatte sich James alle Mühe gegeben, dafür zu sorgen, dass sie gar nicht erst in Versuchung gerieten, etwas zu tun, was sie später bereuen würden. Und im Grunde waren es auch gar nicht seine Beweggründe, die ihr Sorge bereiteten, sondern ihre eigenen. Sie konnte die starke Anziehung zwischen ihnen nicht leugnen, konnte nicht leugnen, dass ihr Wille zu widerstehen sich jedes Mal in Luft auflöste, wenn er sie berührte. Aber das war keine Liebe. Vielleicht war sie ja gar nicht in der Lage, Liebe zu empfinden.

Und was hatte sie ihm denn schon zu bieten? Er glaubte vielleicht, dass sie ihm im Moment genügte, aber sie sah ja, wie vernarrt er in seine Nichte und seinen Neffen war, und wie sehr er seine Tante liebte. Er wusste, wie man Wärme, Geborgenheit und ein Zuhause schafft, und deshalb hatte er eine Frau verdient, die ihm eigene Kinder schenken konnte, eine, die nicht ein Leben lang die Entscheidungen bereuen musste, durch die ihr eine eigene Familie versagt blieb.

„Andrea." James griff nach ihrer Hand, aber sie schüttelte sie ab. Damit musste ab sofort Schluss sein. Wenn sie noch einmal zuließ, dass er sie berührte, würde das ihren Entschluss wieder ins Wanken bringen, und sie würde sich von ihm einreden lassen, dass das, was sie zu bieten hatte, genügte, und sie ihn dann vielleicht für den Rest seines Lebens unglücklich machte. Das konnte sie ihm einfach nicht antun.

Die Rückfahrt zum Hotel verlief in angespanntem Schweigen. Nachdem er den Wagen abgestellt hatte, öffnete er ihr wie immer die Beifahrertür, aber er versuchte nicht, sie zu berühren. Sie gingen nebeneinander die Eingangstreppe hinauf und durch das Foyer, aber genauso gut hätten sie auch meilenweit voneinander entfernt sein können.

Als sie vor ihrem Zimmer stehen blieben, wollte er sie berühren, aber sie flüsterte nur: „Nicht."

Da ließ er seine Hand wieder sinken und sagte leise: „Wenn du Zeit brauchst, dann gebe ich sie dir. Fahr nach Hause und mach deine Reise nach *Toronto*. Ich schaufle mir Zeit im Terminkalender frei, und dann kannst du mir *New York* zeigen."

„Wir wissen beide, dass das nicht geht, James." Sie zuckte zusammen, als sie seinen gequälten Blick sah, aber sie zwang sich, ihn zart auf die Wange zu küssen. „Leb wohl."

Dann schloss sie die Tür auf, betrat das Zimmer und versuchte, nicht zu sehen, wie verletzt er aussah, als sie die Tür von innen wieder schloss.

James starrte das Messingschild auf Andreas Zimmertür an und bekam kaum Luft, weil er das Gefühl hatte, ein eisernes Band schnürte ihm den Brustkorb ab. Er konnte nicht einmal klar genug denken, um einfach auf dem Gang zu seinem eigenen Zimmer weiterzugehen.

Er hatte sie verloren.

Und daran konnte er niemandem außer sich selbst die Schuld geben. Sie war nicht bereit, sich einzugestehen, was sie für ihn empfand, geschweige denn, zu akzeptieren, dass er sie liebte. Er hatte gedacht, dass ihre gegenseitige Anziehung der Weg sein würde, ihre Abwehr zu durchbrechen, sie offen zu machen für die Möglichkeit, dass mehr aus ihnen werden könnte. Aber vielleicht ging es ja tatsächlich nicht weiter.

Fast automatisch und wie betäubt schloss er sein Zimmer auf und ging hinein. Wie war es nur möglich, dass er die Sache dermaßen in den Sand gesetzt hatte? Noch am Morgen hatten sie seine Reise nach *New York* geplant, Zukunftspläne geschmiedet, und jetzt wollte sie nicht einmal mehr mit ihm reden.

Er zog seine Jacke aus und warf sie aufs Bett, setzte sich auf die Bettkante und legte seinen Kopf in beide Hände.

Ich verstehe das nicht, Gott. Habe ich mich denn so in ihr getäuscht? Habe ich mich in dieser ganzen Sache getäuscht?

Er hatte Cassandra geliebt, aber es hatte ihr nie genügt, einfach mit ihm zusammen zu sein und sich an ihrem Zusammensein zu freuen. Es war immer nur darum gegangen, ihrer beider Berühmtheit wirksam in Szene zu setzen, um ihre Karrieren voranzutreiben. Ihre Beziehung war nur ein Trick gewesen, Mittel zum Zweck. Er hatte in Bezug auf Frauen sogar angefangen, an seinem eigenen Urteilsvermögen zu zweifeln.

Doch alles in ihm sagte ihm, dass Andrea und die Gefühle, die sie bei ihm auslöste, echt waren.

James atmete schwer aus und ließ sich auf sein Bett zurückfallen. Vielleicht würde er ja zu ihr durchdringen können, wenn er eine Nacht über die Sache geschlafen hatte. Mit so viel Ungeklärtem zwischen ihnen konnte er sie jedenfalls nicht abreisen lassen.

An den roten Ziffern des Weckers in ihrem Hotelzimmer sah Andrea, wie die Nacht verging. Jedes Mal, wenn sie die Augen schloss, sah sie den Schock und die Verletztheit in James' Miene wieder vor sich, als sie ihm die Zimmertür vor der Nase zugeschlagen hatte. Er hatte es wirklich so gemeint, als er gesagt hatte, dass er sich in sie verliebt hätte.

Aber „ich liebe dich" hatte er nicht gesagt. Das war doch ein Unterschied, oder? Sie würde abreisen, er würde sein Leben fortsetzen, und es würde sein, als wäre sie nie in Schottland gewesen.

Doch war ihre Unterscheidung hinsichtlich seiner Formulierung und ihres Wunsches nicht Haarspalterei? Im Grunde wusste sie, dass es so war.

Sie nahm den Hörer des Zimmertelefons ab und schaute dann auf die Uhr: 4:00 Uhr. Sie legte den Hörer also wieder auf. So früh wollte sie ihn nicht wecken.

Als sie um 6:00 Uhr immer noch kein Auge zugetan hatte, ging sie ins Bad und spritzte sich Wasser ins Gesicht. Bei einem zufälligen Blick auf ihr Handy stellte sie fest, dass eine E-Mail eingegangen war. Was konnte denn so früh an einem Samstagmorgen so wichtig sein?

Andrea öffnete den E-Mail-Account und sah, dass es ein Internet Alert war. In was für einen Skandal hatte sich denn da wohl einer ihrer Klienten um diese Zeit hineinmanövriert? Reiche Männer schienen in den Boulevardblättern und Klatschspalten genauso oft wegen ihrer Eskapaden mit Frauen, wegen Drogen oder Ärger mit der Polizei vorzukommen wie wegen ihrer geschäftlichen Erfolge. Sie tippte auf das Display, um dem Link zu einer beliebten britischen Klatschplattform zu folgen.

Der Browser öffnete ein Foto, und ihr blieb die Luft weg. Das Bild zeigte sie und James, wie sie sich eng umschlungen auf dem Parkplatz küssten. Ihr wurden die Knie so weich, dass sie sich auf die Bettkante setzen musste. Es war ein sehr privater Moment gewesen, der nicht für die Öffentlichkeit gedacht, aber jetzt für jeden im Internet zu sehen war.

Ihr Gesicht brannte vor Zorn und Scham, als sie die Schlagzeile las: „Wer ist Jamies neues leckeres Gericht?“ Den kurzen Text unter dem Foto konnte sie nicht mehr lesen, weil ihre Hände so zitterten.

Sie umschlang ihre Körpermitte mit beiden Armen und schluckte Galle. *Das kann nicht wahr sein. Tausende von Menschen werden das sehen. Hunderttausende. Meine Schwester. Meine Kollegen. Michael.*

Sie ließ das Handy aufs Bett fallen und floh ins Bad, gerade noch rechtzeitig, um ihren Mageninhalt in die Toilette zu entleeren. Sie wischte sich mit dem zittrigen Handrücken über den Mund und hielt sich an der Toilettenschüssel fest, bis die Übelkeit nachließ und sie sicher war, dass sie aus eigener Kraft aufstehen konnte.

Wie betäubt putzte sie sich die Zähne und zwang sich, den Teil von sich in Schach zu halten, der sich einfach nur zusammenrollen und weinen wollte. Jetzt ging es um Schadensbegrenzung. Sie musste diese Geschichte unter Kontrolle bekommen. Ihr Name wurde nirgends erwähnt. Sie konnte also Michael zuvorkommen, ihn jetzt sofort anrufen, und alles würde gut werden.

In *New York* war es 1:00 Uhr nachts, aber es war unwahrscheinlich, dass sie ihren Chef an einem Freitagabend zu Hause erreichte. Deshalb wählte sie seine Handynummer, und beim fünften Klingeln nahm er das Gespräch an.

„Andrea?“ Den Hintergrundgeräuschen nach hielt er sich in einer Bar oder einem Club auf.

„Ja, Michael, ich bin’s. Entschuldigen Sie, wenn ich Sie am Wochenende störe.“

Er lachte. „Ich würde Sie ja gerne fragen, wie Ihr Abend war, aber ich glaube, ich weiß es schon.“

Ihre Wangen brannten vor Scham, aber es gelang ihr, mit fester Stimme weiterzusprechen. „Dann gehe ich davon aus, dass Sie das Foto schon gesehen haben.“

„Ich habe es gesehen. Haben Sie ihn?“

„Habe ich was?"

„Na, den Vertrag?"

Mit diesem Verlauf des Gespräches hatte Andrea wirklich nicht gerechnet. „Äh … noch nicht."

„Dann halten Sie sich ran. Es wäre doch wirklich schlimm, wenn all Ihre harte Arbeit umsonst gewesen wäre."

„Sie … Sie sind also nicht verärgert?"

„Ich war ein bisschen überrascht nach dem, was in *London* passiert ist, aber ich hätte wahrscheinlich wissen müssen, dass Sie es am Ende doch durchziehen würden."

Ein neuer Anfall von Übelkeit bahnte sich an, und es rumorte in ihrem Magen. Er konnte unmöglich das meinen, wonach es sich anhörte. „Ich schlafe nicht mit Klienten."

„Natürlich nicht", sagte Michael. „Jedenfalls nicht mit den unattraktiven."

Im Zimmer drehte sich plötzlich alles, und das Rauschen ihres eigenen Blutes in ihren Ohren war so laut, dass sie die nächste Bemerkung von Michael nicht verstand. „Was haben Sie gesagt?"

„Ich habe gesagt, dass Ihre neuen Visitenkarten schon bestellt sind und das Namensschild an Ihrer Bürotür angebracht ist. Ich würde also vorschlagen, dass Sie alles Erforderliche tun, um diesen Vertrag unter Dach und Fach zu bringen."

Das hatte er schon oft gesagt, aber jetzt bekam es eine ganz neue Bedeutung. Sie musste wieder würgen. „Klar", hörte sie sich wie aus großer Ferne sagen. „Bis dann."

Sie beendete das Gespräch und starrte nur völlig fassungslos ihr Handy an. Sie hatte knochenhart gearbeitet, hatte Kunden akquiriert, war doppelt so viel unterwegs gewesen wie alle anderen, nur um zu beweisen, dass sie mehr zu bieten hatte als ein hübsches Gesicht. Und die ganze Zeit, in der Michael ihr versichert hatte, dass er ihre Fähigkeiten schätzte und ihr gesagt hatte, sie solle den Bürotratsch einfach ignorieren, hatte er die gleichen ekelhaften Vermutungen über sie gehabt wie seine Angestellten.

Aber eigentlich sollte sie doch froh sein. Sie hatte Angst um ihren Job gehabt, falls das hier – was auch immer es war – ans Licht kommen sollte, aber es schien Michael gar nicht zu interessieren. Sie sollte froh sein. Alles, was sie jetzt noch zu tun brauchte, war James anzurufen und ihn zu bitten, den Vertrag zu unterschreiben. Sie hatte keinerlei Zweifel daran, dass er es tun würde, und dann wäre ihr der Posten als *Vice President of Sales* sicher.

Immer noch völlig geschockt ging sie wieder ins Bad, wo sie irgendwann ihren Schlafanzug auszog und sich unter die Dusche stellte. Das heiße Wasser prasselte auf sie herunter, durchnässte ihr Haar, lief ihr in Rinnsalen übers Gesicht und vermischte sich mit ihren Tränen.

Was sollte sie nur tun? Sie lehnte sich mit der Stirn an die geflieste Wand und hatte das Gefühl, dass das Leben, das sie sich so mühsam aufgebaut hatte, einfach auseinanderfiel.

Als sie schließlich wieder aus der Dusche stieg, klingelte das Zimmertelefon. Sie wickelte sich rasch in ein Handtuch, um dranzugehen.

„Andrea."

Als sie James' Stimme erkannte, hüpfte ihr das Herz bis in die Kehle. „Es gibt nichts mehr zu reden, tut mir leid", sagte sie nur und legte wieder auf.

Wie benommen föhnte sie sich ihr Haar, schminkte sich und zog ihren grauen Hosenanzug an. Sie fing gerade an zu packen, als jemand an ihre Zimmertür klopfte.

Sie schaute durch den Spion in der Tür und sah James davorstehen – in Jeans und Lederjacke, das Haar noch nass vom Duschen. Sie lehnte sich mit der Stirn gegen die Tür, um Kraft zu schöpfen.

„Mach auf, Andrea. Ich weiß, dass du noch da bist."

Sie versuchte, eine möglichst gleichgültige Miene aufzusetzen und riss die Tür auf. „Was willst du?"

„Es tut mir leid. Ich hätte wissen müssen, wie du dich fühlst. Daran habe ich nicht gedacht. Ich hatte keine Ahnung, dass so etwas passieren würde."

Er hatte das Foto also auch gesehen. Sie seufzte und lehnte sich an den Türrahmen. „Es ist ja nicht deine Schuld. Ich … also … ich kann das einfach nicht. Ich habe das alles schon einmal durchgemacht, und habe gedacht, ich könnte mit solchen Situationen jetzt umgehen, aber ich werde mich an so ein Leben nie gewöhnen, tut mir leid."

„Dann war's das also? Es ist vorbei? Du gibst uns auf?"

„Es hat nie ein *uns* gegeben, James."

Sie schloss die Tür wieder, lehnte sich von innen dagegen und biss sich auf die Unterlippe, damit ihr nicht wieder die Tränen kamen. Es war das Beste so. Selbst wenn sie ihre wie auch immer geartete Beziehung zum Funktionieren brächten, konnte sie einfach kein Leben führen, in dem sie sich ständig fragen musste, wann ihr Gesicht wohl das nächste Mal auf einer Internetseite oder in einer Zeitung erscheinen würde. Und sie würde ihn auf keinen Fall darum bitten, ihretwegen sein Leben zu ändern.

Andrea faltete mit zitternden Händen ihre Sachen zusammen und packte sie in den Koffer. Sie hatte es gerade geschafft, sich selbst davon zu überzeugen, dass sie ein gewisses Maß an Ruhe vortäuschen konnte, als ihr Handy klingelte.

Sie wandte sich ab, weil sie nicht James' Namen auf dem Display sehen wollte. Ein Signalton meldete, dass eine Nachricht auf der Mailbox hinterlassen worden war, und es klingelte nicht noch einmal.

Gegen eine irrationale Enttäuschung ankämpfend nahm sie den Hörer des Zimmertelefons ab und wählte die Nummer der Rezeption. „Könnten Sie mir bitte ein Taxi zum Flughafen bestellen?"

„Mr MacDonald hat schon einen Wagen für Sie bestellt, Miss Sullivan", sagte die Angestellte von der Rezeption. „Soll ich Ihnen Bescheid geben, wenn der Wagen da ist?"

„Ja bitte", brachte sie gerade noch gepresst heraus, bevor sie den Hörer wieder auflegte. Ein letztes Mal ließ sie ihren Blick durchs Zimmer schweifen, um sich zu vergewissern, dass sie nichts vergessen hatte, und als der Hotelpage leise an ihre Zimmertür klopfte, hockte sie startbereit auf der Bettkante.

Auf dem Namensschild des jungen Mannes stand *Liam*. Sie starrte es ausdruckslos an, bis er ihr einen großen weißen Umschlag hinhielt. „Der lag vor Ihrer Zimmertür."

Sie wusste schon, was darin war, bevor sie ihn öffnete und den Vertrag herauszog. Beim Anblick von James' ordentlicher Unterschrift musste sie einmal heftig durchatmen. Natürlich ließ er sie nicht fahren, ohne dieses letzte Detail zum Abschluss zu bringen. Schade, dass sie nicht wusste, ob sie den Vertrag aufgrund ihres beruflichen Könnens oder seiner persönlichen Gefühle für sie bekommen hatte.

Und Michael würde für immer glauben, der Vertrag wäre zustande gekommen, weil sie mit James geschlafen hatte.

Sie zerriss den Vertrag in zwei Hälften, bevor ihr bewusst wurde, dass sie es tun würde, und dann zur Sicherheit die beiden Hälften noch einmal. Die Schnipsel steckte sie wieder in den Umschlag, ignorierte dabei Liams irritierten Blick und ging dann mit einer Zielstrebigkeit, die sie so gar nicht empfand, den Gang entlang. Liam nahm ihr einziges Gepäckstück und folgte ihr zur Treppe, die hinunter ins Foyer führte. Sie war gerade auf der untersten Stufe angekommen, als eine dunkelhaarige Hotelangestellte hinter dem Empfangstresen hervor- und auf sie zukam. „Miss Sullivan?"

Andrea zögerte kurz und verfluchte die übereifrige Mitarbeiterin, die sich an sie erinnerte, aber sie konnte sie auch nicht einfach ignorieren. Sie blieb also stehen und wartete, bis die Frau bei ihr war und ihr einen Umschlag hinhielt. Ihre purpurfarbenen Fingernägel bildeten einen starken Kontrast zu dem cremefarbenen Hotelbriefpapier. „Für Sie, Miss Sullivan."

Andrea brauchte gar nicht auf ihren Namen zu schauen, der vorne auf den Umschlag gekritzelt war, um zu wissen, dass er von James war. Sie steckte ihn in ihre Handtasche und gab den Umschlag mit dem zerrissenen Vertrag der Angestellten. „Könnten Sie den bitte für Mr MacDonald hinterlegen?"

Die Frau nahm den Umschlag an sich. „Selbstverständlich. Vielen Dank für Ihren Aufenthalt bei uns."

Andrea nickte nur wie betäubt und ging zur Eingangstür hinaus, wo am Fuß der Treppe bereits die Limousine auf sie wartete.

Durch die getönten Scheiben des Wagens nahm sie kaum ihre Umgebung wahr, weil sie zu sehr damit beschäftigt war, gleichmäßig zu atmen. Das hier war eine Geschäftsreise wie alle anderen. Sie würde einfach nicht daran denken, was daraus hätte werden können.

Nur ihre jahrelange Routine im Reisen ermöglichte es ihr, in der Schlange vor dem Sicherheitscheck und während der langen Wartezeit am Gate die Fassung zu wahren. Auch beim Einsteigen über die bewegliche Treppe, beim Verstauen ihres Handgepäcks und als sie sich schließlich auf ihren Fensterplatz sinken ließ, konnte sie noch etwas Ähnliches wie Kontrolle aufrechterhalten.

Als sie dann in ihre Tasche griff, um ihr Handy auszuschalten, stieß sie auf etwas Warmes und Weiches.

Es war der Schal, den James ihr geschenkt hatte. Sie rieb die gemusterte Lammwolle zwischen ihren Fingern, legte ihn sich um den Hals, und dann lehnte sie den Kopf gegen die Scheibe und ließ in tiefen Schluchzern ihrem Schmerz freien Lauf.

31

James widerstand dem Drang, aus dem Fenster seines Hotelzimmers zu schauen, um sich zu vergewissern, ob der Wagen, den er für Andrea bestellt hatte, auch wirklich kam. Dass sie seine unzähligen Anrufe ignoriert hatte, war der Beweis, dass dies das Letzte war, was sie noch von ihm annehmen würde. Sie blieb bei ihrem Entschluss, und eine Konfrontation zu erzwingen, hätte alles nur noch schlimmer gemacht.

Schlimmer. Er stieß ein hartes, fast bellendes Lachen aus. Als ob es noch schlimmer werden konnte, nachdem sie abgereist war ohne die Absicht, mit ihm in Kontakt zu bleiben. James ließ sich Zeit beim Packen und beim Verlassen seines Hotelzimmers.

Ihm blieben noch drei Tage auf *Skye*, bevor er zurück nach *Glasgow* musste. Im Moment überlegte er, sofort abzureisen, da es von *Inverness* nicht mehr weit nach *Glasgow* war, aber er brachte es in dieser Situation und seinem Zustand einfach nicht fertig. Er brauchte jetzt die vertraute Umgebung der Insel, die er so sehr liebte. Es war der perfekte Ort, um zu grübeln und sich selbst für seine Verrücktheit zu verfluchen.

Er checkte also aus dem Hotel aus, steckte den Umschlag, den ihm die Frau an der Rezeption aushändigte, in seine Laptoptasche, warf seinen Koffer auf den Rücksitz seines Wagens und fuhr Richtung Heimat. Während er die bekannten Straßen dahinfuhr, zählte er die Gründe auf, warum er jetzt sein Leben einfach wie gewohnt fortsetzen und Andrea vergessen sollte, doch dieser Versuch scheiterte kläglich. Wie hatte er sie nur so nah an sich heranlassen können, dass er sich jetzt ein Leben ohne sie einfach nicht mehr vorstellen konnte?

Er hätte auf Ian hören sollen. Sein Bruder hatte zwar unrecht gehabt, was seine Absichten mit Andrea betraf, aber wenn er so schlau gewesen wäre, sie einfach wieder ziehen zu lassen, hätte er seine innere Leere, die diese Tage mit ihr aufgedeckt hatten, gar nicht bemerkt.

Auf der Straße nach *Sleats* war er so sehr in seine eigenen Gedanken vertieft, dass er ein paar verirrte Schafe erst bemerkte, als es beinahe zu spät war. Er trat so heftig auf die Bremse, dass der Wagen mit quietschenden Reifen noch gerade rechtzeitig zum Stehen kam, bevor er eines der dummen Geschöpfe platt gefahren hätte. Es hob den Kopf, sah ihn direkt an und ließ sich dann mitten auf der Straße nieder. James hupte, aber statt sich schnellstens aus dem Staub zu machen, beschloss jetzt die Hälfte der Herde, dass ein kleines Nickerchen genau an dieser Stelle eine Bombenidee war und gesellte sich dazu.

James unterdrückte einen frustrierten Aufschrei. Perfekt. Er wollte nichts als nach Hause und in Selbstmitleid baden, aber nicht einmal das gelang ihm, und zwar wegen einer Herde blöder Schafe. Konnte der Tag überhaupt noch schlimmer werden?

„Sie liegen auf der Lauer und warten auf Autos, und dann werfen sie sich vor ihnen auf die Straße.“ Er hatte versucht, Andrea dadurch zum Lachen zu bringen, und ausgerechnet heute musste er am eigenen Leib erleben, dass es tatsächlich stimmte.

Vom Handy, das neben ihm auf dem Beifahrersitz lag, ertönte in diesem Moment der Signalton für eine eingegangene Nachricht. Er nahm es, wählte die Nummer der Mailbox, und er hörte, dass er zwei neue Nachrichten hatte.

„James, hier ist Alice. Ruf mich sofort an."

Als er die Stimme von Alice und nicht die von Andrea hörte, machte sich Enttäuschung bei ihm breit. Was konnte so dringend sein, dass es einen Anruf am Samstag rechtfertigte? Er spielte die nächste Nachricht ab.

„Um Himmels willen, James, jetzt ruf doch endlich zurück! Oder schau wenigstens mal in deine E-Mails."

Das klang aber gar nicht gut. Er löschte die zweite Nachricht von Alice und öffnete sein E-Mail-Postfach. Als er die Mail anklickte und das Foto sah, blieb ihm die Luft weg: Es zeigte ihn und Andrea in leidenschaftlicher Umarmung. Er warf sein Handy auf den Beifahrersitz und griff nach dem Umschlag, den ihm die Rezeptionsangestellte im Hotel gegeben hatte. Er hatte angenommen, dass sich darin das zweite Exemplar des unterschriebenen Vertrages befand, aber als er ihn öffnete, fiel ihm eine Handvoll Papierschnipsel in den Schoß.

Andrea hatte ihn verlassen, und jetzt verlor sie wahrscheinlich auch noch ihren Job. Er hatte es also geschafft, mit einem Schlag ihr gesamtes Leben zu ruinieren.

James vergrub das Gesicht in seinen Händen. Er hatte nicht verstanden, was sie ihm hatte sagen wollen, aber jetzt begriff er. Als sie gesagt hatte, sie würde mit so einem Leben nicht fertig, hatte er gedacht, sie wollte ihn nicht. Wenn er doch nur von dem Foto gewusst hätte …

„Es hätte auch nichts geändert." Eine schwere Last legte sich auf ihn. Doch die Öffentlichkeit und seine Bekanntheit gehörten nun einmal zu seinem Leben dazu, und die Öffentlichkeit liebte eben Klatsch und Tratsch. Bei dem Ruf, der im vorauseilte, war er überrascht, dass sie überhaupt in Erwägung gezogen hatte, sich mit ihm einzulassen. Er war ein Narr gewesen zu glauben, dass es eine gemeinsame Zukunft für sie geben könnte.

Vielleicht waren Minuten vergangen, vielleicht Stunden, als sich die Schafe endlich von der Straße bequemten. Er legte den ersten Gang ein und fuhr wie betäubt nach *Isleornsay*. Nur ganz kurz fragte er sich, ob das die richtige Entscheidung war, bevor er sich auf den Weg zum Haus seiner Tante machte. Aber er war sich sicher, Muriel würde ihn in Ruhe lassen und nicht bedrängen, und wenn er Glück hatte, konnte er sogar noch in irgendeinem ihrer Schränke eine Flasche Scotch auftreiben. Wenn nicht, würde er seinen Frust an den Zutaten fürs Abendessen auslassen.

Er war überzeugt, dass es nicht mehr schlimmer werden konnte, bis zu dem Moment, in dem er Ians Wagen in Muriels Auffahrt stehen sah.

„Na toll." Doch heute würde er nicht klein beigeben oder vor seinem Bruder davonlaufen. Er parkte den Wagen, stellte den Motor ab und stieß mit Wucht die Fahrertür auf.

Als er das Haus betrat, traf er als Erstes auf Ian, der auf dem Sofa saß und bei leise laufendem Fernseher ein Buch las. Als er James sah, nahm er seine Lesebrille ab und legte sie beiseite.

„Ist sie weg?"

James ignorierte die Frage und ging durchs Wohnzimmer hindurch direkt in die Küche. Dort durchwühlte er mehrere Schränke, bis er schließlich eine noch fast volle Flasche Single Malt Scotch fand. Ian schaute ihm von der Tür aus zu, als er den Korken herauszog und sich einen guten Schluck davon in ein altmodisches Glas goss.

„Dann betrinkst du dich jetzt also einfach bis zur Besinnungslosigkeit?"

„Genau das habe ich vor. Bist du hier, um mich davon abzuhalten?"

Ian zuckte nur mit den Schultern und nahm noch ein Glas aus dem Schrank."

„Was soll denn das? Du trinkst doch gar keinen Alkohol."

„Doch, wenn es die Situation erfordert, schon", erklärte Ian und schenkte sich selbst einen Fingerbreit Whiskey ein. „Und ich glaube, die Situation erfordert es gerade."

James kippte seinen Whiskey mit einem trotzigen Blick auf Ian hinunter und musste blinzeln, weil ihm beim Schlucken die Kehle brannte. Es war Jahre her, seitdem er etwas Stärkeres als Wein oder Bier getrunken hatte. „Los, nun sag's schon. Ich möchte nüchtern genug sein, dass du es genießen kannst." Als Ian ihn nur verständnislos ansah, sagte James: „Du hast es mir gesagt."

„Ich weiß nicht, was du meinst."

„Du hast mir gesagt, dass ich nie an jemand anderen denke als an mich selbst. Na also, herzlichen Glückwunsch. Du hattest recht. Mein schlechter Ruf hat mich eingeholt." Er holte sein Handy aus der Hosentasche, rief das Foto auf und schob es über die Kochinsel. „Schau es dir ruhig an."

Ian sah das Foto und seufzte. „Das tut mir wirklich leid, Jamie."

James blinzelte. „Ich dachte, es würde dich freuen zu erfahren, dass du – wieder einmal – recht gehabt hast"

„Was auch immer du glaubst, ich habe dich immer geliebt, Jamie."

„Da hast du aber eine ziemlich merkwürdige Art, das zu zeigen. Von dem Zeitpunkt, an dem du damals mit Mutter nach London gezogen bist, haben wir doch für dich gar nicht mehr existiert. Du hattest deine Eliteschule und das Rudern und hast nicht mehr zurückgeblickt."

„Hast du dich jemals gefragt, wie es für mich war, mit Mutter nach London gehen zu müssen, damit sie nicht allein war? Serena und du, ihr wolltet doch damals auf keinen Fall von hier und von Vater weg."

„Ach, stimmt ja, du bist ja immer so aufopferungsvoll." James griff erneut nach der Flasche und schenkte sich noch einmal ein. Es wirkte wie eine Herausforderung an Ian, ihn daran zu hindern. „Perfekter Student, perfekter Sportler … wenn ich an dein makelloses Vorbild doch nur annähernd heranreichen könnte."

„Und trotzdem hat Mutter immer dich am liebsten gehabt."

James stieß ein freudloses Lachen aus. „Ja klar, deshalb hat sie uns ja auch verlassen."

„Sie war unglücklich hier, Jamie", sagte Ian mit kummervoller Miene. „Sie wollte nie in Schottland leben. Dad hatte ihr versprochen, dass es nur für ein paar Jahre sein würde, und aus ein paar Jahren wurden dann zwanzig. Irgendwann war sie es einfach leid zu warten."

„Wenn sie uns geliebt hätte, wäre sie trotzdem geblieben."

„Und wenn er sie geliebt hätte, hätte er gemerkt, wie schlecht es ihr ging und wäre mit ihr von hier fortgegangen. Aber ihm war alles andere wichtiger als sie. Das Hotel, die Musikschüler …"

„Deshalb hast du mir also nicht gesagt, dass er krank war", sagte James leise. „Aus Bosheit, Ärger oder …"

„Jetzt werd aber mal nicht albern." Ian kippte seinen Whiskey hinunter und stellte das Glas wieder auf die Arbeitsplatte. „Er wollte nicht von dir bemitleidet werden."

„Aber wieso ist er dann zu dir gegangen?"

Ian sah ihm in die Augen, und zum ersten Mal erkannte James die geballte Macht der Bitterkeit, die sein Bruder mit sich herumschleppte. „Weil er dachte, dass *ich* kein Mitleid mit ihm haben würde, denn schließlich war *ich* ja der Sohn, der ihn im Stich gelassen hatte."

James presste sich die Finger auf die Augen. Wie war es möglich, dass alles dermaßen kompliziert gewesen war und er nichts davon gewusst hatte? „Du hättest es mir sagen sollen. So konnte ich mich nicht einmal von ihm verabschieden."

„Ja, ich weiß, dass ich es dir hätte sagen sollen, aber er war es, der nicht wollte, dass du es erfährst. Wieso kannst du ihm das vergeben und mir nicht?"

„Aber warum hast du dann deinen Anteil am Hotel behalten? Warum hast du ihn nicht verkauft, so wie Serena?"

„Deinetwegen", antwortete Ian und seine Augen wurden noch dunkler. „Ich hatte damals nicht nur meinen Vater verloren, sondern auch dich und Serena. Ich dachte, dass das Hotel vielleicht endlich etwas wäre, das wir gemeinsam hätten, aber du konntest einfach nicht über das hinwegsehen, was du für einen Verrat meinerseits hieltest. Du bist genau wie Vater. Wenn es nicht genau so läuft, wie du es dir vorstellst, dann gehst du einfach. Das hast du mit uns so gemacht und jetzt machst du es mit Andrea."

„Nein, Andrea hat mich verlassen", widersprach James und hob sein Glas, um zu trinken, stellte es dann aber wieder ab. Das Einzige, was es ihm bringen würde, wenn er sich jetzt betrank, waren Kopfschmerzen. An seinem inneren Schmerz würde es nicht das Geringste ändern.

Ians Zorn verrauchte langsam. „Liebst du sie denn?"

„Ist doch egal. Sie empfindet nicht das Gleiche für mich wie ich für sie."

„Wie blind bist du denn eigentlich, um Himmels willen? Wir haben doch alle gesehen, dass sie bis über beide Ohren in dich verliebt ist."

Wieder vergrub James das Gesicht in seinen Händen und fuhr sich mit den Fingern durchs Haar. „Wenn sie mich nicht will, werde ich ihr bestimmt nicht hinterherrennen."

„Wenn's um Beziehungen geht, kannst du die Männer aus unserer Familie echt vergessen. Wir verlieben uns und dann lassen wir die Frauen einfach ziehen, ohne um sie zu kämpfen. Mach nicht den gleichen Fehler wie Vater und ich."

„Cassandra …"

„… war es nicht wert, um sie zu kämpfen, aber das ist bei Andrea anders. Es sei denn, ich irre mich, und sie war nur eine Art Spiel für dich."

James ließ den Kopf hängen und starrte in sein Glas. Er konnte versuchen, sich selbst etwas anderes einzureden, aber er liebte Andrea – mehr als sein Leben in Schottland, mehr als seinen Stolz – und daran würde sich auch nichts ändern, wenn er sich jetzt bis zur Besinnungslosigkeit betrank.

Er stieß sich von der Kochinsel ab, hob die Whiskeyflasche ein wenig an und fragte seinen Bruder: „Bist du hiermit fertig?" Dann verkorkte er die Flasche wieder und stellte sie erheblich voller, als er eigentlich beabsichtigt hatte, wieder in den Schrank.

„Es tut mir leid, Ian“, sagte er leise und hatte Angst, sich umzudrehen. „Ich war ungerecht und habe nichts begriffen.“

„Ich auch.“ Ian legte ihm eine Hand auf die Schulter. „Ich fahre morgen zurück nach *London*. Komm doch mit. Ich setze dich dann in *Glasgow* ab.“

„Eine gemeinsame Autofahrt?“ James warf ihm einen finsteren Blick zu, aber es steckte kein Zorn dahinter. „Warum sollte ich fünf Stunden lang mit dir zusammen in einem Auto festsitzen wollen?“

Ian lächelte. „Weil wir dadurch Zeit hätten, uns zu überlegen, wie du Andrea zurückbekommst.“

32

Andrea weinte den gesamten Rückflug nach *London* und ignorierte alle Versuche der Stewardessen, sie anzusprechen. In *Gatwick* stieg sie mit verweinten Augen und verquollenem Gesicht aus dem Flieger, aber sie hatte keine Tränen mehr, und zurück blieb nur eine stille Leere.

Sie nahm die besorgten Blicke der Menschen um sie her kaum wahr, als sie ihren Koffer durch den Flughafen zum Schalter des Kundenservice zog. Die höfliche junge Angestellte dort schaute besorgt in ihr verweintes Gesicht, buchte aber rasch und ohne Komplikationen ihren Flug von *New York* nach *Dayton, Ohio* um. Es kostete sie 400 Dollar zusätzlich und einen Zwischenstopp in *Chicago*, aber das war Andrea in diesem Moment völlig egal. Sie konnte nicht zurück nach *New York*. *Dayton* war der einzige Ort, der ihr noch geblieben war.

Sie nahm ihre neuen Boardingpässe entgegen und fand im Wartebereich einen einigermaßen ruhigen Platz. Es dauerte eine Weile, bis sie genügend Mut gefasst hatte, Michael anzurufen.

„Lassen Sie zur Abwechslung mal ein paar gute Neuigkeiten hören", sagte er frotzelnd.

Andrea schluckte und starrte auf den schartigen Fußboden vor sich. „Ich habe keinen Vertragsabschluss."

Das Schweigen zog sich in die Länge. So lange, dass sie nachschaute, ob die Verbindung vielleicht unterbrochen war. Dann sagte ihr Chef in frostigem Ton: „Das ist sehr bedauerlich. Ihnen ist schon klar, dass Sie mich dadurch in eine missliche Lage bringen, Andrea, oder?"

„Ja, ich weiß. Es tut mir leid."

„Ich glaube nicht, dass ein ‚tut mir leid' dieses Mal genügt. Der Aufsichtsrat hatte von vornherein Vorbehalte, Sie in der Position der Vice Präsident zu bestätigen, aber ich habe mich für Sie eingesetzt. Jetzt … ich fürchte, ich kann Sie jetzt nicht mehr halten."

Andrea war fassungslos. Sie hatte zwar gesagt, dass sie den Abschluss brauche, um ihren Job zu retten, aber sie war nie ernsthaft davon ausgegangen, dass ihr Chef sie feuern würde, wenn kein Vertragsabschluss zustande kam. „Sie entlassen mich, weil ich zwei Abschlüsse nicht bekommen habe? Nach den Millionen, die ich …"

„Nicht wegen Ihrer Leistung, Andrea", sagte er. „Wegen Ihres Verhaltens. Oder ist Ihnen entfallen, dass Ihr Arbeitsvertrag verlangt, dass Sie sich auf Geschäftsreisen äußerst professionell verhalten müssen?"

„Aber ich habe nichts Falsches getan!"

„Es ist egal, was passiert ist. Entscheidend ist, wie es aussieht, und das wissen Sie auch."

Einen Moment lang konnte Andrea nichts sagen, ja sie konnte nicht einmal atmen. Doch dann fing sie an zu lachen.

„Andrea?"

„Ach Michael …" Sie bekam ihr Lachen gerade genug in den Griff, um noch sprechen zu können. „Ich würde Ihnen ja sagen, was Sie mit Ihrer Vice-Präsident-Position tun können, aber es ist der Mühe nicht wert. Sagen Sie den Kollegen in der Buchhaltung, dass sie mir den letzten Scheck nach Hause schicken sollen, und von Ihnen erwarte ich ein Zeugnis und ein Empfehlungsschreiben."

„Und warum sollte ich Ihnen das geben?"

„Weil Sie sehr alt aussehen werden, wenn mein Anwalt dem Aufsichtsrat eine eidesstattliche Erklärung von mir vorlegt, die besagt, dass ich von Ihnen entlassen wurde, weil ich mich gegen einen aufdringlichen Kunden gewehrt und mit einem anderen Kunden nicht geschlafen habe, wie Sie es mir nahegelegt haben."

Jetzt klang Michael nervös. „Sie werden nie beweisen können, dass so etwas passiert ist."

„Es ist doch egal, ob es wirklich passiert ist, Michael. Es geht darum, wie es aussieht. Ist das nicht so, Michael?" Sie wartete auf eine Antwort, aber es kam keine. „Seien Sie froh, dass ich nur eine Empfehlung von Ihnen verlange. Bei Geschworenen kommt sexuelle Belästigung zurzeit gar nicht gut an."

Die Befriedigung, dass sie während dieses äußerst unerfreulichen Gesprächs das letzte Wort behalten hatte, hielt noch während der restlichen Wartezeit am Gate an, aber als sie in ihren Flieger nach Chicago stieg, beschlich sie erneut die Weltuntergangsstimmung und setzte sich in ihrem Bauch fest.

Sie hatte gerade ihren Job verloren – wegen eines Mannes.

Als sie ihren Fensterplatz gefunden hatte, war ihr richtig übel, und sie schrieb ihrer Schwester nur noch rasch ihre Ankunftsdaten, bevor sie ihr Handy ausschaltete. Sie hatte jetzt nicht die emotionalen Reserven zu erklären, warum sie zu ihr kam und nicht wusste, wohin sie sonst fahren sollte.

Andrea verschlief den gesamten Flug von *London* nach *Chicago* und wachte mit pochenden Kopfschmerzen auf, als das Flugzeug auf der Landebahn aufsetzte. Sie suchte ihr Handgepäck zusammen, ging dann wie ein Zombie zum Gate ihres Anschlussfluges und schaltete dabei ihr Handy wieder ein. Sie hatte zwei Nachrichten bekommen.

Die erste war von Becky. Sie klang besorgt wegen der plötzlichen Änderung aller Pläne, versprach aber, Andrea in *Dayton* vom Flughafen abzuholen.

Die zweite Nachricht kam von James.

Wieder wurde Andrea die Kehle eng, aber sie löschte die Nachricht, bevor sie mehr hören konnte als „Hi Andrea, hier ist James …“

Sie musste sich zusammenreißen, denn sie konnte und wollte nicht schon wieder weinen. Sie stieg in den Flieger nach *Dayton* und blendete die Frage, was er wohl gesagt haben mochte, einfach aus.

Den kurzen Flug nach *Ohio* verbrachte sie dösend, und als sie schließlich in *Dayton* durch den nüchternen Flughafen aus Glas und Stahl ging, war sie wie in einen Nebel aus Erschöpfung und Jetlag gehüllt und schaffte es kaum, einfach geradeaus die Treppe hinunter und zum Eingang des Ankunftsterminals zu gehen. Becky wartete wie versprochen beim ersten Kofferkarussell. Sie trug eine Jogginghose und ein T-Shirt, hatte ihr langes Haar im Nacken zusammengebunden und kaute immer wieder nervös an den Fingernägeln, während ihr Blick über die ankommenden Passagiere wanderte. Ihre Miene wechselte rasch von Erleichterung zu Wachsamkeit, als sie Andrea erblickte.

Andrea ließ ihre Tasche fallen und ging rasch auf Becky zu, die sie mit ausgebreiteten Armen in Empfang nahm.

„Ach, Schätzchen“, flüsterte Becky und hielt sie ganz fest. „Was ist denn nur passiert?“

Andrea blinzelte ihre Tränen weg. „Können wir erst mal einfach gehen?“

„Ja klar.“ Becky nahm Andreas Rollkoffer, zog ihn hinter sich her und hakte sich auf dem Weg zum Parkplatz mit dem anderen Arm bei Andrea unter.

„Wo sind denn die Kinder?“

„Zu Hause bei Dan. Es ist ja schon 21:00 Uhr.“

„Ach ja.“ Andrea rieb sich die Augen. „Ich habe einen Jetlag und weiß nicht einmal, welcher Wochentag heute ist. Ich hoffe, ich mache euch keine allzu großen Umstände …“

„Ach was. Ich freue mich immer, dich zu sehen, egal aus welchem Anlass."

Becky brachte sie zu einer weißen Limousine und öffnete mit der Fernbedienung den Kofferraum, um Andreas Reisegepäck darin zu verstauen. Andrea ging auf die linke Seite des Wagens, erinnerte sich dann aber, dass sie ja wieder in den Staaten war und wechselte auf die rechte. Sie stieg ein und lehnte sich mit einem tiefen Seufzer gegen die Kopfstütze.

Becky stieg auf der Fahrerseite ein und steckte den Schlüssel ins Zündschloss. Dann berührte sie Andrea am Arm und fragte: „Was ist denn passiert, Andrea?"

„Ich habe meinen Job verloren."

Becky blinzelte überrascht. „Aber warum denn? Ist das wegen James passiert?"

„Er hat gesagt, dass er mich liebt."

Obwohl Andrea gedacht hatte, sie könnte nicht mehr weinen, kamen ihr jetzt wieder die Tränen, und sie weinte die gesamte Strecke bis zum Haus ihrer Schwester.

Becky versuchte nicht, Andrea die Geschichte während der Fahrt zu ihrer weitläufigen Ranch zu entlocken, wofür sie ihr unendlich dankbar war.

Als sie das hübsche Hauptgebäude der Ranch betraten, lag Beckys Mann im Wohnzimmer auf dem Sofa und schaute Nachrichten. Seine schlaksige Gestalt und das zerzauste blonde Haar stellten einen starken Kontrast zu Beckys dunklem, exotischem Äußeren dar. Als sie hereinkamen, stand er sofort auf und begrüßte Andrea mit einer herzlichen Umarmung.

„Hi, Dan", sagte sie heiser. „Tut mir leid, dass ich euch so aufscheuche."

„Du störst doch nie", widersprach Dan und sagte dann zu seiner Frau: „Ich habe die Schlafcouch im Keller hergerichtet."

„Danke, mein Schatz." Becky schlang ihrem Mann einen Arm um die Taille und blickte zu ihm auf, um sich von ihm einen Kuss geben zu lassen. „Schlafen die Kinder?"

„Ja, schon eine ganze Weile."

Andrea schaute weg, um nicht die zärtliche Vertrautheit zwischen den beiden anschauen zu müssen, und sie spürte den Stich der Einsamkeit. Im Haus sah es aus wie immer: Gemütliche Möbel, Hartholzböden, und auf den meisten Flächen lagen Bücher oder Spielzeug verstreut. Sie schlenderte in die Küche, wo Becky in der Essecke die gerahmten Kunstwerke der Kinder aufgehängt hatte. Jeder Zentimeter hier schrie *Zuhause*.

Sie hatte gedacht, dass es schmerzlicher sein würde, wieder in ihr leeres Apartment zurückzukommen, als eine Weile bei ihrer Schwester und deren Familie zu bleiben, doch jetzt, in deren Heim mit all den Anzeichen eines glücklichen Familienlebens, war sie sich da nicht mehr so sicher.

„Hast du Hunger?", fragte Becky. „Ich kann dir gern rasch etwas machen."

„Nein danke. Wenn es dir nichts ausmacht, würde ich am liebsten sofort ins Bett gehen."

„Dann komm", sagte Becky. „Ich zeige dir dein Zimmer."

Andrea folgte ihrer Schwester die Treppe hinunter in den Keller und fragte sich, was sie dort wohl erwartete. Bei ihrem letzten Besuch war diese Etage einfach nur ein höhlenartiger leerer Raum gewesen.

„Dan ist letzten Monat gerade damit fertig geworden", erklärte Becky und drückte auf den Lichtschalter, sodass der Raum mit einem Schlag lichtdurchflutet war. „Das hat er doch toll hinbekommen, oder?"

„Ja, das kann man wohl sagen." Jetzt war es ein gemütlicher, mit Teppichboden ausgelegter Gemeinschaftsraum, der in einem buttrigen Gelb gestrichen war, mit eingebauten Bücherregalen und einem großen Fernseher. Das Klavier, das früher im Wohnzimmer gestanden hatte – Andreas Klavier aus ihrer Kindheit –, hatte einen Ehrenplatz an einer der Wände bekommen.

Andrea riss sich von dem Anblick los und schaute zum Sofa, das bereits ausgeklappt und frisch bezogen war.

„Ist das Mamas Quilt?“

„Ja. Wahrscheinlich hat Dan gedacht, den könntest du jetzt gut gebrauchen.“

Andrea blinzelte wieder ihre Tränen weg. „Wie lieb von ihm.“

„Andrea … bist du sicher, dass alles in Ordnung ist?“

„Ja, alles gut. Ich muss nur eine Weile Abstand von meinem Leben haben und mir über ein paar Dinge klar werden.“ Andrea legte den Arm um ihre Schwester und drückte sie fest. „Wir reden morgen früh, ja?“

„Gut. Du weißt ja, wo ich bin, falls du mich brauchst. Das Bad ist hinter der Tür da.“

„Danke, Becky. Ich komme schon zurecht.“

Ihre Schwester warf ihr noch einen letzten besorgten Blick zu, bevor sie sie allein ließ, und Andrea stellte ihren Koffer auf den Couchtisch, der beiseitegeschoben worden war, damit genügend Platz für das ausgeklappte Schlafsofa war. Sie zog ihren Hosenanzug aus und einen Schlafanzug an, schaltete dann das Licht aus, legte sich unter den alten Quilt von ihrer Mutter und machte die verweinten Augen zu.

Stunden später wachte Andrea völlig orientierungslos auf und griff nach ihrem Handy auf dem Beistelltisch. In dem fensterlosen Keller wusste sie nicht, ob es Mitternacht oder Mittag war. Sie blinzelte in das grelle Licht des Displays und versuchte die Zahlen zu erkennen. Zehn Uhr vormittags? Das konnte unmöglich stimmen.

Mit klopfendem Herzen knipste sie das Licht auf dem Nachttisch an und war in Gedanken sofort wieder bei James. Sie musste an das Foto denken und an ihren Job, worauf sie von einer Welle der Panik ergriffen wurde. Was hatte sie sich nur gedacht? Was hatte sie getan? Acht Jahre harte Arbeit einfach so weggeworfen – für nichts und wieder nichts.

Irgendwann kam Becky mit einem Becher Kaffee die Kellertreppe herunter. „Du bist ja wach!"

„Ja, so etwas Ähnliches jedenfalls. Ist der für mich?"

Becky reichte ihr den Becher. „Ich habe vor ein paar Stunden schon mal nach dir geschaut, aber du hast so tief und fest geschlafen, dass ich es nicht übers Herz gebracht habe, dich zu wecken. Wenn es die Kinder nicht geschafft haben, dich mit ihrem Getöse wach zu bekommen, dann musst du den Schlaf wirklich gebraucht haben."

Mit einem tiefen Seufzer nahm Andrea einen Schluck Kaffee. „Noch eine ganze Portion mehr von dem hier, und dann fühle ich mich vielleicht wieder etwas mehr wie ein richtiger Mensch."

„Lass dir ruhig Zeit. Wenn du so weit bist, komm einfach nach oben. Ich mache dir Frühstück. Dan ist mit den Kindern in der Gemeinde, wir sind also ganz für uns."

„Danke, Becky." Sie war dankbar für das, was Becky ungesagt gelassen hatte. Sie hatte dafür gesorgt, dass die Familie außer Haus war, damit Andrea ihre Geschichte erzählen konnte, ohne unterbrochen zu werden.

Sie nahm sich Zeit, sich fertigzumachen, denn obwohl ihr wirklich nicht danach war, die ganze Geschichte zu erzählen, war ihr natürlich klar, dass sie gar keine andere Wahl hatte. Sie duschte also in dem kleinen Gästebad im Keller, föhnte sich das Haar, tuschte sich die Wimpern und legte ein bisschen Lipgloss auf. Dann zog sie die einzige Jeans an, die sie aus Schottland mitgebracht hatte, dazu eine langärmelige Bluse und schleppte sich die Treppe hinauf.

Sie rechnete es Becky hoch an, dass sie nur beiläufig fragte: „Hast du Hunger?"

„Vielleicht ein Schälchen Müsli. Ich habe in der vergangenen Woche bei all dem Essen von James wahrscheinlich fünf Kilo zugenommen." Das kam so normal und natürlich heraus, dass der Stachel des Schmerzes, den sie dabei verspürte, sie selbst überraschte. Irgendwie hatten ihr nicht einmal die drei Flüge von *Inverness* nach *Dayton* bewusst machen können, dass sie James nie wiedersehen würde. Mit plötzlich weichen Knien ließ sie sich auf einen Stuhl sinken.

„Dann habt ihr also viel Zeit miteinander verbracht." Becky stellte ein Schälchen vor Andrea auf den Tisch, dann eine Milchtüte und eine Packung Cornflakes. „Was ist denn passiert?"

Andrea goss Milch in das Schälchen und begann: „Ich habe es wirklich versucht. Ich ... vielleicht gibt es ja Menschen, die einfach nicht für Familie und ein häusliches Leben geschaffen sind."

Becky zog einen Stuhl unter dem Tisch hervor und setzte sich Andrea gegenüber. „Du hast mir gar nicht erzählt, dass er dir einen Heiratsantrag gemacht hat."

„Was? Nein, das hat er auch gar nicht."

„Aber was ist denn dann das Problem? Du hast ihn gern. Er hat dich doch offenbar auch gern, und zwar mehr als nur ein bisschen. Du fliegst doch sowieso ständig nach *London.* Wieso wartest du nicht einfach ab, wie sich die Sache entwickelt?"

„Du verstehst das nicht", sagte Andrea kläglich. „Er ist nicht ... er ..."

„Er sorgt dafür, dass du dir mehr wünschst als das."

Andrea drückte sich die Fingerspitzen auf die Augen. „Er möchte mehr als das. Und ich weiß nicht, ob ich ihm das letztlich geben kann."

Becky griff über den Tisch hinweg nach Andreas freier Hand. „Du musst diese Last nicht für den Rest deines Lebens mit dir herumschleppen, Schwesterherz. Lass sie los."

Andrea starrte in das Schälchen mit Cornflakes. „Das hat er auch gesagt."

„Du hast es ihm erzählt? Die Sache mit Logan und dem Baby?“

Andrea nickte wortlos.

Becky lehnte sich auf ihrem Stuhl zurück. „Warum ihm? Und warum gerade jetzt?“

„Ich weiß es nicht.“

„Du hast gedacht, es würde ihn abschrecken, und dann wärest du ihn los, oder?“

Andrea sah ihrer Schwester in die Augen. „Nein.“

„Ich glaube, nichts von alledem war Zufall, und ich bin der Meinung, dass du deshalb nach *Skye* geschickt worden bist.“

„Du meinst, um ihn kennenzulernen?“

„Nein, meine Süße. Um zu sehen, was du alles verpasst hast, und damit du dir mal Gedanken darüber machst, wie dein Leben sein könnte, wenn du es ganz Gott anvertraust. All dieser Kummer gehört ganz sicher nicht zu seinem Plan für dich.“ Dann stand Becky auf und umarmte Andrea. „So, und jetzt lasse ich dich mal allein, damit du in Ruhe über alles nachdenken kannst.“

Andrea aß ihre Cornflakes zu Ende. So wie Becky die Sache sah, schien alles so einfach zu sein.

Warum denn nicht? Warum bestrafst du dich immer weiter?

Woher auch immer dieser Gedanke kam, er sorgte dafür, dass sie eine Gänsehaut auf den Armen bekam.

Weil es meine Schuld war. Weil Mama sich dafür geschämt hätte, dass ich mich von Macht und Geld dazu habe verführen lassen, Dinge zu tun, von denen ich wusste, dass sie nicht richtig waren. Wenn ich keine falschen Entscheidungen getroffen hätte, dann wäre nichts von alledem passiert, und ich hätte jetzt einen Mann und eine Familie – und dann könnte ich James nicht haben.

Sie stellte das leere Schälchen in den Geschirrspüler und schlenderte dann in Gedanken versunken Richtung Wohnzimmer, das inzwischen aufgeräumt worden war.

Sie bückte sich, hob eine winzige Puppe auf und legte sie auf das eine Ende des Esstisches. Tränen brannten in ihren Augen, als sie sich daran erinnerte, wie sie mit Emmy am Couchtisch gespielt hatte, aber sie wischte sich mit dem Handrücken über die Augen und ging zur Kellertreppe. Sie konnte ja wenigstens nachschauen, ob sie E-Mails bekommen hatte. Doch als sie unten ankam, war es nicht ihr Laptop, der sie anzog, sondern das Klavier.

Sie ging durch den Raum, setzte sich auf den Klavierhocker und klappte den Deckel auf. Als sie mit Fingerübungen begann, merkte sie, dass das Klavier vor Kurzem gestimmt worden sein musste. Ob die Kinder Klavierstunden bekamen? Oder hatte Becky es extra für sie stimmen lassen, damit sie darauf spielen konnte, wenn sie zu Besuch war? Das sah ihrer Schwester ähnlich, obwohl Andrea immer wieder Gelegenheiten, nach *Ohio* zu kommen, ungenutzt hatte verstreichen lassen.

Als ihre Finger eigentlich längst geschmeidig genug waren, sie aber immer noch Tonleitern spielte, war ihr klar, dass sie sich vor etwas drückte. Oft war es so, dass sie ihre Gefühle in Musik ausdrücken konnte. Sie begann mit Schumann, aber irgendwie verwandelte sich das Lied in die Melodie, mit der sie an dem Tag herumexperimentiert hatte, an dem sie James ihre Geschichte erzählt hatte. An dem Tag, an dem sie ihn zum ersten Mal geküsst und sich endlich ihre Gefühle für ihn eingestanden hatte.

Das war jetzt drei Tage her. Wie war das möglich – erst drei Tage?

Doch daran konnte sie jetzt nicht denken, sondern sie spielte stattdessen weiter. Die Musik wechselte, ebbte ab und schwoll wieder an und spiegelte irgendwie das gemächliche Tempo von *Skye* wider – das Plätschern der Wellen am Ufer und wie die Wolken rasch über den Himmel zogen.

„Wir sind alle gebrochen. Wir sind doch nur Menschen. Manche Wunden kann nur Gott heilen.“

Sie hatte diese Worte von James als für sie nicht geltend abgetan, weil sie etwas aussagten, das sie nicht akzeptieren konnte. Aber jetzt …

Sie hatte gar nicht gemerkt, dass sie weinte, bis sie sah, dass Tränen auf die Klaviertasten tropften. Trotzdem spielte sie weiter, bis sie die Tasten nicht mehr sehen konnte. Erst dann hörte sie auf, schlang die Arme um ihre Körpermitte und begann heftig zu schluchzen.

Das Leben musste doch mehr sein als nur eine Aneinanderreihung von Verhandlungen und abgeschlossenen Verträgen. Sie wollte lieben und geliebt werden. Sie wollte wieder heil sein.

Sie musste einfach glauben, dass es etwas Größeres gab, woran man sich festhalten konnte.

„Es tut mir leid", betete sie, und ihre Stimme war kaum mehr als ein Flüstern. „Ich bin vom Weg abgekommen. Ich habe so viele Fehler gemacht, bin den falschen Dingen hinterhergejagt und habe versucht zu beweisen, dass ich etwas wert bin.

Bitte … bitte …"

Wenn sie auf dieses Gebet hin einen Ansturm von Erkenntnis erwartet hätte, wäre sie enttäuscht gewesen, denn die Gegenwart Gottes drang ganz langsam zu ihr durch und in sie hinein. Gottes Geist füllte die Stellen in ihrem Inneren, in denen so lange Leere geherrscht hatte, und durchflutete ihren Körper wie das leise Zwitschern von Vogelgesang, das Plätschern von Wellen am Ufer und wie Licht, das zwischen Wolken hindurch auf Wasser fällt. Sie erkannte diese stillen Momente eines Friedens wieder, den sie auf *Skye* gefunden hatte, merkte, dass Gott dort bei ihr gewesen war und sie bis in den Keller des Hauses ihrer Schwester geführt hatte. Sie stützte ihre Ellenbogen auf den Knien ab und ließ ihr Haar nach vorn fallen, während ihr die Tränen übers Gesicht liefen und all den verdrängten Schmerz und die Einsamkeit der vergangenen acht Jahre mit sich nahmen.

Als ihre Tränen schließlich versiegten, war sie frei.

33

„Also ich weiß ja nicht." Andrea schaute sich zweifelnd im Spiegel an. Das rot-weiß geblümte Sommerkleid hätte sie niemals für sich ausgesucht, aber es war eines der wenigen Teile aus dem Kleiderschrank ihrer Schwester, die ihr passten. Es wäre einfach unsinnig gewesen, jetzt noch Kleider zu kaufen, wo sie doch in ein paar Tagen wieder nach *New York* zurückfliegen würde. Die vergangenen beiden Wochen in *Ohio* waren eine wohltuende Flucht vor der Realität gewesen, doch jetzt wurde es Zeit, wieder nach Hause zu fahren und Entscheidungen für die Zukunft zu treffen.

„Du siehst wunderschön aus", sagte Becky.

„Ich sehe aus wie eine biedere Hausfrau aus den 60er-Jahren", widersprach sie, aber eigentlich machte es ihr gar nichts aus. Becky hatte gesagt, sie würde sich in der Gemeinde, zu der ihre Familie gehörte, und in der es eher locker zuging, im Hosenanzug fehl am Platze fühlen.

„Ich freue mich, dass du mitkommst", sagte Becky, legte Andrea den Arm um die Taille und lehnte den Kopf an ihre Schulter. „Es ist fast so wie in alten Zeiten, als wir immer mit Mama zur Kirche gegangen sind."

„Fast", sagte Andrea. „Ich wünschte, sie wäre noch da. Sie fehlt mir."

Sie fuhren mit zwei Wagen zur Kirche. Dan fuhr den SUV und nahm die Kinder mit, Becky und Andrea fuhren in der weißen Limousine. Als sie auf der Landstraße waren, fragte Becky: „Und was willst du jetzt tun?"

„Ich habe mir überlegt, mich selbstständig zu machen. Meine Klienten werden mich weiterempfehlen, weil sie wissen, was ich kann. Ich glaube, in ein paar Monaten würde das Geschäft laufen."

„Also gehst du tatsächlich wieder nach *New York* zurück?"

„Fürs Erste schon." Sie wusste, was Becky dachte, aber James hatte seit der Nachricht, die sie auf der Mailbox gehabt hatte, nicht mehr angerufen. Sie hatte jeden Abend ihr Handy in der Hand gehabt, seine Nummer aufgerufen, immer wieder mit den Fingern über den Schal gestrichen, den er ihr geschenkt hatte, und sie gestattete es sich, daran zu denken und sich zu erinnern, wie sich seine Umarmungen angefühlt hatten. Inzwischen war sie sich sicher, dass es ein schwerer Fehler gewesen war, ihn zu verlassen. Trotzdem brachte sie es einfach nicht fertig, seine Nummer zu wählen. Sie hatte ihn unmissverständlich abgewiesen und konnte es ihm nicht verübeln, wenn er nie wieder etwas mit ihr zu tun haben wollte. Der innere Friede, den sie mittlerweile gefunden hatte, war noch zu zerbrechlich, als dass sie ihn aufs Spiel setzen konnte.

Becky wartete immer noch darauf, dass sie ihre Antwort beendete, also sagte Andrea: „Mir gefällt *New York* immer noch. Meine Wohnung werde ich zwar verkaufen müssen, aber ich finde bestimmt etwas Bezahlbares in *Brooklyn* oder *New Jersey.*"

Darauf reagierte Becky so entsetzt, dass Andrea lachen musste und hinzufügte: „Oder vielleicht im Staat *New York*. Ich weiß es auch nicht Becky. Ich werde sehen, wohin Gott mich führt."

Ihre Schwester griff über die Mittelkonsole hinweg und strich ihr über den Arm. „Dir ist schon klar, dass ich nicht mehr daran geglaubt habe, diese Worte irgendwann wieder aus deinem Mund zu hören?"

„Ich ehrlich gesagt auch nicht. Es tut mir leid, dass ich es dir in den letzten Jahren so schwer gemacht habe.“

„Es hat mich aber immer wieder daran erinnert zu beten, und ich habe die Hoffnung nie ganz aufgegeben.“

„Das weiß ich, und dafür danke ich dir, Becky.“ Andrea griff in ihre Handtasche, um ihren Lippenstift herauszuholen und ihre Lippen nachzuziehen, aber statt der Metallhülse berührten ihre Finger die Kante eines Umschlags, den sie mit gerunzelter Stirn herauszog. Auf dem kleinen cremefarbenen Rechteck aus Pergament prangte das Dietel-Logo des *Culloden Manor Hotels*.

Plötzlich hörte sie das Rauschen ihres eigenen Blutes in ihren Ohren. Wie hatte sie den vergessen können? Unzählige Male war sie den Inhalt ihrer Tasche durchgegangen und dabei dennoch nie auf den Brief in der Innentasche gestoßen.

„Was ist das?“, fragte Becky.

„Ach, nichts.“ Andrea steckte den Umschlag mit zitternden Fingern wieder in die Handtasche, aber jetzt würde sie sich bestimmt daran erinnern, dass er da war.

Die kleine weiße Holzkirche am Stadtrand mit dem spitzen Kirchturm erinnerte Andrea an die ländlichen Kirchen in alten Spielfilmen. Auf dem Rasen um die Kirche herum und am Eingang standen bereits die Gottesdienstbesucher in Gruppen und Grüppchen zusammen.

Ein plötzlicher Anflug von Panik überkam sie, als Becky auf dem kleinen Parkplatz neben dem Wagen ihres Mannes hielt. „Ich weiß nicht, ob ich das kann.“

Becky legte ihr beruhigend die Hand auf die Schulter. „Es ist alles gut, Andrea. Es wird dich niemand verurteilen, weil es niemanden mehr interessiert, was damals passiert ist. Wenn sie sich überhaupt daran erinnern.“

Andrea schluckte gegen den Kloß in ihrem Hals an und sammelte allen Mut, bevor sie aus dem Auto stieg.

Becky und Dan nahmen jeder einen der dreijährigen Zwillinge – David und Hannah – aus dem Kindersitz und überließen den neunjährigen Casey ihr. Als sie dem Jungen die Autotür aufhielt, stieg er aus und nahm ihre Hand.

„Keine Angst, Tante Andy“, sagte er, „Kirche macht echt Spaß.“

„Merkt man es mir so sehr an?“

Wenn er lächelte, sah er aus wie sein Vater in klein. „Mama hat gesagt, dass sie in deiner alten Kirche gemein zu dir waren. Hier sind alle nett. Du magst sie bestimmt.“

„Na, wenn du mich so beruhigst, brauche ich ja wirklich keine Angst zu haben“, sagte Andrea und drückte Casey an sich. „Zeigst du mir, wo wir hinmüssen?“

Sie bahnten sich ihren Weg in den Gottesdienstraum, wurden aber immer wieder von Einzelpersonen und Menschengrüppchen aufgehalten, die Beckys Familie kannten. Becky stellte Andrea als ihre Schwester vor, und weil ausnahmslos alle sie herzlich willkommen hießen, wenn sie ihnen die Hand gab, ließ langsam ihre Anspannung nach.

„Ich bringe die Kinder mal in den Kindergottesdienst“, sagte Dan. „Ihr beide könnt uns ja schon mal einen Platz suchen.“

Andrea sah Dan lächelnd hinterher, wie er mit den Zwillingen in Richtung des Kindertraktes ging und Casey hinter ihnen hertrottete.

„Da hast du wirklich einen Guten abbekommen.“

„Das kann man wohl sagen“, bestätigte Becky, während sie den Mittelgang der kleinen Kirche entlanggingen. Sie entschied sich für eine Bank weiter hinten und rutschte hinein. Kurz darauf füllten sich auch die anderen Bänke um sie herum. Dan kam wieder zurück und setzte sich auf Andreas andere Seite, sodass sie sich gut geschützt fühlte. Die beiden waren offenbar fest entschlossen, dafür zu sorgen, dass niemand etwas tat, was sie hätte abschrecken können. Aber vielleicht wollten sie auch nur verhindern, dass sie davonlief.

Andrea sang die Lieder mit, aber als dann der Pastor auf die Kanzel stieg, schweiften ihre Gedanken ab zu dem Umschlag in ihrer Handtasche. Sie schaffte es aber, ihre Aufmerksamkeit wieder auf die Predigt zu lenken, in der es um die Geschichte vom Verlorenen Sohn ging, und musste lächeln. Nachdem sie wieder zum Glauben zurückgefunden hatte, ging es in ihrem ersten Gottesdienst ausgerechnet um eine Geschichte darüber, wie Gott sich freut, wenn verlorene Seelen wieder heil werden. Becky griff nach ihrer Hand und drückte sie ganz fest.

Und dann standen sie auch schon wieder auf, um das Abschlusslied zu singen, und Becky legte Andrea den Arm um die Taille. „Danke, dass du mitgekommen bist, Schwesterherz."

„Danke, dass ihr mich mitgenommen habt."

Nach dem Gottesdienst war es genau wie davor. Es gab noch mehr Leute, die Becky und Dan kannten und Andrea vorgestellt wurden. Als sie es schließlich bis auf den Weg zum Parkplatz geschafft hatten, entfernte sich Andrea ein wenig von ihnen und griff nach dem Umschlag in ihrer Handtasche.

War sie bereit zu lesen, was drinstand? Sie schob den Finger unter die Lasche und brach das Siegel mit einem knackenden Geräusch.

„Du bist eine Frau, die sich gut vor denjenigen verstecken kann, von denen sie nicht gefunden werden möchte, Andrea Sullivan. Oder sollte ich sagen: Andrea da Silva?" Andrea erstarrte, als sie die Stimme mit dem eindeutig schottischen Akzent hinter sich hörte, und ein Schauer ging ihr durch Mark und Bein. Sie steckte den Brief rasch wieder in ihre Handtasche und atmete einmal tief durch, bevor sie sich umdrehte. James stand ein paar Schritte hinter ihr, die Hände lässig in den Hosentaschen, und sah so gut aus, dass sie einen Moment lang vergaß zu atmen.

Mit seinem jungenhaften Grinsen, bei dem ihr immer die Knie weich wurden, kam er auf sie zu. „Weißt du, wie viele Art-Déco-Kinos es in *Ohio* gibt?"

„Wie viele denn?“ Selbst in ihren eigenen Ohren klang ihre Stimme atemlos.

„Dreizehn. Und jede Einzelne dieser Städte hat inzwischen eine Ampel.“ Der Blick seiner blauen Augen bohrte sich in ihre, und eine Minute lang vergaß sie, dass sie unter Menschen waren. „Aber ich habe dir ja gesagt, dass ich Herausforderungen mag.“

Bevor sie etwas sagen konnte, sah er über sie hinweg, und sein Lächeln war wieder da. „Sie müssen Becky sein. Ich bin James.“ Er schob sich an Andrea vorbei, nahm Beckys Hand und gab ihr einen Kuss auf die Wange.

Erstaunt starrte Andrea Becky an. „Du hast es gewusst?“

„Er hat vor ein paar Tagen angerufen“, sagte sie kleinlaut. „Er wollte sicher gehen, dass du auch wirklich hier bist, bevor er von *London* herfliegt.“

„Darf ich mir Ihre Schwester kurz ausborgen?“, fragte James.

„Aber sorgen Sie dafür, dass sie vor Einbruch der Dunkelheit wieder zu Hause ist.“

Becky strahlte Andrea an, die sich fragte, wie ihre Schwester das in den vergangenen Tagen vor ihr hatte geheim halten können.

James griff nach ihrer Hand. „Machst du einen kleinen Spaziergang mit mir?“

Andrea zögerte, aber in dem Moment, in dem sie ihre Finger mit seinen verflocht, wurde ihre Welt wieder zurechtgerückt, so als würden plötzlich alle Puzzleteilchen an ihren angestammten Platz fallen. „Ja, ein Spaziergang wäre wirklich schön.“

Sie spürte die Blicke der Umstehenden auf sich ruhen, als sie Hand in Hand davongingen, aber sie war immer noch viel zu verblüfft über James’ Anwesenheit, als dass es sie gekümmert hätte, was andere dachten. Schweigend gingen sie die Straße hinunter zu einem Park, bis Andrea schließlich ihre Sprache wiederfand.

„Was machst du eigentlich hier?“

„Du hast mir eine Führung versprochen. Wo sollte ich denn sonst meinen Frühlingsurlaub verbringen als in *Ohio*?"

„Jetzt mal im Ernst." Ihr Puls war so hoch, dass sie das Gefühl hatte, gleich in Ohnmacht zu fallen.

„Also gut." James blieb abrupt stehen und schloss sie in seine Arme, und zwar so fest, dass sie seinen Herzschlag spürte. „Ich bin hier, weil ich nicht aufhören kann, an dich zu denken, seitdem du weg bist. Und ich verstehe beim besten Willen nicht, wie ich so dumm sein konnte, dich gehen zu lassen. Ich habe mir das bestimmt nicht so ausgesucht, aber jetzt, da ich dich kennengelernt habe, kann ich mir nicht mehr vorstellen, ohne dich zu leben."

„Jamie, ich …"

„Sag nichts. Ich weiß, dass das alles sehr schnell geht. Ich weiß, dass du Angst hast, einen Fehler zu machen nach allem, was du durchgemacht hast, und die Vorstellung, dass das alles unter den Augen der Öffentlichkeit stattfindet, ist das Letzte, was du willst. Wenn es dir so viel ausmacht, dann verlängere ich meinen Vertrag bei dem Fernsehsender nicht. Ich brauche die Sendung nicht. Ich habe genug mit meinen Restaurants und dem Hotel zu tun. Und wenn ich dich nicht davon überzeugen kann, mit mir nach Schottland zu kommen, dann … werden wir uns bestimmt auf etwas anderes einigen können."

Andrea starrte ihn völlig entgeistert und sprachlos an. Er bot ihr gerade an, ihretwegen seine Fernsehsendung aufzugeben, ohne dass sie ihm bisher auch nur ihre Liebe gestanden hatte, und ohne dass es irgendwelche gemeinsamen Zukunftspläne gab. „Warum willst du das tun?"

Er strich ihr das Haar aus dem Gesicht, wie er es auch schon an dem Abend vor der Tür ihres Cottages getan hatte. „Weil ich jetzt weiß, was mir wichtig ist. Ich liebe dich."

Sie sah ihn nur staunend an und wartete darauf, dass sich bei diesen Worten Panik bei ihr einstellte, aber stattdessen wurde sie von einer

Glut der Gewissheit durchströmt, die ihren Körper wärmte wie ein Feuer an einem kalten Tag. „Ich liebe dich auch."

Und dann waren seine Lippen auch schon süß und warm auf ihren und erfüllten sie mit der Verheißung auf eine gemeinsame Zukunft. Sie schlang ihre Arme um seinen Hals, zog ihn an sich, und es war ihr völlig egal, wer es sehen konnte oder was sich andere dabei dachten. Sie hatte sich so lange gegen das hier gewehrt, hatte geglaubt, diese Liebe nicht wert zu sein und keine Vergebung verdient zu haben. Jetzt lag alles, was sie sich je gewünscht hatte, direkt vor ihr, und sie brauchte nur noch zuzugreifen. Sie erwiderte seinen Kuss mit ganzer Hingabe und legte all die Freude hinein, bis sich in ihrem Kopf alles drehte und sie nur noch stehen blieb, weil er sie festhielt.

Als sie sich wieder voneinander lösten, lachte James, und es war ein tiefer kehliger Laut an ihrem Ohr. „Wenn du mich weiter so küsst, dann kann ich dich gar nicht schnell genug vor den Altar bekommen."

Andrea erstarrte und in ihrem Kopf schrillte ein Alarm auf. „Jamie … ich kann das nicht. Ich liebe dich, aber ich kann dich nicht heiraten. Noch nicht. Wir brauchen Zeit und müssen uns erst besser kennenlernen, uns daran gewöhnen, ein Paar zu sein. Ich muss einfach sicher gehen. Verstehst du das?"

Sie war erleichtert, als er daraufhin nur lächelte. „Na, dann glaube ich, dass du jetzt erst mal den Brief lesen solltest."

Mit zitternden Händen nahm sie den Umschlag aus ihrer Handtasche, zog den Brief heraus und faltete ihn auseinander. Ihr kamen wieder die Tränen, aber dieses Mal versuchte sie gar nicht erst, sie wegzuwischen. Ein Lächeln erschien auf ihren Lippen, als sie die eine Zeile las, die dort stand:

Ich liebe dich, Andrea. Ich kann warten.

MIX
Papier aus verantwortungsvollen Quellen
FSC® C014496
www.fsc.org

Die amerikanische Originalausgabe ist im Verlag
Tyndale House Publishers, Carol Stream, Il 60188, USA erschienen
unter dem Titel „Five Days in Skye".

1. Auflage 2019
Bestell-Nr. 817534
ISBN 978-3-95734-534-9

Umschlaggestaltung: Hanni Plato
Umschlagfoto: Shutterstock
Satz: Apel Verlagsservice, Bad Fallingbostel
Druck und Verarbeitung: GGP Media GmbH, Pößneck
Printed in Germany

www.gerth.de